谨以此书
庆祝中国共产党成立 100 周年

逐梦成钢

莫永甫 著

辽宁人民出版社

© 莫永甫　2021

图书在版编目（CIP）数据

逐梦成钢 / 莫永甫著. —沈阳：辽宁人民出版社，
2021.7
ISBN 978-7-205-10251-7

Ⅰ. ①逐… Ⅱ. ①莫… Ⅲ. ①报告文学—中国—当代
Ⅳ. ①I25

中国版本图书馆 CIP 数据核字（2021）第155740号

出版发行：辽宁人民出版社
　　　　　地址：沈阳市和平区十一纬路 25 号　邮编：110003
　　　　　电话：024-23284321（邮　购）　024-23284324（发行部）
　　　　　传真：024-23284191（发行部）　024-23284304（办公室）
　　　　　http://www.lnpph.com.cn
印　　　刷：沈阳市昌达印刷有限公司
幅面尺寸：185mm×260mm
印　　张：21.75
字　　数：460千字
出版时间：2021年7月第 1 版
印刷时间：2021年7月第 1 次印刷
责任编辑：赵维宁
封面设计：高鹏博
版式设计：杨　波
责任校对：吴艳杰
书　　号：ISBN 978-7-205-10251-7
定　　价：90.00元

《逐梦成钢》编委会

序言

19世纪下半叶，日本和中国都意识到了钢铁对于国家的重要性。

新中国成立初，有一群人聚焦在本溪钢铁（集团）有限责任公司（以下简称"本钢"），为了建设一个新世界的目的，来此奠基钢铁伟业。

他们向自己也向世界宣誓：共产党可以解放中国，也可以建设中国；劳动阶级可以改造世界，也可以创造世界。

72年中，一代代的本钢人，在共产党的领导下经历了艰苦、艰难、坚韧而卓绝的奋斗，取得了非凡的成就。

本钢的钢铁产量，1950年年产量为18.4万吨；发展到今天，本钢的钢铁年产量可达2000万吨。

"一五"和"二五"时期的10年间，本钢完成的工业总产值分别为2.6亿元和3.9亿元；2000年到2011年的10年间，本钢完成的工业总产值分别为51.83亿元和885亿元，同期实现销售收入分别为100.12亿元和919亿元。

改革开放初的1978年，本钢集团最大高炉炉容2000立方米，炼钢最大转炉为120吨，普钢产量29万吨，特钢产量18万吨。

2017年，本钢最大高炉炉容4747立方米，炼钢最大转炉为180吨，普钢产量1577万吨，特钢（材）产量72万吨。

改革开放初，本钢只有生铁和特钢数个品种，现在已发展成为60多个品种、7500多个规格的产品系列；

改革开放初，本钢几乎没有高技术含量和高附加值的产品，现在本钢的高技术含量产品和高附加值产品的比例达到85%以上。

增长是飞跃的，跨越是惊人的。

本钢的成功是一个时代的成功，是中国共产党人建设新中国经济的成功、产业的成功。

解读本钢72年的发展历史，需要一个逻辑架构。

莫永甫撰写的《逐梦成钢》为解读这段历史提供了一个逻辑架构。

逻辑架构包含两方面的内容：一为本钢的内生动力，二为社会影响本钢的外生动力。

来自本钢的一个又一个的发展梦想和让梦想成真的各种努力即为本钢的内生动力。

1949年"筑梦本钢"；

1959年"十年长梦"；

1970年"大梦'322'"；

1996年"追梦'双四百'"；

2002年"逐梦'千万吨精品板材'"。

本钢人追逐着一个又一个的发展梦想并为之去奋斗、去努力，结果是梦想成真，发展成真。

外生动力来自国家层面。

1954年，国家进行发展钢铁工业的第一次布局。

20世纪50年代末期，国家进行发展钢铁工业的第二次布局。

20世纪60年代初期，国家进行发展钢铁工业的第三次布局。

1978年，国家进行发展钢铁工业的第四次布局。

前两次国家布局，推动了本钢的恢复性生产和工源厂区的恢复性扩建。

在国家布局中，本钢成为国家发展钢铁工业的强劲推手，本钢以英雄般的创造力，助力4万多人力、6万多吨的设备，成功助力了中国钢铁工业的发展。

20世纪七八十年代，国家关于挖掘老钢企发展潜力的政策性措施，有力推动了本钢"322"改造工程，本钢由此走上现代化钢铁生产的道路。也打开了本钢看世界的窗口，本钢对先进技术的引进也由被动变为主动。

国家发展钢铁工业的坚定意志和具体规划，形成了本钢的外生动力。

外生动力和本钢追求自身发展意愿所形成的内生动力，如齿轮般的互动和牵引，成为了生生不息的力量。

一部本钢史，就是一部本钢挽着时代同行的铿锵进行曲。

如此认识，才能在山重水复中看清中国钢铁伟业的发展轨迹，才能认识到今天中国钢铁产量坐拥世界半壁江山是产业的奇迹，更是政治的奇迹。这是共产党人发展钢铁伟业70年不变的情怀，70年坚定意志、负重前行收获的丰硕成果。

正因如此，国家才能在饱尝"大跃进"的苦果后，修正道路，奋然前进；才能在四年中四战"2600万吨"而未攻克的痛苦中，咬紧牙关再战，终于一举攻下年产3000

万吨的大关。本钢才能在10年产量徘徊不前中，仍不放弃，高举梦想的旗帜裹创再战。在计划经济转型市场经济之际，在遭遇"滑铁卢"的关头，本钢人断臂求生，终于闯出发展新路。

"你有光明，中国便不会黑暗"，这是每个中国人必有的精神。

作者有句话总结得好："你如坚韧，必塑本钢如脊梁。"不在困难关头自我萎缩，而是精神振举，这是本钢人的精神，也是本钢人的初心。

70年前，前来接收本钢的共产党人，同时接受着共产党人能否恢复生产、能否发展钢铁工业、能否建立完整的工业体系、能否建设新中国的历史大考。

70年前，本钢人的初心是：共产党可以解放中国，也可以建设中国；劳动阶级可以改造世界，也可以创造世界。

70年后，对我们这一代共产党人来说，历史的大考远没结束。我们仍在接受着钢铁工业从跟跑发展为领跑、从钢铁大国发展为钢铁强国、从经济大国发展为经济强国的历史大考。

70年后，本钢人初心不变，仍存有那种浩然之气！那种精神的魅力！为钢铁强国的梦想，为本钢在重组的大趋势下的发展梦想，为那不曾拥有的机遇，不曾经历的挑战举旗再战！

前程无远弗届，只要我们初心不变，只要我们精神永存，一切皆有可能。

是为序。

汪　澍（本钢集团有限公司总经理）

目录

东风吹落战尘沙

1945年8月8日。

苏联对日宣战的消息传来，本溪湖的空气中顿时弥漫着惊恐不安的气氛。

已知末日来临的日伪军警，在崩溃前夕，蓄谋了一个恶毒计划：炸毁本溪的煤矿和高炉，全面摧毁本溪的工业设施。

1945年8月14日后的一个雨天，两股人流分别从茨沟和柳塘涌来。一股人流冲进本溪湖火车站藏有手枪和弹药的仓库，一股人流冲击大白楼藏有枪支的地下仓库。夺取武器并武装起来的特殊工人，粉碎了日伪摧毁本溪工业设施的图谋。

日本殖民本溪的统治崩溃，冶铁高炉遭遇浩劫：冶铁的炉火熄灭，铁水凝结在了炉内。

高炉的浩劫没有结束。

1945年9月20日，来到本溪的苏联红军，对本溪的工业设施进行了数月的大洗劫。

根据东北地区的统计，苏军从本溪拆走的机器设备包括电力、钢铁和煤矿三个方面。

本溪火力发电厂，被拆走的五部分机器，发电能力3.5万瓦，经拆迁后，仅剩旧机器1部，发电能力5000瓦。

工源钢铁厂的设备完全被破坏。本溪钢铁厂铁的生产能力由60万吨降到10万吨，生产能力下降了83.33%。此外，本溪的特殊钢、机械等工厂也损失严重。

煤炭工业被破坏的程度如下：本溪煤矿由年产100万吨下降到年产70万吨，生产能力下降了30%。

那时的本溪，火车站的货场，市区太子河沿岸，堆满了包装待运的各种设备。有资料记载的这些拆迁的设备总重达14385吨，至于库存设备等被运走的则无法统计。

1945年11月15日，苏军撤出本溪后，偌大的工源厂区除第三发电厂12500千瓦的周波变换机外，已无一台能转动的机器。

然后，又是三年的内战。

整个厂区，荒草凄迷，鼠窜兔奔，一派衰败的景象。

1948年10月底，辽沈战役即将落幕。战场的硝烟正在散去，被炮火掀起的沙尘逐渐回落大地。

东北换了人间。

过去的厂区一派沧桑

001： 赶考的共产党人

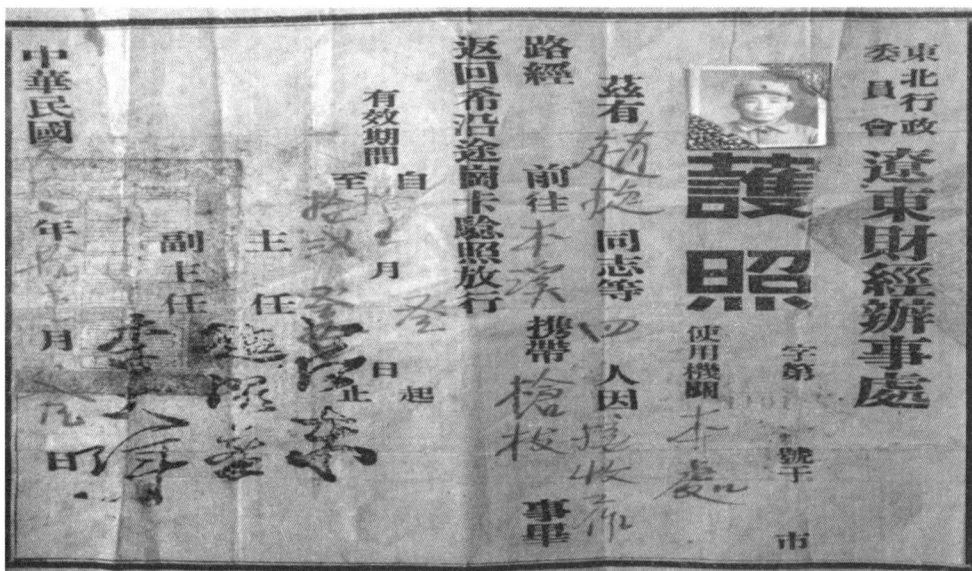

赵捷前来接收本钢随身携带的护照

1872年，日本政府认识到，一个国家钢铁的生产量决定了其在未来全球的竞争力。

18年后，一海之隔的张之洞奉旨开发大冶炼铁厂，其规模、其现代化程度，让日本第一家钢铁公司——八幡制铁所望尘莫及。可惜，中国有识之士发展钢铁业挽救清王朝颓势的努力被王朝的颠覆所葬送。

1949年7月3日，此时距离新中国横空出世的第一声礼炮还有两个多月。关外辽东大地，刚刚走下战场的共产党人，正与从压迫与屈辱中走来的千百万钢铁工人一道，为新中国钢铁伟业打开火红的炉门。

从此，由本溪湖到工源的烟囱都一个跟一个地冒了烟，这证明了两个真理：一个是共产党可以解放中国，也可以建设中国；另外一个是劳动阶级可以改造世界，也可以创造世界。

红色接收大员

　　1948年10月底，辽东大地，凉意渐起。对于共产党人来说，这正是收获的季节：辽沈战役，战局已定，各地的共产党武装，正奉命相机收复各地城市。独立一支队在司令员兼政委赵国泰的率领下，于1948年10月29日发起了解放本溪的战斗。

　　辽东本溪，鏖战正酣。

　　辽南瓦房店，财经办事处主任梁成恭接到东北局工业部的指示：疾驰本溪接收本溪煤铁公司。

　　梁成恭此人，本钢的史志关于他的记载不多，但他总是那个在关键时候出现的关键人物。

　　1945年日本投降之后，前来接收的共产党的负责人是田共生，时任辽南行署实业厅厅长的梁成恭则被委任本溪煤铁公司监委。

　　这一次，梁成恭的地位更特殊：接收特派员。

　　查有关记载，来接收本溪煤铁公司并被称为特派员的共有四位，但有名有姓被称为正特派员的只有一位，被称为副特派员的也只有一位。而梁成恭恰恰就是那位唯一的正特派员，这样的身份无疑地明确了，在所有的特派员中，梁成恭总负其责。

　　1937年加入中国共产党的梁成恭，1937年9月至1942年10月任八路军一二九师轮训大队大队长。1942年10月至1945年9月任抗大总校训练科长。1945年任辽南行署实业厅厅长。1946年2月任本溪煤铁公司监委。1946年5月随东北民主联军撤出本溪，随后回辽南行署工作。

　　撇开政治身份，熟悉梁成恭的人都知道，梁成恭是文化人，写得一手好字。妻子陶冶，是河北人。

　　这一次是他二回本溪。

　　梁成恭匆匆地带着几人，本钢人很熟悉的赵捷，专业是财会，名列其中。然后赶往安东省委所在地办理相关手续，途中接出在海城小孤山当县长的王玉波，后来一行4人乘火车到桥头下车，从桥头连夜赶往本溪。

　　正特派员在辽南赶路，副特派员却在北满赶路。

　　副特派员是谁？徐宏文。徐宏文在本钢史上大名鼎鼎。他是新中国本钢公司的奠基人之一，第三任经理。

　　出生于河北的徐宏文，1937年参加革命，曾任山西西北制造厂十八厂牺盟会大队长、山西省总工会组织部长、祁县工人游击队大队长、山西省总工会主席。抗战胜利，徐宏文受党指示，到北满，历任哈尔滨民运工作队第二大队副大队长、合江省桦南县和勃利县独立团团长、鸡西恒山煤矿矿长。

在鸡西恒山煤矿矿长任上，受东北局工业部委任为副特派员，前往本溪接收本溪煤铁公司。

此时的徐宏文正带着陈光进、陈志玉、曾凡英、徐国志等17名接收人员乘车从北满赶来。

他们10月30日赶到沈阳城外，解放沈阳的战斗还未结束，直达本溪的道路不通。

军情如火，一个城市焦急等待着生产、生活的恢复。徐宏文带人绕道抚顺、赛马、小市，于11月2日赶到本溪，与先期到达的梁成恭等人会合。

还有一路人马，从北满赶来接收。

其中有一个成员是新中国本钢公司第一任经理杨维。

生于1912年的杨维，是黑龙江省双城县人。1932年加入中国共产党。历任中共河北省委发行部长、天津市委宣传部长、组织部长、市委书记、中共太行一分区专员。抗战胜利后，党派杨维回故乡东北工作，先后任中共哈尔滨市委组织部长、市委副书记，中共牡丹江省委民运部长。

在民运部长任上，受东北局工业部委派，前往沈阳接收本溪煤铁公司驻沈阳办事处。

另一个是许言。

许言是吉林九台人，1917年生，毕业于东北大学。早年参加革命，1938年被任命为山东八路军某团政治部主任，1947年任中共东北局组织科科长，1948年11月2日，沈阳解放，许言和杨维同被东北局工业部委派接收本溪煤铁公司驻沈阳办事处。

杨维和许言也是不少志书上所说的东北局工业部的特派员。

四大特派员在战火硝烟中分头接收本溪煤铁公司，他们的身后，则是我党领导关注和殷切期望的目光。

身衔使命

长于战略考量的中国共产党人，在发起辽沈战役之前，明确提出："在目前情况下，需要把财经工作放在不次于军事或仅次于军事的重要位置上。"

这话是陈云在1948年6月时说的。

辽沈战役之后的1948年11月23日，中共中央东北局根据党中央指示精神，作出《关于东北解放后的形势与任务的决议》，指出："东北全党今后必须把经济建设的任务，放在压倒一切的地位。"

此时，全面主持东北财经工作的就是陈云。

陈云对东北在国家建设中的作用有三个定位：

坚持和确定东北成为国家重点工业建设基地；

东北具有恢复重工业的基础雄厚的前提条件；

东北最有条件成为优先恢复和发展钢铁等重工业的地区。

陈云成为新中国发展经济的掌柜后，把这种定位上升为国家发展战略。

1949年，中共中央和毛泽东到北平后，周恩来连发四电，催促在沈阳的陈云早日来北平主持中央财经工作。陈云在处理完东北经济计划事项后，于1949年5月14日抵达北平。7月12日，陈云担任中央财政经济委员会主任，主持召开成立会议，成为领导新中国财经工作的"掌柜"。

抗战中，我军常常要见到日军才开战，而日军呢，不等见到面，小钢炮就在你背后追着打。

打仗打的是钢铁！1949年12月，在陈云的主持下，重工业部召开了首次全国钢铁会议。会议决定把钢铁建设的重心放在东北。

12月25日，陈云在钢铁会议上作总结讲话，指出："现在国家财政困难，下决心在东北建设钢铁工业，这是国家大事。"

陈云还认为，钢铁工业是一切工业之母，因此必须把大量的投资放在钢铁工业方面。新中国对钢铁工业的投资数目很大，这是不得已的。

陈云关于"钢铁工业是一切工业之母"的论断与日本流行于20世纪20年代的"铁即国家"的观点有异曲同工之意。

陈云关于发展钢铁工业的迫切性和重要性的认识，是那个时代共产党的领袖们的共同想法。

浴血奋战28年的共产党人们，深知钢铁对战争的重要性。

抗战前，日本年产钢铁580万吨，中国只能年产5万吨；

日本年产飞机1580架，大口径火炮744门，坦克330辆，汽车9500辆，战舰52422吨，而这些现代化武器装备，中国均无自产能力。

七七事变前夕，中国海军兵员共约2.5万人，共有66艘舰艇，分为巡洋舰、轻巡洋舰、运输舰、练习舰、鱼雷艇五类，总吨位57608吨。

而截止到1937年6月，日本海军兵员12.7万人，共有舰艇285艘，总吨位超过115万吨。

中国全部海上力量不如一艘日舰。

也就是说，当日本已紧跟世界潮流大踏步迈入机械化军事时代之际，中国居然不能生产任何一种拿得出手的主战兵器。

无论国家的经济形态、技术形态还是军事形态，日益西化的日本都遥遥领先于中国。

器不如人，换句话说，就是技不如人。

南京保卫战，中国守军15万，日军7万，中日兵力比为15：7，结果南京失守，10万中国军队被迫放下武器向日军投降，后被集体屠杀。日军进城后，展开了长达数月的南京大屠杀，30多万中国军民惨遭屠戮，六朝古都顿成人间地狱。

淞沪会战，中国军队守军70万，日军28万，中日兵力比约为7：3，结果上海失守，中国军队损失33万余人，第十八师师长朱耀华、第六十七军军长吴克仁等人壮烈殉国，中央军德械师精锐基本被拼光。

日军在中国战场，处于全面碾压的优势，但在美军面前，日军则受到全面碾压。

看一组钢产量的数据，就知道这种碾压是必然。

1939年，日本钢产量达到669万吨，美国接近4800万吨。

1940年，日本钢产量685.6万吨，美国钢产量6000多万吨。

1941年至1945年，日本最高年份的钢产量是765.0万吨，美国上升到8000多万吨。

钢铁产量的背后，是军工生产的能力。

1937年，日本共有舰艇285艘，总吨位超过115万吨。打到1945年，日本保有的舰艇数量也没超过这个数。

而美国在1945年，则拥有10759艘舰船，航母数量超过120艘。船舶吨位超过1832万吨。总吨位是日本的10倍多。

日本年产飞机1580架，如按8年计算，则是12640架。美国在二战中生产了近30

万架飞机，以等量的8年时间计算，年产飞机37500架，也是全面碾压日本的。

日本年产大口径火炮744门，8年为5952门。1945年，美国拥有372000门火炮，以8年时间计，年产量高达46500门。

所有的军备力量中，日本和美国都不在一个量级上。

在工业时代，钢产量就代表着一个国家的工业实力，是决定一个国家军工实力的重要指标。

没有制造业，没有军事工业的中国，自1840年以来，饱受资本主义列强的欺凌。

共产党人在1921年就认清了这个现实，并挺身而起，挽救多灾多难的中国。

28年的血战，挽救了危难的中国，又扛起了兴邦的重任。

因而，把发展钢铁工业当作国之大事。

因而，立起一面鲜艳的旗帜，上书："钢铁工业是一切工业之母。"

恢复本溪煤铁公司的生产，既是那时中共领导人在东北发展重工业的希望，同时又是新中国发展钢铁工业的一次摸索。

梁成恭、徐宏文、杨维和许言，身衔使命行走在接收本溪煤铁公司的进程中，任之重也，责亦大矣。

解民倒悬

1948年，17岁的李庆祥可难熬了。

家里原来还有高粱可吃。

高粱吃完了，开始还能买点粮。后来实在买不起了。

那年头，粮价翻着跟头往上涨。

粮荒从1947年开始。

1947年前，辽宁粮谷总产量为293.3万吨。

1947年，辽宁粮谷总产量减少到206万吨；棉花由12万吨减少到0.9万吨；煤炭由721.9万吨减少到185万吨；发电能力由55万千瓦减少到4.5万千瓦；生铁由115.4万吨减少到20万吨。

1947年11月23日—29日，国统区营口市场粮价连日暴涨，市民每日吃一顿饭的家庭或每周断粮2—3天的家庭大增，民心不稳，社会动荡。贫民和失业工人集体请愿，要吃饭、要工作。营口市政府束手无策，辽宁省政府紧急拨借杂粮3220.4万公斤，以暂缓社会动荡。辽宁省田粮管理处亦以急件呈请东北行辕拨款、拨粮，接济粮荒日益严重的本溪、抚顺、鞍山、营口、锦县、盘山、彰武、复县等市县。

1947年3月，本溪湖卖大米，每斤9元，到了6月，每斤60元；玉米面3月时每斤3元，6月时，已达到每斤16元。

1948年秋，辽宁国统区的庄稼玉米不抽绒，高粱不出穗；而解放区的大片土地上，麦浪滚滚，五谷丰收。沈阳城的老百姓已无法生存下去，纷纷逃奔解放区求生。解放区民主政府在各地设接待站，仅开原接待站有时一天就接待沈阳难民达千余人。

1948年初，在战争的影响下，本溪成了孤岛。

围困是双方的。

国民党军为防止我军的渗透，在本溪城外，设置了数道封锁线。

我方地下工作者，为将敌人的情报送出，穿越敌之封锁线，是必考功课，这就有了许多传奇。其中，一位怀孕的女地下工作者机智送情报的事迹最为传奇。

刘自浚是1946年我军撤出本溪后潜伏下来的地下党员，是教育界地下党的负责人，其公开身份是大堡学校校长。1946年10月，他联合全市学校和教职员工，展开了要求国民党当局发薪的罢教罢课斗争，经42天的不懈努力，迫使国民党当局向全市教师如数补发了所欠的工薪和米贴费。

刘自浚化名刘勇来往于南芬和本溪市之间，向南芬我党地下情报据点万盛客栈不断传递有关情报。1948年7月，刘自浚从另一名地下党员手里得到情报，国民党二〇七师即将调动相当兵力于7月15日进攻桥头镇以南一带，图谋吃掉驻在那里的解放军一个排和县公安队。此时的刘自浚为免于暴露身份，不得已只得让妻子孟宪英担任临时交通员。

已有几个月身孕的孟宪英，耳闻目睹了丈夫对敌斗争的各种事情，知道丈夫从事的是为人民求解放的大事，对丈夫安排的事从来都是言听计从的。这次也不例外，她将丈夫交给她的情报卷成个小纸卷缝进了裤腰带里，并将接头暗号牢牢记在心里。

孟宪英将20个鸡蛋和几个玉米饼子装在提篮里，打扮成一副回娘家的模样。不放心的刘自浚一直将孟宪英送到十金岭，并再三交代：过了千金岭以后，既有敌人的碉堡，又有巡逻队，不能走大道，只能走山路奔金家堡子，绕过桥头镇走兴隆村、台沟村，过了桥头就是解放区了。

桥头镇距离城区仅10公里左右，若是常人沿大道走，顶多两个小时便可到达。怀着身孕的孟宪英，本来走路就十分吃力，又要避开大道穿沟爬山，走了近4个小时，中午时分才抵达桥头镇敌我边沿的金家堡子。

细河沿金家堡子蜿蜒而下，河的那边是解放区，河这边的金家堡是敌占区，一座木桥横跨河上，连接着两岸。木桥边有一座碉堡，碉堡外边还设有岗哨。孟宪英看见河水缓慢而且清浅，准备涉水而过时，被敌人的哨兵开枪堵了回来。

来到敌人碉堡前，敌人哨兵气哼哼问道："你是干什么的？"

"俺家住在千金沟，娘家在兴隆村，俺娘病了，回家看娘。"孟宪英不慌不忙地回答。

"你去兴隆村不从桥上走，干吗蹚河呢？"敌哨兵追问道。

"俺胆小怕当兵的，一看见炮楼子就害怕。"

孟宪英应付自如，渐渐打消了敌人的怀疑。识别不出破绽的敌军又来了一招，要她留下鸡蛋走人。机智的孟宪英则装出一副可怜的模样，对敌人恳求说："这20个鸡蛋是给俺娘补养身子的，就让俺带上吧！"

她的回答彻底消除了敌人的疑虑，便抢走了鸡蛋放她上路了。

走到黄昏，孟宪英才赶到南芬万盛客栈。此时的孟宪英一天没吃饭，又加之拖着孕肚走路，早已累得精疲力尽了。但挂着情报的她顾不得这些，立即用暗语与客栈伙计接头，并见到了负责人孟博生，把一份重要情报安全送到了本溪县委手上。

这份关于敌军于7月15日进攻桥头的情报，终于在7月14日中午送达驻守桥头的县公安队和解放军警戒排，粉碎了敌人消灭我军的图谋。可以说，孟宪英送达的情报，为我方避免了数十人的流血牺牲。

　　为革命做出了重要贡献的孟宪英老人，先后动了5次手术，对事情的记忆已经模糊了，但对于那段腥风血雨经历的记忆依然清晰。老人说，她一生有两大遗憾：一是解放后为抚育孩子未参加工作，放弃了她解放前就参加革命的光荣履历，而以一个家庭妇女的身份终其一生；二是因丈夫刘自浚在"文化大革命"时被批斗，影响了5个孩子的成长，一生难以释怀。

　　我军为防止国民党军的渗透，为对抗国民党实施经济封锁，也设置了几道封锁线。

　　以距离国统区最近的孤家子、桥头、二道河子、三道河子、财神庙为第一线；

　　以钓鱼台、大黄柏峪为第二线；

　　以南芬为第三线。

　　封锁什么？

　　切断商贸活动，粮、油、盐限制购买。

　　敌我互相封锁，使山城本溪成为了市场的孤岛。

　　市区的物品运不出去，市外的物品运不进来。

　　与市场脱钩的本溪物价不是每月涨几次，而是每天涨几次。到下半年，物价恶化到一袋钞票买不起一袋高粱米的程度。

　　本溪煤铁公司在向上级的汇报中，描述了形势的严峻：

　　"本溪四面被围，孤立无援，粮款已罄，情形异常严重，员工……被饿自杀者有之，羸弱倒毙者有之，市面萧条，物价奇昂，全市陷入饥饿恐慌之中。"

　　1948年7月23日，东北"剿总"政务委员会政治工作队总队长赵炳坤向东北政务委员会反映：本溪全市人口80%以上的工人家庭已没有食用粮食，生活极为困窘。6天未见一粒粮食的家庭日渐增多，饥饿致死者甚多，市民只能以豆饼、谷糠充饥，维持生命。

　　逃离本溪，成了很多人的选择。

　　《中国共产党本溪史》（一）记载：后来，14万人的本溪市区只剩下5万余人。本溪煤铁公司由6万多人剩下不足万人。

　　有两句古话：宁做太平犬，莫做乱世人。本溪当时的情形，可谓民不聊生。

　　本溪湖矿工王春芝为了一家人活命，忍着无限悲痛，用两个小女儿换回了3斗米。回家的路上，被国民党兵抢去1斗。回到家后，又被保长勒索去了半斗。王春芝绝望地念叨：吃完1斗半米，一家人的希望又在哪儿呢？

　　17岁的李庆祥吃谷糠、吃稻糠，吃了便不出来，一天大部分的时间都给了茅坑。蹲在茅坑，只见成群的乌鸦将死亡的阴影，从本溪湖拖曳到兴安，又从兴安拖曳到本溪湖。

瘆人的叫声勾魂般地在风中起伏。

李庆祥的父亲看着勾魂的乌鸦，喃喃自语：又有人要死了。

乌鸦拖曳着百姓在生死线上挣扎。

刚到本溪湖的梁成恭和徐宏文，目睹本溪的惨景，不等熟悉情况，一边马上到沈阳要粮，一边派人到丹东等地买粮。

一路上，两人心里都在想，沈阳也刚解放，共产党人还没倒出工夫来筹粮，这粮到哪要呢？

找到工业部，找到省政府，省政府马上拨粮50万斤，并指示：30万斤救济职工，20万斤投入市场。

辽宁省政府的这次粮食调拨，扭转了本溪严重的粮荒局面，很多百姓因而得以死里逃生。

1948年11月2日，沈阳解放。如果梁成恭和徐宏文是11月6日去要的粮，省政府迁入沈阳才4天，这么短的时间是怎么筹集到数量众多的粮食的？

要解此疑虑，只有一途：东北局在更早之前，已备下解决新解放城市粮荒之策。

在查找陈云与东北钢铁工业的发展资料时，笔者见到陈云1948年6月10日有关如何恢复生产的一段讲话。

陈云认为，如何正确处理新接手企业中的职员问题，是东北恢复与发展生产的过程中的一大难题。抑制物价暴涨，扭转粮荒又是稳定企业职员的解决之道。

关于物价飞涨的原因，陈云总结了三点：一是由于纸币过度增发；二是由于物资不足；三是部分政策出现失误。

相应的对策，第一，纠正限制商贩携带50斤以上粮食流通的错误，允许粮食自由流通。第二，纠正企业、机关对工人生活注意不够的错误，增加工人的实际工资。第三，按经济原则办事，公营企业商品的牌价应根据市场行情的变化而升降。第四，公家必须设法掌握一定数量的粮、布、盐等物资，以力求物价平涨而非暴涨。

面对被围困城市的粮荒问题，紧急救助、解决被围困城市的粮荒成了东北局财经工作的对策。

筹集粮食，早在北满等地展开。沈阳一解放，车皮满载的粮食已运至沈阳。

这一代共产党人的大情怀，泽被本溪，泽被天下。

1948年11月8日，一个滚雷般的消息卷过本溪的大街小巷：煤铁公司职工每人发救济粮20斤，救济金5万元（东北币）。

当时的煤铁职工有9000多人，9000多人享受到这份救济。如以一家4口人计，那就是36000多人分享。5万多人的本溪有70%的人得以分享。

20万斤粮食投入市场，被调高的粮价见风回落。11月下旬，市区玉米价格从

6000元（东北地方流通券）降至3000元至2500元。不到1个月，本溪粮荒基本解除。

救民命于水深火热中，自然获得百姓的感戴。

接下来实施的一策，对所有职工进行普查登记，为职工建立劳动保险制度，职工在过去因公伤亡的，按规定获得抚恤与补偿。换句话说，推行劳动保险政策，让职工生老病死都有了保障。对于劳苦大众来说，这是从古至今从来没有享受过的待遇。

还有一策，退休职工代表大会和民主改革，让职工参与企业管理。日伪时期的苦力成为了主人，广大职工有一步登上九重天之感。

经历日伪时期和国民党时期的孙福财，在日伪时期吃的是橡子面和糠皮等混合在一起的"混合面"。国民党统治时期，员工带着面袋领钞票，领完钞票立马买粮，否则，下一分钟，钞票马上缩水。不少的人家只好靠豆饼、麸糠和野菜糊口。

这位从未感受过被关心的员工，在共产党发放救济粮中感受到了被关心的温暖。在共产党的新政策中，真正感受到自己不但在经济上翻了身，在地位上也翻了身。在旧时代擦身而过的瞬间，他建立了自己的认识：国民党既救不了百姓，也救不了国家；共产党既救得了百姓，又救得了国家。他毫不留念地抛下了旧时代带给他被欺凌、被贱视的屈辱，带着希望全身心地拥抱新时代。

最后的"接收大员"

赵捷

走在路上，我自己对自己嘀咕：94岁的老人了，说话怎么样？思路怎么样？

赵捷老人的名字，我再熟悉不过。

研究本钢历史的我，发现在有关本钢历史的书籍中，赵捷老人的名字反复出现。

是啊，1948年前来接收本钢的"红色接收大员"们，很多的人都调走了，很多的人都作古了。赵捷老人是少之又少地对本钢从一而终的坚守者，是少之又少地仍然健在的"红色接收大员"。

熟悉但一直无由见面。

要写本钢解放后的历史，采访赵捷老人是必修的功课。

老人的家在水塔路左边、军转大厦后面的本钢公司的经理楼。

久经风霜的经理楼，现在一副旧模样。

老人家住一楼。

走进门内，迎面而来的几个人，让我错愕不已。

原本以为不认识的一家人中，竟有3人我很熟悉。

赵晓娟，在本钢总医院工作，我当记者时，多年采访本钢总医院，与赵晓娟早就熟悉。

赵晓冰，在本钢总医院工作，唐山地震时，她曾是冒着生命危险前往抗震救灾的人。我在写这段历史时，有这样一段关于她的文字：紧张的抢救中，发生了一件影响妇产科医生赵晓冰一生的事。23岁的赵晓冰当时是一个积极要求上进的青年，已向党组织写了入党申请书。到唐山后目睹了遍地死亡，心灵产生了巨大震动。特别是有一天，一位孕妇劫后余生来生产，接生后听着婴儿的啼哭，赵晓冰面对一边是无法抗拒的死亡，一边是无法抗拒的新生，她对生命的美丽有了新的认识。抗震救灾回到医院后，赵晓冰不再随潮流封闭自己了。她破天荒地用火钳为流海烫了几个漂亮的卷儿。要不是她的妹妹赵晓娟破解了这个变化的奥秘，很多人至今仍不明白当初赵晓冰为何发生变化。

杜金鹏，原在本钢公司经理办工作，和赵晓娟是夫妻，我和他早已熟悉。

一番客气寒暄后，转向我采访的主角。94岁的老人坐在轮椅上，身躯瘦弱，眼神却与此相反地有力而生动。老伴也穿着睡衣坐在旁边。

共和国管理钢铁企业的奠基者被岁月雕刻得如此风霜地坐在我的对面，他们的背后，则是本钢70年发展后那年轻而现代的容颜，我的心中满满地是庄严的礼敬。

采访，由老人指点我看挂在正厅的一幅纸张已泛黄的对联开始。

茅野浅居，独立孤处，望乡老勿笑我有达人。

绿水盈门，翠柳绕宅，听鸟语观鱼跃由天命。

什么意思？老人的老家海城西柳的岳家屯。这个地方美啊！门前池水荡漾，家居周围翠柳环绕。

赵捷原名宋成义，参加革命后改为赵捷。

赵捷的父亲宋殿槐是辽南一带有名的秧歌高跷艺人。据《海城县志》记载，辽南有"南曹北宋浪刘"，其中"北宋"就是宋殿槐。他扮相俊俏，舞姿刚劲，有时反串旦角，清秀艳丽，有时扮演武生，英俊潇洒，赢得当地人们的欢迎，是秧歌高跷的三大代表人物。声名闻达海城，是海城达人！

对联是1942年写的，书写者宋殿柏，是宋殿槐的哥哥，能有任自然而生活的境界，当然也是闻达之人。

赵捷老人让我看对联，自然是让我了解他家族的意思，也包含有对家族的自豪之意。

出生于这样家庭的赵捷，1946年2月参加辽南武工队，4月入党。辽南武工队在海城附近活动，怕连累家里人，武工队中五个人都改了姓名，宋家的长子宋成义也改名叫赵捷。

后来到辽南公学，赵捷在梁成恭领导下工作，一直负责所在部队的财务管理。战乱使各地货币很不统一，地区不同，钱也不一样。为了保证部队作战，保证后勤供给，条件许可时，赵捷都要找地方把钱换成金子，需要粮草时就拿金子去换。那时，管钱的人是组织最信得过的人。

1948年辽沈战役胜利前夕，经实际锻炼和学校学习，赵捷已成长为财会方面的专业人才。受东北行政委员会派遣，在梁成恭率领下前往本溪接收本溪煤铁公司。

一行4人经丹东办了护照后，即挺进本溪，随解放本溪的部队进了城，摸黑住到了本溪湖的大白楼，第二天早晨，原来国民党的留守人员起来一看，自己已被接收了。

赵捷被安排接收掌管钱财的会计处，接收时，金库空空如也，只有一块豆饼。

面对一地饥荒，梁成恭和徐宏文赶去沈阳要粮，赵捷的任务则是四处买粮。

幸亏来时带着一麻袋的钱，应该还有黄金，赵捷派人到丹东等地买粮、买盐甚至生猪，及时地救济了煤铁职工，及时地开办了食堂。为改善生活，还在本溪湖开起了油坊。

解决了粮荒，赵捷又负责起购买恢复生产所需的物品，如坑木等。

财会工作，旧有的系统已解体，急需建立新的系统。

没人怎么办？

赵捷带上几个人到沈阳招人。

有熟悉业务的更好，不熟悉业务有文化也行。

招回来了，在彩屯找地方办培训班。

赵捷自己授课，同时也请专家来帮忙培训。

100多人，前后办了几期。

基本的队伍组织起来了，基本的业务掌握了。然后分到各厂各矿，按共产党的管理思想建章建制，建档建卡。

体系有了，制度有了，剩下的就是在工作中改进、深化和完善。

赵捷是共产党领导下管理钢铁企业的财会制度的创立者、奠基者。

这一套体系焕发了蓬勃的生命活力，为本钢的恢复生产和后来的发展做出了独特贡献。

赵捷在创造性的工作中成长为当时冶金系统知名的财务专家，30岁时参加全国财政信贷大会，受到毛主席、朱德等国家领导人接见。当时国家冶金部曾下调令要他到部里担任财会方面的领导，他因对本钢的眷恋放弃了这次机会。

后来，赵捷在本钢曾任本钢石灰石矿矿长、南芬选矿厂厂长、热连轧厂党委书记，1979年任本钢公司副经理和总会计师、1984年任总会计师。1987年2月离休。

时至今日，赵捷为本钢创建的财会制度仍让不少人念念不忘。

1989年，在本钢恢复生产40年的日子，赵捷写了篇回忆文章，标题带有那个时代的气息：《40年发展历史证明，本钢人一代更比一代强》。

1948年10月，本溪解放初期，我们受东北行政委员会指派，怀里揣着接收本溪煤铁公司的命令，在一个"月黑头"的晚上，我和梁成恭等同志从瓦房店出发，途经大孤山一带与王玉波同志相遇来到本钢。

那时的本钢已经被破坏得不像样子了，唐代诗人杜甫有两句诗叫作"国破山河在，城春草木深"。本钢厂区、矿区、电厂荒草遍地，一片废墟。仅有的两座高炉早已在"八一五"光复时熄火，铁水凝固在炉膛里，炉下杂草丛生。日本人曾断言：高炉再出铁水，简直是白日做梦。美国人鉴定的结果是"专家晃头，铁水不流"。

从1945年到1948年，高炉没流一滴铁水。

但是获得了解放的本钢人，在恢复本钢生产的建设中，依靠党的领导，依靠广大职工的艰苦奋斗，依靠广大工程技术人员，献器材、修设备，开展创造新纪录活动。开动脑筋，昼夜奋战，土洋结合，用凿岩机排除了炉内80吨凝铁，用大抬筐抬来了几百吨耐火砖，经广大工人的顽强奋战，终于在1949年的7月15日，灭火几年的高炉点火了。那时，恢复生产为国家生产出第一炉铁的高兴劲儿和兴奋心情，简直无法形容。

40年艰苦创业，使昔日满目疮痍、一片废墟的大地，今天变成了具有采矿、炼铁、炼钢、轧钢、运输、发电、焦化等50多个生产厂矿的特大型钢铁联合企业；过去的一片片潮湿、狭小的工棚、石头房、水灾房，今天从百里矿区到十里钢城，交通畅达，灯火辉煌，高楼大厦鳞次栉比。

在40年的对比中，老人百感交集。

红色接收大员，共产党人建设钢铁伟业的第一代奠基者，愿您健康长寿！

共产党改变了他的命运

2011年建党节前夕，81岁的李庆祥哆哆嗦嗦地铺展开纸，哆哆嗦嗦地捏住笔，一笔一画地写起了文章。

儿女们问他：写什么呢？这么费劲！

他说，我要写下我感党恩的心情。

他这么一说，儿女们都不吱声了。感党恩、报党恩，是李庆祥每年建党节都要叨咕的话题。

李庆祥家族也是从山东过来的。

从爷爷那辈过来，到了父亲，才辗转来到本溪。

父亲在水泥厂上班挣一份工资，再兼职做点儿木工活，闲时打点零工，又能挣一份额外收入。父亲精打细算，家住福金沟，就在福金沟买了点山地。

1948年，整个本溪社会都乱了。

不少企业不开工，不少商家都关门。

粮荒的阴影笼罩着本溪。

人再行，赶不上社会不行。

父亲再能干，企业不开工，挣不了钱，即使手里有点钱，但在粮价如洪水般的涨势面前，一般百姓手中的那点钱如大千世界一芥子。

钱花光，粮吃完。碰上个倒霉年头，山地里种的庄稼不等成熟就被吃光了。

家里只剩点谷糠。

谷糠吃了便不出来，即使这样，谷糠也没多少，支撑不了多久。

正在一家人无望时，本溪解放。父亲领到救济粮，吃了多时的谷糠，突然吃到苞米面大饼子，李庆祥感觉那就是人间美味。多年后，李庆祥对儿女说，那真是比过年的饺子还香。

解放了的本溪，不仅救了一家人的危难，李庆祥还有了吃饭的工作。

1948年11月，本溪煤铁公司已着手高炉生产的恢复，修筑高炉，需要耐火砖，多年来，耐火砖从未在冬季生产过。怎么办，到平顶山和月牙岭拆卸碉堡，将修筑碉堡的耐火砖、钢筋、钢轨、钢板拆卸到一铁厂备用。李庆祥背钢砖，大的背两块，小的背四块。一个月下来，李庆祥挣的工分折算成粮食，发给他240斤粮，借个毛驴，驮了两趟。父亲一看，儿子一个月比自己辛苦一年种地的收获还多，就对儿子说，这样对工人的共产党，错不了，好好干。

17岁的李庆祥理解的好好干，一是上班时干活不耍奸；二是下班业余时间，就到厂区的垃圾堆里捡废钢铁，还有生产用的旧工具，捡到了，擦拭干净献给工厂。有一次把父亲的轴瓦都献了。父亲问：献谁啦？李庆祥说：献妈了。父亲气得追问：谁是你妈？李庆祥说，共产党。

危难之际挽救了自己一家的共产党在李庆祥的心里，就是给了自己无限温暖的母亲。

新的时代，改变了李庆祥的命运。

李庆祥不但入了党，还被组织先后送到沈阳东北工人政治大学、本溪工科高级职业学校、东北工学院学习。1948年到1967年的19年间，工作了9年，学习倒占了10年。自己也一步步成长为处级领导、高级工程师。

李庆祥说，要在日伪时期，要在国民党统治时期，自己干一辈子也就是苦力，是共产党改变了他的命运。

正因这样，李庆祥一辈子怀着感恩的心努力工作，退休了仍不忘为社会做贡献。81岁了还写了《党的生日　我的成长》的文章，记录下党改变了自己命运的历史。

老人2020年还健康地生活着，新冠疫情肆虐时，还捐款1000元。

很多从旧社会过来的老工人，对共产党改变了自己命运的体会都和李庆祥一样的深切。

1948年12月，本溪解放后1个多月，本溪一派复工的火热气息。机器厂的工人在岗位上忙碌，煤铁公司更多的职工穿行在企业周边，寻找各种有用的器件。虽是冬季，但本溪一派生机。一篇《本溪巡礼》的文章，发表在《人民日报》1948年12月30日第3版上，记载了本溪这一段特殊的历史。

本溪巡礼

以煤铁工业著称的本溪，是东北有数的重工业城市之一。设备近代化的炼钢、炼铁、耐火材料、选煤、洗煤、炼焦等重要工厂，共有二十多个。但是经过国民党两年的统治，现在的本溪几乎已没有一座工厂还是完整的了。许多工厂的建筑物被国民党军拆毁修了碉堡，机器资料则被国民党官员们盗卖。钢铁、耐火材料等工厂全部停工。全市的工人由五万人减少到八千人。就是在这样一个遍体鳞伤的基础上，本溪人民政府领导着各厂工人开始了各种重要工业的恢复工作。

在蒋匪统治时期完全停了工的钢铁部门中，现在工友们正忙着整理旋盘，修理机器。他们情绪很高。当炼铁炉的工友为修理炼铁炉，正着手取出铁炉内解放前遗留下的一块八十吨生铁时，某矿工人自动派去数人帮忙。工友都争着要在修复炼铁炉中立功。该厂最近被提升为铸造机师兼加工课课长的刘凤鸣，是一位使用汽锤将近三十年的老工人。

他这些日子忙得很，天天上山找被蒋匪破坏的旧锅炉来修理。炼钢厂的起重工人，每天在发出呜呜声响的吊车上扯动着开关。发电机马达的巨大声音震撼着附近的建筑物。炼钢炉内通红的铁块化为熔体。加热炉透出了红光——炼钢业也苏醒过来了。

在拥有机工、钳工、模型、翻砂、铸造、铆工、起重、锉刀八个部门的大机器厂里，铆工们正按照所需之尺寸，在铁板上画上线条，送入剪床机，紧张地为三号锅炉准备做烟囱用的铁板。锉刀工厂的切纹机不断地发出哒哒之声，小型电锉上下倏动着。现平均日产三角锉、圆锉、平锉等锉刀一百三十把，而蒋匪统治时日产平均仅一百把，而且全部是比较省工的平锉。

宫原两个蜂窝式的炼焦窑已复工。在短短一月中，又开出了四个新窑。另有十五个窑现正由工人们整理机器，准备恢复。本溪煤矿的产量已由初收复时的日产二百八十吨增至现在的一千一百吨。在国民党统治时，每日最高产量不过九百五十吨。

本溪地区的耐火材料工厂复工后，工友由五十九名增至一百四十五名。鲍家洼子耐火材料工厂大部建筑已被蒋匪拆去筑地堡，现工友们正忙着修建厂房。一位烧耐火材料二十余年的老工友，现已被提升为该厂副厂长。他在被蒋匪破坏了的粘土矿口亲自把土扒开，钻进十几米，察看里面是否还有粘土，能否开采。工友们对于复厂充满着信心，他们相信煤铁厂所需之耐火砖，到明年三月就可以全部供给。

由于生产的恢复与扩大，已有三百多失业工人返回工厂。在国民党盘踞时代工人们以糠和豆饼充饥的日子，已经一去不复返了。本溪重工业的恢复与建设，还需要一段艰巨的努力过程，但现在已经是做了良好的开始。

（作者：罗立韵 见《人民日报》1948年12月30日第3版文章）

002：绝境筑炉

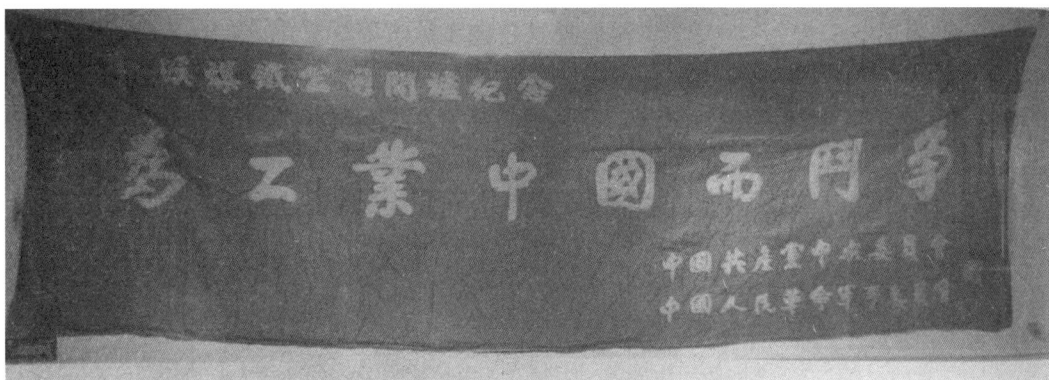

中国共产党中央委员会、中国人民革命军事委员会为庆祝本溪煤铁公司开工典礼赠送的锦旗。

因希望而迸发的智慧

1949年春季，新中国已如桅杆上的一轮红日，遥遥在望。

此时的本溪，细心的人发现了一个异兆：早晨，本溪湖的两座高炉被一片霞光笼罩；傍晚，斜阳夕辉又结成一个美丽的光环，高挂在两座高炉之间。

有人说，35年的高炉将有新的生命。

别人说，瞎掰，钢筋水泥的高炉哪儿来的生命？

不久，一个信息传遍了本溪大街小巷：东北局指示，本溪湖高炉要开炉生产。

这个指示对共产党历史有着特殊的含义，这个日子恢复高炉生产，既是对建立新中国的支持，也是对这个特殊日子的纪念。

东北解放后，本钢第一届领导班子是1948年11月底成立的。

旧有的名称"本溪煤铁有限公司"改为"本溪煤铁公司"。

杨维是解放后本钢第一任经理，许言、徐宏文、赵北克依次为第二、第三、第四任经理。

前来接收本钢的正特派员梁成恭到哪去啦？

梁成恭于当年的11月调离本溪煤铁公司，任东北轻工业局副局长。

1951年至1953年，梁成恭到苏联造纸学院学习，回国后任国家轻工业部造纸局副局长，很快升任轻工业部造纸局局长，负责研制新中国钞票用纸，并于1962年研制成功。

1982年，梁成恭从轻工业部造纸局局长和科学研究院党委书记任上离休，2002年2月4日逝世，享年93岁。

杨维、徐言、徐宏文在前文已有粗略介绍。

赵北克是沈阳人，1937年参加革命，第二年入党。先后任晋察冀边区政府实业处秘书主任、灵丘县县长、第十七专署副专员，辽北省第一专署专员、地委常委，嫩江省第四专署专员、地委常委，嫩江省民政厅厅长。

从各地调干部支援本溪煤铁公司是东北财经委员会的政策，全国解放后成为了国家政策。

除了这四位班子成员，还有5部7处的负责人，基本都是从各地调来的。

四位班子成员，无一人学过钢铁专业，无一人管理过钢铁企业，但这些人对恢复钢铁生产，发展钢铁事业充满信心。

这些从战争中学习战争的人坚信：从管理中可以学习管理，从炼铁生产中可以学习钢铁专业。废弃的高炉可以新生，野草丛生的工源旧址一定会焕发蓬勃的生命力。

恢复生产的第一步，就是让二号高炉新生。

工业部将此明确为：二号高炉要在1949年建党节时点火生产。

恢复生产，共产党人曾有过一次尝试。

1945年9月来到本溪的共产党人，为了本溪城市的生机，也为了本溪百姓的生计，开始恢复本钢的生产。

先是共产党人、本溪市市长田共生，后者是开国上将周纯全。

周纯全，1905年出生，湖北省黄安（今红安）县人。1923年参加工人运动。1926年加入中国共产党。1927年参加黄麻起义。土地革命战争时期，任红军第四方面军十师政委，红四军、红三十一军政委，红四方面军政治部主任，参加了二万五千里长征。抗日战争时期，任中国人民抗日军政大学第一分校校长，滨海行署副主任兼秘书长。解放战争时期，任东北民主联军后勤部东线战勤部司令员，东北军区后勤部部长，第四野战军后勤部第二部长。新中国成立后，任中南军区后勤部政委，中国人民志愿军后勤部政委，中国人民解放军总后勤部第一副部长兼副政委，武装力量监察部第一副部长。1955年授衔为开国上将，1985年逝世。

这样一位人物是怎样来到本溪的？

周纯全的任职经历中这样写道："1946年春，任辽东省实业厅厅长兼本溪煤铁公司总经理。"

详情是这样的，1946年1月，中共东北局决定，调周纯全任本溪湖煤铁公司总经理。这段话涉及一个历史事实，自日本强占经营后，本溪湖煤铁公司改名为"满洲制铁株式会社本溪湖支社"，抗战胜利，民主联军进驻本溪，并接管公司后，遂将"满洲制铁株式会社本溪湖支社"更名为"本溪湖煤铁公司"。

接掌煤铁公司大权后，周纯全一是改组公司领导层，二是积极组织力量恢复生产。

之前的本溪湖煤铁公司，除总经理是共产党人田共生外，各部的正职都由日本人担任。担任经理的冲永健三是日本人，前公司的劳务部长。顾问井门文三，也是日本人，前公司的一把手负责人。

周纯全来之后，一是撤销了日本人担任的一切职务，并积极组织工人们恢复生产。二是发电厂恢复了一台一万四千千瓦发电机组的生产，工源硫酸厂恢复了生产，本溪机械厂也恢复了生产，战乱中的城市有了生机，有了活力。但受损最严重的本溪湖高炉没来得及恢复，国民党军的进攻将共产党人逼出了本溪。1946年的4月，周纯全等人撤离了本溪，从此，将军的生命之花开在了另一片高地上。

共产党人在撤离本溪时，有人曾从战术的角度主张，炸毁机器，但被决策者否决了，说工厂是人民的，是未来的。本溪工厂因而得以保全。听说，这个决策者是陈云。

这是共产党人第一次恢复本溪煤铁公司的生产。

国民党军进驻本溪后，国民党行政院对本溪煤铁公司很重视，将之视为东北三大重工业基地之一，并制订了全面恢复计划。

这一时期，国民党给今天的本溪留下了两个记忆，一是将南坟改为南芬，二是将宫原改为工源。

本溪湖两座高炉的恢复是计划中的重头戏，但在清理时，发现1、2号高炉中均有凝铁，恢复计划即告破产。

共产党人掌握政权后，恢复高炉生产，成了必答题。

在解放初，如本溪一样拥有雄厚工业基础的城市，确实不多，正因如此，本溪在中央领导的心目中分量自然不一样。

本钢老经理许言回忆说："中央指示，本溪市和本溪煤铁公司要集中一切力量，用最短的时间恢复生产，以钢、铁、煤支援国家建设。"

那一代的共产党人，成了国家主人后，自然能体会到恢复生产的重要。这是他们获得政权后赶考的第一道考题，紧迫感和使命感迫使他们迎难而上。

数年的战乱，苏军的大肆撤除，使得当时的本钢千疮百孔，如此的境况，要恢复生产也只能是一步一步地来，但要选重点，要选具有代表性的部位来恢复。

恢复煤的生产是必不可少的，恢复特钢的生产是必不可少的，恢复铁的生产更是必不可少的。

以煤起家，以铁彰显于世，铁成了本钢的一面旗帜，擦亮这一面旗帜成了本钢恢复生产不可或缺的内容。二铁厂也有两座高炉，但辅助设备被苏军拆卸一空，没有重建，恢复就是一句空话。

一铁厂因当年苏军撤卸时嫌其设备老旧，而被忽略，生产的整体性和程序性得以保留下来，为今天的恢复创造了条件。

各种因素的叠加，使得一铁厂的两座高炉成为迎接新时代到来的旗帜，坐上了本钢恢复生产重中之重的位置。

2号高炉内有数十吨的凝铁要清除，如何清除，是所有人从未经历过的事。

2号高炉从清除凝铁到重新修筑，再到炼铁，不只是一个工程的难题，而是工序体系重建的难题。

当时的本溪炼铁厂，包含了本溪湖骸炭工场、副产物工场、硫酸工场，本溪湖团矿工场、烧结工场、本溪湖第一发电所等工序，后来这些工序被重组为本溪炼铁厂、本溪炼焦厂、本溪团矿厂、本溪第一发电厂，属于本溪炼铁厂的高炉要重修，其他几道工序也需重修，除此之外，还有不少的辅助工序也需重修重建。

所有的重修重建都在没有备品备件的条件下开始，那是一步一个难题，一步一道难关。

决死相拼

2号高炉要重修，外部所需的第一个条件，需要高炉砖。

那已是初冬，第二经理许言找相关技术人员了解生产耐火砖的事。技术人员回答说，本溪湖耐火材料厂从未在冬季生产过耐火砖，并将冬季生产耐火砖的种种困难摆在了许言面前。许言找一批老工人，将技术人员摆出的种种困难摆给老工人，希望老工人找到克服的办法。然后将老工人想出的办法再交技术人员讨论，看是否切实可行。

你来我往，冬季生产耐火砖的办法出来了。工人们手工成型，制作了两万多吨的高炉用耐火材料和焦炉用的典型粘土砖和硅砖，在解决耐火砖的难题时还完成了一件替代进口的大事。焦炉砌筑用的硅砖过去都是从日本和德国进口的，这次却成功制成了。

高炉生产，离不开煤炭。

没有煤炭，纵使高炉修复，也只是一座站立的风景。

曾经在北满当过煤矿矿长的第三经理徐宏文，兼着煤矿部的负责人。

1949年初，煤矿只有300多人。徐宏文因人定策，决定先修复本溪矿大斜井的生产。

那时的共产党人，永远都是工作的排头兵，吃苦的排头兵。

徐宏文和工人吃住在一起，工作在一起。

跟班到井下和工人一起排水，一起清理巷道，一起维修设备。

有一次，矿上运来一车炸药，没人敢去卸车。徐宏文挺身上前，搬了第一箱炸药。

有人带了头，工人们纷纷跟上抢着搬了起来。

在经理的带头作用下，工人们艰苦努力，终于在1949年的4月间，恢复了大斜井的生产，当年产量为43万吨。

高炉生产，铁矿是主要原料。

南芬铁矿恢复生产，是无可避免的必须环节。

当时铁矿部主任王名衡，南芬铁矿矿长傅守凡，经过多次到矿山的现场勘查，确定了南芬矿恢复的关键点，那就是首先解决四坑口塌方和地面以下所有坑道的积水问题。其中又以四坑口的修复最为重要。因为四坑口位于600米高的山坡上，性质是填充坑道，修复了它才能将恢复生产的门栓打开。

海拔600米高的四坑口，山高路滑，雪深没膝，风口凛冽。时值4月，倒春寒正当其时。傅守凡带领矿工艰苦奋战，把枕木和钢轨一根根扛上山来；在淤泥深陷的坑道内艰苦作业，用创造劳动的热情温暖持续的凛冽，终在4月底修复了四坑口。停产4年的矿山终在1949年的5月1日恢复了生产。

高炉生产，缺不了的是动力。

煤铁公司的3个发电厂遭受严重破坏，比较而言，二电被破坏的程度稍微轻一些。所以，修复二电3号锅炉成了最好的选择。

时间，1949年年初。

工程总指挥，机械厂厂长赵永镐。

修复，需要焊条，没有。

电焊班老工人高显义自制焊条，解决问题。

修复3号锅炉，关键是修复锅炉筒。

锅炉筒被炸扁了，要恢复成原型原样。

国民党管理公司时，也曾修复过。还特意请来了美国专家，专家看后，一番摇头。

共产党接收后，想换新的，只有自己想办法修复。

谁都没经历过这样的事，没有经验，没有参照，一道难题横在修复的路上。

关键时刻，有人挺身而出，提出了自己的修复之道。

敢啃硬骨头的人叫王凤祥，发电厂工人。

工人们信心不足，外国专家都干不了的事，你能行？

王凤祥将他的想法好一番解说，工友们听听，不错，有道理。

那就干啊！

大家找来了两个直径同锅炉筒一般大的铁球备用，支起铁架，将锅炉筒吊在铁架上，生火将锅炉筒烧红，将铁球从一头滚进去，再从另一头拉出来，有不平的地方，用铁锤砸平。反复数次，锅炉筒复原了。

土办法解决了大问题。

二电厂其他设备问题在王荣礼、梁显振、赵永镐等人的努力下得到了解决，保证了高炉生产的用电需要。

王凤祥也因此独特贡献，成为劳模，光荣出席了第一次全国劳模会。

修复电力的工作中，有一个人不得不说。

那就是李德禄，他60多岁，被称为电修的祖师爷。

第三发电厂制订了一个修复变波机的计划。

没有图纸资料，没有绝缘材料，施工计划从1949年的2月延迟到了同年的4月18日。

李德禄就想凭着自己一生的经验为修复工作克服没有图纸资料的困难。

老人将行李搬到了工厂，夜以继日，揣摩研究，硬是在没有图纸的情况下，理清了配线。

变波机锈蚀得厉害，除锈必须用砂纸，没有，拿钱都买不到。

李德禄告诉工友们，用洋铁叶草来代替砂纸。一招解决了砂纸问题。

砂纸问题解决了，可没有绝缘材料怎么办？

好办，李德禄又教了工友们一招：买来白布，将白布绷在木架上，然后将桐油精心地涂在白布上，晾干后，便成了很好的绝缘材料。

老人用他的经验解决了一个又一个难以解决的难题。不幸的是，劳累过度的老人在岗位上突发脑溢血去世了。

电修的一代祖师爷，为恢复本钢的生产倒在了岗位上。

……

1949年7月以前，本钢煤铁公司所属的煤矿、炼焦、铁矿、特殊钢厂等主要厂矿的部分设备已先后恢复生产。

焦炉一时无法恢复，就采取了土法炼焦。

新中国第一炉铁水

刘宝暄是负责修复一铁2号高炉的工程科长，后来成长为本钢副经理和总工程师。他对这项工作，忐忑不安，还是军代表找他的一番谈话，才让他树立了信心。

军代表叫王金栋，一番谈话充满了鼓励："你在恢复硫酸车间的工作中，不是做得很好吗？依靠了老技师和老工人，用两个月就恢复了生产，到炼铁厂修复高炉，仍然按照老办法，依靠那里的一些老同志，也同样会有效地把高炉修复。"

那时代的大工匠，风云际会。

被称为老江头的江之浩、最善修破烂机器的"董破烂"、汽锤大王刘凤鸣、起重机师丁洪宝、电气技师乔海升等风靡了那个时代。

2号高炉是在没有做任何善后处理的情况下和焦炉一起被突然停运的，原料化成的铁水和正在融化的原料冷却成铁块凝固在炉内。风口以下是半渣半铁的凝固物，采取打眼放炮的办法炸掉了。出铁口以下一米多厚的死铁块采用上面的方法不灵了，炮眼打浅了，炸出来的是一个倒三角的锥坑；炮眼打深了，炸出来的是个正三角的锥坑。后来又调来一台电炉变压器，想用炼钢化铁水的方法熔化凝铁，因周围耐火砖衬被撤除，无法保温，此法失效了。

爆炸不行，加楔子。

在铁上面加楔子，谁的高招？丁洪宝。

好使吗？

先用凿岩机在凝铁上打出一排排透孔，在透孔中打进50毫米的圆锥楔子。然后吊起3吨重的铁锤，砸向透孔的两侧，凝铁受震而破烂，再用起重机将其吊出。

挡住高炉恢复的第一只拦路虎被大工匠丁洪宝搬掉。

在修复旧料罐卷扬机的过程中，没有卷筒小齿轮，是大工匠江之浩将过去废弃不能用的卷筒小齿轮成功修复解决的难题。江之浩还用上述方法修复了炉顶装料系统的翻车轴承等缺陷。

那个时候，本溪还有一些特殊的专家人才。

杨好年是伪满留用人才，在日本长大并受高等教育，是位很有水平的建筑设计师，特别擅长修理被破坏的建筑物。

靳树梁是旧中国少有的高炉专家。1944年12月，他发表的《小型炼铁炉之设计》论文，是中国第一篇总结小型高炉设计的文章。

他在抗战期间研究设计的"小型高炉标准炉喉"，开了那个时代的研究先河。

他是国民党占领时期的本溪煤铁公司经理，但共产党人视他为高级专家，任命为公司总工程师。

在一铁厂的高炉修复中，他的意见具有举足轻重的作用。

2号高炉在修复中解决了炉基问题后，开始测量炉子中心线时，发现高炉中心线向上料斜桥方向倾斜了280毫米。如何纠正原有的问题，最好的办法是拆掉重建，但时间急迫，不允许拆除重建。关键时刻，专家的科学素养和经验积累绽放出了创造性的智慧之花。靳树梁提出解决方法，即"两借方针"，从机械上设法借过一点，再以偏砌耐火砖衬的办法借过一点，以此来修正倾斜的280毫米，给高炉新的平衡。

公司领导将靳树梁的方案汇报给东北人民政府重工业部部长王首道，王首道派了一位苏联专家罗马罗尔夫前来协商解决问题，听了全部的意见后，苏联专家给出了与靳树梁一致的意见。炉心偏差280毫米的问题得以解决。

修好的高炉要点火送风，往高炉中装木头的事落在任宝库身上。

本是开原人的任宝库，1949年6月被招工来到了本溪煤铁公司。上班第一天就参加为高炉抬运耐火砖的事。存放耐火砖的地方距离高炉足有一里地，任宝库抬了十几天。

为高炉装木头是个危险活儿，扛着木头爬上几十米高的炉顶，用钢丝绳绑好后，通过卷扬机连人带木头送到炉底。

既要登高又要摸黑，有些人害怕不敢上，任宝库主动承担了这项工作。

从炉顶下到炉底，还有布放木头的事，任宝库忙了4个小时才结束。被送到炉口时，又累又饿，两条腿直打战，在一位热心的苏联军人搀扶下，他才从又高又陡的铁梯子上走了下来。

点火那天，任宝库来到炉台旁。总工程师靳树梁出现在炉台，亲手在北渣口用油布将火点燃，高炉烟囱冒出一片黑烟。卷扬机不停地转动，料车不断地向高炉运送原料，工人们情不自禁地在炉台上欢呼起来。

承担着共产党人的梦想，承担着多少职工希望的新中国第一炉铁水，真是命运多舛。

1949年6月30日下午4时，本钢2号高炉正式点火，靳树梁和工人一起守候在炉旁，当风量加到每分钟500立方米时，空气柱与风口平台发生共振，使整个平台都震动起来，在场的人无不震惊。苏联专家罗马罗尔夫首先提出了解决办法：堵上出铁口。靳树梁则不同意，他的意见是继续加风。公司总经理杨维来到一铁厂，听取了苏联专家和靳树梁各自不同的意见后，最终采纳了靳树梁的意见。

当风量增至每分钟550立方米时，炉台震动果然减小了。一小时后，风量增至每分钟700立方米时，炉台震动消除了。翌日，当风量达到定额值每分钟920立方米时，炉台纹丝不动。

7月3日，2号高炉终于流出了第一炉争气的铁水。

共产党人和广大职工终于以卓绝的智慧解决了本钢恢复生产过程中的旷世难题，让废弃的高炉重生，终于成功炼出了解放后的第一炉铁水。

1949年7月15日，本溪迎来了盛大节日：中共中央东北局、东北行政委员会决定在本溪举行隆重的开工典礼大会。

东北行政委员会副主席林枫、高崇民，中央军委代表张令彬等党政军领导亲临大会。中共中央和中央军委为大会题词："为工业中国而斗争。"

中共中央东北局和东北行政委员会也发来贺电。

贺电是对本钢人的最高礼赞：

"蕴藏极其丰富的煤铁之城，为日本帝国主义长期劫夺之后，又遭国民党反动派的盗窃破坏，去岁东北解放，始为人民所有，七个月来，你们以英雄式的劳动热忱，在冰天雪地山野里，在千度高热的熔炉旁，收集找寻器材，修理装配机件，发挥了主人翁的积极性与创造性，克服种种困难胜利地完成并超过了预定的修复与生产计划，正式开炉典礼之日，我们代表全东北人民致以热烈祝贺！"

今天来看这贺电，激情满怀，洋溢着一个时代的欢呼气息。

杨维，恢复生产的总指挥

1949年，杨维37岁。

参加革命近20年，血与火的洗礼，锤炼了他求真务实的性格，他对信仰怀有极高的热情，对工作只争朝夕。

从哈尔滨市委组织部部长、市委副书记任上赶来本溪接收本溪煤铁公司，任经理。

成为本溪煤铁公司恢复生产总指挥的杨维，办公室设在大白楼的一个房间，一张铁床，几把椅子，一部电话。

杨维不懂钢铁企业管理和钢铁技术，但他尊重懂钢铁企业管理和钢铁技术的人。

1949年4月，靳树梁从鞍钢副经理任上调本溪煤铁公司任总工程师。

靳树梁曾是国民党政府资源委员会委员，国民政府派到东北负责接收本溪煤铁有限公司的接收大员。他给人的印象就是一个国民党的官僚，百姓自然成见累累，不少意见反映到杨维耳中。

杨维和其他几位经理经过一番调查研究，了解到靳树梁到国外考察过高炉，研究过钢铁冶炼的最新技术，自己做过钢铁厂的厂长，设计过高炉、建设过高炉，是少有的钢铁行业的专家。

面对这样一个学有专长、具有爱国心的知识分子，杨维一方面做群众的工作，让工人了解靳树梁是一个抱有实业救国理想的爱国知识分子。一方面尊重靳树梁，向他请教重大技术问题，请他领导炼铁工作。针对靳树梁对共产党的怀疑，不断做工作，使其放下包袱，积极工作。

杨好年是伪满留用人员，在日本长大并受高等教育，中国话不大会说，有人说这人没什么用处，对其投以轻视的目光。杨维"一班人"对其历史做全面了解和分析后，才认识到这个人是一位很有水平的建筑家。还有一项特别独特的才干，善于修理被破坏的建筑物。别人认为不能修理或很难修理的建筑物，他都能想出办法来修理，为国家做了很大的贡献。杨好年受到杨维"一班人"的尊重，以后成为冶金部建筑科学研究院受人尊敬的老专家。

在杨维的影响下，一大批伪满时期有才干的人如赵永镐、王占平、王宝策、李椿章等人都被留用，成了恢复生产和企业建设的骨干。

杨维不懂炼铁，但他尊重炼铁人。

江之浩是炼铁的行家里手，杨维亲到其家走访，询问其经历，询问炼铁专业。言谈之间，看到江之浩生活的艰难，马上让相关部门发放生活补贴。江之浩和一大批炼铁工人由此看到了共产党人的情怀，也看到了炼铁工人从此有了一个与日伪和国民党时期大相径庭的美好未来。

发放救济粮解民倒悬，安了民心。尊重工人和有才干的人，赢了民心。然后就是职工归心。接着，手擎红旗恢复生产，背后则是千万归心的职工浩荡跟进。

本溪煤铁公司恢复生产的宏大画面中，留有杨维坚定决策的场景。

杨维设在大白楼的指挥部，依旧一个房间，一张铁床，几把椅子，一部电话。

1949年6月30日深夜，电话铃急促地响了起来，电话里传出炼铁厂厂长范杰良急促的声音：杨经理，不好了，2号高炉送风后，炉台震动得厉害。杨维心里一惊后，马上镇静地说，别紧张，我马上就到。

来到炉台，杨维照例一声不响地坐在他习惯的位置上。

苏联专家罗马罗尔夫主张停止送风，并解释了理由。

总工程师靳树梁和部分技术人员主张加大风量，靳树梁对自己的主张做了解释。

两种意见相持中，人们眼光看向杨维，期待着他的拍板。

权衡一会儿，杨维看了一眼靳树梁，他选择了相信一生设计过高炉、建设过高炉、具有丰富经验的靳树梁。

杨维坚定地说："加大风量，出什么问题我担着。"

一小时后，风量加大到每分钟700立方米时，炉台的震动消失了，高炉成功破关。7月3日22时25分，本溪煤铁公司2号高炉修复竣工，点火投产，4日下午，流出了属于新中国的第一炉铁水。

杨维为共产党人既能接收钢铁企业又能领导钢铁企业成功恢复生产，交上了一张完美答卷。

1951年3月，国家抽调100多人到苏联学习和实习，期限2年，本钢抽调了61人，东北工业部指定由杨维负责带队。1953年春，杨维学成回国，被调中央人民政府重工业部钢铁工业管理局，任命为副局长，负责包头钢铁基地的筹建工作。1954年，兼任包钢经理职务，在包钢工作近10年。1964年2月2日逝世，骨灰存放于北京八宝山。

靳树梁，钢铁栋梁

本溪煤铁公司恢复生产的主战场是一铁的2号高炉。

修筑2号高炉时出现三大难题，每道难题都是靳树梁出高招破解的。

每每行文到这儿，就有念头升起：没有靳树梁，谁有能力解决？

当时所有的一铁的工人，说炼铁，那是没说的。说解决这类问题，都不具备这种能力。

苏联专家罗马罗尔夫？确实，在解决第一、第二难题时，罗马罗尔夫显示了专家的专业水平。但是，在解决第三难题时，如果按照罗马罗尔夫停止送风的办法，会是什么结果？很难说是什么结果。给人的印象，罗马罗尔夫停止送风的办法，更多的是出于没有办法中的办法。反观靳树梁的高招，所有的历史记载中都没写靳树梁是如何解释的，但是，他一定向杨维解释了为什么会震动，他丰富的经验，或是他在考察德国高炉中所记载的案例。

靳树梁比苏联专家罗马罗尔夫具有更丰富的实践经验和更广阔的眼界。

靳树梁是河北徐水人，1899年出生于穷苦人家。1919年以优异成绩毕业于北洋大学采冶科。

为事业，靳树梁穷且益坚。

靳树梁以优异成绩毕业，到汉口湛家矶扬子机器公司任化铁股（即高炉车间）助理工程师。当时该公司高炉尚未竣工，他被派往汉阳铁厂实习。3个月后，扬子机器公司100吨高炉建成，他回厂参加开炉准备工作。由于军阀混战，购买和运输焦炭困难，高炉时开时停，工厂日渐亏本。1924年工厂易主，更名六河沟煤矿公司扬子铁厂。部分员工对工厂失去信心，自动辞职。靳树梁不忍舍弃冶炼事业，留厂维持高炉生产。他吃苦耐劳，勇于探索，努力钻研技术，逐渐成为炼铁能手，深得厂总工程师陈廷纪的器重，而总工程师的精湛技术和刚正作风也给靳树梁以很大影响。

出国学技。

1936年秋经当时钢铁界权威严恩械推荐，靳树梁到南京国民政府经济部资源委员会工作。此时湖南湘潭建设中央钢铁厂，派靳树梁为队长赴德国考察。1937年初靳树梁等一行8人到达德国，先在柏林工业大学学习德语，同时学习了杜勒（R. Durrer）教授的铁冶金学。5月，靳树梁被分配到克虏伯公司保贝克钢铁厂炼铁车间实习。不久，他参加了德国为中央钢铁厂设计的方案、图纸的审查工作。

半年后，靳树梁又到克虏伯公司莱茵村钢铁厂实习。该厂有9座高炉，日产7000吨铁，占全德铁产量的1/10。靳树梁做了全面的调查研究，并写出详细的考察报告。这份报告迄今一直珍藏在鞍山钢铁公司。

专业报国。

1937年全面抗战爆发，靳树梁按捺不住迫切的救国之情，申请回国参加抗战。1938年3月终于踏上了战火纷飞的祖国土地。

回国后，靳树梁参加拆迁汉阳铁厂、大冶铁厂、六河沟铁厂等厂的设备到四川大渡口重建的工作。任重庆大渡口钢铁厂工程师，负责六河沟铁厂100吨高炉的拆迁及在大渡口的设计安装等工作。1939年10月，任云南钢铁厂工程师兼化铁股股长，完成了50吨高炉的设计。1940年12月，任威远铁厂厂长，主持修复了15吨高炉，改进了炉型结构，并采用了自己研究设计的"小型炼铁炉标准炉喉"，种种措施，威远铁厂的炼铁生产指标一直高居于当时同类型高炉之上。

此时，靳树梁已成长为国内首屈一指的钢铁行业的专家。

抗战胜利后，被国民政府派到东北负责接收本溪煤铁有限公司，1946年被派到鞍山钢铁公司任第一副经理，1948年鞍山解放后，任鞍钢顾问。

1949年4月，调本溪煤铁公司任总工程师。

在2号高炉的修复和生产中，靳树梁凭借深厚的专业水平，让其职业生涯大放异彩。

在修复2号高炉时，碰到的第一个难题是：拆完炉底耐火砖后，发现应该有的热混凝土层根本未打，炉底垫层小砖拆完后，发现基础上有许多很宽的裂纹，有些甚至是贯通的。现场人员都没有修过高炉，此种情况让大家不知所措。在技术会议上，靳树梁提出了解决的办法，即在炉基下部打钢筋混凝土箍，用200号砂浆灌注裂缝，而后在炉基上再加一层100毫米－200毫米厚的石棉耐热混凝土垫层，妥善地解决了这一难题。

此道难题破解了，又遇到了一件筑炉史上罕见的难题：炉基和中心线偏离280毫米。根治的办法只有拆除重建，但这与东北局要求七一开炉生产的时间冲突。

怎么办？关键时候又是靳树梁提出了"两借"的解决办法，即从机械上用炉口唇圈垫偏垫的办法借过80毫米，再用偏砌耐火砖衬的办法借过120毫米，为高炉修复赢得了时间。

第三大难题是高炉点火生产后，风量加到每分钟500立方米时，空气柱与风口平台发生共振，整个平台为之震动。现场的人们一片震惊。

苏联专家罗马罗尔夫主张停止送风，让高炉值班长堵上出铁口。靳树梁凭借自己的丰富经验果断提出继续加风。总经理杨维采纳靳树梁的意见，高炉得以成功破关，按预定时间流出了新中国的第一炉铁水。

靳树梁尽展专家风采，破解本溪煤铁公司史上的三大难题，为新中国的本钢史留下了浓墨重彩的一笔。

1950年9月，靳树梁调任新创建的东北工学院担任院长。

临走之前，为本钢留下了《本溪煤铁公司三年计划的意见》。

调任东北工学院院长后，靳树梁以深湛的学识水平成为国家一级教授，选任中国科学院技术科学部学部委员。

之后，靳树梁对本钢亦多有帮助。

1964年7月5日在沈阳逝世，享年65岁。

003：特钢！新中国的迫切呼唤

中国人民解放军接收特钢厂

时代先锋

1949年7月15日。

本溪煤铁公司的开工庆典隆重热烈。

被表彰的104名劳模成了关注的重点。

其中的13名一等劳模更是如明星般的吸人眼球。

13名一等劳模中的第一名，同时也是104名劳模排头兵的贾鼎勋，可说是万人瞩目。

本溪煤铁公司恢复生产，贾鼎勋的贡献卓著。

1934年就到特殊钢实验场做徒工的贾鼎勋，很聪明。在日本人严防监管中，偷偷地学得一手过硬的炼钢技术。他胸怀大义，不时地从厂里顺走稀缺的军工原料金属镍支持抗日部队的武器生产，为此还被日本人抓进大牢。1946年，他参加了共产党。

这样的经历，使得贾鼎勋对解放后共产党号召的恢复生产有着清晰和紧迫的认识。很多人面对恢复生产存在着无法恢复的悲观想法，存在着即使恢复也是一个漫长过程的犹豫，贾鼎勋带领着工友，直接将支离破碎的高周波感应炉抬上手术台，吃住在厂，将其修复后，于1948年11月11日，炼出了解放后的第一炉特殊钢水。

东北钢铁工业中，东北局工业部管辖的钢铁企业除了鞍钢就是本钢。鞍钢以1949年7月9日2号高炉开炉点火为恢复生产的标志。本溪煤铁公司恢复生产则是以1949年7月30日2号高炉开炉点火为标志。而贾鼎勋特殊钢恢复生产的时间则在1948年的11月11日，这是目前所知最早的恢复生产的时间了。

1948年11月11日，本溪解放的第十一天，本溪特殊钢厂响起的咣、咣、咣的出钢钟声，在本溪煤铁公司一片废墟的厂区里敲响了希望，更如催征的战鼓，激励煤铁人在恢复生产的征程中奋勇争先。

1949年初，贾鼎勋又盯住了厂里仅有的一台一吨电炉的炉壳。

要修复一吨电炉，需要备品备件。特殊钢厂不具备，本溪煤铁公司也不具备。

有条件要上，没有条件创造条件也要上，这是贾鼎勋那时的唯一想法。

贾鼎勋发动工人捐献器材，寻找器材。

化验用的白金坩埚献出来了，变压器献出来了，贾鼎勋在日本投降时藏在夹壁墙里的100多支电极也献出来了。工人们更多的则是持锹、扛镐、拿耙子在池塘、山坡上、草丛里寻找。一共获得了878件炼钢器件。

1949年2月，一吨电炉恢复生产了，到年底，特殊钢产量达2146吨，是中华人民共和国成立前3年特殊钢产量的4倍。

贾鼎勋对恢复生产，一有突出的实物贡献，二有独特的带头作用的贡献。

当然，贾鼎勋还有自己的认识，那是关于特殊钢的重要作用的认识。

20世纪30年代，利用本溪资源加工的特殊钢，其质量超过了当时世界排名第一的瑞典产品——具有特殊品质的本溪煤铁资源，在20世纪20年代就以独特的优势而被日本人当作战略资源加以刻意经营。

贾鼎勋作为本溪人，看到产于本地的石灰石、焦炭和南芬的铁矿石，就像看到满眼的山石和树木一样，它们普通得无法再普通了。可是，谁能想到，这些东西在日本人的眼中就是支撑战争的战略资源。

那时的日本，以暴发户的心态穷兵黩武。要穷兵黩武就必须拥有足够的战略资源。这正好是日本的短板。日本制造枪、炮、刀、剑、飞机及军舰的不少钢铁都是以进口瑞典的海绵铁为原料。

当时，瑞典的海绵铁质量可称为世界第一。

第一次世界大战时期，瑞典曾经一度中断对日本的海绵铁供应。

重要的战略资源，随时有可能被中断供应，这对于日本人来说，如骨鲠在喉。

为找到可以替代瑞士海绵铁的产品，日本人把眼光瞄向了本溪的煤铁资源。

从1905年开始，日本人在本溪炼焦冶铁后，发现了庙儿沟的铁矿石具有低磷的特质，就连本溪的煤也具有低磷低硫的优势，这是冶炼海绵铁的前提。日本人开始以战略资源的眼光来审视本溪的煤铁资源，并于1929年开始冶炼海绵铁的试验。

经过两年的时间，试验得以成功。负责此项试验的日本人井门文三获得了专利权和特许专利号。

产于本溪湖的海绵铁被送回日本的吴海军工场、东京刀剑锻造厂以及日本八幡制铁所特殊钢部，并进行试验性生产和研究。其性能都好于现有的其他特殊钢产品，完全可以与瑞典的海绵铁媲美，日本人欣喜万分。

从此，本溪湖特殊钢工厂成立。

中国第一批特殊钢生产工人从此诞生。他们是刘长荣、高重历、赵学贤、张书山、施成玉、李春山、张庆林、刘玉田和贾鼎勋等。

如果要研究中国的特殊钢的生产历史，这是不可或缺的资料。

随着日本对外侵略扩张野心的膨胀，其对特殊钢的需求与日俱增，特殊钢生产的场地随之扩建，开始由本溪湖向工源发展。

之后，本溪特殊钢的种类日益增加。

用于枪支制造的钢种就有8个品种之多，还有用于刀剑锻造的特殊钢，令人不可思议的是，当时竟然研制出了用于飞机制造用的钢种，还有汽车用钢、车钩用钢、发条钢、滚珠钢等数十种。

本溪特殊钢产品在当时用于什么地方呢？

如今的724厂，是日本建成的南满陆军造兵厂，是当时东北最大的军工企业，本溪生产的特殊钢供应这里用来制造战斗机、战车、坦克、大炮、炸弹等。

奉天兵工厂也是本溪特殊钢的一大用户，1944年全年就用了423吨，在这里绝大多数的特殊钢被用于制造炮弹。

当然，奉天造兵所，日本本土的吴海军工场、东京刀剑锻造厂以及日本八幡制铁所等兵工厂也需要本溪特殊钢源源不断地输入，以支持其制造杀人武器。

伪满年间，除特殊钢外，低磷铁也成为日本军工企业的主要产品。低磷铁的生产比例不断增加，到1939年，已占当年生铁产量的95%。低磷铁全部售给日本海军。日本海军甚至提出"低磷生铁第一主义"，企图取消大仓组拥有的低磷生铁销售特权。

日本人把本溪资源当作战略物资绑在对外侵略的战车上，长达14年。

因此，日本人对本溪特殊钢的生产、研究和发展也是刻意的。

随后发展起来的抚顺特殊钢厂、大连特殊钢厂、北满特殊钢厂，其生产的产品在品种等诸多方面与本溪特殊钢相比都是逊色的。

钢铁，在中国抗日战争时期，尚属稀缺产品，何况军工生产所需之特殊钢呢。

新中国成立后，与国防相辅相成的军工业，百废待兴，对特殊钢的需求如大旱之望云霓。

贾鼎勋急国家之急、产国家之需的报国情怀自在不言中。这也是特殊钢厂上下一心，为国而急的情怀。

1949年冬，为扩大特殊钢的生产，上级决定将本溪湖的特殊钢场和工源的特殊钢厂合并。

要搬走一座工厂，一无图纸，二无起重设备，怎么办？

贾鼎勋相信一句古话：没有过不了的河，没有翻不过的山。他向上级保证，将6个月的搬迁时间缩短到4个月，并立下军令状。

懒惰限制了创造力，理想激发了创造力。

各有分工，各负其责，科学分配。贾鼎勋将所属人员分成两拨，一拨在本溪湖特殊钢场搬迁设备，一拨在工源工厂挖地基，组装设备。

人要有分工，设备也要有分类。主要部件、一般部件、零散部件、接头部件，贾鼎勋用红、绿、黄、白，及三道线、双道线、两色线分别标记，以便日后安装时"对号入座"。

贾鼎勋俨然"大将军"，在他的"号令"下，千万种部件"秩序井然""进退有序"。

1949年腊月的一天，零下30多摄氏度，贾鼎勋站在寒风中，指挥工人搬运炉壳。一辆载运炉壳的汽车缓缓驶出特殊钢场，一路小心翼翼。行驶到永丰附近时，发动机却出了故障。换车不可能，要停在这里，又耽误了明天的安装。工人们看着贾鼎勋，贾鼎勋双手来回搓着，寻思办法。

终于他想出来了一个好办法。

只见工人们找来水桶，将一桶桶的水浇在马路上。很快，路面结成了冰。

几个工人又抬来两根枕木，垫在炉壳的底部，做成了一个简易的"冰车。"贾鼎勋指挥工人前拉后推，试了几次，确实可行。贾鼎勋大喊："走起来！"

"冰车"启动了，在众人的推拉下，稳稳当当向前滑行。

等"冰车"行进到厂里，天已经亮了。

贾鼎勋就是靠着这种"没有条件，创造条件也要上"的先锋精神，创造了奇迹。只用了3个月的时间完成了6个月的搬迁任务，为特殊钢厂扩大生产赢得了时间。

1950年6月，两厂合组完成。国家当时急需一批轻武器用钢，这个任务落到了贾鼎勋头上。这种叫RS5的镍铬枪钢，日本人炼过，但日本人不让中国人经手。贾鼎勋心想：正好，日本人不让咱们知道的事、不想让咱们做成的事，今天就要知道，就要做成。

这个任务叫试制。

试制一开始，一个问题当头砸了下来：钢锭纵向裂纹了。

根据钢锭裂纹的所有可能，贾鼎勋开始一个一个地排查原因。查了很多天，问题仍没查到，而交货的日期迫近。贾鼎勋嘴角急出了大泡，人也瘦了一圈。工友们都劝他回去歇歇，别把自己累坏了。贾鼎勋说："事情没完成，回去也歇不了。"

终于有一天，贾鼎勋疲倦的脸上绽开了笑容，人们知道，问题找到了。

经过逐道工序的查找、分析，结论出来了：非金属夹杂物是造成钢锭纵向裂纹的根源。

贾鼎勋重新组织生产，采用氧化沸腾精炼、加大脱碳量和造白渣等新工艺，完成了RS5型枪钢的试制生产任务，保证了626厂的枪械生产。

贾鼎勋先行先试的做法，为日后试制汽轮机用不锈钢、炮钢和其他型枪钢开辟了道路，奠定了基础。

五〇式冲锋枪，响彻朝鲜战场

　　长期以来，因军工的保密性，特殊钢厂与之合作事宜形诸文字时，总是如雾中看花，隐隐忽忽。中华人民共和国成立之初，列强环伺，不少敌对势力图谋将其扼杀在摇篮中。战争年代使用的五花八门的武器要统一，要建设完备的军工生产体系，形成完备的军备力量，一句话，要将新中国的军事工业完备地建设起来。这是立国的基础，也是保卫新中国所必需的国防力量。在这样深刻巨变的历史环境中，具有数十年历史的本溪特殊钢厂，其研究能力、生产能力、储备的技术力量和各种型号的特殊钢种，在建设新中国军事工业的过程中，大放异彩，贡献丰硕。

　　军工的保密制度形成了两道阻隔，有些资料宽度无法拓展，深度无法挖掘。有一种无奈感。

　　与特殊钢厂合作时间最长，供给特殊钢量最大的六二六厂于2005年破产重组，一代巨星就此陨落。令人欣慰的是，2012年末，在原六二六厂厂址上，北安庆华军工遗址博物馆建成。该博物馆除了馆藏枪械之外，还收藏展示有六二六厂原五四式手枪和五六式冲锋枪的两条生产线，让人重温工厂辉煌的历史。

　　从解密的资料中，可以寻绎出特殊钢厂生产的50A、50特枪钢和六二六厂生产的五〇式冲锋枪的一些线索。

　　1950年6月，贾鼎勋带着一拨人开先河完成了RS5型枪钢的试制生产任务，与军工生产厂六二六厂建立了解放后的合作信誉。

　　不久，军队整编更换武器时，急需用一种新型枪钢的原材料，当时哪个特殊钢厂也不敢接受这项任务。首任特钢厂长周刚想，为了国家之急，要求必须把生产任务接回来。新型枪钢为50A、50特。这种枪钢的军工生产厂是六二六厂。

　　六二六厂与特殊钢厂渊源颇深。

　　六二六厂，最初是1899年开工的奉天机器局，后经张作霖之手改造为奉天军械厂，于1922年更名为东三省兵工厂。到1928年，东三省兵工厂设有枪厂、枪弹厂、炮厂、炮弹厂等多个分厂，有各类机器设备8000多台，员工21000多人，发展为当时国内最大的兵工厂。

　　1931年九一八事变后，日军占领了东三省兵工厂，将之更名为关东军野战兵器厂，后又改为奉天造兵所株式会社（一般称之为奉天造兵所），成为日本侵略者在中国的武器生产基地之一。此时期，大仓家族成为奉天造兵所的重要股东，本溪湖生产的特殊钢"走进"了奉天造兵所，并成为"常客"。

日本投降后，国民党军队于1946年3月接收奉天造兵所。

沈阳解放后，其更名为东北军区军工部沈阳兵工总厂，后改称五一兵工厂，其造枪分厂改称为五一兵工厂第一制造所。

1950年6月，朝鲜战争爆发，当时的东北人民政府工业部兵工局决定五一兵工厂第一制造所（枪厂）由沈阳北迁至黑龙江北安，改名为北安冲锋枪厂（第二厂名为国营庆华工具厂）。1951年1月，工厂完成大部分车间的安装工作并进行了试生产。1951年3月1日，北安冲锋枪厂正式更改厂名为三二工厂，后又更名为国营第六二六厂。在这一时期，六二六厂成为当时中国赫赫有名的军工企业，建国初期我军装备使用的制式步兵武器有近1/2是六二六厂生产的。

基于1931年双方建立的特殊钢供应关系，才有了1950年6月贾鼎勋试验RS5型枪钢的合作。RS5型号是日伪时期的枪钢型号，当时626厂正在仿制美式M2卡宾枪，试制RS5型枪钢应为仿制美式M2卡宾枪所用。

根据六二六厂厂史记载，早在1950年初，兵工厂便成功仿制了美式M2卡宾枪。此后又紧接着试制了苏式PPSh41冲锋枪，称为五〇式冲锋枪，并将原型枪的弹鼓改为35发弧形弹匣。1951年3月，五〇式冲锋枪正式生产定型，转入批量生产并送往朝鲜战场。毛泽东主席于1950年2月访问苏联回国途中视察五一兵工厂，并于当年10月亲自命名五一兵工厂仿制的苏式冲锋枪为五〇式冲锋枪。

特殊钢厂冒着巨大风险承担试验50A、50特的生产，就是为六二六厂试制五〇式冲锋枪所用，而不是周刚所说的为"军队整编更换武器"所用。

这从时间上来说是吻合的，六二六厂仿制美式M2卡宾枪后，紧接着试制了苏式PPSh41冲锋枪，仿制成功才请毛泽东主席命名。毛泽东主席是10月命名的，六二六厂也是10月来找特殊钢厂合作试验50A、50特生产的。

原枪是苏联提供的，特殊钢型号也是苏联提供的。因为没有与苏联进行军工生产的合作，中国的特殊钢厂没有路径可以依赖，所以很多厂家选择了放弃。本溪煤铁公司的特殊钢厂选择迎难而上，攻坚克难，体现了为国担当的情怀。

周刚接受任务后，组织人员做了很多的技术准备，但第一次的试验结果让人们大失所望，合格率只达到8%。

问题出在哪儿?

周刚苦苦思索了三个昼夜，终于想到了解决问题的办法。

他带着技术人员，一根一根地仔细地查验这些合格钢材的钢号，然后核对炉号，终于找到了生产的班组——高尚一班。

高尚一本人就是那个时代的传奇人物，留待下文再说。

周刚带领技术人员来到高尚一班，为生产50A、50特精心组织、精心选料，很有效果，这一炉的50A、50特的合格率达到60%。

40%的不合格产品又成了周刚琢磨的对象。在反复的分析研究后，他又找到了问题的症结，提高了合格率，试验生产出了合格的50A、50特产品。

自此，一批批的50A、50特产品从特殊钢厂运出，抵达黑龙江的六二六厂，造出了一支一支的冲锋枪，源源不断地运到朝鲜，送到志愿军手中。

根据六二六厂厂史记载，抗美援朝时期，志愿军使用的国产制式武器大都由六二六厂生产，六二六厂全体职工本着"以我们的汗水减少战士的流血"的朴实心愿投入工作，仅在1951年6月至1953年12月两年半的时间里便生产了近36万支五〇式冲锋枪，有力地支援了中国人民志愿军和朝鲜人民军。志愿军曾专门写信感谢六二六厂，在信中称："感谢工人老大哥，我们用你们造的冲锋枪打败了美国鬼子。"

这就是说，特殊钢厂仅用了两年半的时间，提供的50A、50特产品就造出了36万支五〇式冲锋枪。志愿军一个师以1万人计，炮营等特殊兵种以及使用机枪、步枪、手枪的人员概略以2000人计，配备冲锋枪的步兵以8000人计，36万支冲锋枪配备了40个师，约为13个军，几乎涵盖了所有参战的志愿军，这是碾压朝鲜战场的数字。在朝鲜战场上，凡有战斗处，响着的都是哒哒哒的五〇式冲锋枪声。可以说，特殊钢厂为朝鲜战争的胜利做出了了不起的贡献。

在这一时期，六二六厂共研制或者仿制了50多种枪械。这些军用枪械主要有：美国M2卡宾枪、五一式手枪、五四式手枪、五九式手枪、五〇式冲锋枪、五四式冲锋枪、五六式冲锋枪、五六一一式冲锋枪、五六一二式冲锋枪、五六C式冲锋枪、六四式微声冲锋枪、六七式微声手枪等。

新中国成立初期，我军装备使用的制式步兵武器有近一半是626厂生产的，626厂70%的材料是特殊钢厂供应的，由此推断，其中有2/5是由本溪煤铁公司特钢厂提供的特殊钢制造的。

本溪煤铁公司特钢厂对新中国国防的贡献、军工生产的贡献巨大。

煌煌中国，堂堂中国，2/5制式步兵武器的特殊钢来自本溪煤铁公司特钢厂，国之重任，贡献大矣！

犁铧钢，国家的重托

有一张拍摄于半个世纪前的老照片，曾在《人民日报》《辽宁画报》等很多报刊上发表。照片上的毛泽东正在北京举行的一个小型的农业生产资料的展览会上，工作人员认真地向毛泽东介绍这款名为双轮双铧犁的新农具。介绍过程中，毛泽东左手插在裤兜里，右手握住了双轮双铧犁的把手，一副若有所思的样子。

这款新农具——双轮双铧犁的诞生与毛泽东当时思考的发展农业生产、提高粮食产量以及出台的农村政策有关。而生产这款新农具的犁铧钢却与本溪煤铁公司特钢厂有关。

据本钢一钢厂厂志《历尽沧桑》记载：1955年，国家为了发展农业，在研究改进农具的过程中急需农用犁铧钢。因此，由毛泽东批示，陈云同志亲自布置，给本钢下达了名为701犁铧钢的生产任务。

这里就引出了一个问题：日夜操心着国家大事和国际人事的毛泽东怎么会关心到农具的改进，还具体到农用犁铧钢的研制？这就不能不说到当时的历史政治情况。

1955年，粮食问题是中国人面临的一个重要问题，也是中国共产党的高层领导面临并日夜思考的一个重要问题。有资料显示，这一年，中国粮食缺口达5000万吨，各省粮食不足的报告还在纷纷上报到中南海。解决中国人民的吃饭问题成了高层领导思考的问题。在陈云的年谱中有这样的记载：1955年5月，毛泽东为了制订今后若干年内农业发展的总体规划，曾多次到陈云在中南海东华厅的办公室，商讨有关提高粮食单产的问题。与此同时，中央还不断地派人深入到各省调查研究，并多次召开会议，研究解决粮食问题。

要提高粮食产量，改进农具也就成了摆在中央面前的一个技术问题。为此，在中央制定的《全国农业发展纲要四十条》中，明确农业生产中推广具有一定技术含量的双轮双铧犁，在三五年内，要推广双轮双铧犁600万部。双轮双铧犁是20世纪50年代传入我国的一款新型农具，它有两个犁铧，两个轮子，与我国传统的单铧犁、木犁及七寸犁相比，一次就可犁出两条平行的且比一般传统型犁沟深得多的垄沟，在理论上和实践上都能提高耕地的效率。为此，中央把推广这一新式农具作为提高农业劳动生产力的一个重要环节。但是，双轮双铧犁适用于土地平整、土层深厚的大平原地区，而不适用于南方水田。改进它使之适用于南方水田的耕作方式也就成了一些部门的任务。浙江省农科所在改进工作中获得了良好的试验效果。毛泽东听说后还亲临视察，并在试耕现场观看工作人员的操作。兴致盎然的毛泽东还在现场接过犁把扶犁耕地，亲自感受新技术在土地上的效用。

中国在推广双轮双铧犁新农具并在不断地改进过程中，需要投入大量的犁铧钢。但对于刚解放不久的新中国，犁铧钢还是一个新钢种，因而，研制这个新钢种也就成了一个政治任务。由毛泽东批示、陈云布置下达，要求本钢在1956年1月10日前上交500吨犁铧钢，接受任务的时间与上交成品的时间只有一个月。

据本钢一钢厂当时的厂长周刚记载，一钢厂在一无资料、二无生产经验的情况下接受中央领导下达的任务后，第一个反应就是迅速召开会议，研究怎样组织生产这种从未生产过的新钢种。接着就是调集全厂的攻关能手组成犁铧钢攻关小组，由责任心最强、最善于科技攻关的工程师李庆国担任组长。攻关组成立后，打听到全国只有某市一个厂能小批量生产这种钢，一钢厂组织了攻关人员到那个厂学习，没想到，那个厂十分保守，图纸不让看，生产情况的介绍也十分简单。即使是这样，他们还不让听介绍的人有任何记录。一位技术员简单做了一些记录被他们发现，离开时，他们还派人追出来，硬是把那位技术员的记录给撕了。

没有图纸，没有资料，也没有任何的数据。但困难难不倒攻关组的人员。他们夜以继日地工作在研制现场。特别是攻关组组长李庆国，干脆吃住在厂里，和技术员们一起研究试制的方案，自制工艺，自搞孔型设计，并亲自设计绘制了轧机孔型图。经过多次试验，在不到一个月的时间里，成功轧制出符合规定的犁铧钢。1956年的1月10日前，500多吨犁铧钢经特钢厂送到祖国的四面八方。不到一个月的时间，特钢厂共上交犁铧钢1600多吨，出色地完成了这个由毛泽东亲自批示的生产任务，并受到了当时冶金部的通报表扬。

自带奇迹的"特钢大钥匙"

1959年9月23日，《人民日报》刊登新中国成立十周年特刊，新华社记者冯健发表文章《光辉的里程——新中国钢铁工业十年来的伟大成就》。

文章写道："7年前，本溪钢铁公司的炼钢工人，在苏联专家的帮助下，炼出了第一炉不锈钢。工人们欢呼着，含义深长地用这一炉钢水铸成了一双一尺多长的钥匙，上面刻着毛主席语录'没有工业，便没有巩固的国防，便没有人民的福利，便没有国家的富强'。今天，兴奋地回顾钢铁工业十年来光辉的历程，我再一次想起那双银光闪闪的钥匙，怀着对勤劳智慧的钢铁工人无限的敬意。过去几年，我们在党和毛主席的领导下，用这把钥匙——它作为祖国工业和钢铁工业的象征——打开了高速度发展国民经济的大门，今后，它还将为我们打开繁荣富强的大门。"

其实，钥匙另一面还刻着斯大林语录，冯健没说。

斯大林说："工业是整个国民经济（包括农村经济在内）的主脑，工业是一个钥匙，在这个钥匙的帮助之下，才能在集体化的基础上来改造落后的分散的农业。"

这两把钥匙，一把献给了毛主席，不久后，另一把也被国家征集。

因年代久远，后人说起此事，语焉不详。

现在仍在特钢厂负责宣传工作的岳长河回忆，在纪念建厂70周年的时候，特钢厂派人采访过解放后的第一任厂长周刚，老厂长回忆中说到了这件事，但具体是谁炼的这炉钢，是谁制作的钥匙，老人也记不住了。

在查找资料中，发现了杨昌乐这个人。

杨昌乐，1950年7月到本钢一钢厂（原本溪钢厂）工作，曾任工程师、技术科长、副总工程师、总工程师、副厂长等职务。1956年荣获"全国劳动模范"称号。

杨昌乐在恢复生产时期，积极协助厂领导，克服技术人员少、技术落后等困难，他和工人一起设计、制作、安装各项生产设备，为恢复生产做出了很大的贡献。1950年，杨昌乐组织有关人员经过多次试验研究，成功试制了国内急需汽轮机叶片用不锈钢，促进了东北的发电事业。在恢复生产的同时，加紧了军工生产，于1954年初成功试制了"PCr"系统炮钢，并及时交货，有力地支援了抗美援朝战争。中华人民共和国成立之初，杨昌乐积极学习和参考国外的生产标准，结合我国具体情况，制定出自己的标准，并在硼钢的研制方面也获得了成功。杨昌乐为提升本钢特殊钢的技术和军工生产做出了很大贡献。

记者冯健说，工人们用炼出的第一炉不锈钢水，铸成了一双一尺多长的钥匙。

杨昌乐主持不锈钢的冶炼，他还成功试制了国内急需汽轮机叶片用不锈钢，由此可断定，杨昌乐应该就是成功冶炼第一炉不锈钢水的人。但谁是将钢水铸成钥匙的人，已无法确认了。

特殊钢的汇报

1980年10月24日。

特钢厂炼钢车间小会议室。

时任中共中央总书记的胡耀邦[1] 正在此听取特钢厂的汇报。

汇报人是特钢厂副总工程师兼技术科科长耿恕。

生于1930年的耿恕，1956年大学毕业后回到特钢厂，就在特钢研究室做技术工作，前后参与了30多种特钢的研究工作。在负责领导军工生产小组后，他坚持军工第一、质量第一的原则，对军工产品实行优先下达计划、优先安排生产、优先检验、优先上交、优先发运的制度，每年均提前一个季度，按质量、按品种、按规格，全面完成军工产品的开发和生产任务。为提升特殊钢的生产能力，耿恕还和公司领导一起找相关部门，成功争取资金9800万元，建造了当时最大的炼钢车间，将特殊钢的年生产能力提高到了30万吨。

在汇报中，耿恕分门别类地将特钢厂自1950年以来对国防建设的贡献一一道来。

一、枪钢

1950年6月，特钢厂曾沿用伪满日本用牌号枪钢——RS5，生产出了新中国第一炉镍铬枪钢。

1950年10月，与军工厂六二六厂合作，成功试制50A、50特枪钢。六二六厂生产了大批的冲锋枪，装备志愿军。1956年，六二六厂成批订货；1972年，该厂枪钢用料70%由特钢厂供货。

1962年至今，研制成功的枪钢品种重达601555吨。

1964年，50系统枪钢被评为冶金部优质产品。

二、炮钢

从1951年到1980年，共生产炮钢16个品种，数量为17885吨，成为新中国的第一代炮钢，结束了中国炮钢依赖进口的历史。

1954年又试制成功PCr、PCrMo系统炮钢，供应127厂和447厂，生产了新中国第

---

[1] 见《本钢史话》118页：1981年10月24日，中共中央总书记胡耀邦在中共辽宁省委第一书记郭峰、省长陈璞如等陪同下来本钢，视察了特钢厂和连轧厂。《辽宁省地方志》1981年大事记：10月22日—11月3日，中共中央主席胡耀邦到辽宁视察了锦州、朝阳、阜新、本溪、丹东、沈阳6个市、地和17个基层单位，听取了省委和市、地委的工作汇报。

一批榴弹炮、野战炮和高射炮，为此，受到毛泽东主席的表扬。

1956年，试制成功30CrNi2MoWVA扁钢，供应447厂。

1963年，试制成功30CrMnMobm扁钢，供应鞍钢穿管用生产火箭筒，用于反坦克，每年供货4000吨左右。

1969年，试制成功5024、704、35SiMnMoVA27SiMnMoWVA等新型炮钢。

1972年，试制成功716新型炮用钢，用于100毫米、140毫米迫击炮的生产，以及82/105无后坐力炮的生产，还有40火箭筒和l871-3第二代产品的生产。

三、炮弹芯用钢

1952年，试制成功了35种，提供给全国3个大口径的炮弹引芯厂。

1956年，试制成功炮弹引用芯用钢，供一二七厂生产火箭筒。

从1963年到1980年，为炮弹引芯厂提供用钢近3万吨，被评为冶金部优质产品。

从1962年到1965年，共生产轻武器用钢16个品种，产量10872吨。

特钢厂先后为六二六厂、三九六厂、八四七厂、四五〇厂提供军用钢847450吨。

四、特钢厂是新中国第一批向坦克厂供应钢材的厂家之一。1955年生产的品种就达51个，主要用于制造坦克的扭力轴、气缸套、08组变速箱、履带轴等。

五、成功研制精密合金用钢——核磁用Fe-Ni-Nbc材料

1959年，成功研制精密合金用钢11个品种，产量25吨。

Fe-Ni-Nbc合金磁化材料，曾用于我国第一颗人造卫星脉冲转换器的发射装置上。

1962年研制成功的00Cr18Ni25B10不锈钢钢管料，为反应堆提供了3268个控制环。

1968年为09工程成功研制的热屏蔽材料及00Cr18Ni25B2，均为热屏蔽的第三代产品，填补了我国热屏蔽用钢的空白。

六、国家专案工程用钢

1955年，试制成功飞机骨架材料。1960年后大批量生产航空用钢，主要用于飞机的管路、结构件和起落架用钢。

1963年，特钢厂开始承担国家原子能反应堆用钢的专案工程用料的试制与生产研究任务，为运载火箭、人造卫星、军用飞机、潜艇、反应堆、电子对撞机提供了大量的急需材料。

1978年完成司贝发电机13个钢种、114项试制任务，为我国试制具有先进水平的飞机用发动机提供了材料。其航空用高强度钢填补了我国超高强度和中温高强度钢的空白。

1960年以来，先后完成了1059、1025、09、331等40余项国家重点专案工程

用料。

特钢厂连续五年提前完成了军工新产品科研任务，多次受到中共中央、中央军委、国务院和航天部、七机部、冶金部的表彰和嘉奖。

从1948年开始，本溪煤铁公司特钢厂自觉地承担起为新中国国防建设和发展军工工业贡献力量的重担，30多年来，为新中国的军队装备建设和国防现代化建设筚路蓝缕，贡献卓著，自身也发展成为新中国的军工重镇。

筚路蓝缕的周厂长

周刚是抗日老干部。日本投降后，周刚作为抗日根据地派到东北工作的第一批干部，于1945年9月被分到黑龙江省搞接收工作。1948年本溪解放后，调东北工业部工作。1949年转本溪特殊钢厂工作，时年29岁，并先后任监委书记、副厂长、厂长等职。1959年离开钢厂到公司工作。

监委书记，这是那个时代的特殊职务。踏着战火硝烟来接管基层厂矿的人，头衔都是监委书记。

周刚随即成为第一任厂长。

对厂长来说，组织生产是头等大事。

周刚做的第一件大事，就是将本溪湖特殊钢厂与工源特殊钢厂合并。

搬迁的大事，周刚任命贾鼎勋为"前敌总指挥"，要求6个月的搬迁时间提前3个月完成。

事实上，周刚手下有一大批干才。

贾鼎勋能文能武，既擅长组织指挥，又长于业务攻坚，两手都行，两手都硬，成了周刚手下的时代先锋。

"气锤大王"刘凤鸣，千吨气锤在他手中，上下翻飞，左右灵动；手握工匠大旗，抢占技术高地，攻城略地，叱咤风云。

"炼钢大拿"高尚一，能把炼钢的粗活做得精微细致，把细节做到极致。国家规定炼一炉钢的时间为7小时35分，他硬是把这时间压缩到4小时33分，在设备并不先进的时代，把精神的大旗舞出呼啦啦的风声，一派当家作主的气象。

轧钢工程师李庆国，长于研究，善于总结，每有科研难题，必用其攻坚，必能克难而进。

周刚依赖骨干，团结群众，特殊钢厂形成特殊风气——为国担当，舍我其谁。

周刚做的第二件大事，是带领全厂工人开发新产品。

1950年，周刚组织了CR13型不锈钢的成功试制，其质量超过了当时苏联和捷克的同类产品，从而结束了我国汽轮机用钢需要进口的历史。在此经验的基础上，1952年，在国内首次试轧了CR13型汽轮机叶片异型钢材，解决了国内不能生产、必须国外订货的难题，填补了国内热轧异型叶片钢材的空白。东北电工器材厂用此异型叶片钢，成功制造了我国第一台透平发电机。

为提高大炮设计时的稳定性和准确性，军工生产厂家急需新的梯形弹簧钢。周刚接受任务后，立即组织了以李庆国为首的攻关组，鼓励其不要怕失败。勇于失败、敢于失败的人，才是敢于成功的人。李庆国和团队经历多次失败，仍不放弃，终于成功轧出了梯形弹簧钢。军工厂家用其产品组装成炮，很好地保持了炮身在发射时的平衡，在实弹演习与战场应用之中百发百中，受到军工厂和部队的赞扬。

在为军工生产厂、为部队装备不断开拓、不断创新产品的过程中，本溪煤铁公司特钢厂在新中国的军工史上站成了一大排的第一：

第一代枪钢；

第一代不锈钢；

第一代炮钢；

第一代汽轮机叶片钢；

第一批犁铧钢；

第一批梯形弹簧钢；

第一炉工业用硼钢。

我国第一批解放牌汽车、第一批坦克、第一批拖拉机、第一颗人造卫星、第一艘潜艇、第一枚运载火箭，都使用了本溪煤铁公司特殊钢厂冶炼的特殊钢材，特殊钢厂也被"炼成"了新中国的"军工重镇"。

历史当铭记周刚筚路蓝缕的开拓之功。

周刚做的第三件大事，是提高特殊钢的产量。

新中国的国防建设、军工建设，从无到有，对钢铁的需求、对特殊钢材的需求十分庞大。而我国的钢铁产量和特殊钢的产量严重不足。周刚作为一厂之长，知国家之难，更急国家之难，想方设法解国家之难。

一方面，不断修复破旧电炉，使之恢复生产。1953年前，恢复了4座电炉生产，年产量一下跃升到2万吨。1953年至1955年，增设1.5吨电炉和5吨电炉各一座，同时组织职工改进炉体、扩大装炉量，将一台3吨电炉扩建为4吨电炉，年产钢增加1万多吨，达到3.1万吨。

1956年初，特钢厂向公司提出再增加2座电炉的建议，公司虽然批准，但因特钢厂增加的2座电炉不在第一个五年计划里，因此材料供应紧张。周刚"一班人"带领全厂干部、技术人员和工人四处捡取各种废旧钢铁材料，计368吨。他们用5个月时间自行设计、制造、安装了2座生产能力为5吨的8号、9号电炉，并完成了厂内运输和其他辅助设施的改造。新建的2座电炉分别于1956年的7月、8月投产，当年的钢产量达到6.1万吨，比1955年提高了3万吨。1957年产量提升到8.3万吨。1959年，年产钢又提升到11.5万吨。

　　与此同时，一批新技术得到运用，如大镁矽砖砌炉、高铝砖砌炉盖、生铁炼钢等。

　　生产和轧制的标准大为提高。开始只能生产部颁标准246种钢种中的72种，到1975年，不但能生产部颁标准224个钢种，还能生产部颁以外的新钢种及代用钢40种，有一部分还超过了国家规定的质量要求。

　　1948年至1969年，特殊钢厂在产量、质量和技术等方面获得了大踏步的发展，对国防建设和军工发展做出了卓著贡献，而这些，不能忘了筚路蓝缕、开拓进取的厂长周刚。

钢铁英雄谱之高尚一

1951年，国家规定炼一炉钢的时间是7小时35分，可有人却把这时间缩短到4小时33分。这是一个奇迹。这一奇迹还是在一台5吨的笨炉上创造的。

创造奇迹的人叫高尚一，是本溪煤铁公司特殊钢厂制钢车间高尚一班班长。

高尚一为人和蔼，视班组工友为兄弟，谁家有困难他都要帮一把。

1951年，特殊钢厂制钢车间的炼钢炉大都是日伪时期留下的旧式炉，几乎都属人工操作的。

高尚一班的电炉是日本制造的洛脱式5吨炉，装料时全靠人工一锹锹地往里扔，装料费时费工。熔化、氧化、还原、出钢等过程全靠人工操作，成为全厂冶炼时间长、产量低的笨炉。

怎样将笨炉变成"勤快炉""上进炉"成了高尚一天天琢磨的事。

琢磨多了，办法就出来了，在装料上抢出时间来。

高尚一带领全班人先把炉料按类型分门别类地打好捆，并排序放好，然后依次装料，缩短时间1小时左右。

在熔化操作工序上，先准备好工具，强调送电人精力集中，提前吹氧助熔，钢液勤搅拌，快速出渣等，大大缩短了熔化时间。

工序动作反复演练，由生疏到熟练，由熟练到自然，一炉钢的时间由7小时35分缩短到了5小时15分。每个月可为国家多生产八九十吨钢。

笨炉不笨了，但高尚一并不满足。他要在别的工序上挖掘时间潜力。

怎样缩短氧化期？办法是优化工序。

在保证脱碳的前提下，当氧化温度合适时加入事先预热好的矿石，矿石要加在3根电极中心，使之迅速沸腾，达到脱氧去碳的目的，氧化期缩短了20分钟。

缩短还原期仍采取工序优化的办法。精准配料，取样时确保在3根电极之间取，同时和化验室密切配合，缩短还原时间和分析时间。

在那时，高尚一还采取了定岗、定员，定责、定编的办法，将8个人按其特长分工，做到岗位明确，既各负其责又密切配合。

优化工序，让工序操作精炼简单。

优化岗位，让人和工序之间形成最简洁、最有效的配合。

所有的一切，就是要发挥人的主观能动性。

7小时35分被缩短到4小时33分，奇迹立现。

原来一个班也就能生产一炉钢，现在基本能生产两炉钢。每月能多产500—600吨钢，一年至少增产6000吨钢。

高尚一快速炼钢法后来被推广至全国。

不过，推广时，经过总结提炼，快速炼钢法变成了"四快、三准、两不出钢"。

"四快"：快补炉、快装料、快熔化、快出渣。

"三准"：合金过磅准、配料准、取样准。

"两不出钢"：渣况不良不出钢、温度不够不出钢。

高尚一炼钢炼出了奇迹，也炼出了一面火红的大旗，在冶金战线上呼啦啦地飘扬。

004：国家工程（一）

沸腾的富拉尔基建设场景

筑梦一九四九

"本钢本钢，有铁无钢。"

1990年，笔者从南方调到本溪钢铁公司质量处，最常听见的就是这句话了。

其实，1990年，本钢产铁已突破300万吨，产钢突破200万吨，热轧板突破160万吨，是名副其实的钢铁联合企业。

本钢"有铁无钢"的历史，在1949年前自建厂开始，一直延续到新中国成立。这种状况，自解放后，一直延续了30多年。有钢、有铁、有轧材的发展方向，一直是本钢人的追求。

"本钢本钢，有铁无钢"，是本钢的客观历史事实。

为什么在解放后30年的时间内没有发展起炼钢和轧材的生产线？有一种主流的说法是：冶金部为保持本钢独特的"人参铁"产品，没有延长本钢的生产线。

真相又是如何呢？让我们把探寻的目光转向历史深处。

根据本钢1950年大事年表记载：10月，政务院财政委员会批准本溪煤铁公司三年恢复发展计划书。

三年恢复发展的时段具体指1950年至1952年。

计划书应是由本溪煤铁公司制定并上报给东北人民政府，又由东北人民政府上报给政务院财政委员会。

计划书是由杨维主持制订的。具体执笔撰写计划书的人，是1949年4月调任本溪煤铁公司总工程师的靳树梁。计划书的制订时间应在1949年末。

靳树梁在《本溪煤铁公司三年计划的意见》中写道，即一方面要进行采煤、采矿和炼铁的修复工程；另一方面要着手进行炼钢、轧钢的新建工程，把本溪煤铁公司建成一座钢铁联合企业。

一句话总结，即将本钢建成拥有采煤、采矿、炼铁、炼钢和轧钢完整工序的钢铁联合企业。

这份计划书是基于世界性的眼光而制订的。当时在本溪煤铁公司工作的人，不管是公司级领导还是技术人员，能有这份眼界的人也就靳树梁了。

靳树梁有丰富的钢铁生产经验，也有对世界钢铁生产发展的研究，因此才能为本钢提出一个数十年后仍充满生命力的发展梦想。

靳树梁的发展计划书送达东北人民政府工业部时，工业部的人大为惊叹。工业部的人将之送达东北人民政府，当时的东北人民政府领导十分赞叹这人的才干。不久之后，靳树梁被调任到培养钢铁人才的东北工学院，任院长。

本钢人的宏大梦想始于1949年，实在出人意料。

发展思路兼容了"恢复"和"发展"。

"恢复"，将日伪时期的设备全部恢复生产。

"发展"，新建年产70万吨的普钢厂。修建30吨转炉5座，800吨混铁炉2座，140吨平炉5座。同时还要新建厚板车间、薄板车间、焊管车间、锻钢车间和钢材库。

工序从铁延续到钢，延续到钢材。

中国旧社会的许多钢铁厂的工序设置都很单一。陈云主持恢复东北工业生产时，就已发现了这个毛病，并强调钢铁的发展要走联合企业的道路。靳树梁的发展规划书与陈云的思路不谋而合，其实反映了两人都有世界性的眼光。

为平衡年产70万吨普钢的需要，工源的2座炼铁高炉要改建，还要新建一个烧结厂。在恢复中的炼焦厂、供电厂都要有所调整。

铁矿方面调整的重点主要是南芬矿，通过改造将其原本63万吨的年产量提高到年产贫矿石250万吨。

为实现这个梦想，中央还为本溪煤铁公司储备人才。中央在布局钢铁发展战略中，有个环节是培养人才。国家抽调100多人到苏联学习和实习，期限2年，并为本溪煤铁公司预留了61个名额。

诞生于1949年的梦想如果得以实现，今天本钢可能就会以另一种格局呈现在世人面前。

原有的计划，因朝鲜战争的爆发而搁浅。

1950年6月25日，朝鲜战争爆发。同年10月，政务院重工业部批准了本溪煤铁公司的计划书。

1950年10月19日，中国人民志愿军在司令员兼政治委员彭德怀的率领下，跨过鸭绿江，开赴朝鲜战场。

在战争面前，一切都须改变。袁宝华在回忆录中写道：

> "由于朝鲜战争爆发，东北工业恢复没有完成。有的刚建好又要搬迁了，如丹东冶炼厂是刘学新同志去组织恢复的，1950年刚刚修复了设备，朝鲜战争爆发了，美国人把鸭绿江大桥炸了，这就得搬迁。1950—1951年的一项重要工作就是工厂搬迁，把南满的厂子搬到北满，一分为二。这样，在北满建起了许多厂子，如沈阳机床一厂、五厂，成为齐齐哈尔机床一厂、二厂；安东造纸厂成为白城造纸厂。搬迁的工厂主要是轻工业和机械工业企业。记得那时机械局副局长聂春荣同志去落实工厂搬迁工作，来往奔波，疲劳的不得了，一回到沈阳的家中，坐在那儿就睡着了。朝鲜战争一停下来，南满工业马上又开始恢复。厂子搬走，老工人没有都走，老厂子恢复时，他们发挥了重要作用。"

本溪煤铁公司的发展梦想搁浅，但共产党的领袖们并没有因战争而把发展东北钢铁的构想放下，恰恰相反，因朝鲜战争使他们对布局东北钢铁业有了更深刻的看法。

钢铁工业第一次布局

20世纪50年代中期开始的鞍钢扩建工程、武钢建设工程、包钢建设工程和本钢的恢复扩建工程，拉开了中国钢铁产业成为决定国家核心竞争力的主导产业的序幕。

早在1872年，日本蕃府就认识到，一个国家钢铁的生产量决定了其在未来全球的竞争力。

18年后，一海之隔的张之洞奉旨开办大冶炼铁厂，其规模、其现代化程度，让日本第一家钢铁公司——八幡制铁所望尘莫及。可惜，中国有识之士发展钢铁业挽救清王朝之颓势的努力被王朝的颠顶所葬送。

半个世纪后，共产党人举着钢铁产业即国家核心竞争力的大旗，开始布局发展中国钢铁业的伟大工程。

新中国的共产党人发展钢铁业的低端目标仍是追赶一海之隔的日本。中国的领导人甚至表示，如果日本年产500万吨钢铁就能明显提升民族实力，中国也一定能达到这个数量并以此实现国家工业化和现代化。

因此，鞍钢扩建工程、武钢建设工程、包钢建设工程和本钢的恢复扩建工程被"端上"了国家发展钢铁业的舞台。

1957年，四大工程完工，中国的钢铁产量达到了530万吨，完美实现了新中国发展钢铁业的第一阶段的目标。

本钢有幸成为这一伟大历史进程中的参与者与见证者。

既然是国家工程，就与1949年至1952年的组织恢复生产有了完全不同的风范。

1949年至1952年的恢复生产缺东少西，没有备品备件，需要的材料靠估算。

1953年至1957年的修复改建工源高炉的系列工程，有了勘测，有了整套的技术设计和施工图纸，各厂的工程量也有一个精确的数字，设备的总重量为4.2万吨，从苏联和东欧订货的设备9980吨，国产设备32020吨。

建设项目14个大项的技术设计全由苏联完成，施工图纸设计苏联承担6项，鞍山承担8项。

整个建设施工的安排都按照苏联的模式进行。

1953年至1954年都在进行着修复改建的前期工作，全面的施工从1955年开始。

北满钢铁厂的建设拉开了本次布局的序幕。

远征北满

朝鲜战争爆发后，国家出于安全和支援朝鲜战争的考量，临近朝鲜的南满地区的一些企业相继迁移到北满，特别是军工企业被大量迁移。

有一项事关国家经济发展和政治战略部署的重大工程，荣幸地落在了本溪煤铁公司的肩上——在黑龙江富拉尔基建设一座大型特殊钢厂。

1949年12月初，毛主席启程奔赴莫斯科。为了新中国的发展建设，毛主席此行是准备向苏联寻求贷款，其中就有在中国东北地区建设一个新型特殊钢厂的项目，目的是供给军工生产所需的钢材。这个项目被列入苏联援建的156个工程之一，这个厂就是现在的齐齐哈尔钢厂，史称北满钢厂。

1950年初，中苏贷款协定正式签订，朝鲜战争爆发，东北工业部根据中央和东北局的指示，决定将一些重要工厂北迁至原松花江省或黑龙江省；又根据中央"远离沿海，靠近苏联"的指示精神，经过慎重比对，最终将工业园区划定在齐齐哈尔和富拉尔基。在这个园区，不仅规划有钢厂、火力发电厂、重型机械厂、机床厂、军工厂，还包括与之配套的其他辅助工厂。

这是中华人民共和国成立之初的国家重大工程。由毛主席和周总理亲自委托苏联设计。

富拉尔基特殊钢厂建设筹备处主任一职，须经报请毛泽东主席批准，由政务院总理周恩来签发任命书。担任这一重要职务的就是中国钢铁女杰——林纳。

因事关国家工程，本溪煤铁公司高度重视，即令化工部主任陈星野和方刚组成工业工程公司，会合由哈尔滨来的孟双全领导的施工队伍，于1951年到齐齐哈尔，一面筹建北满钢厂，一面在齐齐哈尔和碾子山一带进行军工厂的筹建。

陈星野回忆道：

> "我们在富拉尔基进行了测量和工程地质工作，为苏联设计提供了一些材料。一年以后，公司为了加强特殊钢厂的建设，又派出副经理吴力永、林纳和苏明同志到富拉尔基工作。"

苏明即日后林纳的丈夫。

新中国钢铁发展史上，林纳是唯一一个指挥千军万马建设一座钢城的女杰。

　　林纳原名关淑兰。1915年11月出生在白水黑山的东北的宁安，父亲是县政府一名书记员。1931年，聪明漂亮的中学生林纳，刚满16岁就成为共青团员，成为我党的一名地下交通员。她经常将日本鬼子"清剿"抗联的消息送给抗联的秘密联络点，后来在夏季的一次联络行动中暴露了身份，被迫转移到抗联，成了一名小抗联。她利用自己年纪小、个儿小的"小姑娘"模样，常常深入敌占区侦察获取情报。有一次被敌人包围，她巧妙地化装成一个中学生，在敌人的眼皮底下溜走了。1933年，林纳由组织派往苏联莫斯科东方大学学习。1936年入党。1938年奉调回国，前往延安。

　　1939年至1945年，历任中共中央军委编辑处翻译、延安中国女子大学党总支书记、中央妇委党支部书记。

　　1945年日本投降后，被党派回东北工作，并在家乡宁安县任县委副书记、土改工作队大队长。

　　1949年后，我党从各地抽调干部支援钢铁工业。1950年初，林纳调任本溪煤铁公司设计处处长。1951年任特钢厂副厂长兼党委书记。

　　北满钢厂的建设本属于苏联援助新中国156个项目中的一项，与工源厂区的恢复同属于本钢的两项国家工程，在相当一段时间内，这个工程的名目被称为"本钢第二钢厂建设项目"。

　　林纳肩担重任，怀着建设新中国的崇高使命感，于1952年初与副经理徐宏文踏上北去的征程，实地考察。

　　当时，齐齐哈尔广袤的大地上还没有多少绿意。齐齐哈尔通往富拉尔基只有唯一的一条土道。林纳与徐宏文乘坐一辆苏式吉普车，一路颠簸，短短35公里的距离，却行进了3个多小时。

　　徐宏文，本钢接收大员。新中国成立后，任本溪煤铁公司第一届班子的副经理兼煤矿部主任，指挥本溪煤矿、彩屯煤矿、八盘岭矿和南芬铁矿等的恢复生产和建设工作。1953年6月起，任本钢代经理、经理，1955年8月，任本溪钢铁公司党委第一书记。1956年5月，任中共本溪市委书记处书记兼本钢党委书记。对本钢的改造、扩建、胜利完成第一个五年计划，起到了重要作用。

　　汽车行驶到嫩江西岸的土坝上，两人站在坝顶，极目远眺，但见茫茫原野，残雪皑皑，眼下此景成了两人心目中美好的现代化工业蓝图。回到齐齐哈尔，向省委汇报时，一幅勘测地图，经林纳一解说，那就是烟囱林立，钢花飞溅的钢城。赵德尊书记当即表示同意，由此，北满钢厂的位置就这样选定了。

　　1952年5月，林纳带着苏联专家再赴实地考察。之后，林纳给东北工业部写了一份报告，报请重工业部。同年10月，林纳参加了中苏双方举行的援建北满特殊钢厂签字仪式，同时受领了筹建工厂并任厂长的重任。那一年，林纳37岁。

　　1953年2月17日，本溪煤铁公司为援建北满钢厂组建了包括干部和技术人员1200人的队伍。3天后，1200人的队伍在林纳的带领下乘火车开赴富拉尔基。

　　这年的2月20日，本溪煤铁公司改名为本溪钢铁公司。自此之后，本钢之名不管如何更改，本书都冠以本钢的称呼。这年的5月5日，本钢和煤矿分开，成立了本溪矿务局。

　　也是这年，本溪成为中央直辖市。

　　1953年4月，林纳在富拉尔基落户后，本溪钢铁公司给她配备了一辆华沙轿车。

　　这年底，林纳被提拔为本钢副经理。

　　林纳带着本钢1000多人，还有从鞍山、山东及其他地区或部门前来支援的数千人，投入到了"北满钢厂"这条没有硝烟的工业建设战线上。据说当时山东省共抽调来了100多名干部参建，故此笑称为"山东一百零八将"，他们大都负责党政方面的工作，而专业技术领导和工人技术骨干则是以本溪钢铁公司为主要筹建力量。林纳成了筹建"北满钢厂"的筹备处主任，1953年12月任厂长。第一副厂长兼总工程师也是从本钢前来的苏明，苏明即林纳的丈夫。

　　远征北满的钢铁队伍，在从没有钢铁厂的北满荒原打下了新中国现代特殊钢厂的第一根水泥桩。自此，被称为红色之岸的富拉尔基，排布着从祖国四面八方抽调而来的建设大军；堆积着千百吨的设备、如山的材料。

　　林纳站在自己的阵地，运筹帷幄，从容指挥，将浩繁的日常工作，处理得井井有条。自己在干中学，在学中干。她精通俄语，大大方便了和苏联专家的交流。自己很快熟知钢厂建设的各个环节，还培养了一大批懂业务的基层领导。

　　林纳无私忘我，艰苦奋斗，她在北钢有6年多的时间没领过工资，她也从不管钱。熟悉她的人都知道，林纳唯一一次为自己置办的"大件"，是她1956年去参加党的第八次代表大会时买的一件呢子大衣，但钱却是从同事那里借的，200元。就是这件大衣，后来在工人们的心目中，永远地塑造出了一个在凛冽寒风中大步前行的女厂长形象。

　　1956年，是北满钢厂建设的高峰年，主体车间全部进入设备安装高潮。1956年8月8日，嫩江大地终于喷射出绚烂的钢花，那是北满钢厂生产出的第一炉钢。从此，北满彻底宣告了黑土地无钢的历史。

　　北满钢厂的建设，受到国家领导人的格外关注。

　　1957年4月16日，朱德总司令来到北钢视察。曾在延安就见过朱总司令的林纳，微笑着指着熊熊的炉火对朱总司令说道："您看，那3座平炉中有一座是酸性平炉，是炼炮钢和炮弹钢的，常规武器用的钢材几乎全能生产。我们还有一个专门生产炮管的车间呢。"朱总司令笑呵呵感慨道："我们终于可以造大炮了。"

1957年10月17日，时任中央副主席、国务院副总理陈云来北钢视察，他由衷地嘱咐林纳："你记着，国家花了这么多的钱，建起了这么好的工厂，你们一定要管好啊！"

1957年10月27日，国务院另一位副总理也来视察北钢，林纳向这位副总理反映了低硫磷的问题和抚顺洗中块煤的问题。这位副总理听后，嘱咐林纳写成报告。

1957年11月3日，全部由国外设计、主要设备由国外供应、主要工程技术干部和操作工人由国外培训的第一座新型的特殊钢厂，历经3年6个月的时间，终于举行了总交工典礼。黑龙江省委、省政府领导、重工业部领导、齐齐哈尔市领导，苏联专家组组长弗兰措夫、北钢厂党委书记孙子源、厂长林纳在主席台上就座，林纳厂长代表北钢做了总开工总结报告。仅用3年多的时间，就建成了一座现代化的工厂。到1957年，在126个专业25项工程中，有116个专业的24项工程达到优良等级。

那晚，红色之岸灯火通明，林纳身着深紫色呢子大衣，内穿黑色长裙，在专家招待所举行盛大宴会，迎接来自各方的嘉宾胜友。

"北满钢厂"是新中国"一五"计划中唯一的"特钢"，它曾先后为我国自行研制了第一门重型火炮、第一辆重型坦克、第一艘核潜艇、第一架歼击机、第一颗人造地球卫星、第一艘万吨远洋巨轮、第一座原子能反应堆、第一枚洲际导弹等多个国家第一，提供了关键性的合金钢；为我国工业和经济建设填补了空白多项；为我国国防军工和各行各业的经济发展，做出了巨大贡献，被周总理誉为新中国的"掌上明珠"。

由本钢主要援建的新中国第一家特殊钢厂，成了那个时代的骄傲。

林纳成为省内和全国冶金系统闻名的女厂长。

1958年，林纳和丈夫苏明双双调离北钢。

林纳调任钢铁研究总院党委书记。1965年任中国矿冶学院党委副书记。1967年11月被诬陷为"苏修特务"，连续遭到批斗和非法关押，在精神上和肉体上受到严重摧残。1968年5月含冤逝世，终年53岁。

林纳是第一、二、三届全国人民代表大会的代表，中共第八次代表大会代表。

1978年，林纳受到的诬陷得以平反昭雪。

1979年3月，林纳同志的追悼会在北京举行。

林纳同志追悼会在北京举行，陈云、胡耀邦、蔡畅、康克清等同志送了花圈。

新华社北京三月一日电 第一、二、三届全国人民代表大会代表，原冶金部钢铁研究院党委书记，中南矿冶学院党委副书记林纳的追悼会，于一月二十六日下午在北京八宝山革命公墓礼堂举行。陈云、胡耀邦、蔡畅、康克清等同志送了花圈。冶金部副部长徐驰主持追悼会，冶金部副部长高扬丈致悼词。悼词说，林纳同志从青少年时期起，就投身于中国人民的解放事业。一九三三年由组织上派往苏联莫斯科东方大学学习。一九三六年由共青团员转为中共党员。一九三九年初返回延安，先后在中国女子大学、中央妇委工作。解放战争时期担任过县委副书记。全国解放以后，一直在冶金战线工作，为发展我国钢铁工业贡献了自己的全部力量。林纳同志一生，是革命的一生，光荣的一生。但是，林彪、"四人帮"和那个所谓"理论权威"，却对她百般诬陷、打击，加上所谓"苏修特务"等莫须有罪名，致使她在精神上、肉体上受到严重摧残和折磨，于一九六八年五月二十三日含冤而死，终年五十三岁。现在，强加在她头上的一切诬陷不实之词，已全部推倒，并彻底为她平反昭雪，恢复名誉。追悼会后，林纳同志的骨灰安放在八宝山革命公墓。

（1979年3月6日《人民日报》）

齐齐哈尔日报社记者阎世杰的文章：

1979年1月，林纳同志的骨灰被重新安放在北京八宝山。康克清、吕东、袁宝华等生前老领导、老战友出席了安放仪式。值得一提的是，北满钢厂开工时，职工为表示对林纳厂长的敬意，曾用不锈钢水浇铸了一枚刻有女杰名字的钢印。经过十年动乱，林纳的许多物品遗失了，包括骨灰，然而，这枚凝聚着她与北钢人深厚友谊的钢印却一直保留下来。安放仪式那天，林纳的子女和北钢的代表将这枚钢印，放入了林纳的骨灰盒，以此纪念她英灵长在。

林纳，一代钢铁女杰，本钢人永远铭记您！

光影斑驳的苏联专家

《环球军事》2005年第12期刊登了冯晓蔚的一篇文章，披露了撤走苏联专家时令人动容的一幕。

1957年10月，志愿军第二十兵团代司令孙继先将军受命在戈壁滩上筹建中国第一个导弹试验基地。1959年2月18日，孙继先和栗在山分别被任命为第二十训练基地司令员、政治委员。

毋庸讳言，二十基地的创建与苏联专家的帮助是分不开的。孙继先与苏联专家共事的日子里，和不少人建立了深厚的友谊。就在1960年8月苏联政府单方面撕毁合同、几天之内撤走全部专家的时候，有些专家还在许多细节上帮助了我们，使基地的建设减少了许多损失。

苏联专家组组长谢列莫夫斯基上校对中国十分友好，讲课也不对中方保密。孙继先与他建立了良好的私人关系。

1960年夏季，苏联专家驻我国国防部首席顾问巴托夫大将刚从莫斯科来到北京，就乘专机来到戈壁滩，名为看望大家，实为秘密布置撤离。在欢迎宴会上，大将突然指着谢列莫夫斯基宣布："他明天就要回国了！"

谢列莫夫斯基和孙继先都怔住了。这个决定太突然了。当天晚上11点钟，谢列莫夫斯基来到了孙继先的宿舍，对他说："发给你们的材料都不能用，管用的都在我的笔记本上。隔几天，苏联的专家都要撤走，各自的笔记本也会统统带走的。你们赶紧连夜拍下笔记本内的内容，不必挑选，全拍下来。"孙继先感激地握着他的手，说出了两个字："同志。"

孙继先立即调动所有能拍照的中国技术人员到工作间做好拍照准备，并严格保密。同时，他与周总理接通电话，汇报了这一情况和安排。

后来，孙继先把从笔记本上拍下来的资料拿到五院，与五院研究的资料一对照，证明了谢列莫夫斯基的笔记本上的资料是正确的。应当说，这位苏联专家组组长为中国火箭实验少走弯路，做出了重要贡献。多少年后孙继先说起他时，还说那才叫国际主义战士。

1949年新中国成立之后，国家刚刚起步，对人才和科技的需求十分迫切。

在我国迫切需要帮助的时候，西方是铜墙铁壁般的封锁。刚刚经历过二战的苏联，也是元气大伤，但苏联砸下百亿，援助中国156个工业项目，规模堪称空前绝后！在导弹等核心技术的援助方面，苏联政府明白授人以鱼不如授之以渔的道理，许多核心技术他们都直接送给中国的。

或许有人会说，那时候我们请苏联专家也是花费了不少资金的，并不能说是完全被帮扶。虽说如此，但我们也要知道，若不是苏联愿意，我们就算给再多的钱，也不一定能接触到核心技术。

不得不说，我国在工业化的发展过程中多亏了苏联的帮助和支持。

就钢铁工业来说，新中国第一拨钢铁战略布局中的鞍钢、武钢、包钢、本钢的北满特殊钢厂的建设和工源工程的建设，成套的设备和技术设计、施工图纸的设计都是苏联援助的。

从历史的角度看，苏联对中国钢铁工业的建设有引领和示范的作用。

苏联钢铁工业的发展是我们一般人所不了解的，了解之后，你会有出乎意料的感觉。

1938年，美国年产2800万吨钢，日本年产700万吨，苏联年产1800万吨。

在之后发生在诺蒙坎的日本和苏联的一场局部战争中，日本的坦克在苏联的坦克面前，如甲壳虫般可笑。在苏联指挥官朱可夫眼中，日本的战术与苏联相比，差的不是一个档次。

技术限制了战术，这是个经典的案例。

1950年，中国的钢产量是61万吨，苏联是2733万吨。

中国在"大跃进"时提出超英赶美的宏伟计划时，目标之一的英国年产钢量为2000多万吨，此时的苏联年产钢量已达5492万吨了。

即使是今天的俄罗斯，仍然是一个钢铁工业基础相当雄厚的钢铁大国。

俄罗斯现有1435家冶金企业，其中1400家从事钢铁生产。有9家企业不仅产销量大，而且拥有从生铁生产到型材生产的全套工艺技术和设备，是俄罗斯钢铁工业的巨头。

2000年全世界的钢铁产量为8亿5000万吨，其中约5900万吨是俄罗斯生产的，为世界第四钢铁大国，值得注意的是，俄罗斯的钢铁有一半以上是出口创汇的。

20世纪50年代，苏联的专家们领着我们走进了现代化钢铁业的大门。

这段历史，因中苏交恶的原因，研究者不多。好在随着现在诸多的限制解除，一些研究逐渐浮现。

在本溪很少见到这方面的文章，就我所知，本钢史学者史建国对此有过关注，曾写有《苏联专家在本钢》一文。

有关本钢史料的记载中，事关苏联专家少有独立的篇章，有的也是散见于字里行间。

给人印象较深的是在特殊钢的研制生产过程中，不时见到苏联专家的印迹。

《本钢史》第213页载：

第一个五年计划建设时期，经过苏联专家的热心帮助，钢厂广大工人、技术人员学习总结了各种经验，在提高炼钢、铸锭、轧钢工序上采用了大量的新技术。

这些大量的新技术有多少？

大镁矽砖砌炉：1952年采用大镁矽砖砌炉，实验后炉龄提高60—70次，经钢厂老工人徐芳阁进一步改革，改变镁矽砖成分，炉龄提高到100次以上。

高铝砖砌炉盖：1954年以前用矽砖砌炉盖，寿命在20—30次，改用高铝砖砌炉盖后，寿命提高到150次以上。

电力曲线：学习苏联经验，有效地运用变压器最大出力，使每吨钢从原来耗电1000千瓦小时，降低到750千瓦小时。一年可省2000千瓦时电；同时可加速溶解，强化冶炼过程，提高钢的质量。

其他新技术还有：生铁炼钢、氧气炼钢、缩短还原期、冒口电弧加热、硼钛代替镍铬、车上铸锭、直接轧材、万能孔型、胶木轴瓦等10多项。

新技术不是我们手中的酸汤子，手中握有汤套和酸汤，一挤就是一条。

这应该就是苏联专家传授的。

正是在苏联专家无私的传授下，特殊钢厂从1953年到1957年之间，不但钢产量大增，而且钢种从原来只能生产73个钢种迅速提升到能生产244个钢种了。

高炉结瘤是常见的问题，但也是个难解的题。

1956年，一铁厂高炉结瘤的情况相当严重。左凤仪刚升任生产副厂长时遇到的第一个困难就是高炉结瘤。左凤仪白天同工人、技术人员一起守在高炉，忍受着高温烘烤，观察炉内结瘤情况，寻找结瘤原因。晚上查阅资料，一查就到下半夜。经过大家的共同努力，终于找到高炉结瘤是因为高炉吃生料太多及上部煤气流分布不合理造成的。

原因找到，怎样解决又成了大难题。关键时候，他们根据苏联专家的建议，对炉体外部各部的冷却效率进行了调整。上部采用了适当发展边缘的装料制度，下部根据不同部位采用不同长度、不同直径的风口的做法，用合理的鼓风动能控制炉缸工作。经过一年多的反复实践，基本解决了结瘤的问题。

苏联专家对一铁厂的恢复生产和技术改造贡献良多。

对此，《一铁厂志》专门有"外国专家援建"一节予以记载：

1949年6月，苏联专家罗马罗尔夫应邀到本溪炼铁厂帮助恢复2号高炉生产。

1950年至1956年，以阿法纳西也大为组长，透平工程师鲁斯兰诺夫、维格兰、斯切洋涅克，锅炉工程师布拉克幸，发电机工程师格德阔夫为组员的苏联动力专家组，3次到一电厂（车间）帮助改进设备和制订工厂管理措施。

1955年9月，苏联化工专家保果金应邀到炼焦厂帮助实施技术改造。

1955年11月，苏联化工顾问卡洽诺维奇应邀到炼焦厂帮助实施2号焦炉技术改造。

1956年6月，苏联化工首席顾问齐连西科夫应邀到一焦化厂硫酸车间帮助实施技术改造。

1956年11月，苏联冶金专家察里金应邀到炼铁厂帮助实施技术改造。

以上的记载虽然少了形象和具体，但从中可看出苏联专家来往一铁厂的频繁和帮助内容的丰富。

苏联专家最早到本钢是什么时间？

史建国的《苏联专家在本钢》分析说：

我们在《本钢史》的字里行间找到一点证据。1949年2月公司制定了修复第三发电厂变波机的计划，从本年4月开工到明年1月中旬大体完工，因厂房未修完，又已经到了冬季，试运行工作只好停止，到1950年5月，才重新开工，这时苏联专家也来到现场指导，并提出了许多建设性的意见，经过大家共同努力，到了同年9月，变波机开始正常运转。这是不是苏联专家最早进入公司呢？1949年春，煤铁公司成立了竖井建设委员会。然而，修复建设竖井遇到的第一个难题就是从德国引进的戈培式卷扬机，这个卷扬机重95吨，主轴直径780毫米，架设在64米的井架上，年久失修，风吹雨淋，卷扬机已经锈死，要想修复，就必须清洗除锈。可是吊起大轴取出轴瓦，是十分困难的一件事，因为当时没有较大的起重设备。怎么办？当时在公司的苏联专家司徒喀辽夫，也参与工程技术人员和老工人的研究讨论，在大家共同研究下，终于找到了解决的办法。后来，中央燃料工业部又派来苏联专家小组，确定竖井修复方案，紧接着又派来噶利噶维专家，在原方案方面，又提出了建设性建议，使竖井修复有了明确方向。在苏联专家帮助下，在1949年至1953年间，竖井修复取得很大进展。从这里不难看出，苏联专家最早进入公司，应该在1949年。也就是说在本钢三年恢复时期，苏联专家就已经进入本钢帮助工作了。

得出结论：苏联专家最早进入本钢公司，应该在1949年。

从一铁厂的记载来看，在2号高炉砌筑过程中，苏联专家就来过两次。一次是来解决炉喉的中心线不准时，一次是高炉点火生产时炉台发生震动时。第一次大约在6

月份，第二次应在7月3日。

在东北局工业部工作过的袁宝华在回忆录中对此有过记载：

1949年下半年刘少奇同志去了一趟苏联，高岗也一起去了。与斯大林谈判以后，苏联就派了一批专家与少奇同志一起回来了。这一批经济专家基本上留在东北，其中关于工业方面的专家基本上都留给东北工业部了，带回北京的只是中央财经委员会的总顾问阿尔希波夫，他是苏联派来的我国整个经济方面的总顾问。东北工业部的总顾问是波格达廖夫，是苏联一个轻工业部的部长。当时苏联有好几个轻工业部，他是一个轻工业部的负责人。这人对计划抓得很紧，他天天上班，他的办公室和我的办公室离得比较近，经常把我找去谈话，问情况、提意见，他带来的这一批专家都分到东北工业部直属十几个单位。当时东北工业部担心咱们这些老干部到工业部门里来，既缺乏知识，又以胜利者自居，听不进意见，所以东北工业部专门把各个局和公司的负责人找来座谈了好几次，打通思想，要求大家尊重苏联专家，听从苏联专家的意见。苏联专家的建议，要抓紧贯彻。王鹤寿同志还亲自去作动员。应该说作1950年的计划，苏联专家对我们是有帮助的，他们根据苏联作计划的经验，对我们编制东北工业计划提出了一些好的建议。

几相对照，苏联专家1949年中旬到本钢是比较可靠的事实。

苏联专家带来的一长制，是后来争议比较多的话题，本钢的老工人对此非议也多一些。原因何在？因为本钢那非比寻常的恢复生产，有一个非常重要的因素：共产党人对从旧社会走过来的老工人的信任和依靠。可以说，是那一代老工人用双肩扛起了本钢恢复生产的闸门。"一长制"的实行，恰恰又是对本钢老工人这种传统的否定。

在袁宝华的回忆录中，关于"一长制"的来历，与我们理解的大相径庭。

在东北工业恢复中，厂长负责制也起了很大作用。实行厂长负责制是学习中长路的经验，中长路是中苏两家合办的，全称叫中国长春铁路，实际是东北的主要干线，由中长铁路局管理。中长路主要是丁字形干线，一条是从满洲里到绥芬河，一条是从哈尔滨到大连。中长路在企业管理上实行一长制，即首长负责制。后来东北局专门召开了城市工作会议，在会上介绍了中长路的经验，经过大家反复讨论，最后提出来，一长制的提法容易引起误解，就是厂长负责制，实事求是，把责任加在厂长身上，国家授权给你，你要全权负责。这就有一个党、政、工的关系问题需要解决。为此，东北局在城市工作会议期间，召集各方面的人员深入探讨，最后提出厂长是一把手，书记是二把手，工会主席是三把手。在城市工作会议的决议里，第一条是依靠群众，第二条是依靠党的领导，第三条是厂长负责制。东北城市工作会议决议报告给党中央，中央批准了这个决议。实行厂长负责制，对东北工业来说是一件大事，引起的震动也比较大。后来又批判一长制，震动更大些。

读袁宝华的文章，厂长制中的"两依靠一负责"：第一条是依靠群众，第二条是依靠党的领导，第三条是厂长负责制。出发点很好啊，只是后来的经念歪了。

苏联专家在本钢的工作、生活等内容，史建国的《苏联专家在本钢》有翔实的文字。

在本钢百年成长发展过程中，我们不该忘记那段真挚友情的援助。

随着本钢的一系列工程的开工建设，有一批苏联专家进入本钢。进入钢厂的苏联专家有朱也夫，以及苏联顾问专家切布尔尼赫、索利民等耐火材料专家，炼铁专家耶洛斯金，到焦化帮助建设的苏联专家有郭罗基洛夫、卡察诺维奇、斯摩谅柯夫，还有后来的斯雷莫维奇谢米萨洛夫，到运输部的苏联运输专业人士是小喀司必留克和大喀司必留克，还有别列茨基。

1955年，苏联专家先后有23人次来到本钢，提出建议105项，实施57项。对于重大建议，重工业部钢铁局就以通知的形式下发到各个钢铁企业，如果就是针对本钢的建议，往往也是由公司文件下发，很多文件都印有带框的红字"最急件"和"特急件"字样，表示文件时间要求的重要性。从某种定义上讲，往往苏联专家的建议就像圣旨一样，必须认真贯彻执行，但本钢也是根据实际进行落实，绝对不是百分之百。从公司1953年贯彻苏联专家建议的一张表格中可以看出这个问题，例如在炼钢方面，苏联专家提出建议67件，有选择地执行了34件，正在执行18件，两个加起来也只有52件，也就是说还有15件没有执行，这大概是有的建议分量不够，有的不切合本钢的实际吧。

当时，本溪市委第二书记刘曾浩，很多年后，在他的回忆录《在本溪的17年》中回忆道：本溪市委非常重视苏联专家在本溪的援建工作，市委一班人当时达成了共识，就是对待苏联专家在工作上积极配合，在生活上热心关怀照顾，建立起了同志加兄弟的感情。现在的本钢宾馆原来叫苏联专家招待所，那是由早年日本人特钢厂俱乐部改建的，是当时本溪最优雅豪华的招待所。南芬招待所、矿务局招待所都是当时特地为苏联专家修建的。

当年，本溪市成立了中苏友好协会。这个协会具体负责苏联专家们的工作。每到节假日，特别是苏联十月革命，协会都坚持组织一些联欢联谊活动。

新闻媒体也经常报道苏联专家们在本溪的工作情况，他们看到以后都很高兴。

苏联专家们很喜欢吃本溪的河鱼，负责专家们生活的同志总是想办法弄点。

苏联人能歌善舞，特别喜欢交谊舞。为了丰富他们的业余活动，友好协会就经常组织舞会，没有舞伴，就动员机关的女干部去陪同，有很多人就是跟专家们学会的跳舞。

据市外事部门统计，1949年，本溪同苏联开始交往，到1957年苏联的冶炼、机械、土建、矿山、运输等方面的专家和工程技术人员193人次到本溪，协助本钢进行恢复和建设工作。

苏联专家们在本溪的援建工作是认真负责的，双方彼此间配合也是很成功的，经过本钢与专家的共同努力，特别是工程技术人员和工人们夜以继日的奋战，本钢第二炼铁厂的两座高炉以及烧结厂和与其相配套的本钢第二炼铁厂、本钢发电厂很快就建成投产，彩屯竖井煤矿和南芬露天铁矿也建成投产……

苏联专家对本钢的生产恢复和工源厂区的建设，贡献很大，为本钢打开了现代化钢铁生产的大门，我们期待更多的人前来研究，并贡献更多的研究成果。

"中央直辖市"背后的钢铁力量

本溪，曾经是"中央直辖市"的历史，至今仍让本溪百姓为之自豪。

不少本溪人言谈间，常会带出"辽老五"怎么怎么的，以示骄傲。

是什么历史渊源让本溪成为"中央直辖市"？其中又与本钢有何关系呢？

先看《辽宁大事记》：1953年3月12日 政务院发布决定，将沈阳、旅大、鞍山、抚顺、本溪5个大行政区辖市改为中央直辖市，仍由东北行政委员会代表中央人民政府进行领导和监督。

这段话包含三层意思：

1. 点明了本溪作为"中央直辖市"的时间：始于1953年3月12口。

2. 点明这之前管辖本溪的行政机构：东北行政委员会。

3. 点明本溪市成为"中央直辖市"后，仍由"东北行政委员会代表中央人民政府进行领导和监督"。

1948年10月本溪全境解放，本溪市人民政府成立，隶属于当时的安东省。

1949年4月，东北行政委员会发布命令，重新调整各省市的行政区划建制，撤销了安东省建制，成立辽东省，本溪市改由东北行政委员会直辖。同时划为东北行政委员会直辖市的除本溪外还有沈阳、鞍山、抚顺。同年8月，东北人民政府成立，本溪市由东北人民政府直辖。

本是安东省管辖的本溪市转身成为东北人民政府的"直辖市"，这是本溪成为"中央直辖市"的第一个关联点。

本溪市的"转身"是历史大趋势所致。

解放后，恢复和建设东北工业体系是中央的战略决策。本溪是东北乃至全国钢铁、煤炭的重要生产基地，当年的本溪钢铁公司和本溪矿务局都是全国赫赫有名的超大型国营企业。在发展东北工业体系的进程中，东北人民政府顺理成章地要将其收归旗下，便于东北工业这盘大棋的布局和管理。

本溪成为"中央直辖市"的第二个关联点是国家行政布局的探索和战略考量。

新中国初期的大行政区如东北人民政府，是新中国成立初期在地方设置的一级政权机构，是由党的机构逐渐演变为行政机构的。它既是中央人民政府的派出机关，也是地方政权的最高机构，领导着大行政区内各省、自治区、直辖市人民政府的工作。

1949年前后，经中共中央批准，以党的六大中央局如西北局、华北局、东北局、华东局、中南局和西南局为依托，在全国设立了六大行政区域，东北地区即成立东北人民政府。

随着经济、政治形势的发展变化，1952年11月，中央人民政府委员会决定将各大区行政机构一律改为行政委员会，作为中央人民政府的派出机关，不再是一级地方政府。

1953年3月12日，中央人民政府政务院发布《关于改变大行政区辖市及专署辖市的决定》。

文件规定：鉴于大行政区行政委员会不再是一级政权，原大区直辖市一律改成中央直辖市，仍由所在大区代中央进行领导和监督。

至此，本溪市正式成为中央直辖市。

随着国家进入有计划的经济建设时期，政治经济形势都要求进一步加强中央集中统一领导，实现"全国一盘棋"。

因此，1954年4月27日，中共中央政治局会议决定撤销大区一级党政机构，同年6月19日，中央人民政府委员会第32次会议通过了《关于撤销大区一级行政机构和合并若干省、市建制的决定》，撤销了6个大区行政机构，辽东、辽西合并改为辽宁省。

沈阳、旅大、鞍山、抚顺、本溪5个中央直辖市，均改为省辖市，从此，本溪结束了中央直辖市的历史。

本溪"中央直辖市"的历史由来，背后是钢铁产业力量的支撑。

本溪行政区域的变迁在这段时间前后有频繁的变动，一并叙述于后。

1948年10月本溪全境解放，本溪市人民政府成立，隶属于当时的安东省。

1949年4月21日，东北人民政府批准设立本溪市为东北人民政府直辖市，以本溪县的部分地区为其行政区域。设立本溪市河西、河东、工源、彩屯、大峪5区。

1951年8月15日，东北人民政府批准撤销本溪市大峪区。

1952年，辽东省本溪县划归本溪市，辽东省抚顺县六区高头岭以南地区划归本溪市，设立本溪市石桥子、牛心台、桥头、草河掌、草河口、偏岭、碱厂、清河城、小市、南芬10区（政务院1953年9月批准）。

1954年，撤辽东、辽西2省，合设辽宁省；沈阳、旅大、鞍山、抚顺、本溪5个中央直辖市划归辽宁省管辖。

1955年，设安东专区，辖凤城、岫岩、安东、宽甸、庄河、桓仁6县。

1956年，设沈阳、本溪2县。设本溪市南芬、田师傅、牛心台3矿区。撤本溪市桥头、草河口、小市3区。

1956年，新设立的本溪县划归本溪市。

1958年，撤本溪市牛心台、南芬、田师傅3矿区。

1959年，设本溪市牛心台区。

1966年，本溪市的桓仁县划归丹东市。

1975年，丹东市的桓仁县划归本溪市。

位卑不减报国心

1953年，在特钢厂干了近5个年头的赵恩普，又来到了人生另一个关口：前往齐齐哈尔，支援"北满"特殊钢厂的建设。

一

赵恩普本是牛心台上牛老官砬子村人，4岁时父亲去世，后随母亲迁往偏岭后崴子村。

幼年丧父是人生的大不幸。赵恩普的童年和青年的艰难和困顿自不用说。

到了可以用自己的力气养活自己的时候，赵恩普来到了日本人开办的一机修厂干活。

1942年，赵恩普听说日本人的特殊钢株式会社要招工人，工资比一机修厂开得多，为了多挣几个钱，赵恩普前往报名。没想到，日本招收员工的条件，是看能不能扛起一根枕木。一米八大个的赵恩普不费劲地一哈腰就把百多斤重的一根枕木扛在了肩上，成为了生产特殊钢二轧车间的一名轧钢工人。

颇有心计的赵恩普不甘于做一个只给日本人干活的工具，他想学到轧钢技术。但日本人处处防范着中国工人，不让中国工人学到任何技术。有一次，几个日本人正在演算轧钢孔型的设计参数，他悄悄过去偷看，被另一个日本人发现，一铁钳子就砸在了赵恩普的头上。顿时，赵恩普血流如注。轧钢技术明偷不行，就暗偷。之后，到休息日，赵恩普领着日本人到太子河撒网打鱼，趁日本人喝高的时候问一些技术问题。

偷师学艺，再加平时认真观察学习，赵恩普熟练掌握了轧钢技艺。

日本战败投降，本溪又处于战乱中，已由本溪湖特殊钢株式会社改称为特殊钢厂的生产被迫停产。不得已，赵恩普只好回到乡下，拿惯铁钳的手拿起了种地的农具，但他的心里仍有个盼望，盼望着有一天能重回轧钢车间，把自己好不容易学来的技术施展开来。

赵恩普没想到，他的命运随着本溪的解放而发生了改变。1948年11月初的一天，厂里派人来通知赵恩普：回去上班。一个新的时代来临，赵恩普新的人生也从此开始。

既受过日本人的欺凌，也对国民党失去希望的赵恩普，看到解放后没几天，共产党就从外地调来粮食解决了工人的粮荒，让他感受到了共产党人的民本情怀；看到特

75

殊钢厂在本溪解放后的第十天，就成功地恢复了生产，炼出了第一炉特殊钢，让他感受到不可思议的活力；看到厂领导对工人的尊重，让他看到了社会的希望，也看到了自己美好的明天。

勤奋工作，努力奉献，成了赵恩普的工作追求，也成了他的人生追求。

一身的技术，再加上任劳任怨，他在1950年加入了中国共产党，被迅速提拔为班长和车间值班主任。还在当时最好的甲楼分得了房，妻子带着孩子随着都来到了城里。下班了有家可以回，回家了有热乎乎的饭菜等着。这让经历日本人统治时期受人欺负、国民党时期温饱难以维持的赵恩普感慨万千。

在比较中感到幸福，在幸福中产生了感恩的心。新中国时期，很多的农民，很多的工人都是这样的感受。

在特钢的这5年，是赵恩普非常愉快的5年。

二

1953年，原本要建于本溪的第二钢厂，因朝鲜战争的影响而改建在齐齐哈尔市的富拉尔基，但筹建的任务仍由特殊钢厂负责，既是生产骨干又是技术骨干的赵恩普自然上了优选名单。

谁都知道，草创工作是最艰苦的，但赵恩普觉得这正是自己回报新社会的好机会。他毫不犹豫地撇家舍业，踏上了前往齐齐哈尔的旅程。

坐落在松嫩平原上的齐齐哈尔是个美丽的城市，边上的嫩江鱼肥虾美，每到夏季碧空万里，让人心里都跟着清亮和惬意。

赵恩普没空欣赏。一到富拉尔基，屁股还没坐热，厂里派他带着一批刚从学校毕业的年轻人到鞍钢的小型轧钢厂实习代培，一直到1955年的3月才结束。为北钢带出了第一批新工人。

也是1955年的3月，怀孕的妻子带着几个孩子从本溪迁到齐齐哈尔。

本溪人不知道齐齐哈尔的寒冷，下了火车没戴帽子，赵恩普有准备，用一条大棉被把孩子从头到脚都给捂上了。

就这样，整整两年后，一家人才得以团聚。

团聚了但没房。没办法，只好住在柳长斌家。

柳长斌是赵恩普在本钢特钢厂时的老主任，不赖他赖谁啊。住了3天，赵恩普分得了一套新房。

刚盖好不久的新房，潮湿，墙旮旯被冻住了，挂着厚厚的白霜。赵恩普没说什么，仍安排一家人住了下来。不想，这事不知怎的被钢厂的一把手林纳知道了，亲自来到赵恩普家看，说孕妇怎能住这样的房啊，后又给另调了一套条件好一点的房子。

那时，长子赵广荣已经念书。到了一个新地方，仍坚持着早上跑步的习惯。不戴帽子出去跑了一圈，忽觉得耳朵麻酥麻酥的疼，刚想用手去揉揉，旁边的人喊他：别揉，一揉就掉了。回家之后，别人用雪慢慢地搓，很长时间才缓过来，即使这样，以后还是掉了一层皮。

冬天的傍晚比较长，冬天的嫩江是个天然的滑冰场。喜爱运动的赵广荣常去滑冰，有一次，脚没保护好，被冻疼了。回来脱掉鞋子一看，脚的表面冻上了一层冰，放在凉水里慢慢化了很长时间，才缓过来。这类事，如处理不当，整只脚都会烂掉。

冬天的齐齐哈尔，零下30多摄氏度，那就是平常事。

春秋两季，风特大，出门必须戴挡风镜，走路身体必须前倾，否则，强劲的风会把人往后刮倒。

气候恶劣，加上初创的艰苦，一些人难以安心，寻找着调走的机会。

赵恩普一个心眼地想，只要是国家的需要，那就是自己的心愿。有时，妻子也会叨咕，本溪多好，找机会回去吧。赵恩普总是说，个人都想个人的事，国家还怎么建设。再说了，在日本人时期，我们像个人不？人家根本不拿咱们当人看。共产党把咱们当人看了，咱们还能不努力干，那还像个人不？

赵恩普不是什么大人物，但实心实意把自己交给组织，交给国家的建设事业，任劳任怨地做着组织交给的培养新工人和工地上各项基本建设工作。

三

到1956年，一项新的工作摆在了文化程度不高的赵恩普的面前：到苏联学习。

北钢项目，是新中国成立之初，由苏联援建的156个项目之一。全套设备都是由乌克兰扎布罗斯钢厂提供图纸并制造安装，选派人员到乌克兰扎布罗斯钢厂学习就是必然的。

既是生产骨干又是技术骨干的赵恩普自是选派对象。

那时，赵恩普最小的孩子才一岁，最大的孩子在上小学，家里的许多事都离不开他，但他一个条件没讲，愉快地服从了组织的安排。

35岁的赵恩普只有小学四年级的文化，他首先要面对的是很艰难的语言关。每个被选派人员都要在半年的时间内通过俄语关。文化低、年龄偏大的赵恩普又以当年偷学轧钢技术一样的精神来学习俄语。别人一天学习8个小时，他就用16个小时来学习。在家里仍然是咿咿呀呀地念着俄语的单词和发音。他不服输、不低头的坚韧让妻子佩服，并以此来教育孩子："看看，像你们父亲一样，你们的学习还有上不去的。"大儿子以后在学习上的劲深受赵恩普的影响。

赵恩普通过了语言关。

组织上为前往乌克兰的员工一人做了一件皮衣和一套西服。

1956年10月，赵恩普和其他学员一起登上了开往乌克兰的国际列车。

四

在乌克兰的扎布罗斯钢厂，赵恩普是这批学员组的组长。他不但自己要学好，还要带着大家一起学好。同时，还要带着大家遵守各项规定，要在一个陌生的地方为北钢塑造一个良好的"国际形象"。

平时说话不太注意的赵恩普为自己立了个说话的规矩：文明礼貌。开口就是问好，招呼就是礼貌。

身高本就出众的赵恩普，再加上本就深厚的技术底子，学得快，领会得快，给扎布罗斯钢厂负责培训的工程师们留下了良好的印象，大家经常竖起大拇指夸他。

那时的乌克兰与中国相比，生活很不错。吃的是奶油面包、鸡蛋香肠，喝大米粥都要浇牛奶，那是中国想都没法想的生活。但赵恩普很不习惯，特别是喝大米粥都要浇牛奶，让他别扭，但喝酒上可以和对方有一拼。嗜酒是乌克兰人的普遍现象，就连女人都不例外。赵恩普从齐齐哈尔带去的烈酒，乌克兰人品尝之后都竖起大拇指。酒成了双方关系的润滑剂，喝酒之后，有关的技术问题，乌克兰人滔滔不绝。这又难免让赵恩普想到当年自己向日本人学轧钢技术时常用的那一招。

生活不错，学习也愉快，但乌克兰的治安不好，抢劫的事经常发生。对于像赵恩普这样的出国学习人员，国家一个月发500卢布的生活费，每个月去领取生活费时，都有乌克兰的保安人员跟着，一路护送。

到1957年5月，学习结束，在即将返回的前夕，一个乌克兰的工程师对赵恩普说，要与他交换皮大衣。原来，国家给他们做的皮大衣，很受乌克兰人的喜爱，但受纪律的限制，赵恩普无法满足那个带过、教过他的工程师。

回到富拉尔基，赵恩普从国外带回来的东西，让孩子们高兴无比。一个收音机，一个照相机，在国内那是稀罕物，左邻右舍很是羡慕；一个救生圈，一个皮球，几个孩子争着抢着玩。

赵恩普回来后，正赶上钢厂投产的前夕，他被厂里任命为技术质量监督站的站长，全面负责钢厂产品的监督检测。赵恩普全身心地投入到各项基础工作的建设中。

1957年11月3日，北满钢厂举行了建成投产的隆重典礼。1952年由本钢特钢负责筹建的北钢，特钢先后派去厂级干部6人，科级干部10多人，工程技术人员23人，技术工人100人。经过5年的艰苦建设，新中国为数不多的另一家特钢厂，实现了国家建设的目的，如期建成投产。所有的人都很高兴，他们没有辜负国家的希望。赵恩普更高兴，他在技术质量监督方面为钢厂开了先河。

北满钢厂是新中国成立后建成的第一家重点特殊钢厂，本钢人做出了积极贡献。特别是亲身参与了建设的特钢人，更是功不可没。

钢厂建成投产后，就赶上了1958年的"大跃进"，新的产量指标压在了北钢人的面前：535万吨的年产量翻到1070万吨。

增加产量，最好的办法就是新建生产线。钢厂在现有的11个生产车间的基础上增建第12车间，在工作上富有开拓性的赵恩普被任命为新的车间主任。

基础建设，设备安装，一系列的事逼到了赵恩普的头上，速度也是跃进性的：一年之内完成，第二年投产。

赵恩普打起了冲锋，他带的不少人都是从朝鲜战场上下来的志愿军战士，这些人也一样地跟他打起了冲锋，工地成了他们的家。

一年下来，工程如期完成，1959年，新建车间顺利投产。只是妻子发现，赵恩普明显消瘦了，眼睛凹下去一大圈。

从1953年到1960年间，赵恩普摸爬滚打在北大荒，但给一家人留下的是稳定而喜悦的记忆。夏天的嫩江水面宽阔，大儿子一有空就去钓鱼。长长的钩线上一挂就是五六个钩，一甩出去就是30多米远，鱼咬钩后铃铛就会悦耳地在江面上响起来，听了让人心旷神怡。

吃的是苞米糁子，虽不是细粮，但足可保证，那已让人满足了。

烧的煤还是半成煤状态，仍可看到树木的形状，见惯了本溪的煤，这种半成煤的记忆就尤其深刻。

一切美好的记忆都将留在北大荒。

五

1960年10月，赵恩普的人生旅途又发生了一个转向：国家要在甘肃张掖新建一个特钢厂，他作为很合适的筹建组人员之一和30多人被选派过去。

那时流行革命战士本是一块砖，哪里需要往哪里搬。赵恩普在心里自觉地把自己当成了一块砖。

工作了一年多，画图纸、搞设计。后来，专家论证说，张掖不适合建特殊钢厂。一行人又按照指示，来到陕西的齐镇。

安顿下来，以为这可以是固定的地方了，妻子拖儿带女从北大荒千辛万苦地赶了过来。到西安下车，齐镇不通汽车，为了等赵恩普来接，一家人在旅店住了一月有余。

到了齐镇，大儿子转学到了当地的一所高中，时间已晚了两个月，陕西老师的陕西话，儿子一句也听不懂。一个学期下来，本来学习成绩很好的孩子，竟然有4科不及格。

1962年，国家的建设计划重新调整，赵恩普等人所承担的筹建长城钢厂的计划被搁置了。赵恩普被分配到了抚顺钢厂，妻子儿女则被下放回到了偏岭乡下。

此时，已42岁的赵恩普不愿再四处奔波了，通过关系调回了木钢，之后，妻子儿女也慢慢回到了城里。虽然后来也有波折，在"文化大革命"中，他到苏联学习的经历还成了一条罪状，影响了他也影响了儿女的前途。但他和他的一家人都没有后悔到富拉尔基的经历。

个人能为国家建设做点贡献，他们认为这是个人的荣幸。

技术报国之大工匠刘凤鸣

1950年初，有一个发生在本钢的场景，至今依然令人眼前一亮。

在一次总结庆功大会上，重工业部一位副部长握住一位老工人的手称赞道："老刘师傅，你不仅是锻钢技师，也是我们国家的汽锤大王啊！"

从那以后，本钢的"汽锤大王"就在全国传开了。

被重工业部副部长称赞为新中国"汽锤大王"的人是谁呢？是本钢特钢厂大工匠刘凤鸣。不，是国家大工匠。

要说刘凤鸣因什么贡献被重工业部副部长称赞为新中国"汽锤大王"，还得从他的有关传奇说起。

敢打日本人的大工匠

本钢代经理许言在《回忆本钢恢复生产前的日日夜夜》中有段文字写到了刘凤鸣："老工人大部分在伪满度过许多年亡国生活，其中少数人也有政治历史问题。我们对老工人的政治历史问题采取极为慎重的态度，除罪大恶极者外，都尽力说服群众，保护下来，发挥他们的一技之长。例如对汽锤大王刘凤鸣的处理给我留下很深的印象，至今仍记得事情的梗概。"

读了这话，自然明白在本溪解放初，刘凤鸣因政治历史问题被工人群众举报过。

刘凤鸣，1898年出生于辽宁省辽阳县新城子村一个贫苦的农民家庭。他为了生活，未满17岁就背井离乡外出谋生，曾先后辗转于鞍山、沈阳和本溪等地，在工厂学艺。由于他勤奋好学，不耻下问，虽然吃了不少苦头，但锻造技术突飞猛进，成了远近闻名的技术"大拿"。

1948年10月30日本溪解放前夕，他被本溪煤铁公司特殊钢厂录用。

这样的人能有什么政治历史问题？

举报群众说，刘凤鸣在伪满时当过工头，打骂过工人。

这就要调查了。

调查的结果出乎意料。

刘凤鸣确有打过工人的事，但不少工人说他：打过不少日本人。也被日方整过，因技术好，日本人才饶过他。

到此，性质就变了。

如果刘凤鸣专打中国工人，那就是勾结日本人欺负中国人的事了，可以当汉奸论处。

打过中国工人，也看不惯日本人，还打了日本人，那只是性格的事，去除了汉奸的嫌疑。

当然，工作还是要做的。

找刘凤鸣谈话，将工人的反映如实告诉他，也将公司的看法说给他。

在新社会，要和工人搞好团结，要用自己一身的技术为新中国服务。

果真，在新社会，刘凤鸣和工人关系处得比较好，还凭借一身技术为本钢、为国家其他特钢厂解决了许多难题，深得工人好评。

汽锤砸向手表，手表毫发无损

曾经跟刘凤鸣学艺的徒弟，他们眼中的刘凤鸣，对汽锤如醉如痴般的热爱。只要在厂里，刘凤鸣整天围着汽锤转，发现问题后就埋头研究解决的办法，一个"堡垒"攻下了，又去发现新的"堡垒"，再想办法往下攻。

锻钢车间的全部汽锤就都由刘凤鸣"包了"，有毛病就找他，大小毛病全管。在别人看来，汽锤的构造和"秉性"就全装在刘凤鸣的脑袋里。凭耳朵听，用眼睛看，用手一摸就知道毛病出在哪里，人到肯定"病"除。

有句话：不疯魔，不成佛。用来形容刘凤鸣最恰当。汽锤就像他的情人，成天围着气锤转，和别人唠嗑儿，不管和谁唠，不管唠什么话题，不超过5分钟，他准会把话题扯到汽锤上来。

针对汽锤工艺上、操作上、设备改造上技术革新的难题，刘凤鸣不知破解了多少个。

最初，钢坯送到汽锤是人工送的，刘凤鸣改为杠杆吊夹钳送钢坯，减轻了劳动量。刘凤鸣不满足，又改为出钢小车送坯上锤的新方法，劳动强度更为减轻，工作效率更为提高。

他创造了"一吨锤两台两面打钢直接上锤"的新工艺，使每小时产钢量猛增，比"开锤一面锻造"的旧方法提高功效20%，这一工艺不但在本厂内全面推广，而且还被介绍到全国其他特钢厂锻造行业，反响巨大。

他创造了"八火锻造法"（钢坯经过八次加热锻造成材），使高速钢材产品质量明显提高，成材率由过去的70%上升到73%。

刘凤鸣的徒弟，每个月都有几天看不见师傅，后来才知道，师傅到别的特钢厂做贡献去了。

因为名声响亮，全国其他特钢厂汽锤有毛病修不了，都来找刘凤鸣。太原钢厂汽锤地基下沉，来找他；大连、北满钢厂汽锤镑子坏了，来找他。不管什么毛病，只要刘凤鸣来到现场围着"病锤"转几圈，用眼瞅瞅、用手摸摸，汽锤的毛病就了解得八九不离十了，再经过一番修理，立刻就会使沉默的汽锤重新昂起铿锵有力的锤头。

从1949年至1957年间，经刘凤鸣一手修好的全国各特钢厂的汽锤就有二三十座之多。

刘凤鸣身怀汽锤绝技，你不佩服都不行。

刘凤鸣的汽锤绝技"绝"到什么程度？有人说了一件事：有一次刘凤鸣与别人比武，一时性起，把手表放到汽锤底座砧子上，然后操纵汽锤向下落，锤头落下时将手表带起来翻了个个，而表蒙子却丝毫无损。

"锤头落下时将手表带起来翻了个个"，说明千斤重的汽锤带着呼啸的风下落时已碰到了表面，就在汽锤与表接触的这刹那间，汽锤停住了，但巨大的惯性作用依然将表带翻了。带翻了，但表依然完好无损。用力精准，令人叹为观止。

是，刘凤鸣绝技在身，但受到国家重工业部副部长的称赞，到底是因什么绝技的表现，还是因绝技做出了重大贡献？

绝技报国

1950年初，国内解放战争刚刚结束，恢复生产成了新中国的当务之急。东北是重工业区，东北的恢复生产对新中国的重要性不言而喻。特别是东北钢铁工业的恢复生产和煤矿的恢复生产更是重中之重。

恰恰是东北煤矿的恢复生产遇到了难以克服的问题：无缝五环链子断货。无缝五环链子是煤矿专用的备件，我们国家制造不了，一直依靠从英国和德国进口。

新中国刚成立，和英国、德国还没建立外交关系，难以进口。进口不了也不能坐看煤矿停产。

国家重工业部把制造无缝五环链子的任务下到了本钢特殊钢厂。一位副部长亲临本溪煤铁公司，坐镇指挥无缝五环链子的攻关工作。

任务被刘凤鸣主动承揽下来。

自打刘凤鸣接下任务之后，整个人就像中了魔似的，连吃饭、睡觉、走路脑子里全都是如何锻造五环链子的事。他的徒弟在厂里同他走个碰头，跟他打招呼，可他却像没听见一样，两眼直勾勾的。

他厂子里的工具箱里老是有一堆泥巴，没事总拿出来捏来捏去做模型。

晚上下班回家，看到老伴和面做饭，他上去就把面团抢过来，捏起子模型，气得老伴用手点着他的脑袋嘟囔道："你干脆甭吃饭了，光啃你的五环链子得了。"

真是不疯魔不成佛啊！刘凤鸣真琢磨出用一块钢材在汽锤上直接锻造无缝五环链

子的道道来了。

试验那天，刘凤鸣穿了一身崭新的工作服，脸上刮得干干净净，一副自信的微笑。

只见他的双手沉着稳健地操纵着汽锤，火红的钢坯随着有力的锤头上下翻滚，渐渐地钢坯变长、拉细，链子雏形出来了。成品链子锻造成功，人群中爆发出一阵欢呼声，工友们、徒弟们最后兴奋地把刘凤鸣抬了起来。

成功解决了煤矿生产中这个棘手难题的刘凤鸣，轰动了整个冶金行业，名噪一时。他生产的样品被拿到沈阳等地展览，产品及时供给本溪煤矿及东北各大煤矿使用，保证了煤矿生产的顺利进行。

刘凤鸣依靠自己的智慧和绝技，结束了无缝五环链子依靠进口的历史，同时开创国内生产无缝五环链子的先河，对于1950年的新中国来说，是一件非常了不起的大事。

难怪重工业部副部长要感谢他，要称赞他。

从那以后，本钢的"汽锤大王"就成了中国的"汽锤大王"，本钢的大工匠就成为了国家的大工匠。

005：国家工程（二）

恢复生产前的二铁厂

20世纪50年代中期，中国拉开了钢铁产业成为国家核心主导产业的序幕。

新中国发展钢铁业的低端目标仍是一海之隔的日本。中国领导人表示，日本用年产500万吨钢铁就能明显提升民族实力，中国也一定能达到这个目标。

本钢工源厂区的恢复扩建工程和鞍钢扩建工程、武钢建设工程、包钢建设工程，因此被端上了国家发展钢铁业的平台。

这四大工程完工的1957年，中国的钢铁产量达到了530万吨，完美实现了新中国发展钢铁业的第一阶段的目标。

本钢以英雄般的创造力，助力4万多人力、6万多吨的设备，成功完成了新中国开始于1954年、1958年、1964年钢铁业的三次伟大战略布局。

大战工源

1955年初，本溪出现了历史上少有的酷寒天气。

是年的3月，本是春意踏足而来的日子，但卷过本溪天空的风裹着无形的冰刀，令出门的人裹足不前。

本钢工源厂区，寒风掠过高炉撞出的呼啸声，尖利如哨，摄人心魄。

地上的积尘，随凛冽的风翻卷，一如长空战云。

停产10年的厂区，凛冽中荒凉倍增。

寒风稍敛，一哨人马长驱直入，来到高炉下，即搭起脚手架，开始拆卸高炉。

随之，数队人马鱼贯而来，分散在各自的施工点，人声鼎沸，施工机械的轰鸣声回荡在空中，惊散了空中的凛冽寒风。

空旷10年的厂区顿时充满了活力，时代的强劲之风吹散了日伪时期积淀的阴霾，迎来了历史的新纪元。

工源厂区的工程大军来自于鞍钢，奉重工业部前来本溪支援本钢工源厂区的修复和改建。带头的则是驰名钢铁行业的猛将王文。

因朝鲜战争而缓建的工源厂区，终于开启了新的篇章。

时任本钢化工部主任的陈星野，抗战时期任平泉县委书记，1948年辽沈战役后，随冀热辽分局的南下部队来到沈阳，于1949年初分配到本钢，担任化工部主任，下属有焦化厂、耐火材料厂和硫酸车间。

陈星野对这段历史记忆清晰。

1955年3月，由王文和计明达率领的鞍钢建设分公司到达本溪，着手进行工源工厂的修复和改建工作。

工源工厂的修复改建，是在苏联专家的帮助下，采用了苏联的基本建设管理办法，实行一长制，执行乙方包工包料的承包制度，实行"二号表"分部工程验收办法（即每个分部工程，必须经甲方技术监督站检查验收签字，银行才予以拨款）等，严格地执行计划。因此，工源工厂的各项工程，都按计划或提前完成，经过生产考验，证明工程质量是优良的。

在工源工厂的修复改建中，大家的情绪是饱满的，努力工作，团结一致，虽然在甲乙方之间，在基建和生产之间，曾有过一些争吵，但都是为了工作，没有什么私人的东西，事后，大家便都不记得了。若干年后，偶尔谈起当时的争吵，大家都是一笑置之。正像王文经理所说：基本建设，吵吵闹闹，完事拉倒。

陈星野说，从1955年3月到1957年底，这3年里，南芬露天铁矿和选矿厂，工源的两座高炉系统、两座焦炉及其回收设施，第三发电厂两台25000kW机组的安装，新建烧结厂等，都按计划和投产的需要，陆续地投入生产。

王文带着他的工程大军，转战工源厂区各地。

第二焦化厂的修复工程，也由王文带领的鞍建本溪分公司承担。

修复二焦化厂的工程量巨大。砌筑耐火砖及使用各类耐火材料一万八千吨。各种设备、管道的安装六千三百七十六吨。其中旧有设备重修修复利用的二千五百三十二吨，新增加设备三千八百四十四吨。

工期要求却很紧张，二号焦炉要于1956年8月1日投产；一号焦炉要于1956年11月竣工。

为了完成任务，不管是施工方还是厂方，加强协调沟通，互相促进，两座焦炉均提前竣工，二号焦炉提前到1956年7月31日投产，一号焦炉提前到1956年9月25日出焦。

第三发电厂的改建被称为"6402工程"，由鞍建本溪分公司、电力工业部沈阳基本建设局和抚顺火电公司按专业划分进行施工。

按照二铁厂分别于1956年及1957年各有一座高炉投产的规划，发电厂的工程也分两期进行。第一期工程于1955年4月开工，工程包括一台发电机、两台鼓风机、三台锅炉的安装。要求1956年6月14日一台发电机和一台锅炉竣工发电，其余两台鼓风机与两台锅炉陆续竣工发电。

第二期工程包括一台鼓风机、四台锅炉及附属设备的安装。要求1958年9月、11月、12月三台发电机分别投产。

当时发电厂厂长王荣礼负责筹备三电工程，为了做好生产前电气部分的筹备，把在本钢设备处工作的何俊波调回三电。

在发电厂工作多年的何俊波接受任务后，去电力系统进行了短暂的学习，回来后，组织编写电厂部分安全规程、电气设备运行规程和电气设备检修规程；制订了两票制度，搜集了有关资料和设备资料以及说明书；修订了运行人员的培训资料，建立了运行人员的交接班制度。尤其是实行军事化交接班制度和定期汇报制度。同时还在运行班和检修班范围内建立了运行专区负责制，使各区各设备都做到有人管。在设备缺陷巡回检查中建立了处理缺陷制。这些制度的建立，对当时的安全生产、人身安全、设备事故的防范起到了保障作用。

整个工源厂区，特殊钢厂的改建、团矿炉的恢复、烧结厂的新建、硫酸厂的恢复和改建，既按部就班又有声有色，既严肃紧张又轰轰烈烈。

而在南芬铁矿，则又是另一番壮丽的景象。

1956年5月18日这天，艳阳高照，风清气爽。

在海拔757米的矿山台阶上，耸立着一台台冲击式钻孔机。第一任电铲司机张本仁兴致勃勃地登上了118号电铲，一铲铲将矿石装到苏联进口的玛斯525型25吨自卸运矿汽车上。

矿山上，穿孔机、电铲车、大型运矿车，发出的轰鸣声震天撼地。

南芬铁矿机械化露天开采的亮相，标志着井下人工开采历史的结束，机械化时代在矿山的来临。

1957年，南芬露天矿矿山产量达到270万吨，比1952年提高了5倍。1958年的矿石产量超过了原来设计的470万吨，达到了650万吨。

机械化的力量改变着历史，也改变着人们的观念。

兆德发支援二铁的记忆

二铁厂工会主席兆德发，本是机修厂七级大工匠。

20世纪50年代，兆德发风华正茂，本钢机修厂也风华正茂。

新的时代为企业注入了勃勃生机和无限活力。

希望点燃起激情，创造具有了无限的可能。

不少具有创造天赋的人在这方舞台上为人生赋能发出光彩。

个人的光彩璀璨着企业的荣耀，凝聚为本钢"技术大本营"的品牌。

傅恩义大工匠的头衔光耀着那个时代，他的奇思妙想逆天而行，将常人眼中不可为的工序断崖沟通起来，铺成一条新的工艺大道，供人们在惊讶中行走，供人们在徜徉中思索。

将不可为变成可为，没有东风借东风，这才是大工匠的精髓。

傅恩义、董泽民、郭忠鑫、陈忠田、董崇明等，一个一个的大工匠在机修厂的舞台走过。

他们的身后，是炸毁的锅炉被提前两个月修复，是龙门刨床被改制成牙轮床及龙门销子机床改制成牙轮床的奇异成果。

踏着他们的路走来的陈瑞庭，改造成功我国第一台大功率等离子切割装置，提高效率20倍；第一个研制出"碳化钨浸润焊"新工艺，并用于高炉400放散阀小钟斗、大钟斗的制作中，将原来的使用寿命从3个月提高到16个月，震动了中国冶金界。

本钢炼铁、炼钢工艺的进步中，有着机修厂和各个附属企业的贡献。

二铁厂改造建设中，仍离不开机修厂的技术贡献。

1956年，20多岁的兆德发已是机修厂的七级大工匠了，作为机修厂政治骨干和技术尖子，被选派前来支援二铁厂的建设。

兆德发的这段经历，原来二铁厂团委书记、现在在本钢工会工作的万丽在其《本钢百年发展长河中的一朵浪花》一文中曾有精彩的记录。

1956年初，刚从烽火硝烟中诞生不久的共和国百废待兴，那时只有20多岁的兆德发作为政治骨干、技术尖子被机修厂选派到二铁厂。当时，经过日本殖民统治者洗劫和破坏的二铁厂满目疮痍：两座高炉只剩下炉壳，炉内凝固着铁坨儿；厂房破烂不堪，四处是破损的设备；放眼望去，土沟纵横，杂草丛生……兆德发和同志们没有失望，没有气馁，一切从零开始！他代表锻工向筹备组的领导主动请缨："只要锻工能造的，全厂的工具咱包了！"领导批准后，兆德发便带领工友们立即在简陋的厂房里安装汽锤、垒炉具……还多次到炉前和车间了解所需工具，自己画图纸，然后就叮叮当当地干了起来。他们夜以继日地忙碌着，很快打造的工具就出现在各生产岗位工人的手中。机器转动了，马达轰鸣了，炼铁厂有了生机！为了能让高炉早一天流出铁水，大家勠力同心，每个人的身上都充满了干劲。

为了提高功效，兆德发这位年轻而又技艺高超的七级大工匠，大胆革新，屡获成功。一些改进项目令工程技术人员赞叹，令同行叫绝！由此，他凸显在人们的视野中，成了全厂颇有名气的革新能手。领导对他更是寄予厚望，并把一连串的设备技术改造的任务交给了他，这种使命感让兆德发感到莫大的光荣。在那段白手起家的日子里，他脑子里装的全是高炉、汽锤和革新课题。兆德发那代创业者经常用当时流行的"党是妈，工厂是家，听妈的话，管好家！"这句话来鞭策自己。很多工人也都守炉餐，伴炉眠，以主人翁的精神建设自己的工厂，常常是领导动员才肯回家。直到现在，他还依稀记得：改进压机连杆提高生产效率6倍；改进电气控制器提高生产功效7倍；改进筛条提高生产功效5倍。此外，在社会主义劳动竞赛中仅按工时计算，超额120%完成生产任务，几年中节约资金64万余元。

经过几个月艰苦努力，职工们终于迎来了二铁厂的新生。1956年国庆节，三号高炉流淌出第一炉铁水；1957年9月1日，四号高炉也传出捷报……炉台沸腾了，铁厂沸腾了！兆德发和与其共同奋斗的工友们欣喜若狂，欢呼雀跃，因为他们不仅粉碎了殖民主义者"这里只能种高粱"的断言，还证明了我们自己完全有能力让铁水映红蓝天，让百废待兴的炼铁厂重新走向辉煌。

由于在恢复二铁厂建设中贡献突出，1958年6月，兆德发被本溪市政府授予"一五"社会主义建设时期劳动模范称号。1959年国庆节前夕，他又作为本钢劳模代表参加了新中国"10周年全国各民族赴京观礼团"。当他登上观礼台，看到旗如潮水、花如海洋的国庆盛况和威武浩大的阅兵阵容时，一股从未有过的自豪感从心底萌发，猛烈地撞击着他的胸膛——他感到新中国的伟大和做一名中国人的光荣！当毛主席、刘主席、周总理等党和国家领导人亲切接见他，与他握手问候时，兆德发激动得热泪盈眶，说不出话来。那无比幸福、珍贵的历史时刻仿佛就在昨日，令他终生难忘。他跟随着代表团参观了新落成的北京十大建筑，观看了梅兰芳等艺术家的表演，又赴上海、杭州、武汉、天津等地考察，祖国的大好河山和飞速发展的国民经济令他心潮澎湃、激动不已。短短10多天的观光，让兆德发深感辽阔的祖国就在心中，而自己的生命也融进了浩瀚的社会主义建设事业之中……让他深刻地体会到新中国主人翁的地位。回到本溪，在巡回报告"10年大庆观感"时，他仍然沉浸在难以言表的幸福中……

　　日升月沉，光阴荏苒。几十年里，兆德发相继担任过车间主任、书记、厂纪委书记、厂工会主席等，无论在什么岗位，他始终珍藏着那份沉甸甸的荣誉，时刻不忘一个老劳模的责任和义务。

　　工源厂区需要设备总量的77%来源于国内，来自国内的众多厂家。在1956年很多材料缺少的情况下，许多厂家积极想办法协调材料，通过诸多努力来组织生产。被本钢派去各厂的人员积极协助制造厂采购原料，有的则通过冶金部的协调沟通，保证了材料的供应。众多的制造厂家按时完成了设备的制造，同时做好了设备的储备工作，保证了工源工厂的新建改建工程的按时完成。

　　众星拱月的支持，是那时大企业建设中常见的现象。被今天总结为共和国的体制优势之一：集中人力物力办大事。

　　新中国之初，没有财富，资本家可以依靠，依靠他们来建设现代化工业体系中的骨干企业。国家也贫弱，只能集中物力，集中人力来一个一个地建，就这样一路走下来，才建成了新中国的工业体系，才建成了钢铁工业体系。这样积累下来，才有了今天强大的工业体系和强大的工业制造大国，才有了今天暴增的钢铁产量和钢铁大国的形成。

人，才是最重要的

工程设计，施工图纸的设计，设备的制造和安装等，都是工源厂区改造的大事。

高炉竣工，各种附属厂矿的施工完成，高炉矗立，矿山竣工，焦炉蓄势待发，发电厂锅炉准备点火，万事俱备，如果没有操作人员，一切都是零。

工源厂区，支撑起钢铁梦想的人在哪？

参与并负责工源厂区改造组织领导的本钢收到了十分突出的效果，副经理吴力永，将在北满钢厂工作中学到的苏联管理经验应用到了工源厂区改造中，为本钢逐步实行科学化、现代化的企业管理奠定了良好的基础，形成了本钢特色的计划管理经验。这一经验被国家重工业部指定在重工业部干校企业管理培训班上的必讲内容。

本钢公司生产副经理唐晓光，曾在战争年代长期负责财经工作，在工源厂区改造工作中，唐晓光领导并组织建立了本钢经济核算体系，全面推行了厂矿、车间和班组的三级经济核算制、经济活动分析制，培训了400多名财会工作骨干。"一五"期间，本钢产品成本大幅度降低，销售利润成倍增长，生产发展迅速。

唐晓光为本钢培养了一批经济管理人才，建立了从编制计划、组织生产到日常调度指挥在内的一系列管理制度和工作秩序，推动本钢步入了社会主义企业管理正轨。

本钢的人员是怎么做的？

1953年任本钢代理经理、1955年任经理的徐宏文正在工业工程开始前，组织各部门就工源厂区所需人员及人员构成做了大量细致的准备工作。

经初步设计，工源工厂投产后共需管理人员和生产工人8000余人。

管理干部的配备以抽调和培养相结合。

1953年，开始抽调和培养800多名干部。

1955年，从各厂矿选拔一批优秀工人培训，补偿干部队伍。同时又抽调一批基层干部，完成了工源各厂的干部配备。

所需生产工人的量大大高于干部的量。方法有两个：一是从内部抽调，二是外省市支援。内部抽调6000余人，外部支援1000多人。总计7300多人。

新厂人员配备完成之后，就是复杂的培训工作。对此，本钢采取的方法依然是内外结合。大部分的工人由本钢各厂矿代培，一部分则送到具有先进设备和技术的外单位代培。同时，本钢也开办了两所学校：本溪钢铁学校和本钢技术工人学校，走上了一条自己培养技术工人的长远之路。

委托外单位培训的生产工人有1000多人，分别在鞍山、沈阳、长春、哈尔滨等地的20多个厂矿。

本钢到外地学校学习的工人有什么样的表现，看看到鞍钢的学员吧。

培训炼铁技术人员是培训工作的重点。

选择鞍钢是必然之路。

1949年，鞍钢铁、钢、材的产量分别达到了10.16万吨、9.97万吨、7.76万吨，占全国同时期总产量的40.6%、63.1%和55.4%。

1952年5月4日，中共中央即指示"要集中全国力量首先恢复和改造鞍山钢铁公司"。而在此后由苏联帮助援建的156个项目中，鞍钢排在头号工程。

1953年12月，共和国的第一个"五年计划"中的"头号工程"——鞍钢大型轧钢厂、无缝钢管厂和7号高炉"三大工程"竣工。"三大工程"的建成投产，标志着我国第一个大型钢铁联合企业规模初具。鞍钢由此被称为"共和国钢铁长子"。

1954年，全国的钢产量为223万吨，其中鞍钢生产了103.92万吨，撑起了共和国钢铁工业的半壁江山。

在以后相当长的时间内，中国钢产量中，有一半的贡献来源于鞍钢。

鞍钢有大高炉，有苏联援助的新技术和新经验；二铁改建的也是大型高炉，技术依然源于苏联，要学习，先行先试的鞍钢，自然是首选地，也是必选地。

1955年4月17日，二铁厂一成立，公司生产筹备处的何洪章便来到二铁厂，具体负责职工培训工作。

人员安排好了，计200多人，有干部有工人。干部中有二铁厂厂长王瑜、副厂长白天佳、总工程师胡高强；工人中有从朝鲜战场上下来的转业军人，有从学校毕业分配来的学生，也有从一铁厂抽调来的老工人。

培训住地：鞍钢太平村第九栋集体宿舍。

培训时间：1年。

培训安排：学员们按生产、设备检修、值班室操作等工种被分配到各班组、各岗位一对一地拜师学习。连王瑜厂长、白天佳副厂长、胡高强总工程师也都有自己的技术老师。

不光跟鞍钢的师傅学，学员内部也结成帮教对子。技术高的教技术低的，文化高的帮文化低的。

老工人的学习劲头特别感人。那些卷扬系统，工艺特别复杂，仅设备电路图就有两大张，标注的还是俄文字母，一些大学毕业生记起来都感觉吃力，更别说连中国字都认识不多的老学员了。可赵云生、曲增洪、陆庆余等几个老工人，面对如天书一样密密麻麻的图纸和俄文符号，咬着牙关、硬着头皮一遍遍地默写默诵，硬是把图纸印到脑了里，拿起笔就能画出来说明白。

青年学员同样的刻苦认真。在工长岗位学习的李靖家里催着结婚，他回去1天，第二天举行结婚仪式，第三天就说服新婚妻子赶回实习岗位。

鞍钢的领导和工人师傅被本钢学员虚心、诚恳和勤奋的精神感动。毫不保留地把技术传授给他们，许多人还把自己保留的技术资料和经验介绍给他们。李凤恩是鞍钢炉前技师还是全国劳模，与本钢学员刘克余之间的师徒关系十分深厚，多少年之后还保持密切往来。

经过半年多的学习，学员的技术水平提高得非常快。经过全面系统的考核，证明学员们已具备操作大型高炉的技术能力，鞍钢人再一次展现了无私情怀和高尚风格，将5号高炉交给了本钢学员。从原料、炉前到值班室的所有工序过程全交由本钢学员负责，鞍钢方面只负责设备维护。几天下来，本钢学员所负责的5号高炉在鞍钢高炉生产指标竞赛中名列前茅，鞍钢的师傅笑了，本钢的学员笑了。

1956年6月，学员们怀着对鞍钢人的感恩之情，怀着对新岗位的期盼之心回到二铁厂，开始了3个多月的上岗集训。

二铁厂3号高炉在改建施工中，将原来炉容容积由758立方米扩大到920立方米。计划1957年1月1日投产。经过鞍建职工和本钢公司的共同努力，工期提前两个月。经双方商定，3号高炉提前到1965年10月1日投产。

1956年10月1日，从鞍钢学习回来的职工们严阵以待。一声令下，立即进入各自的岗位，亮相炼铁大业的风采。

本钢公司的领导，鞍建的工人们，兆德发和与其共同奋斗的工友们，满怀喜悦地等待着这一刻，等待着废弃10年高炉的新生。

在赵云生、曲增洪、陆庆余、刘克余等二铁厂职工们精心操作下，3号高炉一次开炉成功，本钢第一座现代化大型高炉第一炉铁水火红问世。

现场，一片欢呼声。

通向国际舞台的冶铁经验

1959年12月，东欧的经互会在莫斯科召开。

本钢公司副经理周家骅和本钢二铁厂高炉车间副主任陈治平被邀请出席这次会议。

他们被邀请而来，都带有重大的任务，即向会议报告来自于二铁厂的一项创造世界先进水平的高炉利用系数的冶炼技术。

1957年，一位捷克的冶炼专家，在一本国际学术杂志上看到，中国东北有个炼铁厂，两座高炉所达到的技术指标已超过了世界先进水平。

高炉的技术指标有多种，其中有一种叫"高炉利用系数"。这是钢铁行业衡量高炉生产效率的重要指标。利用系数越大，生铁产量越高。

1957年本钢二铁厂两座高炉的利用系数达到了2.5吨/日·立方米。

带着疑问前来考察的捷克专家来到厂里，提出一个要求：不要陪同，自己跟班考察。

有一天，捷克专家带着翻译来到炉上，看见一幅标语写着：心红炉顺。

心红和炉顺有什么关系？专家无法理解。

工人们告诉他："心红，就是我们工人对党的事业高度负责的主人翁精神，一心为公。"

专家似懂非懂，端起相机对准了"心红炉顺"四个大字。

"心红"还有一说，指的是高炉炉长王福增。

一铁的厂史上也有这样的记载，想必是考察的捷克专家到了一铁厂考察，也看到了相同的标语。

世界上常有这样的事，同样的设备，不同的人操作就有不同的效果。

二铁厂的高炉，3号高炉改造时，主要设备是由苏联成套引进的自动化设备。除了炉容由758立方米扩建为920立方米外，还改变了原贮矿槽和上料系统，扩大高炉平台，增加热风炉的蓄热面积和操作自动化，实现了高炉操作的自动化。

4号高炉在3号高炉的基础上，采用了高压炉顶新技术，仅此一项新技术，产量就比原计划提高68000吨。

后来3号高炉也改用高压炉顶新技术，提高了自动化程度，增加了产量。

以后两座高炉利用系数闻名国际舞台，当然与自动化程度的提高有关，但更与一个叫王福增的人有关。

高炉炉长，官职不大，责任却大如天。

王福增视高炉如命，日夜守着。

不为别的，只为那份信任。

他1937年随父亲来本溪讨生活，1939年到二铁厂当小工。

受日本人的奴役，没有做人的尊严，连生活都难维持。

共产党来接收本钢后，王福增成了共产党信任和依靠的对象。

二铁厂恢复生产后，王福增当上了高炉炉长。

对比中，王福增深感新社会给了他天高地厚之恩。有恩知报，有恩必报，是王福增发自内心的想法，也是那时代很多老工人的共同点。

1957年2月，3号高炉因自产原料不足被迫用一些外地料，如马鞍山矿、包头矿等。因粉末太多，易黏结成瘤。第一次炸瘤，王福增八天八夜没下炉。

炸瘤的工序是先打眼，眼深800毫米至1米深；其次是浇水冷却；再次是测量计算，装药点炮。

王福增带几名同事负责高炉北部的打眼探测。

王福增抡起18镑的大锤，一抡就是上百下。十分寒冷的三九天，却是汗流浃背。

浇水冷却，则是最受罪的活了。

打的眼比人高，手举着水管往里灌注，水反溅回来，像下雨一样，满身是水。而且顺着袖口往里淌，从裤子流到鞋子。零下30多摄氏度的气温，炉台上凛冽的风肆虐着，衣服从里到外都结成了冰。王福增轮空下来时，棉裤都脱不下来了，冻得直抽筋。

有一天正干着，猛然看见10岁的女儿小脸冻得青紫，小手冻得通红，拉着7岁的弟弟挪动着小脚向炉台走来。王福增的心头一下揪住了，三步并两步跑下炉台，紧紧搂住两个孩子，眼泪如线而流。

女儿捧起两个饭盒说："爸爸，你已经七天七夜没回家了，妈妈做好饭菜，让我和弟弟给你送来。"

工友们见此情景，劝王福增回家看看。王福增心里也十分挂念妻子。和妻子结婚多年，妻子生了11个孩子，每次生孩子，王福增都在炉上，没照顾过妻子一天。妻子怀第十二个孩子6个月时，上山挖野菜摔了一跤流产，邻居跑到高炉找到王福增，王福增回去安排好妻子住上院又回高炉。以后，妻子的身体常闹毛病，王福增觉得对不住妻子，心中常惦记。可身后的高炉施工正在节骨眼上，只能狠下心，往回送送孩子，又回来干活。

经过八天八夜的奋战，终于顺利完成了炸瘤的任务。

王福增的心中，任务的重要性远远超越了家庭。

50年代末，全国大型高炉开展了社会主义劳动竞赛，身为炉长的王福增，深知责任重大，一天24小时，除了吃饭睡觉就是守在高炉旁。工作紧张时，干脆吃住在炉上。脏、险、累的活儿抢着干，开口机钻杆太长，不好操作，电炮也经常打不进泥，有时要打100多次，非常累人，王福增抢着干。打铁口、换渣、风口的活儿，100多摄氏度的热浪烤得人睁不开眼，透不过气来，每逢这时，王福增往身上浇点水就冲了上去，处处带头，带出了一支嗷嗷叫的队伍，敢打敢拼，敢拼敢赢。

与高炉常年厮守一起，深知炉性。有一天，王福增正在4号高炉忙碌时，突听3号高炉传来一声巨响，王福增一听是3号高炉要拉风了，拉风就要减产。王福增快步跑到3号高炉，拿过水管往身上浇水后，扒开人群就冲上去，观察一会儿马上喊道："快用炮泥堵渣口。"

后面的人马上把炮泥递给他，他用力将炮泥一块块投向渣口，渣口堵住了，高炉复风了。

知炉方能驯炉，4号高炉在他手中生产顺利，利用系数不断攀升，达到了2.5吨/日·立方米，一时无双。

1959年10月31日，全国召开的工交战线群英大会上，本钢4号高炉被命名为"全国东风号青年炉"，王福增本人荣幸地参加了大会，并获得了"全国先进生产者"称号。

工源改造工程在广大参与人员迸发出来英雄般的热情中，成功完成了这项国家工程的各项指标任务，经由王福增般的生产工人将人的能动性发挥到极致，每座高炉的生铁产量由原来的13.5万吨提高到41万吨，两座高炉增加的产量占国家第一个五年计划生铁产量的30%。

停产10年之久的工源厂区，生机焕发，换了人间。

技术报国之大工匠傅恩义

1951年冬天，东北工业部遇到了一个天大的难题：东北地区水泥厂大窑的大型齿轮都坏了。

坏了更换一个不就完事了。

可那时，哪有备品哪？

大窑的大型齿轮体积大，直径达415米，重达10多吨。要加工这么大备件，当时全国还没有相应的重型设备，到国外订货至少需要两三年时间。

没有办法，勉强用烧焊修补维持生产，这样做的结果是水泥产量很低。开春后各地的建设急需的水泥没有了来源。

这事可急坏了当时负责整个东北工业生产的东北工业部。

但那时的共产党人有个好传统：依靠人民群众。

东北工业部专门召开了解决加工水泥厂大型齿轮问题的工程技术干部会议。

来参加会议的都是全国各地的能工巧匠。

本钢一机修厂的傅恩义也去了。

此时的傅恩义可是名头响亮。

傅恩义出生于贫困农民家庭。16岁到沈阳一家工厂当学徒，3年后到了本溪煤铁公司上班。

本溪解放后，新社会给他带来了与旧社会完全不同的感受，他全身心地拥抱新社会，并于1949年10月加入了中国共产党。

新的希望激发了他无限的创造力。

那时的一机修厂，厂房里仅剩下七八台陈旧的机床，机件也是残缺不全。

为让机修厂及早恢复生产，傅恩义把家里存放的材料、机器零件献给工厂，还到处去寻找有用的零部件。一天，他在建筑工地上发现了一台旧机床，虽然零件已经都毁掉了，但床身还比较好。傅恩义在厂里和工友的支持下，用6个月的时间制造了300多个零件，复活了这台八尺正面车床，为恢复一机修厂的生产解决了重大问题。

1950年，本钢特钢厂轧钢机轧机传导轴的人字齿轮磨损非常严重，更换人字齿轮成了特钢厂的迫切问题。

这种人字齿轮1949年前国内不能制造和加工，国外订货时间周期长。傅恩义毅然接下了这个任务。在经历了用皮带机床和铣床加工的两次失败后，他依然毫不气馁。

傅恩义吃住在厂，重新设计了如何将活件固定在龙门刨床上和铣齿的工艺程序，计算了各种有关数据，又到废铁堆里找来废旧材料制作了工卡具。

改进的龙门刨床铣齿得到了初步成功。在这基础上，他又改进了刀型，改变了刀的角度和有关工艺。他和工友们经过120多天的努力，终于用改进的龙门刨床加工出了人字齿轮。

经过检验，他加工的人字齿轮的质量竟然超过了进口的德国货。

后来，在东北工业展览会上展出用龙门刨床加工的人字齿轮，引起了国内外技术界的惊羡。

傅恩义成了名扬本溪的能工巧匠。

后来东北工业部专门召开会议，号召与会的能工巧匠们发扬创新精神，冲破这项技术难关。与会的许多机械厂的代表都认为受技术、设备条件的限制，不可能加工这种大型齿轮。

傅恩义想到在国家需要的时候，应该冲上前去。

于是，他大胆提出用改进牛头刨床加工大齿轮的建议，受到了工业部领导的首肯。

会议后，工业部立即从鸡西调拨来了两台刨床，并指派一名干部具体协助傅恩义改进机床。公司也派了两名技术员与他一道组成了试制小组。

经过两个多月的时间，完成了改进牛头刨床、制作工具和卡具的工作。

刨床改进了，但车床小，加工的活件大，又成了难题。

傅恩义的创新思维在这时表现出了强劲的创造力：他们在刨床旁挖了个地沟，把要加工的活件固定在地沟里，用滑板解决了卡活找正、调整中心的关键问题。在解决加工过程中又遇到活件均匀运转的问题，傅恩义则用蜗母装置传动的办法加以解决。

试车那天，东北工业部、本溪市和公司领导来到现场，在一片掌声中，试制成功。

投产后，一机修厂共制作加工了12个大型齿轮，满足了当时东北地区水泥厂正常生产的需要。

一代大工匠傅恩义在恢复生产和第一个五年计划期间，先后共完成技术革新100多项，平均每年15项，其中重大革新9项。1959年，傅恩义荣获"全国先进生产者"光荣称号，并出席了全国群英会，受到了党和国家领导人的亲切接见。

飘红的榜单 1

"一五"期间，本钢为助力国家钢铁战略布局做出了大贡献。

本钢是怎么助力的？

本钢在援建鞍钢的过程中，先后派去了1718人。

对北满特殊钢厂的援建，前后派出1万多人，管理人员，技术人员，技术工人，从地质勘探到厂房建设，从人员培训到生产组织，除了设备外购于苏联外，本钢的人事架构已然成为北满特殊钢厂的雏形。

包头钢铁公司，是1954年5月1日成立的。担任包钢建设的第一任经理正是本钢恢复生产时期的第一任经理杨维。本钢派出了504人援建队伍参加了包钢建设。

本钢向全国24个省、市40个单位输送大批管理干部和技术工人。有资料记载的11个单位共计援派21682人。

吉林土建公司1354人；

北满钢厂11070人；

黑龙江机电公司1100人；

哈尔滨工程公司1100人；

"六一"土建公司3000人；

鞍山地质公司54人（干部）；

鞍山建设公司干部354人；

东北冶金矿山建设公司第五工程公司686人；

包头钢铁公司504人；

本钢地质勘探公司1718人划归鞍钢；

本钢设计处742人划归鞍山黑色冶金设计院。

同时，支援地方和部队建设3333人。其中，江苏20人，山东195人，湖北187人，河南171人，河北433人，四川16人，广东70人，云南16人，安徽58人，新疆3人，内蒙古283人，宁夏3人，甘肃1人，山西10人，还为黑龙江、河北、湖北代培技工1849人。

006：三战酒钢

1956年，王文（左一）、计明达（左三）等与苏联专家在本钢发电厂前合影。

第二次钢铁工业布局

酒钢始建于1958年，是新中国继鞍钢、武钢、包钢之后规划建设的第四个钢铁工业基地。

1958年7月1日，冶金部决定鞍山冶金建筑安装总公司全建制改组为酒泉钢铁公司。8月1日，酒泉钢铁公司在酒泉宣布正式成立。

从此，中国钢铁业开始第二次发展布局。

中国有30多个大钢厂是1958年前后时期建立的，这些钢厂至今仍是中国钢铁的主力军，而且这些钢厂在产业布局中占有重要位置，1958年建的安阳钢厂、邯钢、南钢、柳钢、酒钢、三明钢厂、湘钢等都是钢铁脊梁的栋梁，没有这些大钢厂，就没有今天的钢铁工业。

杭钢，公司前身是浙江钢铁厂，成立于1958年3月10日；

马钢，1958年9月20日成立；

邯钢，1958年建成投产；2008年6月30日，邯钢集团与唐钢集团联合组建河北钢铁集团；

济钢，1958年建厂，厂名"济南钢铁总厂"，2018年4月，济钢搬迁到日照的4300毫米宽厚板生产线热试成功；

柳钢，1958年创建；

南钢，始建于1958年，2004年，南钢宽中厚板项目建成投产，其核心技术、关键设备和三级计算机控制系统均选用了国际最新技术，被国内外专家称为6个世界第一；

安阳钢铁厂，1958年建厂；

上海第五钢铁厂，创建于1958年9月；

新钢，1958年7月16日，新余钢铁公司宣告成立，1991年1月6日江西钢厂、新余钢铁厂、铁坑铁矿合并成立江西新余钢铁总厂；

临钢，1958年建厂，1998年10月，重组改制为"太钢集团临汾钢铁有限公司"和"山西新临钢钢铁有限公司"；

广钢，1957年10月7日成立，2010年5月10日，宝钢和省政府设立广东钢铁，资产重组；

三钢，1958年建厂，2000年4月，经福建省人民政府批准改制设立福建省三钢（集团）有限责任公司；

合钢，1957年建厂；

鄂钢，1958年建厂，2004年11月经国务院国资委批准与武钢联合重组；

涟钢，1956年5月建厂，改写湖南木炭炼铁历史，填补了湖南省无钢无材的空白；

兰钢，1958年建厂；

贵钢，1958年建厂，现拥有世界最先进的凿岩用钎钢生产工艺和装备，是国家钎钢钎具生产、科研和出口基地；

通钢，1958年6月建厂，2010年7月与首钢联合重组。

三战酒钢

很多本钢人知道，1955年任本钢经理的王文于1965年6月调任酒泉钢铁公司党委书记兼经理。原因是1964年7月，酒钢二次上马，调王文前去掌舵。

很多本钢人不知道，酒钢的第一任经理也曾是本钢副经理赵北克。

本溪解放后本钢的第一届班子，有一位第一经理杨维，之后依次有第二、第三、第四经理，赵北克任第四经理。

赵北克奠基酒钢

后来赵北克调任鞍建经理。1958年被派到甘肃任酒钢经理。

1958年，因增加钢产量而成为一场全国性的"大跃进"。

那个时代，钢铁业不仅是一种产品，更是成为经济发展和国家安全的重大战略布局而进入国家中枢，成为一种战略考量。

这一年，既有钢铁产量翻番的经济计划，又有钢铁厂建于各地的战略布局。

浙江，杭钢成立于1958年3月10日；

安徽，马钢成立于1958年9月20日；

河北，邯钢于1958年建成投产；

山东，济南钢铁总厂1958年建厂；

广西，柳钢1958年创建；

江苏，南钢建于1958年；

河南，安阳钢铁厂建于1958年；

上海，第五钢铁厂于1958年9月创建。

之前，湖北武钢于1955年10月破土动工，内蒙古包钢于1954年建厂，黑龙江北满钢厂1952年破土动工，新疆有八一钢厂建于1951年。

再加上过去遗留下的辽宁鞍山、本溪钢铁公司，四川重庆钢铁公司，北京石景山钢铁公司，河北的宣化、唐山钢厂，山西的太原钢厂，一直到"三皇五帝十八罗汉"的形成，各省都要建有钢铁厂的格局出现了。

这一格局的形成，是以发展经济为主导的。朝鲜战争中虽有调整，但是局部的。

三线建设后的调整，使钢铁发展成了国防战略的组成部分。

改革开放后，钢铁业的发展回归到了产业、回归到了市场。

看中国的钢铁业，需要这样的视野和角度。

回到酒钢建设上，它也是大西部钢铁企业布局上的必然一步。新疆有八一钢厂，内蒙古有包头钢厂，宁夏1964年有西宁钢厂，酒钢上马也是必然趋势，只是赶在1958年，在国家关于各省都要有钢铁厂的发展布局趋势外，多了"大跃进"的浓重色彩。

1958年1月，冶金部部长助理徐驰等来到酒泉县嘉峪关地区实地考察，选定厂址在酒泉县城以西22公里、嘉峪关城以东6公里间的戈壁滩上，定名为酒泉钢铁厂。

是年2月，冶金部决定，酒钢建设任务由鞍山冶金建筑安装总公司（简称"鞍建公司"）承担。3月21日，冶金部以"冶密部字"第22号文，向国家计委、经委、国务院三小和党中央提交了《关于建设西北酒泉钢铁厂的报告》，报告申述了建设酒钢的重大意义，提出建设规模为年产钢锭200万吨，工厂的建设进度为1959年至1963年，预计第一座高炉于1962年底投入生产等基本内容。

鞍山冶金建筑安装总公司，经理就是由本钢调鞍钢的赵北克。

按冶金部指示，1958年2月，赵北克率领一个代表团到甘肃省考察。

考察团经过十数日调查探勘，于3月底返回鞍山，编写出《关于酒泉钢铁基地建设的调查报告》，提出尽快开展建设准备和施工准备工作的建议与所采取的办法。

也是3月份，冶金部关于酒钢的设计任务书已经一改1956年来确定的年产160万吨规模的初衷，提出年产钢锭340万吨—370万吨，其中一期140万吨—160万吨，总投资11亿元，建设工期1960—1965年的目标。

1958年6月3日，国务院一位副总理对酒钢设计任务书作了批示："同意西北酒泉钢铁厂，按年产钢锭200万吨的规模进行设计和建设。该厂的产品方案，是结合西北的情况再加研究，在设计中确定。有关供电、供水和煤炭、铁路等外部条件，希望有关部门协助解决。"

从副总理的批示中可以看到，当时的酒钢连供电、供水和煤炭、铁路等外部条件都不具备。

一项大型基建工程的前期工作，按惯例要占整个建设工期的三分之一时间。像酒钢这样的钢铁基地建设，前期工作需要2—3年的准备时间。筹建仅3个月就仓促上马的酒钢，没有拿出经过充分经济技术论证的可行性研究报告，没有科学研究试验性报告，特别是没有选矿工艺试验报告；甚至没有设计，就列入年度基本建设计划等。

需要与之相关的铁矿建设、煤炭、电力、运输，包括铁路、公路、水资源、建筑材料供应等并没有配套。钢铁生产有很长的工序，需要很多的附属设施，都不具备。

连起码的开工建设条件都不具备的酒钢，带着那个时代流行的"边上马边设计，边制图边施工"的特色开工建设。

1958年7月1日，冶金部决定鞍山冶金建筑安装总公司全建制改组为酒泉钢铁公司。8月1日，酒泉钢铁公司在酒泉宣布正式成立。

1958年12月15日，酒钢开工庆典在酒泉市属地嘉峪关戈壁滩上正式举行。这天，在雄关脚下，在祁连山茫茫白雪的映衬下，典礼会场上红旗蔽空，一万余名酒钢职工欢聚一起，共享具有历史意义的一刻。

刚刚落成的一些新建筑物上，古老的烽火台上，到处悬挂着建设者们的标语口号："让镜铁山献宝，让戈壁滩变成天堂！""以空前的速度建设酒钢，在冶金工业建设中创造奇迹"……

在一阵炸响的鞭炮声中，酒钢开工大典宣布开始，甘肃省委一位副书记首先讲话，他说："酒钢是我国继鞍钢、武钢、包钢之后又一个现代化的大型钢铁联合企业。酒钢全部建成后，将有铁矿、选矿、炼铁、炼钢、轧钢、焦化、耐火材料和机械总厂等32个生产厂矿。"

会议由时任酒钢第一任经理赵北克主持。赵北克作了题为《苦战三年，基本建成酒钢》的发言。赵北克1948年到钢铁企业工作，此时已是10年，以自己的亲身经历，他对酒钢的建设充满了期待。

赵北克现场赋诗：

其一
东风吹上嘉峪关，
红旗招展戈壁滩；
祁连群峰争献宝，
钢花怒放耀山川。

其二
千军万马壮誓言，
苦战三年建酒钢；
排山倒海创奇迹，
铁水奔流放红光。

激情中上马的酒钢，马上面临国家经济困难，财力不足带来资金支持不足的困难。

1959年，国家并没有给酒钢增加多少投资，基本处于缓建状态。

1960年，酒钢基建投资比计划压缩1亿元，赵北克毅然带领酒钢职工破土动工建设新的一号高炉。

他们以更快的速度浇注了2000多立方米混凝土基础，并在高炉本体、热风炉、洗涤塔、除尘器等金属结构安装中，又连续创造了全国最新快速施工纪录。

金属结构公司只用了52小时6分钟，完成了533吨高炉钢结构炉皮吊装、焊接任务。

三公司用滑模新技术历时九天九夜的连续奋战，以每班滑升5米、每天滑升15米的速度，完成了135米高的混凝土结构焦炉烟囱工程，创造了当时全国同类型高度混凝土烟囱快速施工新纪录。

施工中不断创造的奇迹，丝毫改变不了国家财力、物力不足的现实，也难以加快高炉总体建设速度。

1960年末，酒钢面临严峻的缺粮问题。

1960年10月初，甘肃粮食供应已十分紧张，酒钢干部粮食供应从28斤减到26斤，后再减到24斤。

1960年12月，中央西北局兰州会议期间，中央确定了暂停酒钢建设，疏散职工，易地就食的方针。1962年末，酒钢人数由4万多人减少到1654人。

酒钢第一次停建。

赵北克在无比艰难中，抱着酒钢还有恢复建设的希望，安排了善后事宜，无奈地离开了酒钢。

王文二战酒钢

经过三年调整，国民经济于1964年开始复苏。

5月10日，在国家计委领导小组汇报"三五"计划初步设想会议上，毛泽东作了重要插话："酒泉、攀枝花钢厂还是要搞，不搞我总是不放心，打起仗来怎么办？"又说，"酒泉、攀枝花钢厂建不起来，我睡不好觉。"

1964年7月，国家经委副主任袁宝华、计委副主任柴树藩、冶金部副部长高扬文一行亲临酒钢，部署恢复建设。

酒钢作为抢建项目恢复建设，更名为"三九公司"。

重新编制的设计任务书中，拟定规模为年产生铁157万吨、钢150万吨、钢材110万吨，确定投资20.7亿元，两年准备、八年建成一个生产各种钢板的全国板材基地。9月14日，国家计委、冶金部在酒钢召开了为期10天的矿山现场技术讨论会。

1965年8月，由北京钢铁设计院在鞍山焦化耐火设计研究院、西北电力设计院等单位的协助配合下，编制完成了三九公司初步设计。

此设计具体规定：桦树沟铁矿年开采量500万吨，选矿年处理原矿500万吨。建130立方米烧结机3台，65孔焦炉2座，1513立方米高炉2座，120吨纯氧顶吹转炉2

座，50吨吹氧电炉2座。轧钢建1150毫米初轧机，1700毫米热轧机，1700毫米冷轧机和4200毫米厚板机。

恢复酒钢建设，有了个参谋部，并拿出了整个设计方案，但是得有一位前敌总指挥带领部队作战，具体完成各项任务的落实。

冶金部领导一定是在全国各钢铁厂物色合适人选。

在物色过程中，目光慢慢地聚焦到了本钢经理王文身上。

王文在钢铁界有猛将之称，在恢复已泄气的酒钢重建中，需要敢于横刀立马、勇往直前的战将率领，本钢在恢复工源厂区的重建中，王文表现出来的正是这种战将精神，此其一。

赵北克在酒钢的奠基中，以其专业、敢于负责的风格给酒钢人留下了良好印象。王文和赵北克都担任过鞍建公司的总经理，香火之情会给酒钢人留下很多的想象空间，便于凝聚人心，此其二也。

1965年1月3日，中共甘肃省委通知，中央批准王文同志任酒钢党委书记。3月19日，冶金部决定成立酒钢建设指挥部，王文任总指挥。

1965年6月，王文调任酒泉钢铁公司党委书记兼经理。走时，从本钢带走了99位干部、技术人员，并特意要走了时任本钢南芬铁矿副矿长的解长荣，没想到，就是这个解长荣，在王文之后，他带着人三战酒钢。

王文很幸运。他掌舵酒钢后，国家领导人给予大力支持。

1966年3月23日—24日，中共中央领导数人和中央西北局领导、国家建委领导、国家计委领导、冶金部领导及各部委50多人视察酒钢。

视察的目的是支持。

支持的措施之一，是决定酒钢由北京包建。不久，北京二建公司5000人，北京八角混凝土构件厂300人调入酒钢。另由北京市各企业抽调250名金属结构制造工人，嘉峪关市交通局筹建一座年大修350台汽车的修配厂，石景山钢铁公司抽调1500名安装筑炉和生产维修工人，北京市印刷公司抽调一个印刷厂，北京医学院附属平安医院及其250张床位，全部调给酒钢。同时，冶金部决定将黑龙江省齐齐哈尔昂昂溪冶金机电修造厂调入酒钢。

王文借此东风，大展拳脚，招兵买马。"老酒钢"回来了，"新酒钢"赶来了，不过一年多点儿的时间，1965年底就集结起3.3万人。

1966年8月，将酒钢基建与生产机构分开设置。基建工程由酒钢建设指挥部领导，基建队伍整编为中国人民解放军基建工程兵第一纵队第二支队，简称建字02部队，总数2.5万人。生产筹备人员8000人。

那是一个人员涌动的潮流，那是一个物资设备纷纷涌进的潮流，到处都是天南地北的口音，到处都是热火朝天的施工场面。

酒钢，一幅春天的景象。

王文不改一贯深入基层、调查研究的作风。形成决定，又是一副运筹帷幄，指挥若定的大将风度。他对工人关怀备至，要求工人食堂不要搞得太大，每个食堂用餐者最多不超过300人。工人进食堂要有凳子坐，有热饭吃。他拍板决定给食堂就餐者每人每月补贴6元伙食费。

人力强不过形势，酒钢这个春天太短暂。

酒钢建设高潮受到了"文化大革命"的干扰。

1967年，王文带病从酒钢被揪回本钢批斗。

在本溪被批斗那段日子里，王文身心备受摧残，度日如年。直到1970年才被"解放"。

1971年，冶金部根据他的身体状况，准备安排他去条件好的地方工作，他却坚持要重返酒钢。他从本溪动身，先到北京，买好返回嘉峪关的车票。谁知，临上车前，肝病发作，住进同仁医院。面对探望他的同事，他已知自己是肝癌晚期，还这样说："你们一定要把矿山抓上去，我病好了跟你们一块儿干。"他终于未能如愿，病逝于北京，时年59岁。

形势比人强，酒钢的起落不是人为，而是形势。

1968年以后，中苏关系恶化，酒钢一下子从三线大后方变成了反修前哨。

站在国防的角度，1969年初，冶金部决定，将酒钢拟建的两座120吨氧气顶吹转炉、1150毫米初轧机、1700毫米热轧板机、1700毫米冷轧板机全部调出迁建，并将邓小平等领导视察酒钢时决定建设、设在窑街的酒钢二厂厚板轧机搬迁到河南舞阳，另外组建舞阳钢铁公司。

在形势的反转中，本钢捡个漏，1150毫米初轧机、1700毫米热轧板机被调到本钢建设。

1970年初，冶金部决定，酒钢建设规模缩减为年产商品生铁100万吨，建字02部队下属的014、015部队约6000人调赴四川渡口、贵州遵义，同时调离职工8000人分赴金堆城、临汾、长治、秦岭矿建、湘钢和邯郸等，只留下1.3万人留守酒钢。

这就是所谓的酒钢第二次下马。

1970年，各大军区刮起了一阵"抬"钢铁之风。

1970年4月，酒钢成立战区指挥部。

酒钢得此风之利，1号高炉第一炉铁水得以在9月30日凌晨1时40分出炉。

对于当年1970年"十一"出铁，选矿和烧结项目都没有建成配套，只能用贫矿出铁。1500多立方米容积的大高炉，用含铁只有30%多的原矿炼铁，一天只出几百吨铁。就像一口大锅，只在锅底煮一点儿饭，饭不能烧焦，锅也不能烧穿，多难为人啊！

这样炼铁，炼一吨铁要消耗两吨多焦炭，而出渣就三吨多，哪有经济效益？一场明知不可为而硬为之的夺铁大战，带来了其后14年亏损的苦果。

解长荣三战酒钢

前文说过，解长荣是王文特意从本钢要来的干将。

解长荣，1932年1月15日出生于辽宁省辽阳县，家庭成分雇农。1948年11月正式参加工作，在本溪钢铁公司八盘岭铁矿任矿护卫队队员、机修车间车工。1951年2月至1956年11月担任本钢南芬选矿厂、矿山总厂团委书记。1956年12月至1962年5月担任本钢南芬选矿厂、歪头山铁矿党委副书记。1962年6月至1965年3月担任本钢南芬铁矿副矿长。

来到酒钢后，被安排到酒泉钢铁公司镜铁山矿任矿长、矿党委副书记，从1965年4月一直干到1973年7月。

1973年8月至1982年4月担任嘉峪关市革命委员会副主任、酒泉钢铁公司副经理、嘉峪关市委暨酒钢党委常委。

1982年5月，中共中央组织部下文任命解长荣同志为酒泉钢铁公司经理。

酒钢的出铁之日，就是亏损之时。

怎样发展酒钢的生产，扭亏为赢，成了解长荣任酒钢经理的责任。

当时，酒钢面临困局：酒钢因铁路运输不畅造成铁矿停产34天，高炉断料，被迫限产甚至断断续续休风，高炉生产受到严重缺料威胁。

但也有喜人的一面：产品滞销状况正在改善；最有希望的连铸工程被国家正式批准开建；以强磁选、民用煤气工程为重点的20项关系酒钢生产发展、效益提高和改善职工生活的工程正在紧张进行。

扭转1970年以来的亏损局面，才会给企业和职工带来希望和发展的前景。

解长荣为企业定下了两年的生产目标：1982年要完成生铁40万吨，第二年要拼全力突破生产生铁50万吨的指标。

解长荣定了三条措施：一是公司领导班子统一思想认识，树立信心，把当前生产搞上去，以此激励全公司职工完成20项重点工程，迎接炼钢连铸工程开工；二是立即组织力量从张家口、西宁、雅满苏买铁矿石，以解高炉生产缺原料的燃眉之急；三是继续下功夫抓好镜铁山矿生产，使该矿铁矿石产量力争稳定在5000吨到6000吨，从根本上解决"无米之炊"的问题。

说干就干。解长荣亲自带队率酒钢办公室及矿山处等7部门主要负责人上镜铁山矿，解决把铁矿石日产量稳定在6000吨左右的问题；公司党委书记韩显沛和副经理陈治平带队率公司有关部门负责人到选矿厂现场办公，集中力量解决安全问题，降低精矿水分问题，多产合格精矿，保高炉生产。

在干部深入一线工作的努力下，1982年酒钢的工作出现了新的转机：镜铁山矿铁矿石月产稳定在16万吨以上；全年生铁生产首次突破了40万吨大关；公司的20项重点工程均按计划分阶段完成。

1983年元月召开的酒钢工作会议上，解长荣代表公司提出了一个鼓舞人心的新目标：铁矿石要完成195万吨，铁精矿要完成95万吨，烧结矿要完成100万吨，焦炭要完成52万吨，确保生铁年产突破50万吨，企业要减亏500万元。

有了目标，还有压力。

解长荣提出："公司领导和厂矿处领导都要向党委立'军令状'，在新的一年里怎么工作，要说出个一二三来。'军令状'写好后报到党委，由党组织和广大职工监督检查我们。我带头向市委立'军令状'，实现不了提出的目标，年底我自动辞职！"

酒钢公司15名副总以上副地级领导干部除1名因在兰州开会外，其余14名均立了"军令状"。解长荣的"军令状"有800余字，共5条，其主要内容是："带头艰苦奋斗、廉洁奉公，坚决带领'一班人'为实现公司1983年的生产经营建设任务而拼搏，年底公司完不成既定生产经营目标即自动辞职，让贤于人。"

全公司168名处级干部除因事外出者外，其余136名都立了"军令状"，大家决心振奋精神，誓为改变酒钢面貌献智献勇献终生。

目标明确，措施具体，全公司上下拧成一股绳，1983年酒钢各方面工作取得了令人刮目的成绩：生铁产量突破50万吨，铁矿石完成205万吨，炼钢连铸工程顺利开工，并于当年完成建安工作量1600余万元，企业实现减亏918万元（由于酒钢生产尚处在生产生铁阶段，钢、材等后续生产尚未建成，国家批准酒钢每年亏损2680万元）。

解长荣在改善职工生活方面也做了不少好事：热网工程改造，第一期民用煤气工程全面开工；扩建改造了职工浴池、幼儿园和学校；新建了冷库和熟食加工厂；新建了老干部活动室；建立了稳固的生活物资如大米、鱼类等供应基地；解决了582名职工的两地分居问题和570名待业青年就业。

1983年底，解长荣被任命为嘉峪关市市长，完全离开了曾经工作了19年的酒钢。

解长荣调走了，但酒钢沿着他的脚步大踏步前进。

1984年初，炼钢工程陆续开工。经过910天的紧张施工，1985年12月24日，酒钢炼钢工程建成投产。当晚，当第一炉钢水从转炉中倾入钢包时，人们欢呼雀跃、泪光涟涟。为了这一天，酒钢人整整奋斗了27年！

1985年，酒钢实现利润1000万元，标志着酒钢彻底甩掉了"全国冶金企业亏损大户"的帽子，酒钢由此开辟了一片新天地。

如今，作为国家"一五"期间重点建设项目之一，酒钢集团成为中国西北地区最大的碳钢和不锈钢生产基地，并形成多元化产业格局。拥有嘉峪关本部、兰州榆中、山西翼城三个钢铁生产基地，钢产能已达1000万吨（其中不锈钢100万吨），主体技术装备水平居国内先进行列。从1985年起，酒钢一直入围中国500家最大工业企业行列，2010年位列中国最大工业企业五百强第一百五十五位，中国制造业五百强第七十位。

钢铁英雄谱之解长荣

每日甘肃网有篇源于发表于2019年12月17日《酒钢日报》的文章，作者：潘俊杰。

文章写的是从本钢支援酒钢的解长荣坚守三起三落的酒钢17年，艰苦奋战17年，他带领酒钢人杀出一条突围的血路，是一位名副其实的钢铁英雄。

苦难都变成坚强

酒钢曾经经历无数磨难，否则不懂何为挫折；酒钢从不曾被苦难打败，否则不会一次次重生。当我们回望酒钢不平凡的发展史，总会想到艰难中的创业者、困境中的担当者，总会从他们的奋进中汲取力量，他们就是老酒钢人。解长荣，曾任酒钢镜铁山矿矿长、党委副书记，酒钢公司副经理、党委副书记、经理。他率领干部职工敢想敢干，大力扭亏，度过了艰难岁月，赢得发展转机。近日，记者在秦皇岛解长荣家中采访了这位87岁的酒钢老领导。

两上镜铁山

1965年，二次上马后的镜铁山矿。

30岁出头的解长荣，因为能吃苦肯干事，被时任酒钢公司党委书记、经理王文点名从本钢南芬露天铁矿副矿长调任酒钢，担任镜铁山矿矿长、党委副书记。

解长荣一到酒钢，没有休整就奔赴镜铁山矿。"当时山上条件艰苦，海拔2640米—3380米，在3160米时呼气都很困难。矿山第一次上马的一些房屋被当地牧民做了羊圈，我们收拾收拾就住进去，里面还有羊粪味，吃的馒头蒸不熟，副食主要是咸菜。"解长荣说，当时酒钢已停止建设四五年，矿山百废待兴，仅有十几个技术人员，其余都是合同工、转业军人。他一面深入井下和职工解决采矿技术问题，开巷道、凿溜井，一面组织职工到外地培训。这些工作都是矿山生产基础性、开拓性的工作。

解长荣当矿长身先士卒，与职工在一起，在井下连续待过半个月，累了困了就找一张草垫子在巷道休息，感动了很多职工。职工们听说矿长和大家一起在井下，干劲十足。即使在"文化大革命"中被造反派打倒、批斗、关"牛棚"，职工们仍然认为解长荣是好干部。

1970年，镜铁山矿正式投产。高炉"十一"出铁后，解长荣调往山下任烧结厂厂长，搞土烧结。当时，镜铁山矿井下的天井、溜井总是出现堵矿等问题，严重制约井下采掘生产。高炉"嗷嗷待哺"，职工群众写信要求解长荣回来。解长荣再次上了镜铁山。他召开会议专题研究，提出解决措施。矿里成立天井队，归矿长直接管理。他爬高下低，查看现场情况，掌握第一手资料，与职工同甘共苦，生产状况明显改观。一次，天井队在上掘一个120米的垂直井时，因遇到断层，岩石破碎，作业艰难而危险。为确保作业安全，解长荣在现场坚守监护，待了四个班，直到作业完成才离开。后来镜铁山矿分来50多名大学生，大家在一起实施"无底柱分段崩落"法，三个分层同时推进，矿石开采呈现新局面。

立下"军令状"

1982年，改革破冰的酒钢。

20世纪80年代，国家经济建设呈现勃勃生机。酒钢开足马力力争结束亏损局面，当时的产品就是生铁，增加生铁产量成了重中之重。"1973年，我由镜铁山矿调到公司担任主管生产的副经理，并任党委副书记、嘉峪关市革委会副主任。"解长荣说，主要精力是抓酒钢的生产。1982年，酒钢各项事业向好，定下年产40万吨生铁的目标。但铁矿石产量始终上不去，加之运输又遇到困难，高炉生产受到缺料的威胁。这年5月，解长荣被任命为酒钢公司经理。

"我当公司经理的当务之急是把生产搞上去。"解长荣说。他以经理身份主持召开的第一次经理办公会明确了三项工作：公司领导班子统一思想，分工负责，提升生产水平，迎接炼钢连铸工程开工；立即组织力量外购铁矿石；下大力气抓镜铁山矿生产，铁矿石日产稳定在5000吨至6000吨。

转变公司和厂矿（处）两级领导班子的作风，领导干部深入一线、现场办公，就地解决生产中的实际问题，不称职的、群众意见大的，可以请求辞职；解决工程技术人员工作生活上的具体困难……这几条成为解长荣的"施政纲领"。

由于公司两级领导带头到现场做细致的工作，1982年酒钢工作有了转机：镜铁山矿铁矿石月产稳定在16万吨以上，铁精矿生产形势大为好转，全年生铁产量突破40万吨大关。

在干部职工的欣喜中，酒钢步入1983年。在年初召开的酒钢工作会议上，解长荣代表公司提出鼓舞人心的新目标：生铁年产突破50万吨，减亏500万元。年产50万吨铁在今天不算什么问题，但对当时的酒钢来说完成非常吃力。解长荣持续抓住领导干部作风这个"牛鼻子"不放，以责任心的增强带动全局。他早就认识到，干部队伍中有一些混日子的，有的萎靡不振，有的千方百计想往外地调。在一次会议上，面对一千多名各级干部，他大声讲了狠话："在严峻的形势面前，面对艰巨的生产任务，我们公司处级以上领导干部怎么办？是干是闯还是要混想溜？要干要闯的留下来！要混想溜的退出会场！"

这次讲话振聋发聩。为保全年奋斗目标，解长荣继而提出："公司领导和厂矿处室都要向党委立'军令状'，新的一年工作怎么做，要说出个一二三来。'军令状'写好后报到党委，由公司党委和广大职工监督检查。我带头向市委立'军令状'，实现不了提出的目标，年底主动辞职。"半个月后，酒钢15名副总以上副地级干部、136名处级干部均立了"军令状"。

因为各级干部带头，工作目标明确、措施具体，全公司上下心往一处想、劲往一处使，当年酒钢的工作取得前所未有的进步：生铁产量突破50万吨，铁矿石、铁精矿、烧结矿、焦炭产量均大幅提升，企业实现减亏981万元。职工生产积极性高涨，干部的精神状态大变。

说到立"军令状"的举措，解长荣说："那时酒钢是冶金行业亏损大户，压得干部职工喘不过气来，不这么干不行。""工作要主动，只要是看准的事，我们就要坚决果断地办。如果我们只求守摊子，徘徊观望，就会贻误战机，工作就会陷入被动状态。"解长荣说，自己在任时讲过，要改革，要突破，就必然会触动现有的一些思想、制度、办法，作为党的领导干部就要有一点革命者的胆量和魄力，敢于冲破各种阻力和干扰，不怕得罪人，不打退堂鼓，要做开创新局面的带头人。

宗旨在心

酒钢在戈壁滩办企业不容易，历届公司领导班子都把改善职工生活条件作为大事来办，即使在企业下马留守时期也竭尽所能关心职工的生活，解长荣承袭了这个传统。他知道职工想什么、盼什么，在担任酒钢经理期间他为职工办了许多实事。至今他还能想起10件，向记者娓娓道来：办后勤农场、热网工程改造、建设民用煤气工程、扩建职工浴池、改造幼儿园和学校、新建冷库和熟食加工厂、在沿海建立三个生活物资（大米、鱼类等）供应基地、解决职工夫妻两地分居问题、解决职工子女就业问题、改善厂区食堂条件。

解长荣在酒钢工作19年，不论职务大小，他时刻把群众的冷暖放在心上，从未用手中的权力为家人谋取私利。长子、长女想招工到酒钢，想让他找人说说。他说："能分到酒钢当然好，不过我不能找人说。"20世纪70年代推荐上大学挤破头，他的二女儿也被推荐了，被他否了。不少熟人找他办事，他总是这样回复："该办的公事找有关部门，个人私事就不要来找我。"他说："当时孩子们可能有点不理解，有抱怨，现在他们都生活安稳，这一点我问心无愧。"

解长荣党龄近70年，新中国成立前就参加了革命工作，由辽宁省辽阳县的一个苦孩子成长为领导干部。今年，他荣获中共中央、国务院、中央军委颁发的"庆祝中华人民共和国成立70周年"纪念章，他觉得很荣幸、很骄傲，为国家、为企业做了点事，国家没有忘记，酒钢没有忘记，很感激、很感恩。

"酒钢是我人生重要的工作地，在酒钢的工作经历永生难忘。做企业我总想把工作干好，至于干得怎么样由职工群众评价，由历史评价。"解长荣郑重地说，当企业干部，职工群众不买账，当不长；做企业，不依靠职工群众，做不久。解长荣牵挂酒钢发展，他说，在矿山干了30多年，对矿山有特殊的感情。巧妇难为无米之炊，兵马未动粮草先行。资源是基础，矿山是龙头，最要紧。祁连山不会只有孤零零的一座镜铁山矿，现在探矿技术发展了，酒钢要多找一些矿源，保证企业健康持续发展。

在秦皇岛市解长荣的家，快要结束对他的采访时，老经理找出他珍藏的关于酒钢的一些"宝贝"，有他的工作笔记、任命文件、荣誉奖章、老照片，仿佛又回到过去的峥嵘岁月。

老经理满怀深情地说："我离开酒钢已36年了，现在仍牵挂酒钢，对酒钢的进步感到由衷的高兴，对酒钢发展充满信心。我了解到酒钢新领导班子干劲很大，很欣慰。酒钢经受了那么多苦难磨难，已变得很坚强。作为老酒钢人，祝愿酒钢在'铁山精神'鼓舞下，发展得更加强壮，职工生活越来越好，企业未来更加美好。"

飘红的榜单 2

"二五"计划期间，本钢继续助力国家钢铁战略的布局。

本钢公司向全国各地输送管理干部、工程技术人员5665人。1958年，公司向12个钢铁企业和设计院所输送4474人，其中干部1477人（管理干部550人，技术干部927人），工人2997人。

为全国冶金系统输送的人员：

西安钢厂：164人

韶关钢厂：724人

山东钢厂：1661人

三明钢铁厂：162人

吉林钢厂：60人

重庆钢铁公司：23人

柳州钢铁厂：21人

南京钢铁厂：4人

洛阳耐火材料厂：145人

北京钢铁研究院：6人

冶金部有色金属研究院：7人

1959年至1960年，公司又调动1191人，支援全国81家企业。

007：时代因他们而自豪

西宁特钢

第三次钢铁工业布局

随着"三线建设"的铺开，国家在西南、西北建设了攀钢、酒钢、成都无缝管厂等一批新的钢铁企业，新中国发展钢铁工业的布局基本完成。

攀钢，成立于20世纪60年代；

西宁特钢，建于1964年；

凌钢，建于1966年；

韶钢，成立于1966年；

莱钢，建于1970年1月；

长城特钢，1965年建厂，2003年11月，攀钢对长钢正式实施经营性托管，2004年6月30日，攀长钢正式挂牌成立。

炼钢英雄与西宁钢厂

1959年第四期的《辽宁画报》封面上，一位炼钢工人手拿观火镜，神态自然地凝视着炉火。旁边是个留着长辫，扎着蝴蝶结，系着红领巾，手拿两只气球的小女孩儿。

题目是"炉前的花朵"。

封面介绍说：张忠义是本溪特钢厂卫星青年炉班长，在夺钢大战中，他带领着伙伴放出几次高产卫星，为社会主义立下了功劳。他当选为本溪市的红旗手，出席过全国青年社会主义建设积极分子大会。本溪市师范附小特聘他为少年先锋队辅导员。本溪市的儿童们在假日里，经常来拜访炼钢英雄张忠义。

张忠义，时代英雄。

张忠义，1950年参加工作到了特钢厂。勤于学习，善于钻研，用了10年工夫成为炼钢的行家里手。仅参加工作3年，就担任了班长。1954年，他所在的班，被公司和市命名为"青年炉。"

1959年，正是我们国家"大跃进"时期，全国各条战线都在创高产、破纪录。张忠义脱颖而出，成为一个快速炼钢的英雄。出席过全国群英会，1960年参加全国劳动模范出国工人参观团去苏联、朝鲜等国访问。张忠义曾与大连钢厂、抚顺钢厂摆过轰轰烈烈的擂台。与大连钢厂炼钢能手刘洪喜一起在北京石景山钢铁厂现场表演过炼钢神技，结果创造了191分钟炼出一炉钢的纪录。

在三线建设中，张忠义因援助西宁钢厂到了宁夏。

20世纪60年代中期，出于国际形势变化的考虑，备战成了国家领导人的战略选择。事关国家工业体系的骨干企业和军工企业都远迁三线地区，一旦战争来临，一可避敌打击，二可为国家保存工业力量，支持战争。

本钢特钢厂的迁移成了国家战略选项的项目。

1964年，冶金部决定将本钢特殊钢厂搬迁西宁，在西北地区建成一座10万吨规模的特殊钢厂。为此，成立了西宁钢厂筹建组，负责搬迁事宜。

为保密起见，将新厂命名为"五六厂。"

本钢负责搬迁的人是刘文台。

刘文台是山东人，老八路。

1954年，为支援东北地区的工业建设，调到本溪钢铁公司，历任本钢生产技术处处长、计划处处长，第二焦化厂厂长等职。1959年任本钢副经理，分管生产。1980

年10月，调任辽宁省冶金局局长，冶金工业厅厅长。

负责组织将特钢厂搬迁西宁过程中，雷厉风行，胸有谋略，一边搬迁一边做再建准备。计划周密，措施得力，特钢厂从6月1日停产，到7月15日，仅用一个半月，就完成了拆迁搬迁任务。

西宁方面，1965年至1968年进行了厂房建设，本钢陆续投入人力支援。1969年，冶金部指示本钢将特殊钢厂全部停产，进行人员和设备的搬迁工作，在五六厂和铁路运输部门的密切配合下，从6月初到7月中旬，一个半月的时间里向西宁发出了5个专列3个专车组，共180余车设备，基本完成了搬迁任务。

到此，本钢支援五六厂设备530项1086套，总重量4237.3吨。

炼钢主要设备有5吨电弧炉5台，桥式起重机17台，天车8台。

锻钢主要设备有蒸汽锤4台，打钢车8台，顶钢机4台，运输部门的龙门吊7台。

辅助设备有200立方米制氧机1台，100立方米、40立方米空压机各1台，各种检修机床102台，检验设备273套。

与此同时，本钢还将特殊钢厂的炼钢、轧钢、检验的全部人员调往西宁，从人力物力上保证了西宁五六厂很快建成投产。

到1970年底，本钢共支援2576人，处级干部5人，科级干部95人，工程技术人员253人，一般干部329人，生产骨干1895人。

之后，刘文台立刻组织力量在原厂房进行恢复工作，当年8月特钢厂就有2台5吨电炉建成投产，1970年底，特钢全部恢复生产。

1966年，特殊钢厂快速炼钢能手张忠义到了西宁，先后担任炼钢车间主任、分厂副厂长等职务。1974年"文化大革命"后期，张忠义被调到青海省，担任省总工会副主席，1985年退休后，又被西宁五六厂厂长请回去负责清理钢渣山，回收废铁9.3万吨，为国家创造价值2亿多元。

本钢特钢厂的孙景瑞，是1969年到西宁钢厂的。

孙景瑞带着妻子张毅珍到了西宁。孙景瑞在钢厂上班，张毅珍在西宁的百货商场上班。夫妻俩在本溪有了一个孩子，在西宁又有了两个孩子。20世纪80年代，夫妻俩着急往回调。两人担心，要是等孩子都在西宁上班了，往回调就更难了。

想往本溪调，没调成，后来是孙景瑞的老家河北昌黎的亲属帮忙把他们调回了昌黎。先把一双小儿女和妻子调了回来，大女儿毕业后直接调回了昌黎。

王守义和周群两口子也是同时调回来的。王守义调到本钢连轧厂生产一线工作，周群调到连轧厂职工学校工作。

三皇五帝十八罗汉的格局

陈云是新中国发展钢铁业的设计师。

新中国成立后，百废待兴，全国的经济恢复建设急需钢铁等原材料。陈云当时兼任重工业部部长，负责冶金、化学、机电、建材及国防等工业的生产和建设。在他领导和组织下，最先确定了恢复和发展钢铁工业的方针、政策。

在他主持下，重工业部于1949年12月召开了首次全国钢铁会议。周恩来、朱德、薄一波等同志到会并作了报告。会议决定把钢铁建设的重心放在东北；并确定钢铁工业系统的组织机构实行重工业部—钢铁工业局—钢铁企业三级制；对全国技术人员进行调查与登记，由重工业部统一分配。

建设的重心确定了，钢铁工业的管理格局形成了，对技术人才的重视制度建立了。

1949年12月，在他主持召开的首次全国钢铁会议上，苏联专家提出了一个钢铁指标建议，陈云同志认为这个指标提得过高，超越了当时钢铁工业的实际情况，未予采纳，而实事求是地安排了1950年的钢铁生产计划。

与国力相适应，发展钢铁工业，更是陈云一贯的思路。

在不少场合，陈云反复强调，发展钢铁工业，不要一味求大，还要注意中、小厂协调发展。

陈云的这些想法，和毛泽东备战三线建设的思路以及朱德等老一辈革命家关于钢铁工业在国家中地位的思考等，都对中国发展钢铁工业的布局起到了指导作用。

新中国的钢铁发展，经过1953年前后的第一次布局、1958年前后的第二次布局和1964年前后的第三次布局，形成了中国钢铁产业的战略大格局。

后来，中国钢铁业的历史，留下了"三皇五帝十八罗汉"这个词，是对中国钢铁发展大战略的形象概况。

风靡一个时代的"三皇五帝十八罗汉"，现代的钢铁人已经不知为何物。

曾经参与塑造了"三皇五帝十八罗汉"的本钢人，也甚少有人知道了。

这是一个按个头、按产量排出来的座次。

三皇：是钢铁工业的龙头，是国家重点建设的年产300万吨级规模的钢铁企业，排在这个方阵是鞍钢、包钢、武钢3个大型钢铁厂。

五帝：是钢铁工业的骨干企业，规模为年产50万—100万吨级，包括首钢、酒钢、太钢、本钢、唐钢5个中型钢铁企业。

十八罗汉：省级规模的钢铁企业，年产量为30万吨级，包括邯钢、济钢、临钢、新钢、南钢、柳钢、广钢、三钢、合钢、长城特钢、八钢、杭钢、鄂钢、涟钢、安钢、兰钢、贵钢、通钢等18家小型钢铁厂。

这种格局一度被陈云副总理称之为"三皇五帝十八罗汉"。

这种大、中、小搭配的形式，成为新中国初钢铁产业的基本布局，其影响深远。

按此规划，中国年产钢铁总量将达到1900万吨。

这点产量，相当于今天本钢的产能。但在当时来说，就是一个远大的目标。

提出这个远大目标的1957年，全年的钢铁总产量只有530万吨。

中国对钢铁的需求，一是国家建设的需要，二是来自于外部世界的认知。

刚刚经历了朝鲜战争的共产党人，对于美国人将钢铁优势用于碾压战争态势的强悍刻骨铭心，钢铁演化的制空权、制海权的优势促使共产党人对发展钢铁工业的认知发展成了民族自强的动力。

本钢人常常自豪本钢是十大钢铁企业之一的排名历史，其实，在很长一段时期内，本钢的排名都位列前八名之内。

本钢足以自豪的时代

1950年，中国的钢铁产量只有61万吨。到1957年，中国的钢铁产量已快速增长到了535万吨。别小看535万吨的产量，这已经是日本在二战中的年均钢铁产量了。

本钢在这一时期对国家钢铁事业有着卓越的贡献。

1950年，本钢生铁产量是17.6万吨；

1951年，生铁产量23.1万吨；

1952年，生铁产量23.1万吨；

1953年，生铁产量27.5万吨；

1954年，生铁产量28.7万吨；

1955年，生铁产量30.8万吨；

1956年，生铁产量30.8万吨；

1957年，生铁产量80.4万吨；

1958年，生铁产量144.8万吨；

1959年，生铁产量184万吨。

10年间，生铁产量从17.6万吨增长到184万吨，年均增长16万吨，超越了世界一般的增长速度。

再来看特殊钢的增长率。

1950年，年产特殊钢8600吨；

1951年，年产特殊钢1.1万吨；

1952年，年产特殊钢1.8万吨，超过了日伪时期和国民党统治时期产钢量的总和。钢材产量为21494吨，是日伪时期的11.6倍；

1955年，年产特殊钢3.1万吨；

1956年，年产特殊钢6.1万吨；

1957年，年产特殊钢8.3万吨；

1959年，年产特殊钢11.5万吨。

从1952年的1.8万吨到1959年的11.5万吨，平均年增长1.1万吨，也是绝无仅有的。

再来看看本钢的钢铁生产对国家钢铁生产增长率的贡献。

1950年，中国的钢铁产量是61万吨，本钢钢铁总产量18万吨，几乎占国家总产量的1/3强。

1957年，国家钢铁总产量是535万吨，本钢是88.7万吨，是国家总产量的1/6强。

1958年，国家钢铁总产量是800万吨，本钢是155.8万吨，是国家总产量的1/5强。

想想就自豪，国家产500吨钢铁，其中就有100吨来自本钢。

难怪在1953年时，本溪这个小城市竟然成了归中央直管的直辖市，成了国家最早的12个直辖市之一。

飘红的榜单 3

三线建设期间，本钢仍在助力国家钢铁战略的布局。

1964年的人员和物资援助：

1964年，公司支援马鞍山钢铁公司轮箍厂215人；

沈阳勘察公司100人；

金川有色金属公司露天矿50人；

二机部8人；

贵阳钢厂扩建指挥部19人。同年开始用2年时间完成了对贵阳钢厂的支援任务，支援人员208人，科级干部3人，一般干部9人，工程技术人员5人，生产骨干191人。支援设备36台套，其中主要设备有1吨、2吨蒸汽锤各1台，顶钢机2台，打钢车2台，5吨天车1台，锯床4台。

1965年的人员物资援助：

1965年1月，本钢在两个月之间先后分4批抽调2152人支援第二冶金建设公司，工人1926人，干部226人，其中处级干部2人，科级干部31人，技术干部76人。4月又调去一批，两次共支援2500人。

同时支援八冶500名工人。

同年，向西宁五六厂、酒泉三九公司等10个企业和单位，调去干部和工人694人。又支援其他军工企业140人，冶金勘察总公司100人，西宁第十冶金建设公司50人，马鞍山钢铁公司22人，九〇二厂50人。

全年共调走人员4056人。

同一时期，公司还承担了西北耐火厂、宁夏五四机修分厂的援助任务。

1966年至1967年，支援西北耐火厂干部97人，工人120人，其中处级干部3人，科级干部24人，工程技术人员39人。支援设备372台套，600余吨。主要设备有压砖机15台，粗破碎机2台，配合机5台，干燥车150辆。支援宁夏五四机修分厂干部18人，工程技术人员18人，工人100人。

1973年，支援舞阳钢铁厂230人，1982年支援宝钢技术骨干82人。

008：梦想被搁浅

"大跃进"时期的场景

梦想五九

　　1959年，本钢仍不忘1949年提出的发展梦想，并在其基础上完善名为"321"的又一个发展梦想。即建设年产300万吨铁、200万吨钢、10万吨特殊钢的钢铁联合企业。

　　1949年的发展梦想因朝鲜战争而搁浅，1959年的这个梦想能顺利实现了吧？数万本钢职工翘首以盼。

可惜本钢1959年的梦想再一次被搁浅。

个人的命运常常因时而异,因运而变。

本钢的发展屡遭坎坷。

1959年提出的发展梦想,旋即被困于"大跃进"的梦魇、阻于1960年的洪灾、让路于"大跃进"之后的几年调整,又经历长达10年的"文化大革命"。18年的长时段荒废,本钢的发展大梦无奈地枯萎在盐碱地上。

虽然如此,本钢的发展梦想如坚冰下咬紧牙关的流水,静待春天的到来。

1959年6月。

在本钢一所会议室,来本溪视察的朱德在此听取了本溪市委书记任志远的简要汇报,听取了本钢经理王文关于钢铁生产的情况汇报。听完后,朱德特别询问了本钢特殊钢的品种和生铁的生产状况。

这一过程后,有个小停顿。

然后朱德将脸侧向王文。本溪市委与会的人和本钢与会的人,都猜测朱德有话要问王文,并揣摩问话的内容可能是"大跃进"方面的事。

"本钢发展有没有远景规划?"

朱德的发问,出乎很多人的意料。

在全国大炼钢铁的社会大背景下,朱德这一问,振聋发聩。

从战争中走过来的朱德,对钢铁生产特别是军工生产十分关心。本钢的"人参铁"和特殊钢生产事关军工生产的大局,朱德格外关注。

在调研中,朱德发现发展钢铁工业存在偏向新厂建设,忽视了老厂发展的问题。同时,也发现不少的企业只随着国家的大局走,没有自己发展的大局,没有自己发展的规划。

一个企业如没有自己的发展规划,只会随着大流走,必然会有走不下去的一天,这是朱德对于像本钢这样大企业的担忧。

有规划才有方向和追求,才有生机和活力。

共产党人在战争中的制胜之道,同样适用于和平时期经济之道。

人们在期待王文的回答,又带有一丝担忧。

王文镇定,且一脸的自信。

"本钢已经做出'321'的远景规划,即300万吨铁,200万吨钢,10万吨特殊钢。"

朱德一脸高兴:"好,钢铁生产不能仅看眼前,要有长远打算。"

关乎国计民生的企业,不能稀里糊涂地过日子。

朱德的问话中，饱含对本钢的关怀和希望。

王文的回答，让朱德看到了一个国有大企业的担当。

中国的骨干企业，与生俱来地承担着国家大义。

以毛泽东同志为代表的领导人在1949年就提出了本钢的发展规划：建成采煤、采矿、炼铁、炼钢到轧钢的连续生产的钢铁联合企业，计划年产钢70万吨。朝鲜战争让本钢的规划搁浅了，但成了本钢人梦寐以求的期许。

杨维之后，许言、徐宏文、王文，都怀揣本钢的发展梦想。

到王文时，规划更具体了。

1956年，本钢就已经做出了年产钢铁300万吨的规划了。

300万吨铁，已是国家第一方阵的鞍钢、武钢、包钢的产量。

1957年，一铁厂已经炼出了低磷铁，因具有的特殊禀赋而成为铸造工艺的宠儿。

300万吨铁，大部分供应炼钢，还考虑了铸造生铁的需求。

"二五规划"草案，已见逐步实现"321"的端倪："目前本溪钢铁公司在各方面都已具备相当规模，因此在此基础上扩建成为150万吨钢铁联合企业仅需增加炼钢、轧钢车间。"草案还预留了扩建为300万吨钢铁规模的措施。

1958年至1959年，为了在第二个五年计划内把本钢建成150万吨钢铁联合企业，各项措施已在落实中。

一场风靡中国的"大跃进"，导致了全国上下全面调整，本钢"321"的梦想在迈出一步后又遭搁浅。

1961年以后，在国家全面调整的大势中，本钢"二五规划"的未完项目，除大明山石灰石矿续建外，其余都停止了建设。

大潮之下

1958年7月4日，省委、省人大作出《关于大力挖掘钢铁和有色金属资源支援工农业生产大跃进的决定》。8月，中共中央在北戴河召开的政治局扩大会议通过的《中共中央政治局扩大会议号召全党全民为生产1070万吨钢而奋斗》的公报中，确定了辽宁省当年钢产量指标为493万吨。

辽宁省是怎样大搞全民大炼钢铁的群众运动，来完成493万吨钢产量任务的？

10月中旬，省委根据中共中央的指示，向全省人民发出紧急号召："大干特干、一鼓作气干到12月10日，提前20天完成今年的钢铁大跃进计划，夺下钢铁大关"；并决定从10月15日—20日开始掀起钢铁高产周运动，人放一周"高产卫星"，在全省范围内组织若干个小土群生产生铁千吨县、千吨市和500吨市，争取在10月下旬成为万吨省。

为此，全省工厂、矿山、机关、学校、人民团体出现"全民大办钢铁"热潮，当年全省建成和在建小高炉达1912座，总容积11811.6立方米。已建成的1508座中，总容积6156立方米。

1958年"大跃进"的结果怎样？

《辽宁历史大事记》如此记载：

1958年，全省钢产量达470.1万吨，但实际增加的产量主要是靠鞍山、本溪、抚顺、大连四大钢铁企业拼设备、拼消耗、加班加点完成的；而花费大量人力、物力和财力修建的小土高炉，只炼出质量不合格的十几万吨土钢和十几万吨土铁。

专业钢铁厂拼设备、拼消耗、加班加点，千千万万的人民群众砸锅卖铁，砍树挖山，高炉遍地，浓烟四起，费尽移山心力，离全省指标493万吨尚差22万吨。

本钢全民大炼钢铁又是如何搞的？

先看看舆论战。

本钢公司委员会1959年编了两本书《大跃进的一年——1958年工作经验汇编》1和2，各级领导和各厂矿都在为大跃进广开言路，大造舆论。

第一本的撰文者有：任志远、李文甫、张鸣华、李宁、周刚、刘梦云、左凤仪、谭洪洲、张明和。

以单位名义撰文的有：中共机电厂委员会、中共选矿厂委员会、中共露天铁矿厂委员会、中共第二焦化厂委员会、中共运输部委员会、中共动力厂委员会、中共医疗卫生处总支委员会。

第二本基本是以单位名义写的总结文章，有：中共本溪钢铁公司委员会、本溪钢铁公司工会委员会、共青团本溪钢铁公司委员会、中共钢厂委员会、本溪钢铁公司第二焦厂、中共钢厂机械师支部委员会、南芬矿山总厂、南芬矿山总厂选矿厂、中共机电厂第二加工支部委员会、中共第二钢铁厂机关支部委员会、中共运输部机务段总支委员会、南芬矿山总厂运输车间、中共钢厂锻钢车间支部委员会、露天矿代家店食堂小组、中共本钢机关委员会、南芬矿山总厂露天铁矿。

以上这些单位具有方方面面的代表性。

明眼人看到此，会敏锐地发现缺少一方面的代表性，那就是个人。

本钢的工作不会有这么明显的疏漏。

这是我在梳理时有意为之，将个人的代表放在最后。

个人代表是陈树增、边福田，两人的总结是《由落后炉跃为先进炉——钢厂八号炉翻身记》。

本钢的大炼钢铁的人与不懂炼钢为何物的广大群众比较，显得专业多了。

特钢厂在转炉车间，新建两座12吨转炉，年产钢能力为20万吨，1958年11月2日建成投产。

围绕20万吨钢的深加工，在开坯车间、薄板车间、热处理车间新建了相应的后续辅助设施。

一铁厂于1958年11月新建了3座12吨转炉的炼钢车间，于11月投产。围绕后续的加工新建了500毫米轧机5组，年处理钢锭20万吨，轧制钢材15万吨。

也是1958年的11月，本钢成立了第三钢铁厂，建造了小高炉、小转炉。

各厂矿学校也相继建造小高炉、小转炉。

公司内部，形成了31座小高炉和22座小转炉大炼钢铁的壮观场面。

除了特钢厂和铁厂的新建炉在专业的操作下流出了专业的钢水外，大多的小高炉、小转炉炼出的都是废铁。

专业的特钢铁厂，技术虽然很专业，但战术越来越不合规。

二铁厂的两座大型高炉出铁次数不断增加。4号高炉按照正常的规范，是日出7次铁，但1958年5月11日，规范被打破，日出7次铁改为日出8次铁。到1959年7月2日，日出8次铁又增为日出9次铁（增加日出10次铁的时间不详）。1959年10月6日，日出10次铁又增为日出11次铁。1959年12月16日，日出11次铁又增加到日出12次铁。

炼铁，是高温和高炉耐受性的平衡过程，

高温，是火的力度。高炉耐受性是钢甲承受高温的力度。

双方有一个临界点。在临界点内，钢甲还是钢甲，和高炉砖一起将矿石熔化成铁水，推动经济的发展和装备制造业的进步，造福人类社会。过了临界点，钢甲熔化成钢水，铁水喷涌而出，造福社会的钢铁工业转眼就会成为危及生命与设备的祸害。

1960年2月6日，二铁厂4号高炉炉缸烧穿，休风抢修7天。

同年2月12日，二铁厂3号高炉炉缸也被烧穿，休风抢修5天零11个小时。

1960年6月30日，一铁厂2号高炉炉缸烧穿，休风抢修。

技术与炼铁战术平衡的打破，带来炉缸烧穿的风险。炼铁工序平衡的打破，造成的则是上下工序之间的脱节。

为求矿石高产，南芬露天矿违背了采剥的平衡。

1958年至1960年间，南芬露天矿的矿石产量为2025万吨，岩石剥离量才804万吨。

结果是高炉在3年间缺少原料，一铁的两座高炉常常只能维持一座高炉的生产。为恢复采剥平衡，花了3年时间进行调整。

本钢开始于1958年"大跃进"的"损伤"，直到1966年才得以恢复，历时9年。

这之间还有1960年的特大洪水，之后是10年的"文化大革命"。

洪水之灾

1960年，大难连着大灾。

1959年的粮食严重歉收，导致1960年严重缺粮。

辽宁省大事记：

截至7月20日统计，全省粮食库存量为3.9亿斤，其中10个市共1.77亿斤，可销12天；县镇1亿斤，可销25天；农村1.13亿斤，可销12天。扣除必要的军用粮和工业原料、晚田种子，可销售的粮食仅能维持3—5天。全省有25个县的农村靠国家供应过日子，已有15个县仓库无存粮。部分地区已停止供应工业和饮食行业用粮。

8月1—4日，辽宁省中部及东部一带普降暴雨，雨量最大达400毫米左右，造成东部山区山洪暴发。水灾波及鞍山、本溪、抚顺、安东、营口、沈阳、旅大7个市的22个县和7个市郊区，受灾人口150万，死亡约1700人，失踪1352人，冲毁房屋20万间，损失耕畜1.4万多头，猪羊近4万只，受灾土地1100多万亩，其中颗粒不收约300万亩。沈大、沈吉、沈丹等几条铁路冲毁数百处。受洪灾影响，全省冲断公路达138条，长5842公里；冲毁大、中、小桥梁238座，涵管435道。

洪水中一铁厂的一个场景。

3日那天，天放晴了，横穿本溪湖街区的小河看不见河道了。水漫到马路上，火车站快被水淹了。

全厂上下十分紧张。大家担心高炉，高炉淹了，就得冻炉，铁水就凝固在炉中；担心焦炉，焦炉如果进了水，就会发生爆炸，不仅炉毁人亡，还要崩坏别的设备，职工24小时坚守岗位。

1960年8月4日，连续一天的暴雨。5日早晨仍然细雨蒙蒙。

一铁厂的所有员工立即投入到了保设备、保生产的战洪斗争中。

家住本溪湖的员工纷纷向厂区赶来。

住在工源的员工赶到溪湖大桥时，大桥已不让公交车通车，员工只能下车徒步跑过大桥。

为保护正在炼铁的高炉，员工们在山坡下装沙袋子背到河边叠坝堵水，可等第二次身背沙袋回到河边时，水已没腰深了。

堵坝挡不住洪水，为保住高炉，只能把铁水放了出来。铁水遇水发出的爆炸声令所有员工揪心。

员工撤回厂区时，大水已漫上来了，水面离焦炉的走台只有250毫米。

原在一铁焦化厂工作的郑全后来回忆，在水面离焦炉的走台只有250毫米时，大家分成几批轮流到小船上，在水上划来划去为保护设备紧张忙碌。

洪水的严重后果是，本钢14个厂矿中12个受灾。

4座高炉浸水停产，一铁厂2号焦炉有3个碳化室进水后发生爆炸，特钢厂9座电炉停产7座，南芬矿山总厂受到破坏，输电线路冲毁46公里，铁塔冲倒16座，铁路冲毁24公里，冲毁桥梁6处。洪灾为本钢造成1831万元的损失。

四战 2600 万吨而不可得

长期动乱，也给国家钢铁生产能力造成严重损伤。

从本钢工会主席位置退下来的吕树之，谈到他在公司办公室工作时有一个记忆点让他印象深刻。

1974年，办公室接到冶金部电话会议通知，即钢铁行业召开大战2600万吨钢的电话会议。这个通知，让吕树之以后说起此事就连带上《水浒传》来了。《水浒传》有个三打祝家庄，中国钢铁行业有个三战2600万吨。三打祝家庄打三次打下来了，钢铁行业三战2600万吨还没战下来。

1973年，国家产钢 2522万吨，决定努把力，争取1974年达到2600万吨。

中国钢铁行业开始一战2600万吨。

冶金部大楼昼夜灯火通明，各钢厂挑灯夜战。

1974年没战下来。

1975年再战，依然没战下来。

1976年再战，依然没战下来。

战到1977年仍没战下。

直到1978年，才交出年产钢3178万吨的答卷。

4年没战下2600万吨，后人总结，一方面是当时生产力确实低下，离不开人抬肩扛；另一方面是当时不具备集中精力搞经济的环境，天天搞运动。另外，冶金部原有的钢厂和企业在"文化大革命"中全部下放，变为双重领导。冶金部管产、供、销，钢厂领导看起来只能管党委工作了，实质上生产仍要厂领导具体组织实施，这样的双重管理，使得钢厂的积极性和冶金部的积极性难以同频共振。冶金部直属的钢铁企业只剩下当时在建的攀钢和舞阳。直到1978年，才交出年产钢3178万吨的答卷。

这3178万吨钢是从1949年时的15.8万吨干上来的，30年苦战，实属不易。

本钢与共和国的钢铁梦想休戚与共，同与荣焉！

但这3178万吨钢只占当时世界钢产量的4.4%。改革开放中，中国钢产量占到世界50%以上，成为难以解读的天方夜谭的巨变！

009：致敬，昨夜星辰

"文化大革命"不停产的奇迹

出生于1934年的吴太勋，1955年毕业于鞍山第二钢铁学院炼铁专业后，分配到一铁厂，担任过炉前工、值班工长、值班主任，1982年担任一铁厂副厂长，1983年担任厂长。1992年又兼任党委书记，一生的美好时光都是在一铁厂度过的。一铁厂的历史宛如一湾清水在他心头流过，无不历历在目，清澈明亮。

刚建厂的1915年，年产钢不到3万吨。1936年达到最高，是15万吨。日本投降的1945年，产量跌落至不足3万吨。

1949年恢复生产，一上来就将近产出5万吨，转过年一下子到了历史最高值17万吨。以后逐年增加，20万吨，30万吨，40万吨，50万吨，很了不起。

"大跃进"时，"人有多大胆，地有多大产"的蛮干，造成了很大的损失。一铁厂虽受全国风潮的影响，走了一些弯路，但在提高产量上，尊重科学，避免蛮干。采取提高冶炼强度，多装多出铁；降低焦比，把消耗降到最低。双管齐下之后，在热风炉采用大瓦斯量、大风量的烧炉措施；高炉扩大风口来提高冶炼强度等，在与鞍钢、太钢的竞赛中，质量好、产量高，高炉利用系数一直力压群雄，稳夺冠军。

"文化大革命"时，厂领导难免受到批判，技术人员也被下放劳动。但一铁厂有两个奇特现象：一是没有战斗队；二是从没有放弃过生产。"文化大革命"中，一铁厂成了从没有停产的企业，还年年完成任务。

在"抓革命，促生产"的口号影响下，在别的地方，"促生产"会被以"破坏革命"的口实抹黑。在一铁厂，上上下下形成了"促生产"是"抓革命"的目的的认识。任何人主政一铁厂，都会坚持生产不动摇。

原因是什么？

厂风使然。

本钢保卫中心原党委书记万晶原是一铁厂党委工作部部长，每次说到一铁厂，无不深情款款。

他认为：本钢精神基因在一铁厂。

一铁厂的老工人差不多都是旧社会过来的，有新旧社会的对比，对共产党有感情。有一种当家作主的主人翁精神。这一点非常重要。

有了主人翁精神，才有干活的觉悟，才有干活热情，才有干活劲头。当时《职工生活》报刊登一篇文章，题目是"心里有话说不出"。一个工人说："我拿国家的苞米，却干着省劲的活，心里真是过意不去。请大家帮我请求一下，我要给国家干出大力的活。"

工人张书庆从来不误工，还经常在下班后继续干活。别人问怎么不回家？他说，厂里不就是家吗？

张书庆为了改进技术，提高产量，经一番琢磨后，用3分废铁管焊在一起做挂砖盘，不但没坏，还省下了半吨的铁水，70来个工时。在做矿渣锅时，每个渣锅又省下30多个工时、50斤钉子、100多斤铝粉。当时，公司奖励他一个奖状，一枚奖章，白布一丈七，黑布一丈七。

一铁厂还有一批能工巧匠形成的技术群体，这些人经验丰富，动手能力极强。别管是多难的活，他们都有办法解决。一个个都成了厂里依靠的对象，车间主任的助手。

靳技师是热风炉专家。高炉上的8个大圆筒，就是热风炉。一个圆筒里，1000吨各种各样的耐火砖，很复杂。但不管出现什么问题，靳技师都能想办法解决。靳技师有个朴素的口头语：热风炉的活就是我家里的活，活干不完不能走。

烧结的唐技师、炉前的赵技师，这些老技师的共同特点都是技术高超精湛，工作作风自强自尊、任劳任怨、不骄不躁，事情想在前边，一心一意工作。

曾任一铁厂机动科长的李树远评价他们：这些人都是从旧社会过来的，亲身经历的对比，使他们从共产党身上，从新社会看到了自己的希望，因而，他们身上迸发出来的干劲，有排山倒海之势。

领导风气怎么样？

1964年入厂的吕树之，被分配在炼铁工段。炼铁工段又分原料、烧结、热风炉、炉前、高炉值班室等岗位，他印象中的党委书记彭石华对自己要求很严。怕别人说自己多吃多占，连上食堂吃饭都不去，每天自己带饭盒。彭石华是辽宁省候补省委委员，经常到省委开会，有时两三点钟回到厂子，还要换上工作服，到各车间走走转转。有时实在累了，中午休息时间，他就在车间里找一个长凳子，弄一块砖头枕着就眯一会儿。

厂长刘奋特别善于调查研究，批评人让人心服口服。厂里盖办公楼，被上级列为楼堂馆所，刘奋不厌其烦，左一趟右一趟地找上级领导说明情况，经他不懈努力，办公楼终于恢复施工。

副书记韦禄波带领由机关干部和车间主任组成的工作组，深入到重点岗位，与工人一起倒班。

副厂长孙福财是工人技师出身，对高炉有特殊感情。他家离厂子近，有时半夜醒来，听高炉声音不对，立即穿衣跑到厂子来。

副厂长左凤仪是大学生出身，但没一点架子，为了高炉红旗，他成天"长"在高炉上，同工人一起没白天没黑夜地干。

厂级领导风气影响了车间领导的风气。李树远说，不管是厂领导还是中层干部，不管工程技术人员还是工人群众，上下风气相通、同心同德、群策群力，一切以生产为中心，成为一铁厂的风气。

辽宁省大事记记载，1973年4月9日本溪钢铁公司第一炼铁厂1号高炉生铁合格率连续26个月达100%，实现高产、优质、低消耗，创造建炉以来历史最高水平，各项主要经济指标进入全国先进高炉行列。其生产的铸造生铁，具有低磷、低硫、有害杂质少、物理性能好、化学成分稳定等特点，被国内外誉为"人参铁"，其质量国内第一。1979年、1984年本钢铸造生铁两次获得国家质量金牌奖。

动乱期间，尚能"炼"出如此优异成绩，本身就是奇迹。

上下同心，其利断金。有了良好的厂风，就养成了正气，久而久之，成为了人文环境。"文化大革命"时，厂里也分配了一些社会上的造反派和刺儿头，可到了一铁厂，他们的造反习气在强大的人文环境面前，就被消融了。

一铁厂那看不见的人文风气，就像一条无形的道路，只要来到一铁厂的人，就被这股风气引领着走上这条道路。

环境改造人，环境养育人，环境塑造人，"文化大革命"10年，一铁人没有"战斗队"，生产没停过，功劳在于良好的厂风。

如果要说本钢精神，这就是本钢精神基因。

把住红旗不放

一

1959年4月4日。

本溪市人民文化宫。

本钢在此召开祝贺一铁厂全国红旗高炉命名一周年大会。

会场气氛热烈。

会议主持者宣布：我们今天请来了全国劳动模范、鞍钢的代表孟泰。现在我们热烈欢迎孟泰上台讲话。

在热烈的掌声中，孟泰稳健上台。

孟泰开口讲话，即震动了台下所有人。

孟泰亮开嗓门："今天，我来到这里，一是来学习，二是带着一个重要任务来的，就是来夺红旗的，看你们给不给，用不了多久，这面红旗……"

没等孟泰说完，一个山东大汉在台下"嚯"地站了起来，底气十足地喊道："工友们，咱们这红旗给不给他们？"

"不——给！"会场爆发出排山倒海的喊声，震耳欲聋。

场下鼓动人心的大汉，是一铁厂副厂长孙福财。

后来，本钢的这面红旗，被紧紧把住，30年不倒。

孙福财把住红旗不放的震吼，30年后依然有回声。

1988年5月，一铁厂召开大会，时任厂长吴太勋有个发言：高擎炼铁红旗，永保系数冠军，为谱写中国炼铁史上第二个系数冠军30年新篇章而奋斗。

吴厂长在发言中深情回顾了孙福财对一铁厂保持和提高高炉利用系数的贡献："老模范孙福财同志是炼铁工人的突出代表，也是夺取系数冠军的功臣。每当高炉面临困难和问题的关键时刻，他都临危不惧，挺身而出，排除了无数的难关。"

把住红旗不放，既是孙福财的精神，也是一铁厂的精神。

孙福财是从旧社会走过来的老工人，后来成了工人技师，后来又成了一铁厂副厂长。

爱厂如家，为工作拼搏方面，他和鞍山的老孟泰一脉相承。以至于老一铁厂有这样的顺口溜：鞍山有个老孟泰，本溪有个孙福财。

1949年后，一铁高炉生产时，一直采用人工操作泥炮堵铁口。

高炉出完铁，铁沟内依然流着火红的铁水。封铁口的工人泥炮手就得冒着狂飞乱舞的铁花、两脚跨站在铁水沟两侧去堵铁口，铁花常打在泥炮手的脸上，顿时就是一个水泡，越揉伤口越大。被铁花打脸、打身成了泥炮手的家常事。这还不算危险的，更危险的是两脚跨站在铁水沟两侧操作的环境，沟两侧铺满了垫铁沟的沙子和小铁粒，滑极了，稍不注意，脚就滑到铁水沟里，铁水马上把脚烧烂。

日伪时期，当泥炮手的孙福财在这遭遇过一次生命危险。正堵铁口时，一股铁水喷溅到身上，顿时起火，多处受伤，幸亏工友及时相救，才保全性命。

当了主人，孙福财开始琢磨改革泥炮的事。

每天下班回家，他一屁股坐到炕头上，就开始研究自动泥炮的事。

第一个方案出来，在铁口上方安装两条小铁轨，上边坐一个小车，以马达为动力带动泥炮封堵铁口。

试验时发现两个问题：出铁口封堵不严；泥炮角度找不准。

改造后仍没成功。

找出问题再一次改造：用架空铁道将泥炮吊起来，使泥炮与出铁口形成20度角，然后用电动机操纵泥炮上下移动。

第三次试验，终获成功。

泥炮的成功改革，有力地推动了高炉利用系数的提高。

每一次成功操作特别是避免事故的操作，都是对提高高炉利用系数的保障。这方面，孙福财既是旗手，更是尖兵。

有一次，孙福财刚到家，还没坐稳，有人来敲门又赶回炉前。

铁口突发漏水，而出铁时间就要到了，这时出铁，铁水遇到冷水，就会引起爆炸。

危险关头，孙福财成了中流砥柱。

孙福财急速思考，可选择的措施很少。休风是一条，但休风就要灌渣，不灌渣就可能打穿炉体。要灌渣，需先放渣，放渣泥，铁水就会在渣口爆炸。

减风是一条，但也行不通。炉体里的铁水满了，减风势必风压下降，风压小了顶不住满炉的铁水，灌渣又灌不进去，炉体就会打穿。

权衡后，孙福财选择另一条路：弄干铁口，出铁。

孙福财将一干人请离，只留下3个老工人：泥炮手刘美绪、扛着泥炮弓子的顾俊昌、掌握风闸的陆怀祥。

3人各就各位。

孙福财一边一勺一勺地往外淘水，一边用瓦斯火顶住继续淌下来的水。火候到了，一声大喊："快，拿热渣子来。"

几个老哥们儿以飞一般的速度，运来铁渣子倒进水里，冷水变成热水，直冒热气。

"出铁！"

霎时，滚烫通红的铁水喷涌而出，碰到些微的冷水，低低地响了几声，又溅起几串飞扬的火花，乖乖地奔铁水车流去了。

孙福财抹抹头上的汗珠，连说："好险！好险！"

事故避免了，高炉又高产了。

提高高炉利用系数，是保障高炉高产的基础条件。

围绕这个目标，孙福财和大家一起总结推广高温大风提高冶炼强度、降低焦比双管齐下的方针。

二

1945年日本投降前夕，即将逃跑的日本人居心叵测地将铁水凝在高炉内。日本人破坏性的做法，就是想让高炉永远无法再生产。

北洋大学的实习生左凤仪目睹了这一幕，心中萌动着要为中国发展钢铁生产贡献一生的雄心壮志。

1949年后，左凤仪怀揣梦想来到一铁工作。

他从炉前工干起，一步步从高炉值班工长、值班主任、技术监督站站长走着。1956年担任了一铁厂生产副厂长。

左凤仪当副厂长时，正是高炉结瘤最严重的时候。

高炉结瘤，不但会造成大幅减产，还会形成巨大的安全隐患。

左凤仪带着大家花了一年多时间，反复实践，终于解决了高炉结瘤问题。而且将结瘤的原因、避免的办法都总结为经验，为杜绝高炉结瘤形成了一套操作程序纳入了操作规程。

1958年，左凤仪参加在鞍钢召开的全国同类型高炉技术指标评比会议后，受太钢高强度冶炼、鞍钢降低焦比的启发，借鉴其经验并结合一铁厂自1952年至1957年的生产实践，为一铁厂的高炉生产提出了"提高冶炼强度与降低焦比双管齐下"的操作方针。目的是实现高产，降低消耗。

要高产低耗，必须从精料做起。

左凤仪依靠工人的智慧，自己设计，自己生产，仅用了3个月，就实现了上料卷扬机加速、热风炉增设烧焦炉煤气装置、烧结矿全部过筛及过筛机械化、铸铁机加速等增产降耗等措施，1958年5月，高炉利用系数由1957年的1.315吨/日·立方米，提高到1.78吨/日·立方米，一下跃居全国首位。

左凤仪不满足于已取得的成绩，他采用新技术对40多年的老设备进行全面改造，并革新操作工艺。

操作上，将焦炭、烧结料过筛后分级入炉，采用球团矿、高锰、高碱自熔性烧结矿等新的生产工艺技术，使高炉利用系数达到了2.552吨/日·立方米，连续23个月获全国中型红旗高炉。

左凤仪还将自己的经验及时总结并发表在炼铁杂志上，我国的炼铁学教科书将其收入，作为炼铁的标准方法广为推广，推动了我国炼铁事业的发展。

1960年3月13日，左凤仪因高炉增加出铁次数而担心其安全，连续几天几夜在高炉上指挥。这一天，为进一步提高高炉利用系数，左凤仪又同工人一起登上炉顶，安装双层布料器，因疲劳过度，不慎失足坠落炉台而牺牲。

1960年3月23日，中共本溪市委向全市发出《关于向优秀共产党员左凤仪同志学习的通知》，《本溪日报》发表社论，号召全市人民向左凤仪学习。

同时，一代又一代的一铁人，不断推出新技术、新改革，不断优化各种操作技术和工艺。就泥炮工艺而言，先后由气动风炮代替人架泥炮封铁口，后来又用电动风炮代替气动风炮。

30年红旗不倒，正是一代又一代的一铁人不断接力、不断努力的结果。

老一铁人万晶再三陈说，百年本钢有两大遗产：

设备落后、工艺落后的1号、2号高炉，高炉利用系数却能在30年间勇夺全国第一，30年把住冠军的旗帜不放，靠的是人的精神，这是精神遗产。

"人参铁"是本钢的资源遗产。"人参铁"不是有什么特别的工艺，也不是人们常说的本溪的铁矿、煤矿天然低磷、低硫的优势造成。它是资源中八大有害元素低于其他铁矿石的天然优势，或许还有本溪炼铁时的水、风等自然环境有关。

可惜的是，我们对精神遗产和资源遗产的研究都不够。

王文——生命为钢铁而燃烧

王文是中国钢铁工业界的一员猛将。鞍钢在20世纪50年代初有四位敢说敢干、工作雷厉风行的干将被称为"四大天霸"，王文是"四大天霸"之首。

王文1955年初带领鞍建队伍来到本溪支援本钢的工源厂区改造，1955年8月23日任本钢经理。

工源厂区改造，是王文主持负责的。

在本钢历史上，工源厂区的改造是最为成功的。这次成功改造，不但为本钢后来的发展奠定了良好基础，还为本钢后来的改造留下了良可借鉴的路标式经验。

王文带领本钢经历了"大跃进"的曲折和1960年特大洪水的艰难，经过卓有成效的调整，不几年间就使本钢重焕生机和活力。

10年间，本钢人领略了王文的韬略和战力。正盼王文找机会实现"321"的梦想时，王文远调酒泉。

一

王文追寻革命救国救民的青少年时代。

王文于1912年12月出生在吉林大安县四平山村。祖上从山东登州府"闯关东"落户于此，凭着几代人的辛劳勤奋，在当地渐成大户望族。

19岁时，目睹1931年"九一八事变"后东北沦陷，不甘当亡国奴的王文随同东北流亡学生入关，读书于北平东北光复中学。1935年，因参与北平"一二·九学生运动"被学校开除，王文东渡日本，考入了明治大学。

七七事变后，王文义愤填膺，毅然辍学，回国抗日。

他在陕西潼关城楼前看到八路军张贴的"有志青年参加八路，抗日救国"标语和布告后，按其留下的地址前往寻找。终在1937年8月，寻找到太原新满城西街30号八路军驻晋办事处。王文在那里遇到了聂荣臻和八路军总供给部副部长赵尔陆（开国上将）。之后，王文和同学陈陇、张忱（曾任核工业部部长）、邓拓（曾任北京市委书记）等人相聚相行，随同聂荣臻和赵尔陆一起前往晋察冀。

王文在晋察冀军区三分区先后任政治部敌工科科长，地委敌工部副科长，晋察冀军区敌工部部长，除奸策反。1938年，他与时任晋察冀军区敌工部部长厉男一起深入虎穴，参与实施了震动华北的"满城兵变"，促使日伪军中第一支成团建制的部队起

141

义，此举受到晋察冀军区司令员聂荣臻的表彰。

王文和厉男经历的这一幕，后来被写成了著名的红色小说《野火春风斗古城》，之后又被改编成电影。厉男成了电影中的主角杨晓冬的原型。

王文和厉男在历史上有许多交集。

王文是吉林人，厉男是黑龙江人。东北沦陷，王文到了北京，1933年进入东北光复中学读书。厉男也是在东北沦陷后到了北京，1934年就读于东北光复中学。厉男1935年到日本求学，王文到日本读书则是1936年。厉男1936年回国，到陕西参加红军。后调任晋察冀军区第三地委书记，北方局敌工部副部长兼晋察冀军区敌工部部长、政工部长，晋察冀军区游击军政治部主任等职。1937年回国的王文，也参加抗日来到了晋察冀军区第三分区，以后任职几乎就是踏着厉男的脚步前行。当厉男去做关敬陶的策反工作时，王文自然成了助手。

东北光复后，王文于1945年11月随部队奔赴东北，历任嫩江省军区第二军分区政委，嫩江省第二分区地委书记、行署专员，嫩江省建设厅厅长。厉男也在这年的11月份来到齐齐哈尔市，参与组建嫩江省政府，任嫩江省自卫处处长兼公安总队队长、政委等工作。

与本溪关系密切的另一个人与《野火春风斗古城》的故事也有关联。这人是指挥解放本溪的赵国泰。厉男成功策反关敬陶的原型王溥并将其队伍组建为游击军时，王溥任司令员，厉男任政治部主任，赵国泰则带着六个连队800余人与游击军合编后，任游击军政治委员。

1949年6月，时任嫩江省建设厅厅长王文调入鞍钢，短暂出任公司秘书长3个月，旋即改任采矿部主任，主抓的第一件大事就是恢复冶金矿山。不久，即出任鞍钢副经理。

二

王文被选调到本钢来掌旗。

1955年初，本钢工源厂区改造工程拉开大幕。

这项工程是国家和苏联经过多年磋商达成的援助中国的156项工程中的一项，是中国发展钢铁工业重要的一步。

在第一个五年计划中，国家计划生铁年产量为460万吨，本钢的任务是年产生铁100万吨，工源厂区改造即是为实现国家计划关键的一项工程。

国家重工业部为加速该项工程的建设，成立了鞍建本溪分公司，王文兼任分公司经理，于1955年初开拔到本溪。

1955年8月，王文出任本钢公司经理。

今天来看，这样的安排令人错愕。

一个来援助本钢的人，不久竟然成了本钢的掌旗人。

了解了那个时代的背景，我们就不会有今天的错愕了。

先分析本钢的工程，除扩建两座容积为920立方米的高炉外，还有14个大项、百十个小项的工程。

机电安装的设备总重29918吨，电机安装139111千瓦，筑炉安装的设备总重26721吨，金结安装的设备总重13576吨；

厂房新建73390平方米，厂房恢复55176平方米；

矿石剥离6951000吨，岩石剥离1159000吨。

方圆数十平方公里的区域内，人员千军万马，设备数十万吨，各种材料如山堆积。

大兵团作战般的工业建设在本钢历史上未曾有过，无章可循。

相应的管理制度没有建立，相应的管理经验十分缺乏，工作中的党政工团如何协调配合从未有过，和苏联专家在一个大工程中全面配合协调的经验，本钢也没有过。

谁有？王文有。

新中国钢铁工业第一项重点工业建设项目，是1953年12月26日，毛主席60岁生日这一天，顺利完成的鞍钢"三大工程"。

鞍钢无缝钢管厂、大型轧钢厂、炼铁7号高炉，均为苏联提供设计及成套设备，由中国自行建设和安装。

当年主抓基建系统的鞍钢副经理王玉清曾在《回忆鞍钢"三大工程"的建设》一文中有过这样一段深情的表述："在'三大工程'施工准备阶段，由于我们没有经验，感到无从下手时，是苏联专家维奇托莫夫指导我们建立了混凝土搅拌厂、钢筋木模加工厂，组建了机械供应站，还帮助我们组织了工厂化、机械化施工，从而加速了工程进度，提高了我们的管理水平和技术水平。"

鞍钢"三大工程"的竣工投产标志着新中国在工业化道路上迈出了第一步。

成功的第一步，为什么说是成功，因为学会了大兵团建设钢铁工业的管理。

王文全程参与了鞍钢"三大工程"的建设，有了亲身经历的感受和总结而来的经验。

重工业部调王文出任本钢经理，原因在于此，目的在于此。

在本钢经理任上，在鞍钢时就被称为"四大天霸"之首的王文，作风果断，雷厉风行，总揽全局，组织十分得当，措施十分得力，全面推进了改造工程的顺利进行。同时，对具体工作思虑周详，具体周到。

新中国成立初期，本钢一电只有4台鼓风机，能使用的动力最大只有1300KM，因风量不足，制约了一铁厂两座高炉的生产。

一次偶然的机会，总动力师刘镇在通化发现了一台2800KM的汽轮机传动的鼓风机。刘镇喜出望外，通过协调将其运回了本钢。检查之后，发现关键部件主轴承缺一组，调速器的弹簧刀刃也没有，还有不少的辅助设备也没有。公司千方百计找来这些备件，将其修理完整，并编为本钢5号鼓风机。但在安装过程中，因没有鼓风机的基础设计，没有经验，难以进行下去。王文知道后，大力支持，立即从鞍钢借来安装过鼓风机的5位同志，同时请来了苏联专家，通过方方面面的共同努力，5号鼓风机得以成功安装，为一铁厂两座高炉采用"大风量、高风温"的操作创造了条件，高炉利用系数逐年提高，1958年达到世界先进水平，1959年5月，冶金部在本钢召开大中型高炉经验交流会议，本钢的"大风量、高风温"的经验介绍是其重点。

王文以雷厉风行的工作作风强力推进工源厂区的改造速度，新建3号高炉比国家计划早投产3个月，多产生铁84456吨。

工源厂区改造的顺利完成，有力促进了本钢各项工作的进度。第一个五年计划的主要指标得以提前6个月完成。

5年间计划降低成本7.2%，实际降低成本百分之24.5%；劳动生产率完成计划的119.8%；总产值提高178.4%；生铁产量提高186.3%；钢产量提高316.20%；焦炭产量提高23%。5年建设的704项安全措施工程共投资427万元也全部完成，职工的劳动条件得到改善。

回看本钢的多次改造工程，在比较中，王文主持的这次改造，在规定的时间内完成了任务，效果十分突出。

王文眼光高远。

主持本钢的工作中，对怎样发展本钢，王文有了更迫切的责任感，有了更远大的期待。

1956年，他就指示相关部门制定了《关于发展本溪钢铁公司为300万吨钢铁联合企业的远景规划（草案）》，为本钢的发展赋予了更高更重的责任。

这个规划，瞄准的是国家发展钢铁工业第一方阵的目标。

国家发展钢铁工业第一方阵中的鞍钢、武钢、包钢，其指标是年产量300万吨钢。

从规划看出，王文发展本钢的雄心壮志。

时代没有给王文一个好的环境。

王文政治情怀高尚。

工源厂区改造完成后，国家进入了"大跃进"时代。本意是推进钢铁业大踏步前进的"大跃进"，结果是对发展钢铁业的促退。但"大跃进"塑造了王文心怀坦荡、刚直不屈的形象。

　　1959年，王文在本钢经理的任上，对"大跃进"出现的大上"小高炉"的做法公开抵制，认为这是违背科学常识。公开反对以"政治挂帅"为名冲击生产和质量的倾向。在市委常委会议上，他被定为"右倾"分子。当时唯有石光（本溪市委宣传部长）和李元龙（1948年任鞍钢制造一厂厂长，后曾任本溪矿务局局长）表示反对。他的搭档计明达曾经在回忆中评价王文说："他那种心怀坦荡、刚直不屈的精神，我们都很熟悉和赞佩。"

　　在我国对"大跃进"纠偏采取调整、恢复等系列措施中，王文因势利导，以矿山建设、产品质量和设备管理为抓手，解决了原料落后于冶铁的矛盾和设备损坏严重等问题，重建和完善本钢的各项规章制度，调动了各方面的积极性，推动本钢的生产恢复到了一个新水平。

　　到1964年，本钢生铁和电炉钢的生产能力比1954年分别提高2.6倍和2.4倍。电炉钢品种增加到90多种，生铁达到16个牌号。成功研制了硼钢、耐热不锈钢等新品种，填补了我国冶金工业的空白。在全国同行业31项可比指标中，有13项达到国内先进水平。高炉利用系数、路矿协作、焦炉设备管理，在全国冶金系统处于领先地位，多次荣获冶金工业部颁发的奖旗，为本钢的建设做出了突出贡献。

　　关于王文，还有一段留在本溪的佳话。

　　舒群的儿子李霄明在《怀念父亲舒群》中有这样一段话：

　　记得当时我们全家还住在辽宁本溪。父亲1955年在中国作家协会被打成"反党分子"后，从北京下放到这里。那时在本溪市委工作的一位领导是他在延安时期的老战友。老战友在生活和工作上都给予父亲超出友情的关照。虽然父亲受到了行政降6级和开除党籍的处分，但住房还是享有与当地市级领导一样的待遇。记得，那是一座日式的二层小楼，院子很大，有前后两院，每到夏天我们全家晚饭后都会在葡萄架下乘凉，享用父亲的劳动成果——葡萄。虽然政治上受到无情的打击，但生活中却有朋友的厚爱和家庭的温暖，这多少对父亲起到了抚平伤痛的作用。

　　背着"反党分子"身份的舒群在本溪能享受到独门独院小楼的待遇，让人唏嘘。李霄明提到的"给予父亲超出友情的关照"的"本溪市委工作的一位领导"，是当时的本溪市委宣传部长石光。其实，"给予父亲超出友情的关照"的不止石光，还有王文和妻子沈乃然。

　　1955年1月7日，时任"鞍建"副经理的王文、计明达率领3000人前往本钢，正式组建本溪分公司。这一年，著名作家舒群与罗烽、白朗被打成"舒、罗、白反党集团"，开除党籍，行政级别由八级降为十四级。1956年10月，舒群身背被错判的"罪名"，主动要求下放到本溪。

　　舒群主动要求下放到本溪，原因一，与本溪市委宣传部部长石光在延安时就相识，还是好朋友。不但是好朋友，石光还是个不会落井下石的真君子。原因二，舒群在鞍钢时就与王文熟悉，王文和石光是最为知己的朋友，王文在本溪市常委会上，反对"大跃进"不顾规律、不顾科学乱建小高炉的做法，被打成"右倾"，坚定支持王文的就是石光，两人都是君子，舒群到来，会有真情的慰藉。原因三，王文的夫人沈乃然在鞍山市任文化局副局长时，与舒群的夫人、出身梨园世家的夏青情同姐妹。

王文到本钢出任经理，夫人沈乃然调本溪出任本溪市文化局长。

闻讯夏青将来本溪，沈乃然特派市评剧团负责人亲赴北京迎接。

舒群夫妇到来后，王文出面将他们安排常住本钢迎宾馆，后又安排到一处独门独院的小楼。这期间，王文一家、石光还有舒群一家之间，逢年过节互相走动，家庭日常来往不断，他们的感情没有因舒群是"反党分子"而受到影响。

患难之时见真情。舒群夫妇终其一生都保有着对王文夫妻的真切感情。

几年以后，舒群获得彻底平反，从下放的农村回到城里，触景生情，尤念王文，不待歇脚，前去探望王文的夫人及子女。一进门，舒群便大声地对沈乃然一家人说："我回来后，第一家就上你们家来了……"

王文在人性的舞台上，给本钢留下了温馨的一幕。

1966年6月，王文调任酒泉钢铁公司党委书记兼经理。也是这一年，本钢又有了一个新水平的发展：工业总产值达到3.7亿元；生铁产量160万吨；钢锭产量14.5万吨。

三

酒钢建设再度拉开帷幕。王文关键时刻赴酒钢就任，可谓是重任在肩。王文赴任半年后，由北京钢铁设计院牵头编制完成了发展酒钢的初步设计：铁矿年开采量规模为500万吨，年产生铁157万吨、钢150万吨、材110万吨。祁连山也从沉睡中惊醒过来，闻名全国的马万水工程队，开进了地处祁连山腹地的镜铁山。王文点将，调本钢南芬铁矿的谢长荣出任镜铁山铁矿矿长。

戈壁滩上，大军统帅身先士卒，千军万马激昂奋起。王文对酒钢的建设倾注了满腔的热血，一到酒泉就迫不及待地登矿山，看地形，跑现场，访群众。他身着粗布衣，脚穿棉胶鞋，腿上绑着在部队时用惯了的绷带，带领工作人员到远离城区的镜铁山、野牛滩等荒山僻野，察看矿产资源。在给家人的信中，从字里行间足以想象得到王文当时兴致勃勃、充满自信的神情，他写道："我今天登上了海拔4500米的镜铁山，说明我的身体状况很好，看来可以为党和国家再工作20年，再建设出两个钢铁基地。"可是，他的身体却越来越不能配合他的意志，日渐垮下。组织上强制让王文暂时离开，到本溪休养。不久，"文革"运动如同疾风暴雨一般席卷本溪，他的身体未待得到将养，反而受到残酷摧残。（见《鞍钢"五百罗汉"的故事——王文》）

直到1971年，王文才获得"解放"。冶金部考虑到他的身体状况，准备安排他去条件好的地方工作，他却坚持要重返酒钢。此时，酒钢距"两年准备、八年建成"的目标已经时间过半，他要把耽误的时间抢回来。1971年春夏之交，王文从本溪动身，先到了北京，并买好了返回酒泉的火车票。临上车前，肝病发作，他无奈地住进了同仁医院，经确诊为肝癌晚期，生命的烛光已经燃烧到了尽头。得知王文病危的消息，许多人从酒钢、本钢匆匆赶来。老部下谢生凯（曾任基建工程兵02部队后勤部长）率领一行人风尘仆仆赶到北京，在病床前一声号令，向老首长王文集体致以军礼，场面令人悲恸不已。

"……我病好了跟你们一块干！"临终前，共和国钢铁战线上的猛将王文，依然雄心不已，坚信壮士不倒，却壮志未酬，1971年11月2日病逝于北京，时年59岁。

噩耗传来，石光老泪纵横，发出长长的叹息："我无知己，我无知己！"

多年以后，王文在鞍钢工作时的秘书、时任海南省委书记邓鸿勋，前来拜访王文的夫人沈乃然，一再说道："老领导王文的工作作风，对我的影响很大、很大。"

"罗汉"彭石华

在鞍钢发展史上，新中国成立初期，国家为做强做大鞍钢，将之打造成全国钢铁"领军人"，从各地调派500多地处级干部前来支援，名为"500罗汉抬鞍钢"。

同为开创新中国钢铁历史的本钢，国家也派了不少的地处级干部前来支援。

第一任经理杨维、第二任经理许言、第三任经理徐宏文、第四任经理王文等都是外来"罗汉"，直到张文达，他才是本钢成长起来的经理。

本钢对外来"罗汉"的研究甚少，"罗汉"们对本钢发展的贡献我们知之甚少。

写彭石华，有为外来"罗汉"立传的想法，其实，写过的特钢厂厂长周刚也是外来"罗汉"，但那时，有关研究"罗汉"的想法还没形成。有此想法自彭石华开始，因此才有《"罗汉"彭石华》的标题。

彭石华贡献卓著。

自他主政一铁厂开始，一铁厂开发了以"人参铁"为代表的系列产品，而且都成为品牌；"红旗高炉"的建设在他手中开始，一铁厂的两座高炉成为全国的系数冠军，冠军宝座一坐30年；一铁厂的优良厂风在他手中形成，并发展为企业精神，成为本钢精神基因，长盛不衰。

彭石华的人生亮点留在1959年的全国群英会上。

1959年10月25日，来自全国各地各条战线及23个民族的6576位建设社会主义的英雄模范人物齐聚北京。

彭石华作为工业先进集体的代表，出席了全国群英会，并被选为大会主席团成员。

10月27日，彭石华在全国群英会举行的首场报告会上发言。

这天的发言，共有16人。

彭石华被安排在上午发言。上午发言的人有5人，彭石华第二位发言。

从安排的角度说，第二位发言是个很好的位序。这与本钢在解放后的钢铁工业中占有的重要位置有关，与一铁厂在去年钢铁工业中高炉利用系数的评比中夺得冠军的影响有关。

彭石华的发言一定讲了一铁厂在提高高炉利用系数方面的工作和成就。

1959年11月5日下午5时，周恩来总理在人民大会堂接见了彭石华。当彭石华回答周总理说自己是辽宁本钢一铁厂代表的时候，周总理马上说："你们高炉搞得不错啊！"应该是彭石华在10月27日的发言给周总理留下了深刻的印象。

彭石华的回答是那个时代标准的革命语言："这是毛主席总路线照耀的结果，我们工作做得还不够。"

周总理继续问："全国有没有比你们的利用系数好的高炉？"

听彭石华说有的小高炉比一铁厂的好后，周总理紧接着问："别的炉怎么样？"

彭石华："大高炉没有，我们要向小高炉学习。"

周总理高兴了："很好，很好！要不断革命，思想要革命，生产要革命，不要脱离群众，要多做贡献。"

从此，周总理留下的"要多做贡献"的话成了彭石华对自己一生的要求。

彭石华是安徽无为县人，1935年参加革命的老共产党人，抗战时期长期在新四军工作，1940年做地方工作时任过区长。有一次召开会议时，选择了一处后面荆棘丛生的住宅开会，遭日军围攻。彭石华安排人员撤退，烧毁文件后，从后门出来翻墙下来，利用荆棘丛生的环境跑了。解放战争时期，彭石华被安排为前线部队做后勤供应工作，曾在芜湖专区任粮食局长，陈毅主政上海时，他负责为上海供应粮食。1949年后，调安徽省粮食厅工作。

1953年，彭石华被组织抽调来支援东北建设。安徽同来的200多名处级以上新四军干部，由彭石华带队。

彭石华在辽宁省干部培训学校做了一段时间的校长，1955年来到本钢钢铁研究室工作，被安排住在本钢招待所旁边的小楼，随后调一铁厂任党委书记。

调一铁厂后，为工作方便，与工人群众打成一片，彭石华主动从条件很好的招待所旁边的小楼搬出，住到一铁厂旁边的平房，还将自己一家人用的厕所的封闭打开，让住在周围的群众共用。

一铁厂办有食堂，彭石华为避免到食堂吃饭食堂人员在打饭时给自己多打好饭好菜，每天都自己从家带饭盒。为此，他都要凌晨4时起床，做好饭菜，吃完早餐，再装饭盒带到单位。

彭石华从没领过工作服，他将自己的破旧衣服经补好后作为工作服穿。别人看他的工作服，补丁摞补丁。

清廉朴素的生活作风，真是那时候共产党人初心不改的写照。

彭石华是辽宁候补省委委员，会议多。但只要回到本溪，不管多晚，都要到厂里看看。炉前工人每到下午三四点钟见到彭石华转到炉前时，便知道彭石华开会回来了。那时的不少老工人那是成天"长"在厂里，彭石华除了开会其他时间也是"长"在厂里。有个场景是工人们不断叨咕的：每到中午休息时，累了的彭石华便会到车间找条长凳，拿两块砖头当枕头眯一会儿。

以厂为家，与工人群众打成一片的共产党员党风，经过彭石华这样的共产党人言传身教，演变成了一铁厂的优良厂风。

"文化大革命"时，彭石华被批斗过。后来调到市里工作，市委主要领导找他谈话要调他回本钢。市领导可能是出于关心干部的角度考虑，认为彭石华在"文化大革命"初期本已安排副经理职务调本钢公司工作，因被揪批斗打乱了职务安排的进程，再调回本钢有利于彭石华的职务安排。彭石华不同意，理由是：调回本钢，批斗过自己的人还在本钢工作，因工作事难免接触，处理问题时难免会让对方产生被打击报复的心理，不利于党的工作，因而没再回本钢。

彭石华留下的生活作风、工作作风和政治情怀，表现了不忘初心的共产党人的高尚情操。

满天星辉

1958年至1976年，连续不断的动乱，给本钢造成严重伤害。可本钢也有不少的贡献、不少的科技成果、不少的革新创造见诸史卷。动乱之际，这些坚守岗位、坚守革新、坚守创造、坚守奉献、坚守正气的人是本钢的脊梁。有了这些人的存在，企业遭遇困顿，仍可坚挺，仍可振兴；国家遭遇大难、遭遇战争，仍可屹立，仍可中兴。

楚虽三户，亡秦必楚，是此理也。

有志者、事竟成，破釜沉舟，百二秦关终属楚；

苦心人、天不负，卧薪尝胆，三千越甲可吞吴。

是此说也。

——不见史册的大工匠

20世纪70年代，一铁厂高炉中修。

炉口设备的大钟和小钟都要换。

机修厂将大钟和小钟做好后，拉到一铁预安装。

一边安装一边测间隙，发现大钟梁子的两个耳子大出一点点，装不上。

问题层层反映上去，怎么处理却迟迟定不下来。

按常规，返回原厂修理是最好的办法。可这样一来，要调动车辆，来来回回，势必耽搁很长时间，一铁厂等不起。

自己修吧，很多的技术难题一铁厂很难解决。

犹豫难决之际，一位大工匠围着几吨重的庞然大物来来回回打量，然后果断说："还是我们自己处理吧。"

揽下这个烫手山芋的人叫徐恩多，钳工班的八级大工匠。

几吨重的大钟，是机修厂用大车床干出来的，一铁厂也没这么大的车床，如何干得了这活儿？很多人心中没底。

领导半开玩笑地对徐恩多说："徐师傅，出问题你要负责任的，我看你先上公安科备个案去，别到时候说不清你是有意破坏还是好心办坏事。"

徐恩多胸有成竹："放心，出事我负责。"

徐恩多艺高人胆大。在他指导下，用大火烤着大钟梁子的耳，准备用水电焊切割。

有人问：切割怎么要用火烤呢？

徐恩多解释：用火烤着，为的是让钟耳均匀受热，不会产生局部热力集中，影响钟耳质量。

在徐恩多的指导下，一天工夫就修理完成。安装上去，间隙平衡，效果极佳，使用一个周期，一点问题都没有。

那时的大工匠，动手的能力，解决问题的能力让人不能不佩服。

当时一铁厂厂长齐鼎久有一个口头禅，设备一出问题，齐厂长准说："去找老徐。"

老徐一到，毛病跑掉。

公司总工程师刘宝暄比较欣赏徐恩多，还考过徐恩多，但没难住徐恩多。

八级大工匠的徐恩多，性格直率，正义感强。

朱祖积曾任一铁厂技术开发室主任，是一个技术革新能手，他研制的"转炮"解决了高炉山铁口工艺的 个大问题，并因此被评为一铁厂的先进科技工作者。

"文化大革命"时，朱祖积被当成臭老九弄到原料车间当装卸工，美其名曰"劳动改造"。

这期间，本钢机修厂将朱祖积设计的项目制造出来，并让一铁厂检修工段负责安装。参与项目设计的朱祖积最应参加安装工作，可正处于被劳动改造的朱祖积没人敢用。

关键时刻，徐恩多找领导，要求朱祖积一定要参加。

厂领导回答："老朱在原料车间接受工人阶级再教育呢！"

徐恩多说："原料车间是工人阶级，我们检修工段也是工人阶级。能接受原料车间工人阶级的教育，也可以接受我们检修工段工人阶级的再教育呀！"

徐恩多的说法，给了厂领导调动朱祖积的理由。

安装成功了，负责设计的朱祖积反而不放心，每天都到炉前观察泥炮的运行情况。

几天之后，徐恩多告诉朱祖积：泥炮运行的声音异常。

出完铁，赶紧拆开泥炮检查，发现轴在高温下运行，热力导致膨胀，间隙缩小，机件之间发生摩擦而产生异常声音。

问题解决了，朱祖积对于徐恩多能在事物微变中发现问题的本事佩服不已。

就是这么一位本事了得的人物，为什么在以后销声匿迹了。

徐恩多本在本钢安装队当队长，调一铁厂后任设备副厂长。在运动中徐恩多没向组织说明自己有位在国民党那边做过事的哥哥，副厂长被免掉，改去车间当了副主任。

一场大雨把煤场的煤冲跑很远。上班很早的徐恩多，看见路上有煤，找来土篮就往家里挑，快挑到厂里傻眼了。主任别干了，到车间当了工人。

他的事迹随着人的倒霉，也就没人宣传了。

——中科院特聘研究员

1960年4月10日—20日 省委、省人委在沈阳召开辽宁省工业战线技术革新和技术革命先进集体和革新者代表会议。冲压女工尉凤英7年完成技术革新107项，改革后刀具提高工效14倍，冲具提高工效100余倍，曾提前434天完成"一五"计划生产任务，在会上被中国科学院沈阳分院聘请为特约研究员。同时聘请为特约研究员的还有本钢职工袁景尧。

袁景尧是本钢运输部机务段职工，因研究成果丰硕被称为"红色工程师"。

袁景尧对技术的追求孜孜不倦，只因一次刻骨铭心的经历。

袁景尧刚参加工作时，他所在的小组里有个日本人叫三田。三田技术不错，袁景尧想跟他讨教讨教。谁知三田摆出一副盛气凌人的面孔，不耐烦地说："你的，老老实实地干活的行！"说完，带着一脸的讥讽走了。面对羞辱，袁景尧愤怒之下，用拳头砸在老虎钳上，狠狠说道："咱中国工人不是天生就笨！"

袁景尧知耻而后勇，寻找各种机会学习技术知识并参加业余文化学校，不耻下问，刻苦学习，从一个分数四则运算都不会的小学生水平提高到熟练掌握微分、积分等高等数学运算的大学生水平。

1952年，袁景尧在技术改革的道路上试验着起步。

他花了几个月的时间，提了个研制切管机的合理化建议，但被搁置起来。

1956年，中国有了技术改革的大环境。这年的1月3日，本溪市团市委召开了社会主义建设青年积极分子大会，号召要用4年时间完成5年计划。参加大会的袁景尧受会议气氛感染，又想到那台没有成功的切管机。回到单位，他把想法汇报给单位领导，马上获得支持。有了实践机会，袁景尧熬更守夜地奋战，经多次改进，一台新的切管机问世了，解决了生产上的需要，又提高了效率。

有了第一次的成功，袁景尧一发而不可收。他成功制造了圆管除锈机和50吨压力机，缩短了机车在库的检修时间。他研制了集装箱和土翻车机等，减轻了装卸工人的劳动强度。

不断追求的袁景尧，由一名普通学徒工进步为一名工程师，1979年还被评为全国劳动模范。

——国家三大荣誉获得者

一个人一生走进全国先进行列，已是难得的荣誉，有人竟三次获得国家荣誉，并在全国先进生产者大会上，荣幸地当选为大会主席团成员。

李庆振，一生获得过全国煤矿劳动模范、全国先进生产者、全国军烈属残疾军人复员军人社会主义建设积极分子等荣誉称号。

1950年，南芬露天矿采矿场。

前后两个肩扛9尺长、9寸粗枕木的工人，直打趔趄。

另一边，一个人扛9尺长、9寸粗枕木的人一路小跑。

这就是山东大汉李庆振。

李庆振不仅苦干、实干，还会巧干。

露天矿三区，3台凿岩机摆在一个掌子里，工作时互相影响，效率很低。

李庆振则在一边认真地测量放炮孔眼的深度和间距，同事们不明白他要干什么。

过了一会儿，李庆振向工友们提出了一个想法：把3台凿岩机分放在掌子里，1台凿岩机包打一个掌子。说完并带头示范。

李庆振的工作方法推广之后，当月他们班就创造了一台凿岩机凿岩90吨的新纪录。

在采矿中，李庆振经过一番观察和琢磨，将过去垂直走向掏横槽打眼改为顺顶板掏顺槽打眼，不仅节省了人力物力，还创下了班产300吨的纪录。

这种方法被命名为"李庆振作业法"。

创造性的劳动，为李庆振赢得了多项荣誉。

那年月，炉火映天，满天闪耀的是无数钢铁英雄的星辉。

炼钢快手张忠义；

新中国第一代女炉长李依依；

走在时间前面的一机修厂青工李华春；

铁山矿工标兵高文德；

安全行车十年无事故的红旗机车司机长周才全；

敢想敢干、不断革新的王丕荣；

勤勤恳恳的实干家包吉祥；

焦化厂成功革新四大车联锁的初中贵、衣庆祯等人；

……

在富于创造性的劳动者面前，虽是动乱时期，本钢依然有一系列的创造成果亮相于世。

1967年12月30日，本溪钢铁公司制造出中国第一台电炉液压自动装置，为冶炼高强度合金钢创造了有利条件，使中国电炉炼钢自动控制达到国际水平。

1968年9月26日 新华社报道，本溪钢铁公司第二焦化厂自行设计、安装成功中国第一座具有国际先进水平的大型干燥煤炼焦自动化装置，并投入生产。

1969年4月，特殊钢厂完成国家09工程，即核潜艇反应堆高硼不锈钢的研制任务。

1971年，本钢南芬选矿厂试制成功中国第一台具有世界先进水平的新型重选摇床，每年可为国家增产10万吨铁精粉。

1974年11月23日，本溪钢铁公司一座大型现代化炼钢厂——本钢第二炼钢厂建成投产。国家基建投资10392万元，设计能力年产钢200万吨，厂房建筑面积40510平方米。

1976年12月14日， 本溪钢铁公司负责筹建、鞍山钢铁公司协建的国家重点援外项目——越南太原钢厂1号平炉建成投产，炼出越南有史以来第一炉钢。1971—1978年，本钢支援越南太钢总投资额为22861万元人民币，使越南太钢成为当时东南亚最大的钢铁联合企业。

……

星辉闪耀，才有创造力无限。

星辉闪耀，虽会有天际黯然时刻，但崭新的明天，一定会如约而来。

010：大梦"322"

本钢职工在5号高炉前合影

为追寻发展梦想，本钢曾编制过1953—1962年10年的发展计划草案，1956年制定了《关于发展本溪钢铁公司为300万吨钢铁联合企业的远景规划》，1959年，本钢总经理王文曾向前来本钢考察的朱德汇报过"321"的发展规划，可本钢时运不济。继"一五"计划在国家选择中失落，"二五"期间又因主流大跃进被边缘化。"大跃进"之后的几年调整，刚缓过劲儿来，"文化大革命"气势豪横地横压而来，发展的秩序被扭曲揉碎扔到一边，本钢自然难以幸免。

有人说，这是本钢的宿命。宿命，其实就是时也、运也。

新中国成立以来，国家在发展钢铁工业大局的棋盘上，有所先后，有所取舍，对具体的钢铁企业来说，就形成时也、运也的风云激荡。失落当中，难免会撞上历史的大运。"322"改扩建工程就是本钢的大运。国家专门组建150部队来驰援本钢，本钢更是运道如虹。

5号高炉站成转折坐标

2020年10月28日，历经半个世纪的5号高炉，黑色的管网，密布着年轮的老态，明灭的炉火，垂垂老矣的沧桑。一位古稀之人面对同样垂老的高炉，眼神在炉火的映照中，一副深情的痴迷。

老人是二铁厂老厂长迟振绪，5号高炉历经50年的岁月后，在产能置换改造中，即将异地重建。炉火即将熄火的前夜，老厂长迟振绪、二铁厂原党委书记谢怀党等人来与之告别，凭吊即逝的岁月，怀念风华绝代的历史。

5号高炉，曾是本钢的骄傲。

1970年5号高炉修建时，迟振绪已是二铁厂炉前瓦斯工，见证了5号高炉的建设，见证了5号高炉50年的风华岁月。

1970年7月22日，5号高炉正式破土动工。

高炉本体与3号、4号高炉同在一条轴线上。

热风炉在高炉本体西南，原料系统在高炉本体东部，矿槽中部与炉顶由斜桥连接。

设计中的高炉结构，将炉顶传统布料器改为快速布料器；从炉喉到炉底采用新技术；设一个出铁口、3个出渣口、22个风口；炉顶设备采用框架式结构支撑。

施工单位：专业单位有8个，另有本溪县、凤城县和宽甸三县民工，还有本溪市众多厂矿、企事业、商店、机关、学校和街道的工人、干部、学生与家属。典型的会战，典型群众运动搞建设的特色。

土建工程从7月22日开始，9月底结束。完成实物工程量：土方19万立方米，打混凝土桩1800根，浇灌混凝土4.3万立方米，总建筑面积8000平方米。

10月开始金结与设备安装。高炉本体：金结1090吨，设备1542吨；风口平台及出铁场：金结115吨，设备126吨；卷扬机与斜桥：金结260吨，设备92吨；贮矿槽与斜坑：金结120吨，设备105吨；热风炉及烟囱：金结1154吨，设备736吨。

高炉本体砌筑从1971年11月1日开始，共砌砖1.26万吨，全部砌砖于1971年12月21日结束。

150部队也参加了5号高炉的修建。

《二铁厂志》记载：施工单位有中国人民解放军基建工程兵027部队。

027部队是哪支部队？150部队的人能说清。

笔者在查看资料时，见到这样一个说法：当时的027部队可能是机械营，他们那里都是进口大型卡车。

其实不对。

《本钢史画》这样解释：十五团前身是基建工程兵第二支队第十五大队，代号为中国人民解放军建字015部队。从西南移师本溪，归属基建工程兵第一支队，代号改为中国人民解放军建字027部队。1972年1月1日，中国人民解放军基建工程兵第三支队在本溪组建，十五大队归属之，1978年7月1日，代号改为中国人民解放军00035部队。1980年8月1日，番号改为十五团。

参加5号高炉建设的十五团，做的是收尾的工程。

高炉建完了，但还有许多的配套工程，比如厂区铁路、高炉循环水、铸铁机室和水泵站等等。没有这些配套工程，高炉是无法唱"独角戏"的。

十五团的收尾负责的是多项工程，单说说其中的5号高炉循环水工程。

5号高炉循环水工程，要在限制的时间内，完成6公里长管沟的排土工程和循环水管道架设铺设工程。

时值冬季，气温零下近30摄氏度。

施工地周围两座冷却塔散发着蒸汽冻雨。

施工的战士都是从南方刚到本溪，没有经过过渡期，一下置身绝寒环境中，身心两不适应。

用一个词形容：非凡的顽强。

在循环水管沟中施工，身着的工作服，经两座冷却塔散发的蒸汽冻雨的浸湿，结了一层薄冰。水管沟中，都是泥水，虽是穿水靴作业，但下沟半身泥水，上沟一身冰块。南方籍的战士有的冻哭了，有的冻伤了，有的冻病了，但战士们仍顽强坚持作业。凭着非凡的顽强精神，提前20天，保质保量地将一段4.5公里长、0.9米直径的管道和另一段1.5公里长、0.6米直径的管道，铺设到预定部位。

另一项做好新老管线的连接工程，是点火试炉前迫在眉睫的任务。如果因为"连接"而导致停水时间过长，势必对正常生产的3号、4号高炉，带来不可逆的损失。参加"连接"施工的指战员、现场指挥组的工程技术人员和生产单位的有关人员共同商议，制定方案，备好预案。经过努力，终于比4个小时的预定时间提前40分钟出色完成任务。

整个工程的施工处于冬季，所有施工人员克服环境艰苦等困难，保障了施工的进度。

迟振绪回忆，当时的机械力量薄弱，没有吊车，就用倒链。

竣工典礼于1972年1月进行。

容积2000立方米的高炉，那时全国只有两座，如今第三座建成，那就不仅是本溪的稀罕事，也是辽宁省的稀罕事。沈阳军区司令员陈锡联和辽宁省委书记顾秀莲前来剪彩，两位要到炉口看看，是迟振绪开着大翻斗车将两位送上去的。

5号高炉的建设，开启了本钢炼铁的新时代。

3号、4号高炉仍是传统炼铁法，5号高炉拥有了现代技术。

"5朵金花"名噪一时。

"5朵金花"，是5号高炉投产时，首次采用的5种新技术：炉顶液压；上料程序无触点控制；快速旋转布料器；活动流嘴；外燃式热风炉。

仅以外燃式热风炉来说，这项技术取消了隔墙，从根本上杜绝了温差、压差所造成的砌体破坏。由于圆柱形砖墙和蓄热室的断面得到了充分利用，在相同加热能力条件下，与内燃式相比，炉壳和砖墙直径都较小，故结构稳定。此外它受热均匀，结构上都有单独膨胀的可能，稳定可靠性大大提高。由于外燃式热风炉的两室都做成了圆形断面，因此炉内气流分布均匀，有利于燃烧和热交换。

在20世纪70年代，外燃式热风炉是高炉炼铁的新技术。

以后的生产中，5号高炉不断采用诸如风渣口喷涂、风冷炉底、安装陶瓷燃烧器以及电子计算机的应用等新技术，成为了追逐技术的先锋。

5号高炉的建设发展，成为了本钢现代化炼铁的转折点。

20世纪60年代，本钢的生铁年产量长期徘徊在160万吨左右。5号高炉的建设投产，本钢的生铁年产量才突破200万吨。1978年一举突破300万吨，达到330万吨。中国钢铁行业，自1974年以来，都在努力达到年产2600万吨的目标，但连续4年都没有实现。到1978年才一跃突破3000万吨，达到3100万吨。本钢1978年达产330万吨，与1977年相比，增产110万吨。本钢110万吨大幅增产的有力贡献，助力了国家大战2600万吨目标的实现，并实现了70年代突破3000万吨的预期目标。

本钢年产300万吨生铁目标的实现，为300万吨铁、200万吨钢规划目标的完成，写下了浓墨重彩的一笔，促成了本钢从铁到钢的工序发展转折。

5号高炉还"炼"就了一批人。

捡个大"漏"

1970年实施的"322"技术改造，是本钢由铁到钢到轧材的一次发展大转折，是本钢发展历程中最为关键的一步。如果没有这一步，就没有今天本钢全面科技创新的新业态、新面貌。本钢今天排名世界钢铁企业第17位的局面就不会出现。

"322"技术改造出现在1970年，有很多蹊跷。

1970年的本钢"322"技术改造是刘文台一手经办的。

1939年参加革命的刘文台，在新中国大力发展钢铁工业的大势中，于1954年调到本钢工作。历任第二焦化厂厂长、本钢党委副书记、本钢公司副经理，在本钢工作26年后调任辽宁省冶金局局长。

1905年至1985年版的《本钢志》人物传略中有关刘文台的传略，其中一部分写道："1970年，刘文台任本钢党委副书记。同年，国务院有关部委到辽宁省考察，着手编制国家'四五'发展规划。刘文台代表本钢汇报了'四五'期间本钢改造设想和优越条件，得到上级肯定后，又立即赴京聘请北京钢铁设计院设计人员，本钢在有关部门的共同努力下，奋战一个月编制出本钢'322'技术改造方案。4月中旬，中央'五部一委'和辽宁省领导来本溪讨论确定了'322'发展规划。从此本钢开始了第二次大规模技术改造。"

文字中透露出来的是一种仓促，而且不合常理。

按照常理，企业的大规模改造，先由企业做好方案，层层上报主管部委，再层层批转下来。

本钢的"322"，则是中央有关部委仓促间选择的本钢，本钢仓促间编制的方案，有关部委仓促间确定的。

辽宁省大事记的记载给出了另一个视点：

1970年，鞍山市革委会向省革委会和中共中央、毛泽东主席报告，提出要"彻底改造鞍钢，赶超世界先进水平"，确保1970年完成钢铁"双500"（生产钢、铁各500万吨），1972年达到"双800"，1975年达到"双1000"，实现钢铁翻番的战略目标。报告获得批准后，鞍山市掀起"彻底改造鞍钢，实现钢铁翻番"活动。4月11—14日，辽宁省召开改造基础工业，支援鞍钢、本钢协作会议，研究鞍钢、本钢钢铁产量翻番问题，决定组织鞍钢、本钢会战，要求全省能源、交通、机械行业支援鞍钢、本钢，帮助解决设备、煤炭、电力、铁路运输、施工力量、材料供应等问题。同时，国务院业务组派7个部委30人，到辽宁落实鞍钢、本钢翻番计划。同年5月，歪头山"万人大会战"、本钢"三二二"（年产生铁300万吨、普钢200万吨、特钢20万吨）改扩建工程启动。1970年—1975年，国家对鞍钢的基本建设投资10.91亿元；对本钢的基本建设投资8.48亿元。但鞍钢基本建设摊子铺得过大，项目多、仓促上马、论证不够，较主要的57项工程仅有新建11号高炉，10号、2号高炉扩容，第三钢铁厂的两座氧气顶吹转炉等9项按期建成投产。本钢先后建成年产铁矿石500万吨的歪头山铁矿，1座2000立方米的高炉，3座自行设计制造的120吨氧气顶吹转炉，1150毫米板坯初轧机，1700毫米热连轧机等。

按此记载，本钢的"322"技改规划，缘起于鞍钢，得益于鞍钢。但更重要的是得益于国家对于70年代发展钢产量的预期。

国家在发展钢铁工业的规划中，20世纪60年代钢产量达到2000万吨后，对70年代的钢产量就有了3000万吨的预期。鞍钢上报的规划，是对国家3000万吨预期的落实。本钢产量翻番的"322"规划，也是各部委落实3000万吨钢产量预期的跟进。

1956年就有了"322"规划的本钢终于在15年后才将发展的梦想落到实处。也有人会询问，"322"规划，指的是300万吨铁，200万吨钢，20万吨特殊钢，1150毫米板坯初轧机和1700毫米热连轧机两条轧线的建设是怎么给打包进来的？

不得不说，这是本钢的运势好，捡了历史的一个大"漏"。

这两条轧制线，本是国家安排建设于酒钢的。

酒泉钢铁厂本是国家第二次布局发展全国钢铁企业的产物，三年困难时期下马。

1964年7月，国民经济好转，毛泽东主席过问了酒钢建设。酒钢建设得以恢复。

酒钢恢复建设，计划投资20.7亿元，进度为"两年准备，八年建成"。1965年设计配套规模为桦树沟铁矿年开采量500万吨，选矿年处理原矿500万吨，3台130平方米烧结机、2座65孔焦炉、2座1513立方米高炉、2座120吨纯氧顶吹转炉、2座50吨吹氧电炉、1150毫米初轧机、1700毫米热轧板、1700毫米冷轧板和4200毫米厚板，产品定位为板材。

具体进程为1968年出铁、1969年出钢、1970年出材、1971年建成。当年，石景山钢铁公司、北京第二建筑公司、八角砼构件厂、昂昂溪冶金修造厂、中国人民解放军建字02部队、北京医学院附属平安医院等单位建设队伍成建制集结酒钢。1967年8月1日嘉峪关市成立，与酒钢实行政企合一，一套班子、两块牌子。

1969年，中苏关系紧张，把酒钢放在事关国家战略安全的层面，不得不重做考虑。冶金部变更了酒钢的建设规模，确定年产商品铁100万吨，取消了钢和材的建设计划。一个大"漏"，意外掉落本钢之手：2座120吨纯氧顶吹转炉、1150毫米初轧机、1700毫米热轧板机转移到本钢。

终结宿命

人有宿命，企业也有宿命。

宿命，古语称：时也，运也，命也。

1949年开始，本钢就以发展铁、钢、轧材的联合企业为自己的使命。

三年恢复计划中，炼钢方面计划新建炼钢厂，建30吨转炉5座，140吨平炉5座，800吨混铁炉2座；轧钢方面是新建厚板车间、薄板车间、焊管车间、锻钢车间等。1950年朝鲜战争爆发，本钢的发展梦想因而搁浅。

"一五"计划时，本钢也有炼钢轧钢的内容，但被钢铁工业布局的大局打断。

"一五"计划，根据中国的具体情况，重工业部拟了个发展两大钢铁龙头企业的设想上报中央。

当时，国家在发展两个钢铁龙头企业的选择中，其中一个，毫无悬念的选择是鞍钢。

鞍钢在三年恢复生产中，已进行了技改工程，并确定其生产规模为年产生铁250万吨、钢320万吨、钢材250万吨。

1953年10月27日，鞍钢"三大工程"之一的无缝钢管厂建成并生产出中国第一根无缝钢管。11月30日，该工程之一的大型轧钢厂建成投产，并轧出中国第一批大型圆钢。12月19日，全国最大的高炉——鞍钢炼铁厂7号高炉竣工投产，炼出第一炉铁水。

1957年，鞍钢生铁产量由1952年的83.1万吨提高到336.1万吨，增长3.04倍；钢产量由78.87万吨提高到291.07万吨，增长2.69倍；钢材产量由47万吨提高到192.39万吨，增长3.09倍。

东北人民政府工业部发布《关于1952年基本建设工作管理的决定》，把鞍钢列为"特定的工业部门"，特殊地位，无其他钢厂可比。

重工业部在上报的另外一个钢铁龙头企业给出了3个可选地：本溪、石景山、大冶。

本溪的优势：具有基础，发展起来顺利快速。

选择本溪作为另外一个钢铁龙头企业的不足：与鞍钢近在咫尺，中国工业体系势必围绕鞍本布局，在地域上形成中国工业体系分布的不平衡。

选择北京石景山，优势与本溪相同。地理位置仍在北方，其不足也与本溪相同。

选择湖北大冶，"大冶处在我国的中心地区，有长江水运之便，产品可以就近供应中南、西南、华东广大地区。大冶建成后，可以把武汉变成一个新的工业地带。在地域分布上将使我国形成东北、武汉一南一北的两个工业基地。因此，我们认为无论从经济上、国防上考虑，第二个钢铁大厂以放在大冶为适当。"（《中央财委党组关于全国钢铁工业的发展方针速度与地区分布问题向中央的报告》，中财委党组，1952年3月19日）在国家战略的布局上，本钢失位于武汉，发展的先机就此失去。

袁宝华等各部委的领导人陪同苏联顾问到大冶考察，当袁宝华把中央决定选择大冶作为中国必建的钢铁龙头企业时，请苏联在设计以及设备提供等方面置以优先地位时，苏联顾问当即答复：有关本钢的设计就要压后。

重工业部在权衡后，提出了一个折中方案：在苏联1951年以前为本钢所做设计的基础上进行调整，并于1952年8月11日重新签订了议定书，重工业部行文于后：

本溪钢铁公司：

该厂建设规模在1950年10月批准设计任务书时，曾确定年产生铁120万吨至142万吨（系恢复两座高炉并新建两座高炉），钢150万吨至170万吨，钢材130万吨至142万吨。1952年8月11日与苏方重新签订了议定书，决定本溪在第一个五年计划期间只恢复两座高炉、两座焦炉以及保证上述高炉与焦炉生产之辅助设施、动力及矿山。其规模为年产生铁64万吨（加该公司现有已开工之两座高炉，每年可产生铁90万吨以上）。现苏方只作恢复两座高炉系统的技术设计，所需交付苏方之基础资料中除矿山地质外，均可以于1954年1月交出。设备交付期为1954年至1956年。

重工业部
1953年11月16日

这个变故，辽宁大事记也有记载。

1951年11月13日 中国与苏联在莫斯科签订《关于苏联给予中华人民共和国在恢复与改造本溪煤铁公司方面的技术援助合同》。1953年7月31日，中苏两国代表签订《关于苏联给予中国在恢复与改造本钢的技术援助合同第一号补充协议书》，撤销了原合同中部分条款。

由于这个变故，本钢在"一五"计划时期，发展大盘子上的铁产量一下缩减了50万吨，产钢150万吨至170万吨、钢材130万吨至142万吨的工序彻底没了。本钢遭此挫折，恍如在前进的列车上被甩了下来，迟滞了20年的发展时光，再难撵上。

为追寻发展梦想，本钢曾编制过1953—1962年10年的发展计划草案，1956年制订了《关于发展本溪钢铁公司为300万吨钢铁联合企业的远景规划》，1959年经理王文曾向前来本钢考察的朱德汇报过"321"的发展规划，可本钢时运不济。继"一五"计划在国家选择中失落，"二五"期间又因主流"大跃进"被边缘化。"大跃进"之后的几年调整，刚缓过劲来，"文化大革命"气势豪横地横压而来，发展的秩序被扭曲揉碎扔到一边，本钢自然难以幸免。

本钢人解释这一切有两个理由：

一个是国家因对本钢"人参铁"的需求而放弃本钢向钢、向材的发展路线。

从国家"一五"计划中对本钢的安排来看，国家没有这种倾向。

自解放后，新中国有关钢铁工业的发展战略上有两个重点：一个是有关国家安全战略的钢铁企业的布局，一个是在基数极低的状况下追求钢铁产量的发展。

"大跃进"是追求钢铁产量的极端表现，1974年至1977年的四战2600万吨钢仍是对产量追求的极致表现。从此逻辑出发，难以产生因对本钢"人参铁"的需求而放弃本钢向钢、向材的发展选项。

本钢有句话：鞍本鞍本，有鞍无本。

意思是国家层面上经常将鞍钢和本钢并提，可一到具体发展项目的安排上，还是优先考虑鞍钢。

鞍钢与生俱来就是新中国的钢铁长子，先大的自然条件和规模基础都优于本钢，自然承担起了为新中国发展钢铁工业更多更重的责任，这是毋庸置疑的。国家对鞍钢有资金优先、项目优先、人才优先的考量。新中国成立初期，国家也抽调不少干部支援本钢，但其量上远无法与抽调支援鞍钢的500多人相比；三年恢复时期，本钢仅止于1、2号高炉和特殊钢生产的恢复，鞍钢则是在恢复中加上三大工程的技改项目。

在国家钢铁工业的布局中，本钢并不具有优势；在发展东北钢铁工业的格局中，本钢没有如鞍钢的地位，这就是本钢的宿命。

自"322"技改工程后，终结了本钢的宿命，本钢走上一条相对自主的发展之路。

第四次钢铁工业布局

本钢在大战"322"工程时，国家发展钢铁工业有了第四次布局，但思路仍是数量型模式，拟在冀东建设一座年产1000万吨的中国最大的钢铁基地。

改变发生在对日本的一次访问期间。

上海人民出版社出版的《宝钢故事》中有篇文章：《揭秘：1978年建设上海宝山钢铁总厂背后故事》，讲了改变发生的原因。

1977年10月22日，出访日本人员来到中南海，向中央政治局汇报访日见闻和感受，有三个细节深深震动了中央领导：

在日本吃饭，见到了把钢铁轧制得像纸一样薄，还印上了彩色图案的易拉罐啤酒，用手指一拉就开了，很惊讶。我们的铁皮罐头是焊制的，要用特制的锥子才能撬开。

日方安排出访人员到八幡厂去参观，日方人员坐日本车在前面开，中方人员坐大使馆里中方制造的车跟随其后。中方的车怎么开也跟不上日本车，日本车只能走走停停。中方司机冒险加速，这一来，中方车受不了了，抛了锚，怎么也发动不起来了。大使馆用的车是中国最好的轿车了，面板用的是热轧钢板，既厚又重还要生锈，涂漆后光洁度也不好，而日本车用的是冷轧板，酸洗、镀锌、电烤漆，轻盈、透亮……两相对照，出访人员心里真不是滋味啊！

日本在短短的10年间（1963年至1973年）粗钢生产能力从3000万吨猛增到过亿吨，而中国在这段时间内，粗钢生产能力从762万吨缓慢增加到2522万吨。

中央领导被震撼了。

在冀东建设一座年产1000万吨的中国最大的钢铁基地的思维开始转向。

邓小平1978年10月到日本访问，其中的一站，就是在新日铁社长稻山嘉宽陪同下访问君津制铁所，这里成为中国第一家现代化钢铁厂——宝山钢铁厂的样板。

宝钢，就这样开始孕育了。

宝钢建设是中国共产党人发展钢铁工业的第四次布局。

前三次布局，着眼点是解决钢铁产量的问题。

第四次布局，着眼点在于引领中国钢铁工业的发展方向。

1949年至1977年，中国钢铁工业致力于产能的追求，28年间，中国的粗钢产量从16万吨增加到2374万吨。

同一时期，日本的粗钢产量从311.1万吨增加到1.1亿多吨。

两相对比，中国年均增长84万吨，日本年均增长382万吨。

日本年均增长是中国的4.5倍，一个缺乏铁矿石资源、煤炭资源，连石灰石都要靠进口的日本震撼性地超越中国的增长量，靠的是技术。

通过成套引进国外先进技术装备，宝钢实现了硬件方面的赶超。宝钢的建设，告诉中国的钢铁企业，技术对发展钢铁工业的重要意义。

宝钢的建设对于中国钢铁工业的发展具有里程碑的意义。

宝钢的市场化选址，对于今天钢铁企业的建设，同样具有重大启迪意义。

宝钢选址上海宝山，当时争议纷纭。

传统的钢铁企业选址，要么选在靠近铁矿的地方，要么选在靠近有煤的地方，要么选在交通便利的地方。

上海宝山，既没铁矿也没煤矿。

外购铁矿煤炭，还要运输，增加成本。

难怪意见纷纭。

与世界隔绝久了，对于钢铁企业的发展不明所以。

钢铁企业背靠大市场而建，已是大势所趋。

今天的宝钢，成为中国钢铁工业的龙头老大，有诸多原因，但背靠大市场，是其中的一个重要因素。

宝钢建设期间，正是本钢"322"工程建设时期。

1972年竣工、容积2000立方米的5号高炉，为全国第三座，开启了本钢炼铁的新时代。

1985年，宝钢4063立方米的一号高炉问世，本钢人睁大了眼。

可让本钢人自豪的是，宝钢第二座高炉的建成投产，就有了本钢人的烙印。

宝钢二号高炉炉壳采用的 BB502钢板，国内并不能生产，却由本钢人刘宝暄负责组织试验研制，并得以成功生产，填补了我国钢种一项空白，从而为我国建设大型高炉提供了新钢种。

刘宝暄，是本钢的科技旗帜。

刘宝暄自1937年到本溪湖煤铁股份有限公司工作，历任本钢第一炼铁厂工程科长，机械安装车间主任，筑炉公司副总工程师，设计处副科长，第二炼铁厂副厂长、代厂长，机械动力处副处长，二铁会战指挥部副总指挥，第二炼钢厂党核心组副组长和筹备组副组长，本钢生产指挥部副主任，本钢副经理兼总机械师、总工程师，本溪市政府顾问，冶金部钢铁设计总院技术顾问等职。

1948年10月本溪解放后，他参与了2号高炉的修复，与他人想办法清除了凝固在高炉炉缸里的凝铁，为恢复高炉生产做出了积极贡献。

刘宝暄，是一面引领本钢技术进步的旗帜。

在他的建议及组织领导下，先后将二铁3号、4号两座高炉常压炉顶改造为高压炉顶。在3号、4号高炉大修时，他建议在炉底采用风冷炉底，把炉缸冷却壁由原设计的镶砖冷却改为光面冷却壁，采用这两项新技术后，延长了高炉炉龄，为本钢炼铁生产做出了重大贡献。1981年，二铁厂5号高炉大修，他主张并支持把矿槽称量车改为钢带机自动上料。

他领导施工部门首创了400余吨除尘器整体悬空平移6米的纪录，缩短了大修工期，节省了大修费。

他组织领导了我国第一台自动化球团矿的建设和施工工作，高速地完成了年产20万吨球团矿车间建设，受到冶金部的表扬。

1982年，他为本钢新建自备电厂四处奔走，多次与有关部门商谈，解决了发电厂关键性设备定型问题，缩短了设计周期。1983年，为争取普钢系统的改造资金，他多次向冶金部及国家有关部门汇报，使普钢技术改造资金的重大问题获得了批准。

刘宝暄，还是全国冶金系统有影响的机械设备专家。

他曾多次参与指导本钢和其他钢铁骨干企业大中型设备的安装、检修、生产指挥和现代化管理工作。20世纪70年代中期，他出任中国援助越南专家组副组长，管冶金设备的技术工作，圆满完成了中国支援越南太原钢铁厂建设任务。

1984年10月，他退出领导岗位，被聘到冶金部专家组，任宝钢2号高炉设备领导小组成员，直接参与宝山钢铁总厂的建设。负责组织试验研制成功宝钢2号高炉炉壳用 BB502钢板。他在国内专业刊物上发表的《宝钢2号高炉炉体结构及改进意见》，是对宝钢高炉引进建设后的优点和不足的总结，具有重要价值。

本钢对宝钢建设的支持不仅刘宝暄一人，笔者在本钢档案馆查到部分资料。

其中一份是"本溪钢铁公司文件〔本钢劳字（1980）168号〕"《关于为宝钢选调生产骨干和技术工人的通知》。

对选调人员的要求：生产骨干和技术人员，有八年以上工龄并有五年以上专业工龄，年龄在三十岁左右（机修技工可在四十岁左右）文化程度初中以上。身体健康，无慢性疾病。同时，政治上要求：不属于清查对象和派性严重以及打砸抢分子。

在附表上，则是本钢抽调的工种及人数表。

其中有工长6人，组长17人，技术工人59人，合计有82人。

这些本钢各工种的骨干，在宝钢的生产顺行中起到了十分重要的作用。

后来宝钢连轧生产中，有一位做出突出贡献的人才，就是被选调中的一位。

简短的结论

李树远是1953年分配到一铁厂的，后来成长为高级工程师。经历和见证了一铁厂支援国家发展钢铁工业的历史。

那些年，一铁厂每年都要支援全国各地，像福建的三明，黑龙江的伊春，山东的莱芜、济钢，内蒙古的包头，广东的韶关，酒泉钢铁公司，四川的攀枝花，上海的宝钢等都有一铁厂的人。一个3000多人的厂子，就有近千人调走。调走的大都是技术骨干。

20世纪90年代，宣传部门到济钢学习，济钢的同志听是本钢来的，极其热情，说济钢的炼铁技术是本钢人教的。真是这样，济钢的劳动模范工福聚，当年就是一铁厂的高炉车间主任，他调到济钢，把一铁厂的技术也带到了济钢，并在那里生根开花结果。

宝钢的轧钢能手，也是从连轧调过去的。

不完全统计，本钢先后支援全国各地人员计40768人，设备总重量6万余吨。

支援的钢铁企业多达25家，涉及到冶金的行业11家，其他单位有40来家。

在国家的钢铁战略布局中，本钢自觉地为国家大局服务，为国家的战略大局做出了卓越的贡献。要说家国情怀，本钢人以自己的牺牲付出，在新中国的钢铁史上，上演了一出家国情怀的大戏。

20世纪的五六十年代，国家和各地对本钢的建设在物力和人力上给予了极大的支援。

011："150"对阵"322"

150部队建设的焦化厂65孔焦炉

150部队为南芬选矿厂建设的"全优工程"

组建部队驰援本钢

在本溪人心中，对150部队（1978年7月变更代号为00039部队）记忆如初。

"322"工程在本钢的改造工程中创下了几"最"：工程量最为浩大，延续的时间最为漫长，动用的人力最为繁多。

如果用部队作战单元形容，至少是大兵团作战。

冶金工程系列的部队有3个师级部队来本溪增援过本钢。

150部队是国务院、中央军委专为支援本钢建设而组建的。

成立时间：1972年1月。

新组建的150部队，师级，下辖4个团级单位，分别是第三大队、第十四大队、第十五大队、第二十四大队以及机械营、汽车营、修理营、结构营、木材厂、150部队医院，总兵力最多时18414人。

番号为"中国人民解放军基本建设工程兵第三支队"。

中国人民解放军基本建设工程兵，是兵团级部队，所辖有煤炭基建、水电基建等军级系列的基建部队。基建工程兵冶金部队是其中一个系列，下辖第一支队、第二支队、第三支队、第八支队4个师级部队。支队下设大队（团级）大队下设区队（营级）、中队（连级）及排、班。

150部队的三大队即3团来自于第一支队，由上海市第六建筑公司改编，曾在江油承建了103、104、825电炉车间和轧钢厂等工程。1971年奉命调到本溪，划归150部队。在本钢改造中承担了永丰大楼、焦化厂输煤系统、焦炉改扩建、二钢厂、连轧厂等多项重大工程建设。1979年调往上海支援宝钢建设。

150部队的十四大队即十四团来自于第2支队，前身是北京市第二建筑工程公司，曾完成了酒泉钢铁公司发电厂和1500立方米高炉的施工任务，参加了攀枝花钢铁基地的建设，完成了攀钢钢锭模车间、轨梁厂、地下料仓及发电厂的配套工程。1972年初，奉调参加本钢会战，独立完成了本钢氧气厂第一、第二制氧车间工程。参加连轧厂、白灰窑通廊工程。二钢污水处理、喷煤粉车间、焦油白云石车间、钢坯库、4座万立方米重油库工程。完成了第一、第二机修厂扩建，动力煤场以及本溪市5000吨冷库和东北电网枢纽东风变电站等大中型工业土建工程。同时还完成了沈阳印刷厂、沈阳养鸡场、北京基建工程兵冶金指挥部办公楼、黄金指挥部办公楼、清华大学教学楼、上海宝钢钢管厂及数十栋住宅楼的援建任务。1983年5月，中国人民解放军基建工程兵150部队十四团集体转业到本钢，组建为本钢第二建筑工程公司。

150部队的十五大队即十五团来自于第2支队，前身是鞍钢建设公司桦子峪工程处。曾参加了酒钢建设和遵义地区的"三线"工程建设。1971年奉调参加本钢会战，先归属第1支队，1972年1月1日划归150部队。先后参加了轧辊钢锭模车间、动力厂3水源扩建、废钢厂、轧钢站、炼铁水渣池、炼钢铁路线、石灰石矿1号—3号窑及配套设施、南芬五选扩建、586工业场地、南芬露天铁矿生活区、1700毫米热连轧加热炉区以及本溪市工源水泥厂、火连寨矿等工程建设。1983年5月，中国人民解放军基建工程兵150部队十五团集体转业到本钢，组建为本钢第三建筑工程公司。

150部队二十四团，由拥有两个区队的机电安装领导小组演变而来，计1400人。1975年正式授编为150部队二十四团。其前身部队先后参加酒泉钢铁公司、长城钢铁厂、宝山钢铁总厂、鞍钢、沈阳七二四厂等工程。本钢改造中，出色完成了二钢厂、连轧厂、南芬露天矿、选矿厂、焦化厂、石灰石矿等厂矿的新建和扩建的全部机电设备的安装调试。1983年5月，中国人民解放军基建工程兵150部队二十四团集体转业到本钢，组建为本钢机电安装工程公司。

150部队机械营、汽车营，承担本钢改扩建工程土石方的挖运回填任务和所有材料设备的运输任务。1983年集体转业后，划归本钢汽运公司，1985年又划归本钢机电安装工程公司，再后又划归本钢路桥公司。

150部队修理营，承担了机械营、汽车营的全部维修任务。1983年集体转业后，随机械营、汽车营的建制变化而变化。

150部队结构营，承担本钢改扩建大部分结构件的制作。1983年集体转业后，改为本钢结构厂。

150部队木材厂，承担了本钢改扩建全部木材加工任务。1983年集体转业后，划归本钢建材厂。

150部队医院，1973年组建，人员来自于沈阳军区丹东230医院、各支队部分军医，上海、西安、重庆等军医大学毕业生，准团级。参加过唐山大地震救援和支援宝钢建设部队的医疗任务。1983年5月集体转业后，同本钢职工总医院南地门诊部、厂区门诊部和总医院医学专科学校合并组成本钢职工卫生中等专业学校及卫校附属的南地门诊。

第一任支队长朱保江、政治委员张文秀。

专为"322"工程组建150部队，在本钢历史上前无古人、后无来者。

为统一表述，也为本溪百姓多年的习惯，文中涉及三支队时，一律用其代号"150"。

建一个"钢厂"

二钢厂主要有主厂房、制氧厂、焦油白石炉衬车间和钢锭模车间等项目。主要设备有3座炉容为120吨的氧气顶吹转炉和两座混铁炉，3台10000立方米/小时制氧机、3座400立方米贮罐和1座贮氮罐及辅助设备。二钢厂占地面积37.1万平方米，建筑面积9.79万平方米，国家基建总投资1亿多元。二钢厂是改造本钢"322"规划中的一项主体工程，它的建成填补了本钢无普钢的历史空白，具有十分重要的意义。

1972年4月破土兴建，安装3座120吨氧气顶吹转炉，是我国自行设计、制造的大型转炉。采用多孔喷枪冶炼新技术，从上料、布料到出钢，整个生产过程实行自动遥控。为了提高钢的质量，采用真空处理技术。1974年10月14日，第一炉钢水出炉。

在两年半时间内，挖填土石方31万立方米，预制桩4100多根，打桩4000多根，浇灌混凝土基础9100多立方米，完成近30米长、80吨重的混凝土柱子90余根。

一

主厂房土建工程：三大队

二钢厂厂址原状，一半是二铁厂多年来倾倒炼铁矿渣的矿渣山，一半是涝洼地、烂泥塘。三大队第一步要做的，在矿渣山上打眼放炮，炸平了矿渣山，将其运走。用筐子抬、小车拉，搬运回填土方300多万立方米，将8万多平方米烂泥塘填高近10米。平整了主厂房场地，达到了下步施工的要求。

1972年冬季，正是炼钢主厂房地下基础和设备基础混凝土浇注高峰期。本溪地区长达半年的冰冻期，成了没有在北方冬季施工经验的3大队面前的拦路虎。

3大队组织有关部门和施工技术管理人员，到有冬季施工经验的单位走访学习取经，研究制定了冬季施工的措施。

为给严冬浇注的混凝土防冻保暖，一是采用在搅拌混凝土时加入适度盐巴和防冻剂，增强混凝土自身抗冻能力；二是对预拌混凝土原材料沙石和水进行加热；三是采购了15台2.5吨的蒸汽锅炉，专门用于在二炼钢工地为浇灌的混凝土基础保温养护。

就此还不够，为保证浇注的每个小至十来立方米、大到上百立方米的混凝土基础都养护到位，质量优良，他们给每个浇注的基础都搭出一个密封暖房，通上蒸汽，使混凝土在热气腾腾的蒸汽保暖环境中得到养护。

各种措施的到位，特别是保证了工地上的正常供水、供电，蒸汽供应得以正常，最终保证了在严寒条件下顺利完成地下基础部分的施工任务。

与严寒保养混凝土之难相比，严寒中在50米高空露天作业完成结构安装那才是更高难的工作。

1973年12月，太子河畔冰天雪地，炼钢主厂房的结构安装正进入52米高跨的封顶阶段。按照安全操作规范，气温在零下15摄氏度以下，50米高空露天作业就要停止，可工期等不起。

担负安装任务的十六中队、二中队全体指战员向大队领导提出：打破常规作业。他们开动脑筋想办法，采取了很多切实有效的安全措施，后勤军需部门也专门为高空作业的指战员配备了皮背心、皮手套。尽管这样，零下20多摄氏度的高空作业，有很多战士的手上、耳朵上仍被冻出了大大小小的冻疮，但众多战士仍咬牙坚持，上级表扬：我们的战士，是坚冰下咬紧牙关的流水。

一次，2中队战士们高空作业了一天，刚吃了晚饭又投入了52米高跨房架的安装。当一组12米长、6米宽、8米高的房架吊到52米高空时，突然刮起六级大风。房架在吊车上被吹得来回摇晃，若不及时控制住它，将撞到其他构件，发生不堪设想的后果。关键时刻，排长冯殿忠、共产党员刘安君飞身一跃，跳到在52米高空来回摇摆的房架上，迅速拴上拖拉绳索，稳住房架。经过几小时艰苦奋战，终于排除险情，房架安装到位。

迎难而上，开拓工作，保证三节柱子最后安装焊接在一起后中心无偏差，是3大队在二钢主厂房土建工程中亮丽的一笔。

二炼钢主厂房由110多根大型混凝土预制柱构成，每根柱子最高的有50多米，由20多根直径25毫米—35毫米不等的特制25锰钢钢筋做骨架，用混凝土预制而成。而每根柱子都要先在平地分二节或三节预制柱浇注完成，然后再根据施工进度分别一节一节往上安装。

怎样保证三节柱子最后安装焊接在一起后中心无偏差，关键是上下节接头对应不错位再焊接在一起的工序技术，这成了担负预制任务的4区队指战员面临的一道技术难题。在区队长付柏云带领下，他们群策群力，高招迭出。采用整根柱子几节一次制作浇注模壳，几节柱子钢筋绑扎在同一个模壳内，上下几节每根相对应的钢筋根根拉线对齐，并反复检查，无丝毫偏差后，再同时分节浇注混凝土。通过这种办法预制出来的大型柱子，每根虽由几节组成，但焊接组装到一起后，从外表混凝土色差光洁度到内部钢筋结构都是一个个上下分毫不差的整体，为以后安装打下了良好基础。他们这种柱子预制方法，受到冶金部肯定，并组织了东北冶金建设行业同行到现场参观学习。

4区队在制作炼钢厂大型鱼腹式预制行车梁中，也充分体现了广大指战员智慧创新的能力。吊车梁每根重10多吨，最长的12米。按预制工艺要求，这种梁要两次浇注。第一次浇注时，要在沿鱼腹型底部至两端的混凝土中预留几个直径5厘米的孔，待混凝土凝固养护好后，再在孔中加入钢筋并张拉，进行二次灌浆，这样才能增强鱼腹梁强度，以承载行车行走的重力。

直线孔可用钢管解决，比较容易制作，可这种曲线孔，尺度较长怎么办？他们走访得知许多单位在制作这种梁时造成预留孔洞堵塞，整个梁报废的事例发生不少，一直都没有一个满意的解决办法。后来，他们动脑筋想办法，从自行车内胎的原理受到启发，于是到本溪橡胶厂制作了长度不一、与预留孔直径尺寸相同，可充气、放气的橡胶软管，并把它作为鱼腹梁制作时预留孔的工具，巧妙地解决了一大难题，使鱼腹梁制作达到了质量要求，并无一件报废产品发生。

上下齐心协力，艰苦奋战，按照支队的节点工期要求，提前完成了炼钢土建工程任务。

二

制氧先行：十四大队

制氧工程由第一、第二两期构成。

十四大队初进山城，立足未稳，响应上级"边组建、边施工，先生产、后生活，克服一切困难保出钢"号召，钢铁劲旅首战告捷！

1

三月的山城，大地刚刚开始解冻，制氧工地已是一派热火朝天的大干场面。

1区队不到3天就完成4万平方米场地上的数千棵树木砍伐和杂草清理。没有机械回填土，在区队长王文全、教导员张长年的率领下，硬是用最原始的方法，一个月时间人工回填6万立方米土方，为厂房和设备基础打桩创造了场地条件。

一期土建工程，主要有生产厂房、空分塔、主要设备基础及附属构筑物、建筑物等；厂房柱基础、空分塔基础和四大设备基础均为桩基；车间与太子河之间设一道砼防洪护坝。

设计护坝约700米长，一期坝346米左右，须在雨季到来前完成。

3月初开工。一中队承建100多米长护坝，中队长、指导员和党员班排长带头，一鼓作气，率先完成长逾100米、土方量达5000立方米基槽挖掘，支立并安装3500平方米模板，完成了钢筋绑扎，浇注护坝砼2400立方米。参战的各中队不甘落后，苦干3个月，抢在雨季前全部完成一期护坝工程。

2

一期工程用桩780多根，1区队在施工图未到的情况下，主动找设计和会战指挥部了解桩型桩长，依据"标准图"进行预制。两个月全部完成预制任务。紧接着打桩、破桩、打垫层、厂房基础跟进完成。四大设备和空分塔基础用了不到4天时间完成1653立方米砼浇注，交付机械区队回填。

支队机械区队从河滩和矿渣山抢运填料，迅速完成80万立方米的基础土方回填和平整，为厂房结构和设备安装创造了条件。

四区队以机械中队为基础，挑选精干技术力量组建吊装中队，承担一期制氧厂房结构安装任务。11月下旬后，吊装中队克服重重困难，连续苦干近一个月，到1972年12月26日，厂房屋面结构安装结束，砌筑封闭基本完成。

经过8个月的艰苦奋战，一期制氧土建主体工程已完成，具备了设备安装条件。

1973年3月，土建由主体转入配合设备安装。

空分车间4月中旬交付安装，大气加压站、油库、泵房和吸水井5月交付安装，冷却车间6月完成，机修、化氯以及内外电缆沟，厂内外氧、氮管道支架预制，支架基础等后续土建工程先后开工。

1973年6月，一区队即着手新氧站开工准备。首先完成二期护坝砼工程，同时安排力量利用一期预制场地，在8月底前相继完成新氧站730多根预制桩制作，提前为新氧站开工做好准备。

3

新氧站三号机制氧设备是从日本进口的，按照与日方签订的合同期限，日方要求提前安装和调试设备。十四大队负责完成从开工到交付设备安装全部土建施工。

新氧站要比一期制氧工程压缩3个多月工期，其间需跨一个冬季施工期，穿插进行两次回填土和设备进场。

"抢！"这是新氧站施工的突出特点。

十四大队背水一战，响亮地提出："大干100天，保证新氧站交付！"

新氧站工程开工在即。

各项准备紧锣密鼓展开。安装两台快装锅炉和蒸汽管道，对沙、石骨料和水进行预热，保证热拌砼和砌筑砂浆温度；集中购置数千吨煤，作为保温大棚和营房取暖用；模板木材、杉杆和脚平板……

大队将一中队调回新氧站；从二区队抽出两个中队，作为预备队，随时准备增援。

大队紧急动员，要求各队主官必须亲自带班，提前者奖，延误者处分。参战的一、四区队指战员求战情绪空前高涨。

支队机械区队全力以赴，以最快速度完成填土平整；打桩、破桩、支模、绑筋、浇注砼，各专业紧密配合，间不容发；各工种环环相扣，争分夺秒。11月10日，第一战役如期完成。

承担结构吊装的十六中队有了一期初战经验，变配合为主攻，半个月的工期5天干完。

快装锅炉昼夜不熄、砼骨料和水充分预热、保温大棚措施有效，对砼早期强度增长起到重要的作用。施工顺利完成外墙砌筑、厂房封闭、内部各类设备基础、平台和沟道等各项工程，四大战役终于抢在1974年2月10日圆满结束。

新氧站土建主体工程从1973年10月20日开始，跨越一个冬季于1974年2月10日达到设备交安条件，比一期制氧工期提前127天。这一战绩，受到本钢会战指挥部高度赞扬。

4

人们的眼球聚焦在氧（氮）气输送管线工程。

十四大队十三中队承担新氧站至二钢转炉车间的氧（氮）气输送管线工程。

氧、氮输送管线各长1216米，氧气管道直径426毫米，氮管直径219毫米。其中，氧气管道要承受60米/秒的流速和15公斤/平方厘米的工作压力。

工期目标是1974年7月1日。

面临两大技术难点：管道内壁除锈和管道打坡口与焊接的质量问题。

采用传统的人工除锈和打磨方法，效率低，工程质量难以保证。当时还不具备酸洗条件解决除锈问题，寻求外援，时间上已来不及。

十三中队干部组织由专业技术人员、经验丰富的老工人和战士"三结合"技术革新小组，经过一次次摸索和改进，成功地试制出离心式管道内壁联合除锈机和坡口打磨机，焊接试件完全符合质量标准，且效率成倍提高。1216米氧氮管道一次性焊接安装、打压成功。

三

地下料仓和轧辊钢锭模工程：15大队

1973年3月，十五大队接受二钢地下料仓和轧辊钢锭模两项重点工程后，大队党委先后召开了党委扩大会和工程分析会，进行了明确分工：二区队主打轧辊钢锭模车间土建工程，一区队主打地下料仓工程，两项工程同时开工。

1. 地下料仓和地下通廊

地下料仓结构复杂，工程量大，处于自然地坪以下11米深处。

虽然它是一座落成后在地面看不见的建筑物，但却是为二钢厂年产200万吨钢接收、暂存和输送原料的转运站，是炼钢工艺链上的"咽喉"。设计要求的技术标准高，施工排土量大，但堆放场地有限；离太子河不远，地下水位高。

十五大队先后投入了3个区队共2500余人。

一区队承建地下料仓，三区队承建地下通廊，四区队负责结构件的制作和安装。

土方的挖掘和排除是地下料仓工程的头道工序。机械力只能完成工作面顶部的少量土方，剩下的8.21万多立方米沙石的挖掘排除，都靠战士用扁担、土筐运送到临时堆放点，装入铁制土料斗，再用吊车转运走。

工程需用大量钢筋，设计要求的钢筋既粗且长，成型加工难度大。施工中队就直接将加工钢筋的临时厂房，搬到料仓施工工地。

地下料仓必须能够承受地面满载原料火车的重压，为此，双排主梁设计的钢筋密度最小间距仅为1厘米。浇注时，混凝土振动棒无法伸进去。为强化震动密实度，他们研究并试验成功后，采用了在振动棒上焊接6毫米钢板条的办法进行捣固，防止漏震。

建筑物墙体的地下埋置部分，深度平均9.55米，局部达到14.5米，为防止太子河水渗透影响正常施工，采用"管井法"降水；为防止地下水对将来料仓的渗透侵害，采用C20内外防水混凝土，内掺3%防水剂，外加两毡三油防水层，并设立引水盲沟；支模不设垂直施工缝，接近10米高度的墙面都用"满堂红"模板支护和清一色的30厘米口径的原木支撑等办法。

各项前期准备工作充分到位，指挥精准，实现了60多个小时浇注近1000立方米混凝土的效率。

地下料仓及其通廊分别于1974年8月和10月竣工。

2. 轧辊钢锭模车间工程

轧辊钢锭模车间是二炼钢的配套车间。建筑面积1.777万平方米，建安工作量676.76万元。

15大队2区队负责施工。他们首先配合机械区队搞好土方回填和平整地坪，然后打桩，打地坪和设备基座。队员配合紧密，施工进展迅速。

厂房柱预制施工，他们在冶金部专家指导下，采用轻钢管砼预制柱的新工艺，经试制后全面铺开，完全合乎技术标准要求。

轧辊钢锭模车间全部为钢结构，结构制作由结构区队承担，安装由15大队16中队承担。双方紧密协作，房柱和房架安装提前半月交安。轧辊钢锭模工程于1975年11月竣工。

四

螺旋煤气罐工程：十五大队

二钢厂3万立方米煤气罐高34.24米，直径42米，水槽高9米，升降塔3层，钟罩封顶。该煤气罐体态庞大，工艺复杂，技术质量标准高，施工难度大，安装实物量约600吨。煤气罐结构，由煤气进出管、底板、水槽、塔体、钟罩、导向装置及导轮、配重等组成。由北京钢铁设计院设计。

15大队3区队承担钢筋混凝土预制桩预制、土方、基础砼垫层、缓冲砂垫层、罐体水槽保温及砖围护结构砌筑，大队结构厂承担钢结构加工制作，4区队16中队负责打桩及钢结构安装。

1.土建工程

3万立方米煤气罐对地基沉降要求高，基础设计为300毫米×300毫米钢筋混凝土桩基，桩中距为1.3米，桩长9米，共869根。在3区队预制场地预制。3区队按网络进度计划组织实施，他们自制工具式模板，快捷省时，确保质量。

打桩采用锤重3.2吨柴油打桩机，按桩位布置图由一侧向另一侧进行，采取两班作业，设专人记录每桩的入土深度、每米锤击数，以最后10锤的贯入度在2—3厘米评定其质量。取得了在施打过程中未发生断桩补桩良好效益。

2.罐体制作及安装

3万立方米煤气罐体经结构厂制作后，4区队承担安装任务。具体由安装中队副排长柴自杰负责。

150部队所属的几个大队没有施工过类似工程。为确保工程安全和质量，他们走出去学习请教，吸取经验教训，同工程技术人员共同制定基准点控制等4个质量控制点，以及3个操作试验点，从工序把关，确保质量。并找出了吊装难点并进行试调。

在关键的煤气罐试压升顶工序上，我国通常试压采用直接升降的方法。柴自杰大胆提出采用"进二退一"循环升降法，第一行程先升0.5米后，再退到原位。检查合格后第二行程上升1米，再退回0.5米。依次类推，反复循环升降至顶。结果一次性试压升顶成功，创下了国内纪录，为我国同类工程的施工提供了新的依据。

1980年2月7日，《解放军报》报道了这一成果。

五

焦油白云石炉衬工程：14大队

焦油白云石炉衬车间（以下简称"炉衬"）是为120吨转炉生产炉衬大砖而建，是炼钢重点配套项目之一。设计年产2.4万吨焦油白云石成型砖。总投资约560万元，建安工作量320万元。

工程内容及特点

1. 主体工程项目有：原料仓库2387平方米，粉碎主楼1728平方米，煅烧竖窑、大砖成型厂房2061平方米，转运站6座，通廊4条，以及辅助设施等。

2. 主要工程实物量：建筑面积9700余平方米，粗平及回填土20万立方米，砼量8350立方米，砌砖4350立方米，模板4.17万平方米，钢筋614吨，预制砼桩731根，屋面工程8600平方米，金结制安340吨，门窗制安2000平方米，抹灰2.3万平方米。

3. 结构特点：既有负8米的地下结构，又有高29.3米的多层捣制框架和单层预制排架结构；基础有桩基、深基，形式有条形、独立和箱形基础；上部结构有预制砼柱、砼吊车梁、预应力砼屋（桁）架和钢屋架及大型预应力屋面板；还有薄壁砼漏斗、钢漏斗和平台及高3.55米的深梁，结构造型复杂，技术要求高。

任务分工及准备

十四大队二区队承担焦油白云石炉衬全部土建工程，二十四大队负责全部机电设备安装，厂区900米铁路由十五大队负责，大型预应力屋面板由三大队负责预制。

十四大队二区队具体安排：六中队担负大砖成型厂房及综合福利楼工程；七中队承担粉碎主楼工程；八中队以原料仓库为主包括通廊及转运站工程；五中队以竖窑、废砖库及手选楼为主，包括其他附属工程；公路由四区队施工。

1973年6月初，支队机械区队即从河滩、矿渣山取土，完成第一次回填，为打桩创造条件。1973年5月底前，二区队已预先完成预制的730根桩，其他设施相继就位。同时完成测量控制网，为粉碎主楼、大砖成型和竖窑等厂房打桩放线做准备。3大队利用蒸养池开始大型预应力屋面板预制。

1973年7月9日，下达开工命令。

二区队现场召开"大干300天，坚决打胜焦白工程歼灭战"的誓师动员大会。

基础打桩外委专业队伍。粉碎主楼、原料库、大砖成型和竖窑等基础工程提前完成，为厂房基础第二次机械回填土争取了时间。

七中队抢在入冬前完成大部主体框架砼浇注。

大砖成型厂房砼柱在跨内叠落预制，屋面18米系杆式钢筋砼桁架和6米吊车梁就近预制，加快了安装进度。

十四大队在二钢厂钢锭库大型鱼腹式吊车梁施工中首先采用预应力后张法施工新工艺。

1973年初，一中队承建钢锭库工程；四区队组建张拉班，配合预应力张拉。大型构件张拉施工，在本溪地区属首次。

钢筋张拉后孔道二次灌浆会产生气泡，直接影响到灌浆的密实程度，关系到吊车梁的预应力效果。一区队林文祥工程师周密策划，一中队欧显文中队长组织配合，对孔道预埋设胶管充气，准确固定。灌浆前沿孔道预设通气孔，待气泡排除后用木楔楔死，既可保证水泥浆灌充密实，又解决了水泥浆外泄问题。

构件砼浇注完达到终凝条件时，释放胶管充气，抽出胶管形成顺畅光滑的张拉孔道，解决了一大技术难点。

大砖成型厂房的18米桁架采用两两迭卧式预制，屋架下弦断面尺寸小，预埋孔道胶管、预设孔道灌浆通气孔以及张拉过程须格外小心。六中队技术员李长发周密检查每一个操作细节。四区队张拉班与六中队密切配合下，一次性顺利完成18米桁架预应力张拉施工，6米吊车梁预应力张拉亦顺利完成。

十月深秋，四区队吊装中队由南向北采用跨内综合吊装，进展迅速。

原料仓库进入屋面石棉瓦安装最后阶段，竖窑、转运站、通廊等工程主体结构基本完成。

经过一个冬春的艰苦施工，1974年3月底，粉碎主楼框架、各层平台砼工程全部完成，原料库储料槽混凝土完成，大砖成型压砖机基础、通风管沟和局部二层混凝土平台进入最后收尾阶段。焦白工程土建施工300天预期目标得以实现，为24大队机电设备安装创造了有利条件。

1974年4月，炉衬工程进入围护结构和全面收尾阶段。

大砖成型厂房砌筑双排脚手架搭至高空该绑水平杆了。六中队架工班长丁建路腰挂钎丝棍，登在最高处的横杆上，用一条腿、一只手牢牢盘住立杆，另一手臂往上拔杉杆，每根杉杆少说也有百十多斤，上下几人"嗨、嗨"喊着号子一齐用力，杉杆噌噌往上蹿，只见老丁一人将拔上来的杉杆担在腿上，在半空慢慢地转个90度，两侧的人迅速接住用八号铁丝绑在立杆上。整个过程，看得人们惊心动魄！老丁则大气不喘，从容不迫。搭架工匠丁建路几次申请复员，中队不舍得放，次年他被提为四排长。

七中队在粉碎主楼围护砖墙砌筑中，一名1971年入伍的湖北籍战士挑起了把大角的砌筑重任，从正负零到顶部，墙角垂度完全符合规范标准。砂浆饱满度用百格网随机抽样检查，完全达到质量标准。设计院现场服务工程师用经纬仪检查后，由衷地竖起大拇指。

区队部一名老试验工，工地上他一手拿小锤，一手拿个计算尺，从日期标注到分组数量，遇到问题敢说敢管，从不马虎迁就。混凝标号不用试压，用小锤敲下一块放在嘴里，仅凭牙齿一咬，就可以说出当前强度标号，且八九不离十。

1974年6月，焦白炉衬工程设备安装进入调试阶段，主体工程已通过验收。

十四大队以新氧气站、焦油白云石两大炼钢配套工程全胜的优异战绩，实现了重点配套项目1974年底前保炼钢的预期目标。

六

机电设备安装工程：二十四大队

二钢主要设备包括2台混铁炉、3台120吨氧气顶吹转炉及辅助配套设施，设备总量1300吨，由二十四大队（当时为机电领导小组）负责安装，要求1974年年底竣工。

为安装二钢的机电设备，成立了现场指挥组。指挥组组长由当时机电领导小组组长王维祥担任，副组长由史宝成、张锡武担任，成员有司、政、后有关人员。

1. 天车安装

原设计二钢车间有两台200吨箱形桥式天车，需安装在22米高的行车轨道上。只有一台自己用3立方米电铲改造的起重为50吨、起重高15米的吊车，天车安装根本用不上。

承担二钢设备安装任务的1区队，反复研究后，采用30厘米高的双抱杆、双卷扬、双滑轮的办法解决了吊装难的问题。为保证在22米高的轨梁上安装行车轨道的安全，二中队采用绑脚手架挂钢丝绳，在钢丝绳上挂安全带的办法。

老起重工冯志胜、尹兴臣两位老同志紧密配合、细心指挥，第一台天车提前6天、第二台提前15天完成了两台200吨天车的安装。接着又完成了一台225吨天车的安装。

2. 转炉烟罩上部余热锅炉施工

余热锅炉，实际是转炉烟气上升的大烟道。直径3米多，全高约15米，与水平成角80度斜立在22米平台的烟罩上方，顶部标高36米。3座转炉每座都有大烟道，需在施工现场高空条件下组合焊接，拼装成余热锅炉。

焊接的管子管径为30毫米—50毫米，接头近1300个，3毫米的薄板片焊接200多片。焊接难度大，四级以下焊工根本焊接不了。2中队专门组织焊工培训班，由工改兵的老焊工技师李凤林任组长。李凤林患有严重胃病，做过两次手术，但他不顾体弱胃痛，手把手教战士们进行薄板焊接，直到每个焊工都能达到合格标准，才正式上岗，确保焊接100%合格。通过70多个昼夜兼程的奋战，提前15天完成了余热锅炉及煤气回收系统组装任务，质量合格率100%，优良率63%。

3. 120吨转炉安装

120吨氧气顶吹转炉共3台。转炉本体由炉壳与托圈两部分组成，总重量为300吨。炉壳高9.28米，内径5米，由25毫米—30毫米厚的锰钢板卷制而成，为椭圆形，单体重量为80吨。托圈是环状形，套在炉壳外，用卡板和螺丝固定，经焊接成为一体，单体重量为220吨。由于转炉炉壳和托圈过于高大和超重，铁路、公路都无法运输，厂家只好分体制作，运到现场再进行拼装焊接，这为转炉安装带来前所未有的困难。

4. 突破焊接关

转炉本体是锰钢制作的，要求在零上10摄氏度以上进行焊接施工。当时正值1973年底和1974年初的三九时节，气温都在零下30摄氏度左右，自然温度与焊接温度要求相差40摄氏度，温度成为一道不可逾越的障碍。

时任一区队助理工程师的胡德海想出了一招：搭帐篷，帐篷内拼装转炉，炉内炉外焊挂钩放焦炭加温，经试验完全达到焊接温度要求，气温低的难题解决了。

炉壳为了便于运输，分解成六块。炉底、炉口整体分成两块，中间炉肚分成四瓣。拼装焊接的技术标准：必须用16锰焊条，电渣焊焊接。

没有电渣焊机，从上海请来焊接专家作焊接示范及技术指导。从10个中队抽调60多名战士办焊工培训班。培训合格后，分配到转炉焊接。

三号、二号转炉的炉壳焊接，焦炭挂炉加温，炉内温度达60摄氏度，炉外才10多摄氏度。在炉内焊接的战士好比在蒸笼里干活，干不到10分钟就汗流浃背。

5. 突破托圈与炉壳的组装关

托圈的功能就是托住炉壳。托圈重220吨、体型比炉壳大。

托圈和炉壳组装是一大难题，方案经多次调整、多次论证上报业绩部、北京设计院审定通过，经1中队中队长耿林宝的精心指挥，顺利地将托圈和炉壳运到转炉跨就位。

转炉托圈与炉壳的组装是通过卡板（平键，工型键）焊接，第一道工序是将75公斤重大螺丝固定连成一体。第二道工序是平键和工型键的加工。为确保焊接质量，采取炉壳内架设焦炭火炉加热的办法，让炉壳温度保持在100摄氏度以上，焊条也必须干燥加热。连里将合格的战士焊工分成二班作业，每班又分成甲乙丙轮番上阵，每人焊10分钟又换一人。就这短短10分钟，人出来时连鞋里都能倒出汗水来，这是人能承受的最大极限。

托圈和炉壳连接的第三道工序是将68个75公斤重的特大螺丝固定。为拧进一个螺丝，装上一个键，都要用厚钢板切割成特大扳手，18磅大锤接连打几百锤，才能将螺丝拧到位。战士们的手上，老血泡没有好，新血泡又起来了。血流不止，疼得钻心，胳膊没有一个不肿的，1中队战士们凭着这种精神，转炉托圈与炉壳的组装任务提前半个月完成。

6. 突破转炉吊装难关

3台转炉的吊装是二钢厂建设最担心的技术难题。当时，最大的天车只能起吊200吨，而转炉重达300多吨，因空间小，吊装就位只能从一个方向操作。

安装大队同1区队组织攻关小组，经助工胡德海、技师王学忠、起重工冯志胜等人反复研究，最后决定采用土洋结合吊装方案：用天车加多个大型卷扬机，滑动加垫枕木等手段，创造了"滚珠转盘平台"吊装法，在滚珠转盘制作中老技师解治国和王学忠起了重要作用，顺利安全地完成了3台大转炉的安装。

他们在实践中不断总结经验，反复修改方案，使转炉吊装速度一个比一个快，质量一个比一个好。三号转炉安装用了3天，二号炉只用了12小时，一号炉缩短到10个小时。

随着3台转炉安装任务的完成，氧气输送、烟道及煤气回收、钢锭筑模等配套工程也先后完工，提前一个多月完成了二钢厂的建设任务。1974年11月18日，本钢第二钢厂正式投产。冶金部、市委市政府、本钢分别发来贺电，祝贺本钢二炼钢提前投产，称赞150部队在二钢工程上打了一个漂亮仗，为国家做了重要贡献！

成一条"轧线"（一）

1150初轧工程，由二支队承担。

1150初轧工程，有45个单项工程。建筑面积7.79万平方米，建筑安装工作量6700多万元。

1973年，二支队受命后，从酒钢陆续调集部队转移到本溪施工战场。

3个月时间内，调集了包括土建、金结制作安装、机械化土方、混凝土预制构件生产、运输、检修、加工等各类中队39个，约7500人，大型施工机械180多台。削平荒山建起了营房，在烂泥塘里摆开了建初轧的战场。

二支队组成本溪指挥所，统一指挥调到本溪的施工部队。到9月份施工准备工作基本完成，10月寒冬到来前工程开工。

初轧机基础，从负19.5米打起。

因地势低洼，傍靠太子河，地下水位很高，流沙较厚；6万多立方米混凝土，开挖量大，排水、防塌方困难，填方量更大。

二支队连续组织了几次大型的设备基础浇灌歼灭战。有的基础施工混凝土浇灌量一次即达700多立方米。

十三大队在初轧施工中发挥了主力军作用。1974年一季度，部队在十号基础浇灌混凝土时，连续奋战58小时，提前完成了2600立方米混凝土的浇灌任务。

十八大队技术力量薄弱，机械设备少、老工人少，专业技术人员少。面对困难，他们用4个月时间自己动手设计制作、自行安装了一座能生产5种规格沙石、日产600立方米—800立方米的半自动筛分站，为大规模混凝土浇灌解决了沙石配料问题。

十二大队在初轧钢坯库混凝土柱子吊装时，解决了3台吊车同时吊起一根柱子动作平衡的技术难题。

1975年，1150初轧工程进入机电全面安装阶段，至8月安装完毕，经过一次性热试轧取得成功。之后，部队完成了初轧厂的附属配套及扩建工程，1977年6月全部交工验收。经鉴定，工程符合设计要求，质量优良，具备了生产条件。

经历22个月的艰苦奋战，二支队承担的1150初轧工程所有项目全部竣工。1977年6月22日，本溪市委、本溪市改造本钢指挥部领导小组，在国务院工作组主要领导成员参与下，组织召开了庆祝本钢初轧工程胜利竣工大会。大会表彰了部队在初轧建设中做出的积极贡献。同时按照国家规定，由辽宁省冶金局代表验收机关向部队颁发了《交工验证书》。对工程给予了充分肯定："竣工工程符合设计要求""质量优良"，结论是"按设计规定内容，工程全部建成，具备正常生产条件"。

1150初轧厂的建成投产，极大地改善了本钢轧制生产结构，也为二支队在20世纪70年代国家冶金建设史上书写了浓重一笔。

成一条"轧线"（二）

一米七热连轧机是我国第一套自行设计、自行制造、自行安装的大型轧机工程。这项工程主车间包括加热炉、粗轧、精轧、收集、剪切5个区域，还有4个主电室和两个变电所；主车间外，还有检验室、空压站、分油站、七泵站、八泵站、给水站、重油库及耐火材料库等辅助车间和设施。

车间全长967米，加热炉高达52米，地下最深为负19.5米，建筑面积12万平方米。主要工程实物量，挖填土方235万立方米，混凝土27万立方米；钢结构安装1.5万吨；机电设备安装2.8万吨；电机1816台，装机容量28.76万千瓦，其中大电机35台，最大的有10000千瓦同步电动机、4300千瓦直流电动机、5千瓦直流发电机；电气盘箱柜1400余面；电缆470余公里；工艺管道32公里。建筑安装总量1.1亿元。建成投产后，年生产能力159万吨板材。

150部队十五大队承担加热炉土建工程及重油库、煤气站等配套土建工程；

十四大队承担轧制线（地下室，一号、二号主电室）、主车间外的检验室、空压站、分油站、七泵站、八泵站、给水站等配套车间和设施的土建工程；

三大队承担钢卷库、剪切线及配套的土建工程；

二十四大队承担机电设备安装工程。

1975年5月，十五大队、十四大队、三大队先后进入热连轧施工。

1976年8月，二十四大队进入热连轧施工。

1980年2月6日，1700热轧工程正式投产。

一

加热炉工程：十五大队

十五大队承担热轧钢板车间加热炉区的施工任务。

三区队承担主厂房土建施工任务。

四区队承担副跨结构安装及专业项目施工任务。

一区队承建轧机基础施工任务。

结构区队承担加热炉跨钢结构加工及吊装任务。

二十四大队承担设备安装施工任务。

加热炉区是连轧工艺的首道工序。

加热炉区跨距18米，柱距12米或24米，加热炉区长132米、高52米，是全厂最高跨区，建筑面积6170平方米。

加热炉跨16.4米平台下设3台板坯连续式加热炉。16.4米平台上设3台我国最大的75吨余热锅炉。

加热炉区两个副跨为钢筋混凝土装配式结构，桩基、杯口基础、预制钢砼柱、预应力钢绞线折线式吊车梁、钢屋架预应力大型屋面板。

加热炉跨为钢框架结构，钢柱钢吊车梁，钢屋架预制混凝土板。室内多层现浇钢筋混凝土平台。

炉体基础和厂房桩基础底部标高在同一标高上，为地下负10米处，铁皮坑最深为负19.5米。加热炉跨推钢机、出钢机辊道等设备基础与炉体基础相连，施工采取先地下后地上，再封闭的开口施工方案。

钢坯库主轧跨201—221线先施工柱基及设备基础填充混凝土，厂房封闭后再施工设备基础，采取半开口施工方案。

钢坯库212—221线先封顶，室内做加热炉区设备及金属结构堆放场地，用35吨履带吊倒运构件。

设备基础埋置负10米，挖土采用机械挖土人工配合，十四大队实施了厂房封闭井点降水，给土方施工创造了有利条件。

工期紧，十五大队挑灯夜战，现场车水马龙，人员穿梭不息，紧张繁忙。

加热炉区16.4米平台为钢筋混凝土结构，支模高度大。模板采用组合装配式定型钢模板，钢支撑、钢桁架支撑节约木材。

大量周转材料及施工材料小型机具均由战士运送到位，混凝土用翻斗车运到现场受料斗，由战士上跳板运至浇注地点。通过紧张有序的劳作，战士们圆满地完成了16.4米平台以下混凝土的浇注任务，为设备安装创造了有利条件。

加热炉跨厂房柱为箱型钢板组合柱，高72米，重72吨，双盖板75米连续吊车梁重75吨，板材厚度20毫米以上，厚板焊接必须开坡口，耗时费力成本高。工程技术人员和技术焊工反复研究和试验，创造了厚板不开坡口大间隙纸糊衬托自动焊工艺。该工艺适用16毫米—20毫米钢板，预留间隙4毫米—7毫米，采用4毫米—5毫米焊丝，衬纸选用牛皮纸用化学糨糊糊制，牛皮纸画好中心线对准焊缝中心并糊牢。焊接采用埋弧自动焊，通过X光机探伤达优良标准。

此项工艺提高工效，降低成本，经济效益及社会效益显著。1981年获得本钢科技进步二等奖，本溪市科技进步一等奖。

加热炉区钢柱为箱型结构，高52米，重75吨。钢柱分五段出厂，组装成三段利用现浇平台立体空中焊接组装就位。

吊车梁为双盖板72米延梁，每根重75吨。吊车梁分三段出厂，现场组对整体，跨内采用两台45吨双机抬吊就位。

钢屋架屋面板及钢烟囱采用跨外40吨塔吊完成。

加热炉跨采用分层流水，从NP跨端部212线-201线吊装屋架，进行屋面施工推进。16.4米平台安装完成后，加快了出料辊道及设备基础施工进度，也为加热炉砌筑创造了条件。

加热炉区域201—212线是加热炉区域关键线路，土建与机电安装交叉工序多，15大队积极组织，为机电安装创造了良好条件。

一

土建工程：十四大队

1700主体土建工程由十四大队承担主攻，任务包括一号主电室地下室、设备基础及厂房；主轧线粗轧、精轧设备基础和轧跨厂房，包括重油库，水系统铁皮坑、沉淀池、旋流池和晾水架等生产辅助工程。

一号主电室地下室设计划分为17个施工段。其中，1—9段由三区队负责；10—17段二区队承担；轧制线粗、精轧机设备基础全部由一区队担任主攻；厂房结构亦按这一分工分别由3个区队承担；结构安装四区队担任；支队机械区队承担全部土方挖、填；金结区队以加热炉区厂房钢结构和非标钢结构制作及安装为主，包括主轧跨厂房部分钢结构件制作与安装任务。

1

存在问题影响开工延迟8个月。

设计问题：北京院尽管做了很大努力，大部分设计已经定案，但设计进度与施工规划要求还存在相当的差距。

施工障碍13项问题：严重影响着施工准备及地下排水的打井等安排，影响正式工程按期开工。特别是第150部队已与沈勘（冶金部沈阳勘察设计院）协议，于1974年6月中旬即进场打井，这是开工前期重要环节。为此，150部队领导要求会战指挥部具体组织有关单位逐项落实时间，以期创造开工条件。

材料问题：1700工程所需各种钢材2.8129万吨（不包括钢结构和机电安装用钢）。其中，钢筋1.64万吨，木材3.6万立方米。特别指出一号二号主电室、主轧基础和上部构件所需材料，务必于1974年10月前组织进场。

工程设计所需预应力Ⅳ级钢约674吨，高强钢丝108吨，目前货源有困难，务请提前安排生产厂家。沙石等地材总需量为49万立方米尚未落实，对施工有很大影响，目前尚无储备，必须保证每月2.5万立方米，计每月需用750节车皮（铁路），而本溪当前运输条件缺口很大，望采取有效措施给予解决。

设备问题：目前还没有提出设备清单，设计共需2.2万吨设备中，尚未进行设计的2071吨；已订未到的设备占22.1%；待申请的设备占23.4%；有些设备需与土建交叉施工，必须提早进场。

施工机械问题：目前150部队辅助生产加工能力还没全部形成。经冶金部批准成立砼构件预制和金属结构件加工两个区队，以及热连轧施工所需的起重、运输、土方机械、机床和仪器等共380余台，请上级予以协助解决。

以上问题，导致开工延迟8个月。

2

1974年11月23日，二钢厂3号转炉点火出钢，本钢在现场召开二钢厂建成出钢和1700热连轧动工兴建大会。机械区队上百台土方施工机械披红挂彩，马达轰鸣，整齐排列在1700工程现场。

在3号转炉出钢的喜庆鞭炮声中，十四大队二区队六中队技术员李长发、放线师傅李西义及放线员刘国文等，在十四大队工程股王卓民工程师的带领下，从刚建成的初轧厂房引线定位，1700钢坯库打下第一根桩。1700主电室依次放线，开挖第一铲土。新闻电影纪录片摄影机飞速转动，拍下了这一历史瞬间。

1975年4月，经过一个冬春的紧张准备，1700工程在"边设计、边准备"中破土动工。

为撵回延迟的工期，只有用苦干、巧干来压缩工期。

150部队重新制定工期节点：

1975年底实现主轧跨、一号二号主电室、加热炉、钢卷库四个扣顶；完成粗轧机、精轧机、加热炉、主电机马达机四大设备基础工程。

具体战术：从二季度开始，每个季度组织一个歼灭战，集中兵力解决几个关键性问题，确保关键部位达到计划要求。

精准测设和深井排水是一只拦路虎。

150部队请来沈勘很快完成轧线控制网点的测设。并将打井全部交给沈勘施工，部队全力配合形成深井和架设排水系统。清除了拦路虎。

1975年4月，深基降水基本具备挖土条件。机械区队集中全部力量破冻土、战泥塘，拼抢土方挖运，日夜奋战。十四大队二、三区队奋战两个月，挖土14万立方米，打开了施工局面。

一号主电室地下室工程按设计划分为17个区段。其中，1—9段三区队负责，10—17段二区队负责，一区队负责主轧跨及轧线设备基础。

因渗水快影响垫层施工，林文祥工程师提出"增设基底排水盲沟"的应对措施，

189

解决了难题。

部队乘势在班与班、排与排之间开展比进度、比质量、比干劲竞赛，各项生产指标不断刷新。

3

主轧线和一号主电室钢筋砼约10万立方米，钢筋、铁件加工量大；一号主电室底板横向钢筋直径多为28—32毫米。

钢筋、铁件等半成品加工能力与砼供应的能力共同构成1700工程三大战役能否胜利的瓶颈。

四区队十五中队是十四大队唯一的钢筋铁件加工中队，为此，十五中队在不增人和设备的条件下，再增加一条生产线，最大限度满足施工高峰需要。

十五中队加工钢筋最高的月份没有超过300吨的，但在这年5月，钢筋加工量达到600多吨，7月突破700吨大关，达到719吨。两个多月的时间里加工钢筋1600吨，保证了施工进度的要求。

加工成型的钢筋用标签注明规格、形状、使用部位和数量，各中队提料时极易辨识。28毫米—32毫米经对焊成型的钢筋，每根长达20米—30米，放置有序。

为将这些钢筋绕道送到工地，在运输车辆不足时，他们将其他人员组织起来，义务运输。他们利用早、晚人流车流空隙时间，10—20人扛一根，径直穿越高低不平的人行便道，跨过公路、铁路，绕过初轧厂房进入1700工地。

几路纵队比肩接踵，喊着号子，硬是用铁肩膀在一个多月的时间里，把1120吨钢筋按时扛到绑扎地点，节约了8100个工日，满足了工期进度。

为保证主轧线、一号主电室超大体积砼供应量，十四大队在一区队驻地建了一座日产1000立方米的半自动化砼集中搅拌站。

搅拌站设有移动式散装地下水泥仓，用空压机与螺旋推进输送器将散水泥送入各搅拌机水泥罐，过磅后进入搅拌机。

搅拌站后侧新建一条铁路专运线，所用沙石、水泥用火车运至搅拌站，后台用推土机将沙石送入漏斗，再经皮带机输送至料箱过磅入机搅拌，后台完全实现自动装料、称量。

搅拌站建立一座10吨快装蒸汽锅炉，提供蒸汽和热水，为冬施预热骨料和热拌砼用。

5月24日，指挥部下达砼浇注令。搅拌站机声隆隆，皮带机上料源源不断；20辆解放牌翻斗运输汽车沿着用枕木搭就的卸料通道徐徐倒车就位，一车车砼顺着满铺白铁皮的斜料台倾泻而下；2—3人一辆满载砼的小推车，几十辆长蛇阵排开，沿着架跳通道小跑步运到指定位置，倒进几十个串桶的漏斗口，30多个振捣器齐声振捣，施工现场一派轰鸣。

到6月末完成1500多吨钢筋绑扎和埋设件安装，浇注砼1.6万多立方米，胜利完成了第一战役任务。

为实现二季度第一战役目标，150部队再次调整施工任务，将主轧跨N列砼柱协调给3大队预制，将3架粗轧机基础连同轧跨N列柱基础协调给十五大队，十四大队则集中力量和精力抢建主电室和精轧机基础。

十五大队紧随机械区队M、N列柱基坑土方后，克服困难，自创条件，从6月13日开始到月底，半个月顽强奋战，完成N列41个柱基础和加热炉14个深基8000立方米砼的浇注任务。三大队等待负7米标高的柱基形成，即于基坑旁就地预制砼构件，争分夺秒抢工期，积极推进到251行线后，为主轧跨吊装、扣顶创造了有利条件。

4

时间进入三季度，完成轧跨屋面扣顶，创造封闭施工条件，则成了14大队的主要任务。

金结区队打破常规，与十四大队吊装中队一道，采用综合整体吊装方案，从212线向261线推进。

近3个月的艰苦奋战，主轧跨MN列212—240线的预制柱、吊车梁（托架梁）和钢屋架、大型屋面板等共1.29万吨结构件的吊装任务得以提前完成。

与此同时，一号主电室设备基础和加热炉设备基础施工进入高峰期。

一号主电室地下室底板面上的精轧主马达交流机机组设备基础是1700工程单体最大、最复杂的设备基础。单个基础的模板和配筋施工图就达100多张，十四大队有史以来前所未遇。

8月初开始，二区队的六、七中队集中木工、钢筋工全力投入，近两个月的奋战，精轧主马达机机组设备基础终于抢在9月底前具备了砼浇灌条件。

砼浇注的完成，一号主电室主轧跨212—240线扣顶的完成，给1700工程第二战役画上了圆满句号。

5

三季度1700各土建工程进展迅速，将工序推进到鏖战精轧的阶段。

主轧跨设备基础群是1700工程的核心内容，该设备基础群包括粗轧机R1—R3、精轧机F1—F7共10架轧机，在轧跨212—240线间前侧加热炉、后接卷取机组和精整区依次排开。轧制线全长近700米，占地面积5937平方米，占主轧跨面积的34.9%。其中，R1-R3粗轧机基础由15大队施工，F1—F7精轧机基础由14大队1区队担任主攻。

7架精轧机有数千根预埋螺栓，安装精度要求高。其轧机机架（俗称牌坊）单片重达130吨以上，由富拉尔基第一重型机械厂铸钢件精加工而成。机架是安装轧辊的核心部件，每个机架上有上百个精密螺孔。机架安装用的L形直埋螺栓最大直径为160毫米，长达4米，单重1.6吨。纵横向预埋允许误差不超过2毫米，螺栓顶面水平标高正差2毫米，负差为0。能否精准牢固安装，直接关系到轧机精度性能与安全工况。这种超大安装螺栓，老工人和工程师们过去都没听说过。

1975年12月底前完成了精轧机设备基础砼浇注，担负主攻任务的是1区队。

一区队木工中队在中队长欧显文、指导员陈子恢的率领下，细致分工：1排负责支撑工作架和螺栓安装，二排负责外围，三排负责模板安装，四排负责模板配制。

在区队工程师林文祥指导下，木工中队在开工前组织以刘靖川、张志民为组长的技术攻关组，先行制作一个精轧机基础模型，组织全中队干部战士对照模型读透图纸，掌握施工流程和各种特殊要求。

突破大螺栓安装难点。

轧机机架安装大螺栓就位十分困难，找正对中更加困难。

1.6吨重、4米多长的大螺栓，负责安装的一排副排长刘官贵，带领二班长杜永科、三班长梁仁德等人，利用厂房屋架下弦拴上钢丝绳，用导链将大螺栓一个个地就位安装，调直、找正几次都未达到精度要求。林文祥工程师根据角平分原理制作找中器，纵横方向用经纬仪、水平仪严密监测，找正后用八号槽钢上下两道把大螺栓与工作架纵横向牢固固定。

精轧机机架预埋超大螺栓安装难点一经突破，螺栓安装工序势如破竹。经过几十个昼夜，每班连续12个小时的不间歇奋战，终于完成轧机模板、支架和螺栓安装。

综合工种4中队完成了数千吨的钢筋运输和绑扎任务。

砼浇注前的各项准备就绪，本钢建设史上空前的工程量最大、最复杂的轧机设备基础群砼浇注，终于开盘。

1700工地设置3处卸料台，可供6台小车同时接灰。浇注平台上设50余个可移动漏斗串桶。几十辆小车往来穿梭，几十台振捣器齐声轰鸣。

砼浇注12小时一班，每班人数近200人。

超大体积砼浇注过程中，看模板的，振捣的，安装测温孔的，推小车的，基础上下定岗定人，不许越位，设专人进行巡视检查。一旦有人不慎掉入砼中，发现不及时极有可能埋入流态砼中。为此，每班人员上岗前、收工时都严格点名清点人数。

经过8个昼夜连续作战，终于抢在1976年元旦来临之际，顺利完成1.5万立方米砼的浇注任务。

十四大队1700精轧设备基础群和一号主电室施工，工程质量合格率达100%，优良率达65%以上，创造了较高水平，以优异的工程质量实现一次性交安，另7项配套工程的土建任务也于1976年底全部达到交安条件。

三

精整跨工程：三大队

热连轧工程最后一个施工区是精整区。

精整区由钢卷库和剪切成品库组成。

建筑面积2.774万平方米。

三大队只承担了精整车间和沉淀池的土建施工。

1977年8月，十一中队接受了1700热轧厂热轧沉淀池混凝土浇注任务。这项工程混凝土量大，天气炎热，从混凝土搅拌、运输、振动都是人工操作为主，而且需要一次性不间断浇注完成，体力劳动强度大。

从搅拌机到沉淀池100多米距离，每个战士推车都在150车以上，一个班下来，相当于战士们每个人推着小车跑了近40公里路。由于全中队齐心协力，出色地完成了这一任务。该中队也被评为1977年基建工程兵先进中队，中队指导员彭南全还代表第三支队先进集体出席了1978年1月在北京召开的冶金系统工业学大庆先进表彰会，受到中央领导接见并留影。

十五中队承担的则是往料斗里倒水泥的工作。为保证混凝土浇注质量，大队在1700热轧厂施工中实行集中搅拌供应混凝土。混凝土搅拌是一项非常艰苦的任务，而最脏最累的当属人工往料斗里倒水泥。1977年，十五中队在担任搅拌站混凝土工作中，负责抱水泥最多的是八班、十三班、十五班。每个战士一个班要抱50公斤重的水泥100多包，付出搬运5000多公斤的艰苦劳动。夏天天气炎热，屋里水泥飞扬，呛得人喘不过气。一个班下来，一身全是汗水湿透的水泥浆。尤其是当年入伍的回族新战士马之列，刚接触水泥引起皮肤过敏，身上起泡，但他一直坚持工作，顽强的工作作风受到战友们一致赞扬，并受到中队嘉奖。

于1979年12月以优质工程交付机电安装。至此，整个连轧土建工程基本完成，掀起了机电设备安装的高潮。

四

机电设备安装工程：二十四大队

1976年，一米七热连轧工程进入设备安装阶段。

二十四大队接受一米七热连轧全部设备安装任务。

一米七热连轧设备总量达2.8万吨，电气总量达28.76万千瓦。

曾有日本人说："中国人研制的一米七热连轧机，本身就存在不少问题，又把设备交给一帮娃娃兵来安装，能否轧出板来，还得打个问号。"

二十四大队全体指战员的回答是：我们已经有了完成二钢任务的成功经验，连轧再困难，我们也不怕。我们要用智慧和力量，在连轧攻坚战中打一个漂亮仗。

1. 加热炉区的设备安装

加热炉区包括主体加热炉，配套有重油库、煤气、电力、给水、管网等。主体加热炉是连续式加热炉，共3台（先期安装两台），是为热轧薄板提供加热钢板坯的。加热炉采用钢结构框架多层平台组成，采用重油和煤气混合燃烧加热，加热温度1250摄氏度，小时产量为200吨。炉底面积315平方米，炉高48米（分3层，其中二层为16米平台，三层为32米平台），设备安装总量2734吨。

二十四大队的机装二中队、四中队，电装九中队、十中队承担施工任务。

二中队负责加热炉上部16米平台以上的热回收系统、汽化冷却及余热锅炉系统的设备安装。

四中队负责加热炉本体框架、本体内外设备、炉前炉后的推出钢机及全部运输轨道的设备安装。

九、十中队（部分）负责加热炉的全部电气设备安装及调试。

施工特点：立体交叉作业。

二中队要将两个大气泡和1736根对流管分别吊装到16米平台和32米平台上才能组装，但没有适用的吊装设备，为此成立了攻关小组。

经攻关小组成员中的技师许栋策、工改兵尹兴臣、技术员郭富华等人的反复研究，决定在16米平台和32米平台上，分别立抱杆加卷扬的办法解决吊装难题。

1736根对流管、3472个对流管胀管头都需要退火切割、除锈处理。

对流管与气泡的组装焊接中，管道密布空间小，焊接操作困难，生产厂家加工的气泡圆孔质量不合格，胀管质量更无把握。他们不怕麻烦，对每根管的胀头和气泡对接孔都进行检验编号，然后按编号对接焊缝，探伤合格后方算成功。安装任务完成后，一次打压成功，提前半个多月完成任务。

四中队在加热炉本体的制作安装中也遇到了诸多难题。

制作支撑管与滑道的焊接上遇到变形问题。

炉内空间狭小，炉内设备安装非常艰难。

还有设备材料到货不及时等问题。

四中队采取各种措施，化解难题，提前半月完成任务，单体试车一次成功。

担负电气安装调试任务的九、十中队，首先把配电室的安装任务抢完，机装中队的设备安装到哪里，就把动力源送到哪里。最后调试试运转时，遇到了10台炉门上下启动不同步的问题。最终查出，控制装置有问题。经处理，很快解决了不同步问题。

2. 轧制区的设备安装

轧制区主体工程包括3台粗轧机组、7台精轧机组、卷取机组、一号二号主电室；配套工程有检验室，空压站，分油站，七、八号泵站，给水站等，设备安装量1.7万多吨。电动机1500多台，总容量26万千瓦。其中，大型主传动电机11台，变流机组原动机40多台，最大容量为10000千瓦。直流发电机50多台，最大容量为5000千瓦。电气盘箱柜1400余面，电缆总长470余公里。24大队于1976年8月正式进厂，进行设备安装。

轧制区是热连轧厂的核心区，是设备安装的主体。轧制设备安装质量的好坏是能否轧出合格板材的关键。

一切为了基层，一切为了一线，一切为了任务的完成。大队长赵俭天天蹲在施工现场，同战士们一样加班加点"连轴转"；政委王连盛基层工地两头跑，发现问题就帮助基层查找原因，问题不解决决不罢手。工程技术干部更是一马当先，一面指导施工，一面发现和解决施工中出现的技术难题。

3. 轧机机座的安装

机座的安装，需要大量的垫板来调整机座的正负高度与角度。垫板是自行制作，共需5吨多。垫板分两种，一种是平面的，一种是斜面的。斜面的斜度为1/20-1/10（用于微调）。垫板按统一尺寸，用200—300毫米钢板切割，用机床加工而成，要求光滑平整。此项任务由修理中队承担。修理中队制作的上万块垫板全部合格。

每台轧机的机座共两条，35号钢制作，高度700毫米，长度6米，要求标高、水平、中心线正负偏差都必须控制在0.05毫米—0.5毫米以内。10台轧机的机座安装都采取公盈配装，两次注浆；地脚螺丝紧固采用自制六角大扳手大锤和游锤打击紧固。1中队示范取得经验后，其他中队照此安装，加快了施工进度，质量都高于技术标准。

4. 轧机机架的安装

轧机机架的安装，最大难题是机架的吊装。

为解决吊装难题，采用两台天车并抬的办法。并抬的难点在于，两台吊车必须做到起吊速度绝对一致，才能保证机架水平垂直起降，准确无误地落位在轨座螺栓上。

工程师胡德海想出了与常规吊装法不同的"短绳和垂直吊装法"，即将箱形大梁吊钩挂在机架压下的螺丝孔内穿出的专用吊具绳扣上，并将100吨吊车钩紧贴箱形大梁，用设定的固定尺寸、长度的绳扣，以缠绕方式挂住吊钩与箱梁的耳轴。

按此法吊装，机架由平躺到倾斜直立，最后平平稳稳地站立在二号轧机的机座上。

现场一片欢呼，战士们雀跃着高喊："成功啦！成功啦！"

150部队最高首长朱保江也情不自禁地说："我们的贡献，将和连轧永存！"

5. 轧机的组装

轧机机架的安装只是轧机机组安装的第一步。

接下来，就是轧辊和轧辊轴承的清洗组装。

支承辊轴承为液体摩擦轴承（1199×825mm）共40套，都是高精度设备，必须在专用车间用专用工具清洗检测装配。

二十四大队把这项特殊任务交给三中队随军工人解治国承担。

解治国带10名老战士去鞍钢冷轧厂学习取经回来后，刚开始采用整体安装的老办法，不仅安装难度大，而且工效低。他们改变办法，把整体安装改为解体组装。为解决漏油问题，他们采用加锥套密封圈。革新后的装配工艺，工效提高了10倍，安装质量创了国内先进水平，受到冶金部嘉奖，解治国被评为全国劳动模范，参了军评为技师。

接下来轧机组装的正戏开始。

部队十分重视，派出大部分机关干部同大队共同组成26个工作组进驻中队和工地。

二十四大队决定采取典型引路的方法来提高工效。

"学大庆标杆中队"一中队荣幸地成为了示范单位。

一中队坚决当好开路先锋，但在二号机传动接手的热组装中，首装还是遇到了难题。在冶金部、一机部、制造厂专家组的指导下，共同研究制定了新的组装方法，最终顺利组装好了二号轧机的传动设备，质量达到优良。

一中队的安装示范，带来了其他9台轧机的顺利安装，质量优良，工期大大提前。

6. 电气设备的安装

热连轧工程中的电气设备安装总量2.8万吨；电机1816台，装机容量28.76万千瓦。

其中大电机35台，最大的有10000千瓦同步电动机，4300千瓦直流发电机；电气盘箱柜1400余面；电缆达470余公里。

对各型电机开箱检查后，发现10千伏10000千瓦大电机都存在问题。电机内部有杂物和粉尘；包装箱在运输过程中破裂，造成电机整流子表面被碰刮损伤，深达1毫米多，长达500多毫米。

技师刘洪良、工程师李顺富带领一些人员，小心翼翼地将电机内的杂物一点一点地掏出来；粉尘则用大功率吹风机吹干净。针对电机受潮问题，区队长韩云富想出了用搭帐篷保温、在电机周围绕线圈、通电涡流加热烘干的办法，解决了电机受潮问题。关于电机受损问题的处理，则是在哈电厂家的同意下，王学忠把车床搬到现场，将损伤部位刨平磨光处理。

大小1800多台电机都认真进行了检查处理。

电机安装，1中队仍然带头示范。

示范在专家组特别是冶金部电机专家鲍德之的指导下进行。碰到大电机定子与转子间隙不均、接触面不达标等诸多难题时，多是王学忠、王富盈两位工改兵来处理，王学忠因此立了二等功。一中队圆满完成了1号、2号轧机的组装任务，为三中队、五中队、六中队安装3号至10号轧机积累了经验，做出了贡献，受到兵种表彰，荣立集体二等功，并奖励了一台电视机。

接下来的电气设备的安装，集中在1号、2号主电室。安装分四个阶段：第一阶段是主电室的盘箱柜的安装，第二阶段是电缆铺设，第三阶段是配接线，第四阶段是调试（试车）。

承担此项任务的三区队4个中队，统筹安排、明确分工、落实责任，保证了此战役有条不紊地展开。

盘箱柜的安装，既是修理又是安装。盘箱柜生产不标准，运输中碰损严重。有的垂直偏差达30多毫米，盘面坑达20多毫米，角度差达5度以上。安装前必须修理。1400多面盘箱柜都进行了逐一检测修整才进行安装，每安一面盘都要进行"四面六点"检测，做到合格不算合格，优良才算合格。

电缆铺设既是力气活，也是技术活。400多公里电缆都在地下室，电缆大到240平方毫米，小到16平方毫米，铺设在电缆桥架上。不能让电缆有大的弯曲，有弯曲就会造成"放炮"事故。铺设了大小近万根电缆电线和1000多个电缆头制作连接，没出一点差错，更没有电缆"放炮"事故发生。

铺设好电缆就进入配、接线阶段。1400多面盘箱柜和1800多台电机两头接点上万个，不能出一点差错。参战的干战职工2-3人一组分包一个部位，为了精准，一根线一根线、一个点一个点地对照图纸，对准后在每根线上挂线号，标明编号，便于校对接线。

在安装中，除配、接线外，还有许多电缆连接和电缆头需要制作。电缆头的制作工艺要求非常高。若制作质量不过关，容易导致电缆"放炮"，发生火灾，造成重大损失，这样的事故案例很多。二十四大队十二中队随军工人汪根良、1973年入伍的老兵刘端平师徒俩是制作电缆头的高手。汪根良人称"电缆头大王"。他们为连轧制作了1000多个电缆头，没有出任何质量事故，优良率100%。师傅汪根良离队后，刘端平成了第二代"电缆头大王"。刘端平在连轧施工中发现，电缆头需要大量接线"鼻子"必须从专门生产厂家购买，就在施工中回收废电缆头和铝板头制作成各种型号的接线"鼻子"。仅此一项就为国家节约经费6万多元。刘端平被支队树为学雷锋标兵和技术革新能手，出席了冶金指挥部和兵种表彰大会。他的徒弟罗佳全成为第三代"电缆头大王"，获全国"五一"劳动奖章，同时获"全国技术能手"称号，享受国务院津贴。

7. 卷板机安装

卷板机是将轧机轧出的薄板卷成卷，通过打捆机打捆包装好后，送到钢卷库区待售的一套成品设备。

负责安装的二区队，专门成立了以老技师赵凤智为组长的技术质量监督小组。赵凤智小组认真负责，对每道工序、每个检测点都要认真地反复检测，做好记录，发现问题，立即叫停，直到检测达到高标准后再进行下道工序。经多方共同检测，合格率100%，优良率达87%，被评为样板工程。

8. 剪切设备安装

剪切区是热连轧厂的最后一个区，主要设备有开卷机、平板机、剪切机，这套设备几乎处于报废状态。机装七、八中队，电装十二中队接受任务后，首先对照图纸清点设备，对损坏设备和所缺部件进行了登记造册，能修理加工的由修理中队加工或修理，实在修不了的重新订购。经除锈清洗、部件自制配套，不仅救活了这套设备，而且还安装出了合格产品，达到了设计要求。

热连轧整体工程，到1979年9月底已基本完成。

10月开始，全面进入调整试运行阶段。

150的任务，则是全力保证连轧调试，保证年底前出板。

二十四大队所属领区队、中队全部投入，108个日夜，全力力保。

1979年12月23日，国产本钢一米七轧机分步试车成功，轧出了第一卷钢板。次年2月6日正式投产。3月，冶金部、第一机械工业部在本钢召开现场会，来自国家有关部门和全国各省市的200多名代表，观看了这套自行设计、自行制造，由基建工程兵150部队安装的一米七轧机的轧钢表演，赞叹150部队干得好！冶金部部长陈绍琨说，150部队用事实回答了日本人的疑问，为中国人争了光，为基建工程兵争了气！一机部部长沈鸿落下热泪说："等了十多年了，终于等到这一天啦！"

1980年3月22日《基建工程兵》报第一版为此做了报道：《国产第一套一米七大型轧机工程一次试轧成功》。

本报讯 由150部队承建的我国第一套自行设计、自行制造、自行安装的一米七大型轧机工程，于三月七日投料试轧一次成功。冶金部、第一机械工业部在这里召开了现场会，来自全国各省市的二百多名代表，观看了这套轧机的联动试轧表演，无不赞叹这个部队的指战员干得好。

国产一米七大型轧机是国家重点建设项目。一九七五年四月，150部队接受了这项宏伟工程的建设任务。五年来，这个部队广大指战员怀着为社会主义争气，为基建工程兵增光的高度责任感，树雄心，立壮志，精心组织，精心施工，使工程建设进展迅速。特别是去年全党工作重点转移后，部队长罗景生等领导带领机关人员组成一线指挥所，吃住在现场，带领部队组织施工小会战，加快了工程进度，提高了工程质量。轧机工程质量合格率达到百分之百，优良率达到百分之七十四以上。在全国两次“质量月”活动中，经冶金部检查团检查评比，有四项被评为“样板工程”。

特别是在轧机液膜轴承组装中，他们通过改革工艺，提高功效七倍多，为我国轧机液膜轴承的组装闯出了一条新路，达到了全国同行业的先进水平。

国产一米七大型轧机工程建成后，每年可为国家轧制各种规格的薄板材一百六十万吨，对加快我国钢铁工业的发展速度，增加我国的钢材品种，弥补短线产品，节省进口钢材的外汇，加快四化建设的步伐，都将起到重要作用。　　　　　　　（报道组）

为工序成龙配个"套"

钢铁工业的特征是工序的成龙配套，要增加50万吨的炼铁能力，绝不是兴建一个高炉那么简单。涉及矿石、铁精粉、烧结、焦炭、电力、铁路等能力的增加，这又是一系列的技改工程。

本钢新增了炼铁能力、炼钢能力和轧钢能力，不是新建5号高炉、二钢厂、初轧厂和连轧厂那么简单，还有一系列的配套工程。

150部队对阵"322"工程，不单是主阵地的对阵，还有系列附属工程的对阵。

焦化土建工程：三大队、二十四人队

新建一座65孔当时国内最大的焦炉，年新增焦炭产量60万吨，并对整个焦化的供煤配煤系统进行改造，这是其中的一项配套工程。

工程投资：3067万元。

建设时间：1974年10月至1977年10月。

全部建设任务：三大队承担；部分机电设备安装，二十四大队承担。

搞焦炉建设对三大队来说，是一项以前从未接触过的全新任务。但他们却以严谨的态度，砌筑出了一流焦炉。

砌筑焦炉，对耐火砖尺寸精度要求非常严，整个焦炉要用150多种各种尺寸、形状不一的耐火砖。但提供给三大队的耐火砖，多数是以前援助朝鲜时剩下来的，已在仓库堆放了5年多时间。规格混杂，尺寸偏差大。

把好耐火砖尺寸精度关，三大队有自己的高招。

火车将规格混杂、尺寸偏差大的耐火砖运到仓库后，工程师林登朝、技师于海泉开始指导一中队的战士按形状、规格进行整理并分拣归类。

担任磨砖任务的四中队，对分拣出来不符合筑炉尺寸精度要求的耐火砖，则用专门的磨砖砂轮机进行修磨。战士们在大热天戴着厚厚的防尘口罩，用游标卡尺、几何角尺，对每块砖按图纸要求进行精心打磨加工，确保每块砖都以精确的尺寸，配送到筑炉现场。

砌筑焦炉不仅耐火砖尺寸要求精而且施工要非常严谨。

担任砌筑任务的二、三、四区队分孔承包，各负其责。各区队把砌砖技术最好的战士集中起来，上焦炉砌砖，以此保证了砌筑质量。经他们砌筑完成的65孔焦炉，被

评为全国冶金系统"红旗炉"。

三大队承担的焦化工程除砌筑焦炉外，还有内容包括煤炭堆场、解冻室、翻车机室、配煤室、配煤皮带运输通廊等配煤系统改造工程。其中的翻车机室是整个系统中施工难度最大的关键工程。

翻车机室，位于地下19.5米深，用3000多立方米混凝土一次浇灌而成的钢筋水泥房。

国内同样的工程中，因为施工不当和技术不过关有"十翻九漏"的说法。

如何终结"十翻九漏"的魔咒，三大队从精准施工入手，严控操作细节。

在浇注混凝土的作业面，实行定人、定点作业，定人、定点负责质量监督。混凝土凝固速度和振捣棒振捣深度两相关联，历史的经验是：一层只浇25厘米高，是混凝土凝固速度和振捣棒振捣深度最佳点。因而规定：从地下19.5米起至地平面上，一层只浇25厘米高，上一层和下一层浇注时间间隔保持在45分钟。

为保证连续作业，他们集中10台搅拌机共同供应混凝土，集中9个中队兵力保证连续作业。

按照严谨的施工程序，经过70多小时的连续作业，翻车机室混凝土浇注顺利完工，并且实现了无一处渗漏的目标，被誉为破了"十翻九漏"魔咒的标杆工程。

二十四大队承担了焦化工程机电设备安装和煤气管道的拆换。

当前的任务处于二钢收尾工程和一米七主战工程与焦化工程抢时间、争兵力的矛盾时刻。二十四大队统筹规划，土建集中施工时，只派少数兵力配合，主力则集中进行一米七设备安装。焦化工程基本具备安装条件时，则集中9个中队到焦化打歼灭战。

他们不仅派出了足够的兵力，而且按性质将管道拆安、推焦机拆安、电气设备安装调试和煤场、输煤系统分成5个技术层面的战斗群，发挥了技术力量协调作战的优势，20天完成了四号焦炉的中修任务，提前8天，并创造了国内同类型焦炉中修的最好水平。

白灰窑工程：十五大队、二十四大队

1977年下半年，石灰石矿南山工程开工扩建。

一期工程：南山原料系统、成品系统、炉前给料矿槽、炉后地下通廊白灰车间框架、一号二号竖窑与炉体安装、成品矿槽等。

二期工程：大明山原料受矿槽、通廊转运站和炉前矿槽、三号四号竖窑等土建和设备安装工程。

受料矿槽是白灰工程的前导工序，时间紧，要跨一个冬季施工。木工和钢筋工是土建施工的主力工种。

受料槽结构复杂，梁、板、墙、漏斗纵横交错。

受料槽模板放样和配制成为关键。

身有放大样绝活的李维善，只带高徒刘国文、陈铭福两人。

足尺放出大样后，用16开纸和铅笔徒手画模板配制图，这叫小样，并注上放样尺寸。在关键的纵梁与横梁，梁与墙、漏斗与竖壁等交叉节点上，足尺标注精确到毫米。

完成模板图翻样后，李师傅春节前回京探亲休年假。刘国文接过全部"小样"，仔细对照吃透蓝图"小样"后，安排模板配制和现场组装。由于缺乏经验，按小样尺寸配好的模板超大超宽，装车前又得锯成几大块儿，接槎处做上记号。运到工地的模板堆垛时卸得到处都是，整个对号只能靠刘国文，指哪块组装哪块。

受料槽支模是个很复杂的事，木材用量一次投入就达1000立方米以上。土建中队木工排、九中队木工排通力合作。

受料槽工地支模、钢筋绑扎的进度大众瞩目。郭振辉、宋志达按小时下达进度计划，靳师傅当天计划未完不能收兵。

木工排人人腰带上系着钉子兜，别着羊角锤，手里拎着锯，在漏斗平台下柱子间钻来钻去。

工序紧张穿插，间不容发。

1978年上半年，南山白灰窑原料、成品系统的各转运站和通廊进入施工高峰，与受料槽相连的通廊及14号至18号转运站由二区队承担。

地下皮带通廊，是南山矿区受料槽向山上输送矿石的首条通廊。通廊穿过3条铁路和一条公路且与相邻的建筑距离很近，经过全面权衡，决定仅在正式铁路下采用顶涵办法施工。

第一天开镐试顶，第二天正式顶进。挖土进尺每50厘米左右顶进一次，列车通过时暂停作业。在狭窄的箱涵空间，挖运人员轮流作业。顶进、回镐、测量环环相扣，牵引、起重、换顶柱密切配合，争分夺秒，不舍昼夜。

预制箱涵从试顶到就位共计用时25天。就位后经技术部门复测，铁路无变形，达到设计标准。本溪地区首次在地下6.6米深处，横穿辽本铁路干线顶涵施工圆满成功。

一期白灰工程能否于1978年建成投产，是关系到本钢能否参加1979年全国3600万吨炼钢拉练的一件大事。为此，部队又抽调5个区队的兵力进行会战。

1978年11月，经过8个多月的艰苦奋战，南山矿新建1号竖窑点火生产。

1979年6月，随着2号竖窑竣工投产，本钢一期白灰工程胜利完成。

一机修改造工程：十四大队、二十四大队

本钢第一机修是承担炼铁、炼钢、轧钢、焦化、耐火等厂矿备件加工、制作、修复的冶金机修厂。

实施“322”改造以来，先后筹建大型钢锭模、轧辊和二加工等车间。

1974年建大型（件）机加车间和大型铸钢车间。到1977年厂房结构初具规模，二加工车间已投产使用。其他车间因历史原因停工缓建，本钢生产能力的增加急需复工续建。

时不我待，关键时刻，十四大队主动站出来，承接续建任务。

续建后的一机修大型机加工车间，建筑面积2880平方米，建成后新增各类大型机床11台。其中，5米、6.3米立式车床投产后，结束了直径6米以上备件用土法加工的局面，填补了本钢大型备件无法加工的历史空白，形成了综合机械加工体系。

新建机修大型铸钢车间建筑面积1.4584万平方米，包括铸钢车间、铸铁车间、铆焊车间、热处理车间和成品库，从厂房到金属炉料、砂库、空压机室、乙炔站、职工休息室全部配套。

大大小小共计11项工程，十四大队1区队1中队为主施工。

1977年一季度工程开工，两年后，续建的大型机加工车间和新建的大型铸钢各车间土建工程基本完工，陆续交付二十四大队进行设备安装。

二十四大队承担了一机修扩建中铸钢、5米和6.5米机床等主要机电设备的安装。二十四大队机装三中队、电装十一中队和调试九中队于1977年进驻一机修进行设备安装。他们与十四大队紧密配合，用一年半时间完成了安装任务。

厂区铁路工程：十五大队　铁路连

从1971年5月至1983年4月的12年里，十五大队包揽了本钢改扩建计划中的全部铁路工程建设任务。

改造的既有铁路线包括：焦化站铁路线、炼铁站铁路线、南芬选矿厂铁路线等。

新建铁路专用线包括：第二炼钢厂地下料仓原料线、炼钢站站场铁路线、废钢站铁路线、南芬选矿厂选矿原料专用线、火连寨石灰石矿铁路专用线，以及彩屯铁路新建立交桥工程、北部车场铁路工程、郑家翻渣线铁路扩建、工源水泥厂铁路扩建等。

另还建有炼钢站、轧钢站，焦化站和工厂站等四个大的铁路站场，这些站场都是由多股股道、道岔连接成为调车区，站场里也包含有较长的行走线。

期间，完成铁路铺设100余公里，建成单开道岔超过300组，完成30多组交叉渡线的安装。

铁路连为完成铁路工程任务，在缺乏机械的条件下，用人工爆破和铁镐、土筐、

小推车等落后工具，搬走了彩屯、溪湖太子河岸边，以及废钢场区的3座矿渣山。

铁路施工中每一项任务都很艰巨。障碍物多，施工场地狭窄。有些施工场点，因大部队不能同时展开，而不得不采取三班倒方式。所以，这个中队的指战员们，经常是施工延伸到哪里就把营房扎在哪里，夏热冬寒，吃住在施工现场。

铁路施工突击性很强。在正常运行的铁路线上，安装道岔即临时切断运行线路都有时间要求。而受施工场地条件的限制，又往往无法提前做准备工作。调度室下达开工令后，指战员们如同上战场，拼命地拆卸原有线路钢轨、枕木，清理到场外，平整场地，再摆好新枕木、抬钢轨、道岔，进行新的铺设，直到抬道、维修，具备通车条件。

铁路施工技术含量高。抬道和拨道，就是技术性很强的劳动。铁道铺好后高低不平，需要按设计标高抬平、拨正。首先测量出设计标高，每间隔30米钉一个标高桩，用起轨器将钢轨起到设计标高后，指战员们挥镐铲石，将轨道垫平。这里面有直线曲线的区别，曲线又有曲率、轨距的区别，平坡与上下坡连接曲线的区别，等等。没有专门知识，没有敬业精神是做不好这项工作的。

多年来，"铁路连"不论遇到什么困难，他们完成的工程，都是放心工程；他们交出的产品，件件都达优质标准。

团山运修工程：三大队

1978年，本钢为适应机车维修，决定修建团山运输机修工程。

此项工程由三大队承担。

运修工程要开工，太子河桥通车是关键。太子河桥要通车，架桥的钢轨及所需的块石，是必备的材料。为此，三大队政委王治朝亲自主抓，没有块石自己采，没有架桥的钢轨就派人到鞍山等地收集，获得废旧钢轨700多吨。

有了材料，太子河桥提前6天建成通车，为运修全面开工创造了条件。

土方回填是运修施工的头道工序。机械一中队学习王君绍的工作方法，以挖掘机为中心，组成挖土、运输、平整、修理一条龙小分队，提高挖掘机使用效率。一立方米挖掘机的台班产量提高到1080立方米，超过国家定额近一倍，节约劳力4400个工日。

团山运修施工中，三大队有效地改变施工方法，他们把分布集中、结构相似的88个装配式单层工业厂房，分成打桩、基础、预制柱、预制屋架、结构安装等五条流水线，3个土建中队各自负责基础、预制柱、预制砼屋架3条流水线，结构安装由两个安装排承担，打桩工程另抽人员组成两台打桩机组承担。这样，每个中队负责一条流水线，生产同一种产品。每条流水线又根据施工工序建立了定人员、定机械、定岗位、定产量、定时间、定质量标准和实行写字留名的岗位责任制。

岗位固定，工作专业化，提高技术水平和工效，降低成本。8座工业厂房从5月20日开始打桩，到年底，除围护墙外，结构安装已全部完成。同时，还建成了仓库等一批附属设施。分项工程质量优良率为75.8%，被评为支队质量样板工程。砼运输浇注工效大大提高，超过定额一倍。基础模板安拆通过革新后工效提高6倍，节约劳动力4400工日，模板平均周转率达36次，节约率为59.25%。到10月底，工程成本降低7.76%，取得了进度快、质量好、工效高和省工省料、施工文明的效果。

南芬五选工程：十五大队、二十四大队

本钢南芬五选扩建工程，由五选生产主厂房、磁选车间、细破碎厂房、精矿储仓、浓缩池、转运站及通廊、铁路铺设、设备安装、附属及室内外配套项目组成，总建筑面积为3.0036万平方米。

工程于1974年开始建设，至1980年末累计完成建安工作量1197.57万元。五选主厂房三个系列土建已初步具备设备安装条件，厂房结构安装大部分完成。

因为部分设备迟迟未到，南芬五选扩建工程经历"两下三上"的曲折历程。

1980年冶金部将本钢五选列为重点竣工项目，要求1981年10月三个系列及配套工程完成，五选主厂房、细碎车间、精矿仓、原料及成品运输系统9月上旬具备单体试车条件。

经部队官兵拼搏决战，五选扩建工程前三个系列竣工，于1981年10月10日投产，顺利生产出品位为64.7%的铁精矿粉。

南芬五选土建工程：十五大队

1

五选主厂房是主要工程项目，建筑面积1.741万平方米。

施工部队在现场设置了搅拌场地、预制场地、钢结构加工场地等。

现浇钢筋混凝土墙体，采用组合大模板30平方米，用吊车吊装就位，对拉螺栓拉结，钢支撑支护，缩短了工期，节约了材料，质量良好。

厂房地坪设计为26度坡面，与原地形坡度相差不大。为不干扰原土层，将坡面修整到地坪垫层以下标高处，从上至下顺次浇灌混凝土垫层，基础土方全由人工挖运，简化工序，缩短工期。

在五选钢屋架制作中，因缺相同的钢板，要选择不同钢板焊接，必须采用T506焊条，但T506焊条性能不容易掌握，而T422焊条有可靠性，工程技术人员决定尝试用T422焊条焊接。他们将同钢种和异类钢种焊接接头试件试验，并提出试验报告。

屈服点、延伸率、冷弯、极限强度等均符合规定指标，创新了工艺技术。

五选扩建工程是在南芬选矿厂原有基础上进行，如果施工组织不当，就会使原有选矿系统停产，造成经济损失。四号转运站建在原有的原料通廊上，按设计施工时要拆除一段正在生产的原料通廊，这样选矿厂有关系列将停产一个月，工厂直接损失达260万元。指战员们为了避免国家损失，大胆采用支撑加固办法施工，将通廊运转机构托起，保证了施工顺利，避免了损失。

2

南芬选矿厂新建原料系统精矿仓滑模是150部队1979年度技术革新项目。

选矿厂新建精矿仓与厂区原有精矿仓平行纵向布设，场地狭长紧凑。

精矿仓建筑面积1730平方米，标高6.4米平台以下为出料通廊，顶部为受料通廊，中间为14个直径8米、壁厚为200毫米的钢筋混凝土圆形精矿粉储料仓，仓高13.6米，仓底为锥体素砼漏斗，辉绿岩护面。

滑模工艺技术质量标准高，操作严格，省时、省力、工效高，但专业配合交叉多，安全问题突出，需严密组织施工。

十五大队三区队承担精矿仓滑模施工任务。

滑模工艺在十五大队还是第一次实施。为圆满完成任务，工程技术及相关人员到上海宝钢取经学习。

实施滑模工艺，前期做了精心准备。

做好前期的现场、技术、材料、设备、人员准备工作。

编制施工方案、进行技术交底、组织培训，使参战者明确技术质量标准、操作要领、工序穿插配合要求、安全注意事项等。

具体分工：

木工组：负责模板系统安装，包括支撑架、平台、挑架、模板安装等。

钢筋组：负责钢筋制作安装。

混凝土抹灰组：负责混凝土浇注、修整、养护等。

油路系统组：液压系统无渗漏，千斤顶行程同步单顶布置，液压设备及高压油路完好，无渗漏。

在试滑时发现千斤顶行程不同步，出现滑模平台倾斜超差，反复寻找问题，发现千斤顶液压油管封闭圈不严漏油，经过多次试验，用手推车内胎做封闭圈效果良好，保证了滑模安全顺畅同步升滑。

现场每班设专人检查仓体的中心偏差和倾斜度，并用测量测设，防止模板倾斜，在支撑杆标注同一标高，每升一层检查一次，每模偏差中心不大于5毫米，倾斜度控制在1%以内。

滑模施工实行三班连续作业，多工种配合，组织好施工衔接和配合，以保证工程质量和施工效率。

充分的准备，保证了滑模工艺的实施，培养了专业技能人才，为日后实施类似工程积累了丰富的经验。

3

166通廊是五选扩建工程新建原料系统输送铁精矿粉的最后一条架空钢通廊，与南芬选矿厂原输送通廊平行布设，通廊全长157米。地下两段箱形结构已完成，地上GHJ-1、GHJ-2两段，每段长30.3米需吊装就位。

为保证施工安全，施工方案要求选矿厂输电线路动迁改线，这样生产需停产3天。

GHJ-1吊装无站车位置，需将铁路切断后回填土方，吊车就位吊装后，清场恢复铁路运输线，需停产3天。

方案上报后，被本钢指挥部否定，要求必须在不停产的情况下完成166通廊吊装任务。

大队长崔远泉向技术股下达命令，要求制订可靠方案，在选矿厂不停产的条件下按期完成施工任务。

经工程技术人员深入施工现场调查研究，形成了166通廊空中组装方案的设想，方案上报后，得到本钢指挥部批准。

为保证GHJ-2桁架顺利组装，挡土墙以上土坡体用草袋子护砌边坡，防止土体落入铁路线上，影响火车正常运行。暗渠顶部用废旧桩头做盖板防护，防止土体落入渠内堵塞。

经协商，利用选矿厂检修时间采取间歇停电的方式，停电两次，每次停电4小时，为组装吊装创造条件。

GHJ-2桁架由场外加工场地加工，组装分两段运至现场，利用选矿厂第一次停电时间，在组装平台上进行整体组装，检查各部无误后待安装。

然后，利用选矿厂二次停电将GHJ-2桁架吊装到位。

GHJ-1桁架长30米，分两段在空中组装。

第一段由P-1支架至龙门吊架区间，在场外组装运至现场，用35吨汽车吊到位。另一段，由龙门吊架至精矿仓标高22.5米牛腿区间，分四片空中组装。首先利用精矿仓6吨塔吊横跨精矿仓体，将第二段底片就位在牛腿和龙门吊支架后与第一段组对，检查合格后开始施焊，待焊缝检查合格并冷却后摘钩，再吊装两个侧片，最后组对顶片。

吊装时，地面两端设专人瞭望，防止非施工人员入内，观察通行火车进出情况，以确保施工安全。

安装人员在20多米高空中作业，还得视火车进出，随时进退工作地点。焊缝由平焊变成立焊和仰焊，增加了施焊难度。经过战士们艰辛的劳作，166通廊空中组吊成功。

4

该工程1979年9月复建。

第二次进入施工现场，首要的是细致全面的检查。

根据检查结果，项目部编制尾工项目计划，分配承担单位。

新建的选矿转运系统，与已生产在用的转运系统有一交叉段，施工时需停产40天，本钢则要求部队抢在10天内完工。施工连队成立了突击队，只用4天零16小时就完工，减少经济损失126万元。

经过十五大队、十四大队、二十四大队共同努力，在本钢及各有关方面大力支持下，五选扩建工程前三个系列竣工于1981年10月10日投产，顺利生产出品位为64.7%的铁精矿粉。

南芬五选机电工程：二十四大队

南芬五选扩建工程，1974年9月开始兴建。十五大队首先进驻，随后二十四大队部分进驻。

之后，因设备不到位停工缓建。

1978年3月，二十四大队机装三中队和电装十一中队、电调九中队（部分），为五选扩建工程二次上马再次进驻。主要工程任务：安装总降压变电所、破碎输送转运系统、球磨、磁选、浓缩池等工程的机电设备。设备总量2070吨，管道1919米，电缆5.06万米，金属结构415吨。

头3个月的施工计划没有完成。

但这次复工，又一次停工缓建。

1981年2月，南芬五选扩建工程第三次上马，要求必须在1982年年底前投产。

此时，部队大队、区队中队番号已分别改为团、营、连。

二十四团的三连、四连（后期与三连合并）、七连、十一连、九连开赴南芬参加建设。

南芬五选扩建工程是在原五选系统的基础上进行的。原设计将原有的一、二、三号转运站改为一、三、五号转运站，新建的转运系统建二、四、六号转运站。这样，原有转运系统就得停产一个月，工厂直接损失达260万元。

如何保证在新建一条转运系统时不影响原系统的正常运作，避免国家损失？

二十四团建议：采用槽钢做支架，将原有通廊输送系统托起升高，生产照常进行，新建转运系统可正常施工。

上级采纳此建议，任务交由三连来完成。善于打硬仗的3连，组织突击组突击施工，圆满地完成了任务。

另一项类似的安装新建原料运输系统时，旧系统必须停产40天，本钢要求10天内完成。机装和电装紧密配会，仅用4天零16小时，就顺利完成，减少经济损失126万元。

1982年，正当部队热火朝天地大战五选工程时，传来基建工程兵要撤销的消息。

部队作战，最怕五行不定。

部队紧急采取了三项措施，稳定了军心。

在支队的统一部署和要求下，二十四团党委及时召开党委扩大会议，认真分析部队的思想情况和施工进展情况后，采取了三项措施，稳定了军心，调动战士的施工积极性。

在此基础上，部队趁势于6月中旬开展"大干一百天，决胜攻坚战，向国庆献礼"的竞赛活动，在班组间、工序间开展了多种形式的劳动竞赛活动，出现了你追我赶的可喜局面。

在此期间，干部以身作则，率先垂范。三连连长张明德带头在磁选设备安装的关键部位挂上署有自己名字的责任牌，同指导员一起，成为全连施工的第一责任人。领导的言行，就是巨大的动力，3连施工突飞猛进。

战士积极跟进，许多战士主动放下了家庭和个人问题。原定"十一"请假结婚的推迟了婚期，老人病故的不回家。老战士赵金常的爱人、哥哥、父亲相继去世，家里只剩下母亲一人，领导几次批准他回家探视，他都说："我回家也解决不了什么，我相信党和政府。"他忘我的工作，任劳任怨，年终荣立了三等功。

1982年8、9两个月，五选施工进入白热化阶段。出现了机装追土建、电装追机装、土建积极为安装创造条件、机装主动为电装调试创造条件的你追我赶、相互协作的大好局面。

通过开展"大干一百天，决胜攻坚战，向国庆献礼"活动，全线于9月26日一次联动试运转成功，提前交生产厂试生产，为国庆献了一份厚礼！

本钢在召开该工程竣工投产总结表彰大会上，宣读了冶金工业部贺电。

市领导讲话总结说：该工程的建成投产，是军民紧密团结、共同努力奋战的结果。

相关改造工程

一、150部队承建工程总结

1972年1月至1983年4月，150部队参加本钢改扩建施工11年多时间，共完成六大系统（系列）的大中型工程项目20多个。工程总建筑面积180多万平方米（住宅和部分小工程不计），共完成建安工作量5.157亿元。其中土石方挖运回填1330万立方米，金属结构制作安装5.03万吨，设备安装4.72万吨。

在本钢改扩建施工中，像炼钢工程和1700轧钢工程施工中遇到的困难和问题，对于施工机械化程度很高的今天来说算不了什么。但在20世纪70年代，全靠铁镐、铁锹、手推车，以革命加拼命，完成所承担的本钢改扩建任务，为本钢后续发展打下坚实的物质基础，不能不说，基建工程兵150部队是一支"特别能吃苦，特别能战斗，特别能奉献"的钢铁劲旅。

二、150部队承建工程目录

（一）矿山系统

1. 新建本钢南芬选矿第五选系列工程。

2. 南芬矿山五八六矿场改扩建工程。

3. 南芬矿山四二〇工业场地改扩建工程。

4. 赵家堡生活区高位水池等多项民用设施工程。

5. 改扩建大明山、南山石灰石矿工程。

（二）炼铁系统

1. 二铁厂循环水工程。

2. 扩建发电厂240吨锅炉及部分输电工程。

3. 焦化厂新建三号65孔焦炉，大中修一号、四号焦炉，以及大型机械化煤场和输煤系统工程。

4. 改扩建水渣池等工程。

（三）炼钢系统

1. 新建年产200万吨普钢的第二炼钢厂，主厂房3台120吨氧气顶吹转炉工程。

2. 氧气厂3台万立方米制氧机及输气管道工程。

3. 钢锭模车间、白云石车间、高炉煤气回收系统，以及3万立方米煤气储罐工程。

4. 废钢厂及轧钢站工程。

（四）轧钢系统

1. 新建初轧厂，1150毫米万能板坯初轧机一套（第二支队承建）。

2. 新建热连轧厂，1700毫米热连轧机组一套。包括主厂房内加热炉区、初轧区（初轧机组3台）、精轧区（精轧机组7台）、卷曲区（卷板机组3台套）、剪切区（3个车间）等五大区工程；4座主电室、两座变电所工程；主厂房外检验室、重油库、耐火材料库、煤气加压站、分油站、空压站、七泵站、八泵站、给水站、沉淀池等配套工程。

（五）改造系列

1. 一铁、二铁部分改造，特钢部分改造，一机修改扩建，耐火厂改扩建，运输部运输机修扩建，动力厂部分改造，工业用水改扩建等工程。

2. 太子河拦河坝工程、三水源工程、五水源工程，以及输水管道、厂区给水管道工程。

3. 部分厂矿办公楼、住宅楼工程。

4. 本钢厂区铁路新建、改扩建工程。

（六）援建系列

1. 本溪市市政工程，包括本溪市5000吨冷库工程；本溪水泥厂50万吨水泥扩建工程；工源水泥厂火连寨矿石及铁路工程；本溪军分区大楼、电报（邮电局）大楼工程等。

2. 沈阳工程，包括沈阳七二四厂改扩建工程；中科院沈阳金属研究院6栋专家住宅楼、两座实验楼工程；冶金部沈阳勘察设计院两栋住宅楼工程；沈阳军区后勤部七二一二印刷厂职工住宅楼工程；辽宁省新闻出版局纸库工程等。

3. 北京基建工程兵冶金指挥部基地营建工程。

4. 上海宝钢无缝钢管厂工程，以及上海部分市政建设工程等。

三、15团4连11班荣获兵种“爱民模范班”

基建工程兵种授予150部队十五团四连十一班为“爱民模范班”，命名大会在本溪隆重举行，见1982年2月27日《基建工程兵》报第一版。

本报讯 2月23日，兵种授予150部队十五团四连十一班以“爱民模范班”荣誉称号的命名大会在本溪市文化宫隆重举行。参加大会的有兵种政治部、冶金指挥部领导同志，本溪市委、市人大、市政府和本溪军分区等单位的领导同志，及兵种驻本溪部队指战员共一千一百多人。十一班曾照料过的张成老大爷也参加了大会。

大会在庄严的国歌声中隆重开幕。宣读了兵种党委《授予十一班"爱民模范班"荣誉称号的命令》以后，兵种政治部副主任蔡元农代表兵种党委和领导机关讲了话。他首先对热情关怀我们部队建设的本溪市领导和人民群众表示衷心的感谢。接着他说，十一班的爱民模范行动，充分体现了我军热爱人民的政治本色，表现了革命战士高尚的品德和社会主义的精神风貌。他们是我们部队在开展"四有，三讲，两不怕"活动中涌现出来的先进典型。他要求部队每一个干部战士，都要以十一班的同志为榜样，人人争当建设社会主义精神文明的光荣标兵。

冶金指挥部副主任牛利民在大会上宣读了指挥部党委《关于开展向"爱民模范班"学习活动的决定》。150部队政委王惠在会上介绍了十一班的先进事迹。本溪市副市长许晏波和原铁西街街委主任高凤梅也在会上讲了话。他们热情赞扬了十一班的模范事迹。许副市长表示，要在全市人民中广泛、深入地开展学习解放军，学习十一班的活动，人人争做爱国拥军模范，在全市造成一个拥军优属无上光荣的良好社会风气，支持部队建设，把军政军民的大团结推向一个新的阶段。

十一班班长徐百川代表全班同志在会上讲了话。他表示，要以兵种党委命名为动力，戒骄戒躁，继续前进，在建设社会主义精神文明和物质文明中当模范。

蔡副主任和牛副主任代表领导机关分别向十一班颁发了锦旗和奖品。大会在《三大纪律八项注意》乐曲声中胜利闭幕。　　　　　　　　　　　　　（柴宝文）

150部队因公牺牲人员名录

序号	姓 名	籍贯	出生年份	入伍年份	部 别	执行何种任务	牺牲年份
1	周正祥	上海	1936	1966	3大队5中队	施工	1967
2	孟全生	上海	1945	1966	3大队5中队	施工	1968
3	陈顺锁	陕西	1951	1969	15大队	施工	1970
4	郑东山	湖北	1952	1971	15大队	施工	1971
5	陈贵龙	四川	1938	1956	3大队6中队	施工	1972
6	刘风武	河南	1951	1971	3大队汽车中队	施工	1972
7	王 力	河南	1950	1971	3大队1中队	施工	1972
8	韩桐柏	山东	1951	1973	3大队15中队	施工	1974
9	李广明	湖北	1950	1971	14大队	因公	1974
10	王永平	陕西	1951	1973	3大队14中队	施工	1974
11	钟守清	湖北	1951	1971	15大队	施工	1974
12	汪玉琢	内蒙古	1951	1973	15大队	施工	1974

序号	姓 名	籍贯	出生年份	入伍年份	部 别	执行何种任务	牺牲年份
13	李宝峰	吉林	1955	1974	3大队16中队	施工	1974
14	许万友	吉林	1955	1974	15大队	施工	1974
15	邓登发	四川	1951	1970	24大队	施工	1974
16	马守路	河南	1953	1971	3大队16中队	施工	1975
17	蔡平银	四川	1948	1966	24大队	施工	1975
18	管德州	湖北	1952	1971	15大队	施工	1975
19	谷崇河	吉林	1939	1959	支队医院	执行任务	1975
20	韩江成	四川	1952	1969	3大队10中队	施工	1976
21	胡光先	湖北	1950	1971	14大队	因公	1976
22	马跃生	河南	1949	1971	3大队5中队	施工	1976
23	杨富定	河南	1956	1975	24大队	施工	1976
24	郑成高	四川	1948	1966	结构区队3中队	施工	1976
25	梁治龙	陕西	1952	1973	15大队	施工	1976
26	陈尔昌	江苏	1941	1966	支队医院外科	执行任务	1977
27	黎克祥	安徽	1958	1976	3大队9中队	施工	1977
28	姚龙奎	上海	1941	1966	3大队1中队	施工	1977
29	赵吉海	四川	1951	1964	3大队9中队	施工	1977
30	曾维兴	四川	1950	1969	24大队	施工	1977
31	万 铎	甘肃	1949	1970	14大队	因公	1978
32	韦开祥	贵州	1954	1971	3大队2中队	施工	1978
33	熊世勤	四川	1952	1971	14大队	因公	1978
34	张汉强	山东	1957	1977	24大队	施工	1978
35	李玉浩	河南	1955	1975	3大队3中队	施工	1978
36	金玉忠	吉林	1959	1978	14大队	因公	1979
37	刘少文	吉林	1959	1978	14大队	因公	1979
38	马孝林	甘肃	1958	1977	3大队10中队	施工	1979
39	孙振祥	吉林	1954	1974	3大队10中队	施工	1979
40	王京生	陕西	1954	1973	3大队12中队	施工	1979
41	王志峰	山西	1952	1969	15大队	施工	1979
42	洪玉兵	河南	1954	1973	3大队10中队	施工	1979
43	李茂顺	吉林	1958	1978	3大队14中队	施工	1980

序号	姓 名	籍贯	出生年份	入伍年份	部 别	执行何种任务	牺牲年份
44	王兴良	河南	1956	1975	3大队6中队	施工	1980
45	童长友	四川	1956	1977	15大队	工程爆破	1980
46	刘志银	湖北	1951	1971	15大队	施工	1980
47	张书法	四川	1955	1977	15团2连	施工	1981
48	周志华	湖北	1962	1981	14团13连	因公	1981
49	彭金甫	湖北	1961	1981	15团4连	施工	1981
50	程道升	河南	1953	1975	14团机加连	因公	1982

注：本名录源自第三支队文书档案及所属部队上报，其中三大队、十五大队部分名录追溯至转隶前。

《本溪日报》1979年6月7日第一、四版，刊登了李玉浩烈士事迹。

光辉一生献四化——记基建工程兵某部学雷锋标兵李玉浩烈士

撰稿：郭希铭、张希年、刘建民

人们都珍惜青春，青春在人的一生中是最宝贵的。这里我们介绍的是基建工程兵某部学雷锋标兵、共产党员李玉浩一心为革命，青春献四化的事迹。

一九七五年，李玉浩在河南参军来到"煤铁之城"，成了一名基建工程兵战士。小李是从农村来的，一到工地，就被那高大的塔吊、宏伟的厂房、热火朝天的劳动场景吸引住了。有人说：搞土建，成天与砖瓦石块打交道，没出息。可小李却不这样看，他在给党支部的决心书中写道：只要革命需要，我宁愿当一辈子基建工程兵，为四化建设添砖加瓦。

搞工业建设，很多东西他都很陌生。但他不气馁，发奋学习，细心搜集技术资料，还用节衣缩食省下的钱买了数理化和《瓦工》《混凝土》等十几本文化、技术书籍。每天，天刚蒙蒙亮，他就起身学习；夜晚同室的战友们都进入了梦乡，可他还在钻研；施工现场上，战友们休息了，他仍在苦练基本功。就这样，他利用业余时间阅读了《施工识图》《混凝土》《瓦工》等技术书籍，掌握了震捣、砌墙、粉刷等好几种技术。入伍不到三年，他就达到了三级工的技术水平。

李玉浩心中装着四化大目标，他常说："只要是利于四化的事，我就豁出命来干。"施工中，哪里活累，哪里艰苦，他就抢着在哪里干。大体积浇灌混凝土，把震动棒比较艰苦，他一把就是十多个小时，扛水泥的活累，他总是干在前头。

一次抢修焦炉，焦炉炉孔孔宽不到三十厘米，深度达十多米，人往炉内运送格子砖，只能侧着身子一步步往里挪，因此领导要求每人每天送八百五十块即可。可小李却脑袋一转，不知从哪找来了一根绳子，一头拴在腰上，另一头用手拽着，一次就比别人多送三四块。收工时，他创造了日运砖一千七百多块的最高纪录。

一九七六年六月，小李得了心动过速病，干起活来胸闷、心慌，医生开了病假条，他悄悄塞进兜里，瞒着领导来到工地。后来，他的病情越来越重，一次竟昏倒在工地上。领导和同志们发现以后，立即把他送进了医院。当时，班里的同志们正在医院附近施工，他在医院里歇不住，又瞒着医生，背着领导，经常偷偷地溜出医院来参战，推砖、抹灰干得满欢。班长心疼地说："小李，你快回去养病吧，别把身体累坏了。"小李笑笑说："躺着难受，不如干点活痛快。"

小李想四化、干四化，唯独不想他自己的事。那年，家里给他介绍了个对象，未婚妻几次来信催问婚事，可小李因部队施工紧张，一连几个月没顾上回信，这事被领导发现了，几次催他，他才写了一封信。在信中，他热情洋溢地介绍了部队大干四化的形势，解释了没有及时复信的原因。信的末了，提出要与未婚妻来一个比赛：看谁对四化的贡献大，年底戴上大红花。诚恳的话语感动了姑娘，热切的愿望激励了姑娘，她欣然同意，坚决应战。年底，小李荣立了三等功，他的未婚妻也被评为队里的模范，两人双双戴上了大红花。

一九七八年十月，本钢一米七热连轧工地上车水马龙好不热闹，为了抢在冬季到来之前把大型基础浇灌完毕，部队展开一场和时间赛跑的争夺战。一直带病坚持工作的四号搅拌机作业手李玉浩，此时正全神贯注，紧张操作。中午，他觉得胸中发闷，心跳得厉害。"在这争分夺秒的时刻，说啥也不能倒下。"他暗暗"命令"着自己，吃罢午饭，他连一口水也没喝，就又奔向机旁干了起来。下午二时十分，小李心跳急剧增加，眼前阵阵发黑，他咬咬牙继续坚持，突然，心脏一阵绞痛，小李一下子昏倒在转动着的搅拌机上。"副班长……"正在附近施工的战友们迅速奔将过来……等战友们将他抬出来时，他已经身受重伤，没到医院就停止了呼吸。人们从他的衣兜里，发现了医生开的病假条和一个没有吃完的药袋。

李玉浩同志入伍几年来，先后两次荣立三等功，七次受到部队奖励，几次出席部队、本溪市改造本钢会战指挥部和沈阳军区工程兵学雷锋代表大会，被誉为学雷锋标兵。他短暂的一生，是为四化忘我战斗的一生；他那火红的青春，在四化建设的征途上，发出了耀眼的光辉。

李玉浩同志牺牲后，所在部队党委根据他的生前表现，追认他为烈士。一个"学李玉浩，做李玉浩，争为四化做贡献"的活动在他所在的部队蓬勃展开。

012：你不知道的张文达

端一张深沉的脸说书

1986年，距离连轧轧出第一个卷板才过去6年，连轧建设后相关改造以及转炉炼钢建成后的相关改造还在相继展开，本钢的另一个具有重大意义的项目——冷轧厂建设项目获得通过。

冷轧建设还没开始，另一项意义非凡的连铸工程，又于1991年在欧洲签字。

本钢的发展在提速。

站在本钢航母，为本钢提速发展的掌舵人是本钢总经理张义达。

采访张文达，时间在2020年5月12日下午，他的家里。

张文达于1935年出生，是昌图人。

1955年参加工作就到本钢二铁厂，当过瓦斯工、工长、炉长。

1972年，5号高炉建成，当5号高炉副段长，之后任高炉车间副主任、主任。

1980年至1984年任二铁副厂长、厂长。

1984年至1995年4月，任本钢公司经理。

至今，本钢人普遍评价：张文达在位时，是本钢日子过得最好的时候。

在很多人的印象中，张文达很深沉，不苟言笑。

生于1935年的张文达，85周岁，鬓发苍苍，垂垂老矣，可说起往事，记忆准确，清晰如故。

二铁厂恢复生产的事，一口说出：工源炼铁厂成立于1955年4月，3号高炉于1956年10月1日点火，4号高炉于1957年9月1日投产。4号高炉的高炉利用系数，夺冠中国，炉长陈志平与邹家华代表中国钢铁工业界，前往波兰出席社会主义阵营会议，并介绍经验。

很长一段时间，在中国钢铁工业中很有影响的钢铁专家张省己、刘宝暄都在二铁工作，有名的炼铁英雄王福增以智慧和苦干带领着工友们将4号高炉打造成中国钢铁工业的一面旗帜，在这样的环境中，张文达养成了敢于担当，不怕苦，讲实际的可贵品质。

在二铁厂工作30年，倒班倒了15年。15年的除夕是在高炉度过的。

倒班苦啊！一线工友苦啊！

一周6天夜班，到夜间三四点钟困得不得了，但又不敢睡一分钟，只能靠洗脸或跑步来控制自己。

当工长要带班，每到除夕夜，吃完年夜饭，为给大家活跃活跃气氛，张文达都要给大家讲一段《济公传》，每次讲个8分钟10分钟的。讲完就吩咐：铁要放好，渣要放好，顺顺利利的。

深沉不苟言笑的人，讲起了故事，开始说书，当然为的是工作，在今天来说是该表扬的，但张文达却受到好心的劝诫。

党支部书记找到张文达说：有人告你，说你搞封、资、修。

然后书记把话又拉回来：没批评你，自己注意点。

后来了解到，意见来自于驻厂军代表。

张文达端着一张深沉的脸为工友讲故事，成了本钢的特色印记。

两次命悬一线

一位妻子来高炉找丈夫。

正值高炉出铁，工人们正忙活得汗流浃背。

奔腾的铁流滚滚向前，炉火把工人们映得满身通红。

一位体壮的工人手拿铁钎正在捅铁口，蒸汽吱吱响，铁口喷出的炉火呼呼地吼叫，在飞溅的铁花映衬下，他的雄姿就像巨人手拿钢枪同火龙交战，场面十分壮观。

妻子一看愣住了，认出了那位工人正是自己的丈夫。她哭了，一句话没说就跑了。

炉前上那高强度的工作、高风险的环境让妻子震惊了。

原来常因丈夫回家不干活，孩子病了也不管等原因和丈夫闹意见的妻子像变了个人似地开始体谅丈夫。

炼铁是最艰苦的行业，劳动强度最大的工种，风险最高的职业。

张文达的徒弟、后来曾任二铁厂厂长的迟振绪过桥下流着铁水的小桥时，常常是闭眼而过。

高炉生产一段时间，就要进行旧炉衬的拆卸修补，高炉停休了，里边全是蒸汽，炉休上的砖豁牙咧嘴，很是瘆人。蒸汽消停，需10天的时间，哪等得起呀。必须顶着高温进去拆卸炉衬。这个时候，必须领导带头哇。危险关头，艰苦关头，张文达常常带头干在前面。

张文达任二铁副厂长时，热风炉检修，他登上30多米高空炉顶检查，走在用钢板铺就的天桥，走着走着，脚下的钢板突然掉了，整个身体悬空掉下去。情急意乱，双脚不自觉地到处乱蹬，手也向四周乱抓。乱蹬的脚幸好蹬在一块角铁上，双臂正好卡在铺垫钢板的铁架上，捡回了一条命。

回家和妻子一说，妻子吓得脸都白了。后来主动烫酒，要和张文达喝一杯。说大难不死，喝一杯庆祝。

还有一次，张文达因煤气中毒，倒在平台上，工友们把他背下来救醒的。

造就自己，成就徒弟

5号高炉没建时，张文达在4号高炉当炉长，5号高炉建好投产，张文达到了5号高炉当炉长。

全国最大的高炉，最新的技术，当这样的炉长，既是荣誉又是责任。

一座高炉的产量相当于3号、4号高炉的产量。当时有句话，5号高炉养活了半城本溪人。在5号高炉工作的人，出去开会，都受人尊重。

当好5号高炉的炉长，保证高炉生产顺利进行，是张文达心心念念的事情。

高炉炉缸正常温度是1400℃，低到1300℃不受流，低到1200℃，凝缸冻结。这样的难题是世界性的。怎么操作，让温度保持正常。张文达收集很多资料，认真研读，并结合多年的经验，总结出规律，撰写成文发表在《钢铁》杂志上。

张文达的工作态度影响了他的徒弟、徒弟的徒弟，成为代代传承的精神。

他的徒弟迟振绪后来成为二铁厂的厂长。

后来的谢怀党、张科绪、王凤鸣、孟兆龙、龙利宾等，一代一代，都成长为本钢的骨干、脊梁。

带出一支队伍，养成一种工作精神，这是企业掌舵者必须具备的风范。张文达具备这种风范。

点将姜明东

连轧厂是本钢的"印钞机"，张文达格外关注。

连轧老一届班子要退了，选择新的人选进入议事日程。

本钢公司组织部准备了几个备用人选。

有一天张文达在《本钢报》读到一篇很有见地，很有思想的文章。张文达从文章里读出了写文章的人是个想干事、能干事的人。

写文章的人是姜明东。

此时的姜明东在连轧综合厂当厂长。

张文达带队前去考察。

听了汇报，张文达知道了姜明东敢于管理、精于管理、严于管理的管理才干。拥有将企业经营得生机勃勃、效益良好的领导能力。

拥有管理小厂的才干，管理大厂也能游刃有余。

心里有底了，张文达又派管理干部的副书记去谈话，出乎意料，姜明东竟然不愿意干。

别人挖门盗壳地要官当，这个给他官当却不当。

张文达奇怪，经过一番调查，才知道姜明东有心理包袱。

既然这样，那就任命吧。

一、绽放两年，光芒一生

1997年4月28日，中共本溪市委办公厅发了18号文件，《关于转发市委宣传部〈关于本钢热连轧厂坚持以人为本强化管理走出困境的调查报告〉的通知》。

捡重点而言：

"搞好国有企业是当前经济工作的重点和难点，许多企业在这方面都进行了积极的探索和实践，并取得了许多宝贵的经验。本钢连轧厂的经验和实践就是：他们有个具有强烈事业心和责任感、勤政廉政、团结务实的领导班子，赢得了全厂干部和群众的拥护和爱戴；他们以人为本，全心全意依靠工人阶级，凝聚了职工、激发了职工的积极性和创造性；他们强化管理，苦练内功，增强了市场竞争的能力；他们坚持两个文明一起抓，推动了企业的全面进步和发展。他们的经验也再一次证明了搞好国有企业大有前途和希望。"

1997年，正是国企三年困难时期，连轧厂却作为一个搞得好的优秀企业被立成了标杆。

连轧厂是如何优秀的？

本溪市委宣传部在调查材料《关于本钢热连轧厂坚持以人为本强化管理走出困境的调查报告》中有翔实的数据。

"1995年上半年，受各种因素的影响，企业陷入严峻的困境。同年7月，本溪钢铁公司党委选派姜明东同志出任该厂厂长，重新组建了领导班子。新一任党政领导把搞好企业看成是关系社会主义现代化事业成败和国家、民族兴衰的一项政治任务，从搞好整个国有企业的高度出发，全心全意依靠工人阶级，以强烈的政治责任心和使命感，投身到尽快使连轧厂摆脱困境的艰苦工作之中。"

具体成果：短短一年多时间中，连轧厂迅速扭转了被动局面，日产量不断刷新，1995年当年十多万吨的欠产全部追回，卷板产量首次突破190万吨大关。1996年，在本钢面临严重困难的不利条件下，他们自加压力，主动提出向年产200万吨卷板目标冲刺，到年底实际产量实现210万吨，今年，他们正朝着220万吨的目标奋进。

本溪市的这些材料，从政治层面和历史层面给了姜明东一个高度。

报告中描述的这一幕，是逆势飞扬的一幕，是在困境中获得大突破的一幕，是在不利中获得大踏步前进的一幕。

姜明东创造的是企业的发展奇迹，是管理展现活力纷呈的奇迹，更是个人生命活力迸发的奇迹。

那时，我正是本溪日报社工交部的记者，我跑的线正是本钢。从连轧厂出来的新闻如燃爆的鞭炮，啪啪啪响个不停。从新闻角度说，姜明东也创造了新闻宣传的奇迹。

姜明东个人的魅力、才干能力则被掩埋在材料的后面。

从政治历史层面看姜明东，这样的人不管你把他放在什么地方，他都会带着一群人干出一番事业来。

看历史，看到袁崇焕时，你会惊讶，从前贪的，在他领导下不贪了；过去打仗奸猾的，跟上他之后，打仗英勇了，你会感叹，个人魅力具有无穷的感染力。

就我的总结，个人魅力来源于国家使命感，来源于自我表率感，来源于能力感。

上任两个多月，连轧厂有了一份治理企业的架构文件。

《本钢连轧厂关于整肃纪律，完善机制，强化管理，努力维护正常生产秩序的初步意见》里边第二部分指出：整肃纪律，完善机制，强化管理目标。提出了"建立三个秩序，创造一个水平；造就三支队伍，确立一个精神；改革一个体制，创造一个条件"。

建立三个秩序：建立生产操作秩序，建立设备点检定修秩序，建立组织劳动秩序。

创造一个水平：主要指标创历史水平。产品产量全年要突破185万吨；产品合格率全年要达到96%以上；产品成材率全年要达到93%以上；各项单耗、工序能耗要保持历史最好水平；厂区环境要保持部、省清洁工厂和市花园式工厂水平；职工建房力争年内破土动工。

造就三个队伍：一是造就一支守纪律、爱岗位、懂技术、能打硬仗的工人队伍；二是造就一支敢于管理、善于管理、有一定技术专长和业务能力的干部队伍；三是造就一支高质量、高层次、具有较高专业技术水平和实际操作能力的为各个专业带头人的专家队伍。

确立一个精神：通过对生产实践的不断探索和总结，确立能够反映我们企业特征的连轧厂精神。

改革一个体制，创造一个条件：是对现有的管理体制进行不断地研究、探索和变革，为走出一条国有老企业改革新路创造条件。我们将要推行岗位工人挂牌上岗操作制度、重点岗位超员运行管理制度、撤岗人员安置的教育培训管理办法，这些都是我们为改革现有管理体制、提高劳动生产率而制订的重要措施。

这份架构性文件，提纲挈领，有整体的发展方向，有具体的操作规程。任务清楚，目标明确，表现了优秀的架构性思维。

姜明东表现出来的架构性思维，体现了一个企业领导有异于常人的广阔性、体系性、深入性和驾驭性的思维能力，让班子、技术工程人员、工人由衷地佩服。

姜明东在连轧厂两年，实施了40项措施，比如：四条管理原则、党政班子共事原则、大面积立功活动、老劳模制、家庭集体立功、用发明者的名字命名科技成果、追究"不该发生的事"等。

40项措施，实际上是治厂的40项战术动作，每一项战术动作都有相应的配套跟上。

两年时间，40个战术动作相继展开并完成，可以说是暴风骤雨般的节奏，带来的也的确是暴风骤雨般的影响。

强力治懒风、散风、歪风，是40项战术动作的一个主要内容。

在企业中，能营造懒风、散风、歪风的人，都是有一定社会能量的人，这些人出了事，能马上调动关说之风，使处理他们的人马上面临强大说情之风，很多的领导抵挡不了说情之风，只好把整顿企业的初衷付之东流。

姜明东表现得勇毅非凡，只要被处理的人，什么人来关说都没用，甚至地赖子的威胁都绝不眨眼。

玩忽职守，恃宠而骄，耍泼撒赖等套路，碰到姜明东，就是碰到铁壁铜墙上，油盐不进。

纪律的电网电到了一拨一拨的人，后来者再也不敢跟进了。

姜明东的勇毅非凡折服了所有的歪风邪气。

对人性有深刻洞察的姜明东，深知人生万象，各有追求。只因生存的需要，各种人生的追求被没有创造力的岗位所埋藏。

释放每个人对人生价值的追求，成了隐藏在40项战术管理中的动力之源。

被公认的"活地图"朱永科，被称为"吊车高手"的李淑兰，被誉为"开关大王"的于云安，过去因学历问题困扰，被限制在职称之外，但在厂里管理的改革中，为他们劈出了"厂内工程师、技师、作业师"的一亩三分地，他们分别被破格评聘为高级工程师、工人作业师。

一技之长被企业公认，一技之长也成了他们的人生价值的体现。

只要拥有操作上的一技之长，发明上的一技之长，管理上的一技之长等，都可被评为"师"，这样的人，他们的内在动力岂能不被激发出来。

因职工家属支持自己亲人为连轧厂多做贡献而增设了"家庭集体立功"条款，因培养先进典型的基层党政领导增设的"园丁与鲜花一样红"的条款，让荣誉的鲜花多地开放，一方的积极性变成了多方积极性、立体积极性。

管理新政，每个人都有实现人生价值的追求和梦想，让每个人都有可实现的荣光。连轧职工才会说，跟着姜明东，就是往前冲。这是没有东风创造东风的能力。

放大东风，让东风浩荡，更是姜明东管理创新的能力。

大年三十，职工董书然到济钢坐镇，及时沟通并将济钢板坯材质发回厂里，将牵涉全局的任务圆满完成。

这样的事，惯常的做法就是在厂里表扬表扬。姜明东却将表扬的手法变换一下，他带着锣鼓、组织了厂里党政工负责人和200多名干部职工，到火车站组织起了最高的欢迎仪式，完成任务的工人成了贵宾，受到英雄般的欢迎，这张牌被打得气势万千。董书然激动不已，更多的职工羡慕不已。还成了新闻的头条。

真正的领导者是能影响别人，使别人追随自己的人物。他能使别人参加进来，跟他一起干。他能鼓舞周围的人协助他朝着他的理想、目标和成就迈进，他给了他们成功的力量。姜明东是这样的人物。

一个称职的领导，既要勇毅非凡又要通晓人性；既要有毫不动摇的勇气，又要有胆大心细、掌握细节的能力；既要有付出超出所得的习惯，又要有责任感与使命感。

姜明东是个不苟且于自己，不苟且于职责，不苟且于使命的人。他把达成社会使命作为实现人生价值的通道，把发展企业当成了自己的人生价值来追求，才能在两年间，将连轧厂带成一个明星般的企业。

没有这两年，姜明东难有这般的人生光芒。

绽放两年，光芒一生。

二、新闻留痕

连轧厂在姜明东主政两年来，改革不断，创新不断，俨然成了本溪新闻的爆发地。不太完全的统计，两年间，共在各级新闻媒体发表新闻100多篇。我所在的《本溪日报》，差不多月月有连轧厂的新闻。仅以我而言，两年之间，我单独撰写或与别人联名撰写的连轧厂新闻多达13篇，这在我的新闻生涯中，殊为难见。

两年间，我单独撰写或与别人联名撰写的连轧厂新闻篇目如下：

《本钢连轧厂 敲响整肃纪律"惊堂木"》	1995年10月19日	一版
《连轧厂生产跃上历史新高度》	1995年11月2日	一版头题
《连轧管理新事》	1995年11月9日	一版头题
《劳动模范登台亮相 厂长为其评功摆好》	1996年2月15日	一版头题
《敬业职工成贵宾》	1996年4月3日	一版头题
《发掘搞好企业的精神力量》	1996年4月25日	一版
《群众评议把住"官"口》	1996年6月17日	一版
《将创业者永载企业史册》	1996年7月11日	一版头题
《决不埋没有功人员》	1996年8月26日	一版
《开掘活力的源泉》（长篇通讯）	1996年9月27日	一版头题
《连轧风采辉映张家港》（长篇通讯）	1996年11月26日	二版
《连轧生产渡过难关 实现新突破》	1997年4月17日	一版
《三分钟生死大搏斗》	1997年4月23日	一版

三、追究不该发生的事：记住你的责任

连轧厂有条不饶人的制度：追究不该发生的事。

超假，是不该发生的事，追究；

拿厂里的东西回家，是不该发生的事，追究；

这边挥汗大干，那边躲清闲打麻将，追究。

追究不是目的，目的是让每位领导、每个职工都牢记自己的责任，严格按厂规厂纪办事，按工艺规程去生产，去使用设备和维护设备。

一职工严重违反操作规程，使压下量超出规程，造成R2b扁头和下接轴掰断，造成直接经济损失40多万元。还有人不按时点检，没有发现油温升高，致使油膜

轴承研伤，两轴承钨金瓦脱落。更有个别连轧职工，不好好上班，在单位立棍逞威，却工资照开，奖金照拿，甚至常年不上班，借连轧中修之机，又来挣第二份钱。

厂领导认为，该追究的不追究，只会造成良莠不分，正邪不辨，扼杀职工对企业的忠诚和积极性，自毁企业精神。他们不手软、不怕邪、不护短，一次就对20名旷工职工给予开除厂籍、留厂察看一年的处分，对另外19人给予撤岗、记过、扣奖金等处分。一次处理39人，使干部队伍和职工队伍都受到了巨大的震动。本钢公司党委副书记兼副经理钱之荣对此倍加赞赏："这是需要胆识和气魄的！"

在许多企业里，都有沉积多年的恶习，但许多管理者投鼠忌器，始终举不起"追究"的重锤。连轧厂举起"追究"的重锤，狠狠砸了下去，结果是浊气下沉，清气上扬，踏实肯干的人为之叫好，被处分的职工也得承认，再这样做也不行了。

通过追究，原来定的规章制度得到了真正落实。轧板车间规定：每迟到一次扣5元钱，原来是只说不做，现在动真的了。

四、作业师：无文凭的能手有个荣耀的名字

几千人的大厂，藏龙卧虎，有许多绝活高手，能工巧匠。

可他们终有许多人一无学历，二不会写论文，一辈子难评上技术职称。终其一生，难免遗憾又无望。从心理学角度而言，这会造成追求中断，从而失去进取的积极性。

连轧厂领导理解并尊重职工的精神需求，他们采取"地方粮票"政策——内部评聘中、高级工程师，工人技师、工人作业师。厂长姜明东为给工人起个响亮的名号，颇费了一番心思。

已经是孩子妈妈的李淑兰，在连轧厂10多年来，一直在吊车岗位勤奋工作，刻苦钻研技术，每次连轧中修，她都是检修单位点名要的吊车工。今年中修吊装大电机转子，吊装空隙只有几毫米，施工单位指名要她吊装，她以娴熟的技术和过硬的本领，安全优质地完成了这一"高难动作"，施工单位赞誉她是"吊车大王"，直属冶金部的第三冶金建筑工程公司的同志也说："走了全国许多地方，像她这样的高手还是第一次遇到。"

平平常常的李淑兰就因为有吊装这一手绝活而被聘为作业师。之后，许多工人来厂都打听："以后还聘不聘？"

许多职工从李淑兰被聘一事，看到了奔头，学技术、搞攻关的风气浓了起来。

如果说李淑兰现象已对全体职工产生了一种辐射力量，那在全厂中修后开展的大面积立功活动就把职工的心理追求变得更具体、更直接、更切实可行。

　　为表彰在中修中做出成绩的职工，连轧厂分别为366名职工记了一、二、三等功。

　　大面积立功活动的开展引得舆论沸沸扬扬，全厂上下兴奋起来，它实实在在地让两千多连轧职工看到一条：只要你工作有成效，就会有好处。

　　管理的目的不就是调动大多数人的积极性吗？

五、中修"四不准"：准出一个高质量

　　每年一次的中修，对于连轧厂来说，就是一个加油站，油料足、油料精，连轧大船一年的航行就会风足帆满，否则，困顿和颠簸将会缠绕一年。为此，连轧厂今年中修前提出，全厂上下齐动员，以质量为中心，不丢项，不落件，在高质量的前提下保证工期。为保质量，对全厂职工提出了"四不准"：不准收受施工单位的礼品奖金，不准参加施工单位组织的娱乐活动，不准吃请，不准接受"回包"（指施工单位又把所负责工程项目回包给连轧厂），从管理上堵住了容易造成质量下降的渠道。

　　中修未动，全厂超前进行思想动员，同时从各工程抽出技术骨干组成质检队伍进行培训，并聘请老专家、包括已经退休的老工人组成协调、仲裁组。

　　备品备件也提前准备。卷板车间对备件提前分解和组装，发现本该是铜的铸件却是铁的，马上清退。

　　充分的准备，保证了认识到位、人员到位、设备到位，而这一切，都是得力于管理到位。

　　从8月16日到9月1日，中修常务总指挥仲伟越副厂长没一天正点下班，62名中层干部没有一个休息日。电气车间的贺俊杰天天吃住在现场，远在石桥子工作的爱人先后几次利用下夜班的休息时间前来送饭。老工人吴文林全方位对质量进行检查跟踪，查出数起变压器质量事故。

　　事故单位有的同志抱怨："这样严格，我们活都没法干了。"

　　不严格，能有质量吗？

　　9月1日晚上，中修结束的连轧，一次通钢成功。当火红的卷板宛如火龙顺利通过十架轧机和卷取机时，随着卷板奔跑的职工噙着泪水欢呼胜利。9、10两个月的稳产高产，无声地证明着中修的高质量。

六、设"替补队员"：在岗的后有追兵

　　国有企业怎样实行人员动态管理？怎样剥离富余人员？怎样进行转岗培训？怎样建立竞争机制？这是许多单位探索的话题。

　　连轧厂人给我们展示了这样的一幕：在一些主要生产岗位上，本来只有6个定员的现在有7个或者8个人，多余的人就是"替补队员"，当有人犯规下岗了，"替补队

员"就马上走马上场。

有了"替补队员"，就使有正式岗位的操作人员形成后有追兵的危机感和压力，促使其尽职尽责，培养岗位责任心，以及对技术精益求精的进取心。

同时，也为培养岗位接班人，解决作业断层创造了条件。

连轧厂许多主要岗位的操作人员都是40岁左右年龄的人，迫切需要一批20多岁的人作为他们的"跟进梯队"。厂管理者的主导思想是：有了"替补队员"，才能形成真正意义上的竞争，才能真正体现优胜劣汰的思想。

连轧厂过去也搞过剥离富余人员进行转岗培训，但结果是该"拿"的拿不掉，为完成剥离富余人员的指标，绞尽脑汁还闹得不稳定因素上升。现在由于通过设"替补队员"，同时对在岗人员和下岗人员进行跟踪考核，动态管理。下岗人员通过培训和自身努力，还可再回原岗位。在岗和下岗，是一种循环的动态机制，它永远给人以出路和希望，激励人前进。这是连轧厂在用人制度上的新招，这一招也包含了改革的意义。

敬业职工成贵宾

本报讯　4月2日上午9时许，平静的铁路本溪站一站台响起了喧天的锣鼓，本钢连轧厂的党政工负责人和200多名干部职工在这里组织起厂里有史以来最高规格的欢迎仪式，走下列车的"贵宾"是该厂的普通工人董书然。这名朴实的工人以他爱岗敬业的精神为连轧厂今年一季度生产写下了关键的一笔。

进入2月份，正呈现首季创高产势头的连轧厂，作为生产原料的板坯供应告急。本钢当时从济南钢铁厂购买了一批板坯，但是必须派一位懂业务、责任心强的人坐镇济钢，及时沟通发回厂里的板坯材质。这样才能保证生产出合格的产品。2月14日，厂领导将这牵涉全局的任务交给了加热车间有20多年工龄的板坯工董书然，第二天，他即启程赶往济钢。

"大年三十""正月十五""二月二"，济钢招待所冷冷清清，烧水做饭的服务员都回家过节了，窗外万家灯火，招待所只有董书然一人吃着方便面，喝着冷水，守候在电话机旁，与本溪沟通情况。白天他还要忙着催发板坯，往每块待发的板坯上贴上标明钢号、罐号、化学成分等原始记录的标签。他就这样工作49天，发回板坯14.9万吨，并且没出半点差错。一季度，连轧厂生产卷板58.6万吨，比历史最高季产量还高出8万吨。欢迎仪式上打出的横幅道出了全厂职工的心声："董书然师傅，您辛苦了！"

在站台上，董书然没想到会面对如此隆重的欢迎仪式。他说："其实，我只是完成了一次领导交给我的任务。"厂长姜明东则对在场的干部职工说："今天之所以兴师动众迎接一名普通的工人，是因为他身上体现了应该大力弘扬的爱岗敬业、无私奉献的主人翁精神。"厂党委书记李惠春送给董书然的一份礼物是厂里给他记二等功的大红证书。

《本溪日报》1996年4月3日一版头题

将创造者永载企业史册

本报讯　"德富压翘头装置""振举带钢网状包装法""邢式注油机""东衡钢卷翻转夹具"——7月9日，本钢连轧厂以发明者的姓名隆重命名了本厂的四项发明创造，并给予发明创造者以重奖。

本钢连轧厂是技术密集型企业，因此，这个厂将科技兴厂作为企业发展的支撑点，高度重视科技队伍的建设。他们建立起包括人才管理、教育培训、技术职务评聘及奖励等8项激励措施，为科技人才脱颖而出和充分施展才干创造了一个良好环境。因而，该厂科技成果层出不穷：钟伟越、李庆春等人潜心研究10年，完成了新立辊滑架安装使用攻关；闫华英、张卫国等人对BC阀组进行独具匠心的改造，精轧换辊速度由30分钟降到15分钟；厂企业管理政策研究组融合日本和欧美先进管理办法，研究的企业管理系列政策，使连轧厂的产量以每年10万吨的幅度递增。

这一天，连轧厂出资129万元奖励了这些有突出贡献的科技人员，让他们的贡献有相应的回报。以他们的姓名命名其所发明的科技成果，让他们的贡献和他们的名字一起写在连轧厂的史册上。全厂科技人员和职工为这一举动叫好。他们说，厂里如此厚待有突出贡献的职工，这本身就是在弘扬一种精神，鼓励我们把自己的聪明才智贡献于企业发展，我们决不能辜负企业的希望。

消息《本溪日报》1996年7月11日一版头题

013：成功收官"322"

1700毫米热连轧机组

20 年长梦终得圆

1984年，张文达就任本钢总经理。

这一届班子，站在了历史的转折关头。

之前马光任总经理的班子，一直往前推延到1948年第一任总经理杨维的那一任班子，他们都是在枪林弹雨中浴血奋战的资深革命者，完整地经历了计划经济时代新中国的建设。

张文达则是成长在新中国的第一代人，深受老一代革命者风范的影响，同时他们又接受了专业和科技的完整历练，在计划经济向市场经济转进的关头，他们成了历史必然选择的一代人。

在发展模式的转变中，不少的国企顺应历史，成功完成了历史的蜕变。这得归功于企业领导人不忘新中国发展工业体系的初心，延续老一代革命者的家国情怀，不负发展国企的使命。

张文达1984年任本钢总经理，1995年卸任，10年间，他为本钢留下了可资珍贵的遗产。

走马上任，站在指挥台上，放眼望去，本钢的形势并不是红旗招展，花开烂漫。

建设14年的"322"工程，形势不是大好，只是小好。

具有指标意义的特钢产量于1972年达到了年产20万吨的目标，生铁产量也于1980年实现了年产300万吨的目标。本钢人心心念念盼了30年的200万吨普钢，到了1984年才跨过100万吨的门槛。代表本钢未来发展的热轧生产，到1985年底，产量才刚刚达到70万吨，还没到设计生产能力的一半。

来自于"文化在革命"时期的"322"工程，带有那个时代的政治意义，少了规划的科学性；带有那个时代以群众运动的方式搞建设的特征，多了热情，少了专业；带有中国自己设计、自己制造的"争气"设备，少了精密和严谨。

二钢建设的第一座转炉，就存在炉口漏水、烟罩漏水、水冷挡板漏水，工人们戏称三漏，不仅影响生产，而且严重威胁人身安全。

热连轧机建成投产，速度快了力道不均、厚薄不一，速度慢了轧板起皱。

实现设备生产的设计能力，让"322"工程从初生的丑陋转变成成长的美丽，完美收官，成了新一届班子的首要任务。同时，也是为国分忧，实现国家钢铁发展大计。

"六五"期间，中国钢铁跃上了5000万吨大关。"七五"规划中，国家规划是超过6000万吨。国家领导人关于建设小康社会与钢铁生产的测算中，1亿吨的钢产量与小康社会是相辅相成的。

"七五"超过6000万吨钢铁生产目标，平均每年要增产钢约300万吨，本钢责无旁贷。

1986年至1990年的"七五"规划中，"322"工程的收官改造成为重点。

接续完成1700毫米轧机配套工程，包括1700毫米热轧机主体改造、扩建发电厂、新建4万立方米制氧机；

普钢250万吨配套工程，包括顶底复合吹炼、活性灰等；

炼铁技术改造，包括新建16平方米竖炉、250平方米烧结机，5台75平方米烧结机改造等；

特钢改造，包括新建20吨电炉；

以及南芬铁矿和辅助工程的改造，等等。

"七五"规划主要目标：1990年，本钢实现年产普钢200万吨。

二钢厂1974年建成投产，年设计生产能力200万吨。

外部条件不配套和设计存在的缺陷，迟迟达不到设计能力。

二钢厂1986年成立了技术改造工作领导小组办公室，进一步修改和完善了技改方案，对2号转炉大修改造、360吨脱锭间改造等17项技改工程做了充分的前期准备。

1986年，二钢钢产量达到147.7万吨。

1987年，二钢开展转炉炉龄攻关、钢锭质量攻关、返炉钢攻关、煤气回收攻关等多项技改，当年产量完成159.6万吨。

按此小步快跑，1990年实现200万吨应在预料之中。

1987年，张文达参加全国冶金工作会议，冶金部领导在会上强调了全国要在1990年完成6000万吨钢面临的严峻局面，号召各钢铁公司要主动进取，为国家分担困难。

张文达回来后，即刻和班子研究，把1990年实现200万吨钢的目标提前两年到1988年，随即形成班子共识。

1987年11月27日，张文达在1988年本钢计划工作会议上的报告中，响亮提出：提前两年实现"七五"规划，为全国增产300万吨钢做贡献。

1988年8月30日，本钢再次召开动员大会，张文达号召全体本钢职工：大干4个月，完成200万吨钢，并做了动员和具体安排。

围绕200万吨钢的主攻战，本钢人众志成城，戮力前行。主要重点改造工程，大都提前完成，从而保证了重点目标的实现。

1988年12月30日23时，本钢普钢产量从年增产10多万吨的常态跃升到年增40余万吨的非常态，年产量突破200万吨，达到200.4156万吨。

本钢从1956年开始的"322"钢铁梦，历经32年终得实现。

为此，1989年的《本钢年鉴》上，特别地刊载了一文：《本钢实现年产普钢200万吨纪实》。

1988年12月30日23时，从第二炼钢厂炼钢车间传出振奋人心的喜讯：普钢年产量完成了200万吨。至此，本钢提前实现了"七五"规划的"322"（年产300万吨铁，200万吨钢，20万吨特钢）目标。这是本钢几代人艰苦奋斗、拼搏进取的结果；是本钢生产发展史上的一个新的里程碑。实现200万吨普钢，不仅标志着本钢全年"720"生产经营计划全面实现，增产钢40万吨目标全线告捷，而且标志着本钢以生铁为主体的产品结构发生了根本性的转折，取得了重大突破，标志着本钢以普钢为重点的技术改造取得决定性的胜利；标志着本钢将进一步实施新的发展战略，向新的目标进军。

200万吨普钢来之不易，在这座丰碑上，镌刻着本钢几代人汗洒大地、锲而不舍、顽强拼搏的光辉业绩。从200万吨普钢中，可以看到本钢人坚韧不拔的决心和信念。1970年以前，本钢的产品是生铁和少量的特钢，普钢是个"零"，被人们称为"铁公司"。对此，本钢人决心要发挥矿山、炼铁的优势，利用丰富的自然资源条件，上普钢，彻底扭转"铁公司"的形象，使之成为名副其实的钢铁联合企业。经过积极努力争取，国家审查同意，本钢提出了"322"发展规划，普钢将从零增加到200万吨。

从1970年开始，本钢拉开了以普钢为重点的大规模改造和扩建的序幕。经过几年的艰苦奋战，先后建起了拥有三座120吨大型转炉的第二炼钢厂，拥有1150毫米开坯机的初轧厂和1700毫米的热连轧机的连轧厂，以及辅助设施。到1979年基本建成并先后投入试运行、试生产。但是，由于这些设备是国内六七十年代设计制造的，先天不足，存在不少缺陷，许多配套设施亦不完善。一直未能形成设计生产能力，使本钢"322"规划长时间处于低谷。截至1979年底，本钢的普钢年产量仅为47.7万吨。

进入"六五"时期，随着国家经济的好转，本钢投资7.6亿元，继续开展以矿山和普钢系统为重点的大规模的配套和改造，使普钢生产能力、产品品种和经济效益逐年提高和增加。1985年普钢产量达到121.45万吨。

1985年底，在本钢第六次代表大会上，又提出了分两步走的"七五"发展规划：从1986年开始，前三年集中力量抓好矿山、连轧和普钢改造与配套，实现"322"；后两年再根据情况发展特钢、改造炼铁和新建冷轧厂等。依据这两步宏图，本着"抓两头带中间"的原则，并且把提高企业经济效益的中心放在普钢上，加速对普钢系统的改造与配套，投资1.6亿元，先后有4号万立方米制氧机、五水源、运输改造等42项主要工程开工并相继竣工投入生产。其中，第二炼钢厂本体改造总计投资3566万元，顶底复合吹炼。1号和2号转炉改造性大修、泥浆处理、360吨脱锭吊等17项重点工程相继竣工投入生产。为了对新设备进行考验，1987年8月组织了高产"拉练"，月产普钢达到16.7万吨，从而初步显示了年产200万吨的生产能力。

在1988年本钢计划工作会议上，根据全国冶金会议精神和国家钢铁工业发展的紧迫形势，为了尽快实现李鹏总理在本钢视察时对本钢提出的期望，经过科学的分析和论证，认为奋力攀登"322"台阶、提前两年实现"七五"规划的条件已具备。机不可失，时不我待。会议果断下达了1988年要实现年产普钢200万吨的目标计划。

从1974年第二炼钢厂投产到1987年，普钢每年递增幅度仅为十几万吨到二十万吨左右。1988年一下要增加40万吨，而且是基建、配套，改造和生产同步进行，谈何容易。然而，国家经济发展急需钢材，本钢作为重点钢铁企业之一，应当为国家挑重担。本钢人发出了一个共同的心愿：发扬本钢精神，拿下200万吨。

进入1988年，年产200万吨钢的攻坚战打响了。从机关到基层，从矿山到高炉，从原燃材料保障供给到炼钢一线到处是为200万吨奋战的景象。公司领导和机关处室深入基层，现场办公。

特别是下半年，面对全局性的煤、电、运空前紧张，资金十分短缺的严峻形势，本钢人团结一心，奋力拼搏，终于登上了200万吨普钢这一历史性台阶。

至此，本钢以300万吨铁、200万吨普钢、160万吨钢材和20万吨特钢的雄姿，成为名副其实的大型钢铁联合企业。

几代人的夙愿终于变成现实。

谁能忘记，本钢几代人、几届领导班子以及公司机关处室的呕心沥血；谁能忘记，第二炼钢厂领导班子和全体干部，在炼钢厂一线指挥、服务、奋战，废寝忘食；谁能忘记，转炉旁的炼钢工人汗水伴着钢水流，把青春和年华献给了一炉又一炉优质钢；谁能忘记，工程技术人员搞改造，攻难关，奉献出聪明才智和一颗颗火热的心。

200万吨把本钢各厂矿、各部门、各工序和14万名职工紧紧联结成一体。

本钢的光荣传统在200万吨钢中闪光，本钢精神在200万吨钢中升华。

热轧板，成长的美丽

来自于国家的统计：中国在钢产量增长的同时，钢材品种质量大幅提高，钢材自给率不断提高。1949年，钢材供给严重不足，1950年钢材自给率仅50%，只能冶炼100多个钢种，轧制400多个规格的钢材。1978年钢材自给率提高到72.7%，1/3的外汇都用来进口钢材。2006年，中国实现净出口钢材2450万吨（材坯合计折合粗钢3463万吨），结束了1949年以后连续57年钢材净进口的历史。汽车板、家电板、管线钢、造船板、桥梁板、电工钢、不锈钢板、特钢棒线材以及航天军工用钢等产品实际生产水平达到较高水准。

有数据显示，1950年钢材自给率仅50%，1978年钢材自给率提高到72.7%。这是中国钢铁工业数量上发展的轨迹。

1978年以前，国家1/3的外汇都用来进口钢材。中国钢铁工业量的发展上来了，但在质的发展上和产品开发的发展上落后面貌没有得到根本的改变。

中国钢铁工业落后面貌得到根本改变，汽车板、家电板、管线钢、造船板、桥梁板、电工钢、不锈钢板、特钢棒线材以及航天军工用钢等产品实际生产水平达到较高水准。

这其中很多产品本钢都拥有，汽车板、家电板、管线钢更是本钢的拳头产品。

本钢产品对国家的贡献一直很耀眼。新中国成立以来，国家在国防工业起步的关键时刻，本钢特殊钢对国防工业的发展起到了奠基性的贡献。在国家工业化建设中，本钢提供的"人参铁"贡献卓著。本钢提供的汽车板、家电板、管线钢产品更是在现代化建设中起到了鸣锣开道的作用。

汽车板、家电板、管线钢产品的起步则从热连轧开始。

热连轧是1974年11月23日破土动工的，被称为中国装备制造业中的"初生儿和独子"。

作为一种生产钢材方式的热连轧。早在1924年，美国就开始在阿斯兰建设了1470毫米 热轧带钢轧机，90年来，热轧板带的生产工艺发生了一系列变化。

1960年，美国麦克劳斯钢铁公司的1525毫米 带钢热连轧机上首次采用计算机设定并控制精轧机组的辊缝和速度。后来，计算机控制范围从精轧区扩大到从加热炉装料到钢卷称重的整个生产线。

1961年，美国钢铁公司大湖分公司的2032毫米带钢热连轧生产线上首次采用升速轧制技术，标志着第二代板带热连轧机的诞生。此时成品带钢厚度范围由2.0毫米—10.0毫米扩大到1.5毫米—12.7毫米，最大卷重达40吨，年产量由200万吨增至250万吨—350万吨。

1969年，日本君津厂投产的2286毫米 热轧带钢轧机将热轧板带轧机的发展推向了大型化方向，标志着板带热连轧机第3个发展时期的开始。第3代板带热连轧机继续沿着高速化、大型化的方向发展，轧机年产量已经达到600万吨，单卷最大重量可达45吨，成品带钢厚度为0.8毫米—25.4毫米，轧制速度可达28m/s—30m/s。该阶段在轧制工艺和设备方面都有很大的进步，许多新技术得到应用。

改革开放前，我国热轧带钢轧机只有新中国成立初期由苏联援建的鞍钢半连续式1700毫米机组和20世纪70年代武钢从日本引进的3/4连续式1700毫米热连轧机组，技术水平与国际水平差距较大。

本钢1974年建设热连轧，因其为我国自产的首套轧机而被称为"中国的一米七"。

一米七，是轧机的轧制宽度，即是说，这种轧机能轧制出一米七宽的卷板。

一米七轧机，全称是四分之三式1700毫米热连轧机，是20世纪六七十年代我国自行设计、制造、安装的第一套热连轧机。

那时，中国在装备制造方面，刚刚走出一穷二白的境地，正处于在很多领域艰苦探索的起步阶段。这套轧机的制造可以说是举全国之力。工艺和工厂设计，是由北京钢铁设计研究总院负责的；主轧线机械设备，是第一重型机器厂承担的；剪切线机械设备及电控设计，是由沈阳重型机器厂完成的；主轧线的电控设备，则是由天津电气控制设计研究所担纲的。

中国的一米七，是中国钢铁工业装备的"初生儿和独子"。

本钢一米七热连轧生产线的第一批操作工，今年60多岁的时速德还记得，当年，在一些外国专家眼中，中国钢铁工业装备的"初生儿和独子"被称为一堆"破铜烂铁"。

50年的时间，国外的热连轧工艺技术不断地进步，不断地完善，工艺都进步成了艺术。站在这样的高度看本钢的热连轧，初生的丑陋当然入不了他们的法眼。

发展有一铁定的逻辑：

初生是丑陋的，成长是美丽的。

中国人坚信这一点，本钢人坚信这一点。

站在那个年代的张文达一代人，坚信热连轧的成长必须在改造中完成，成长的美丽也必须在改造中实现。

热轧厂自1980年2月轧出第一卷钢，当年生产卷板7.04万吨。

之后，就是一系列的改造。

5次大型试验决定着连轧成败的命运。

公司成立了一米七改造办公室，公司副经理刘宝暄一马当先鏖战在一线。

5次试验，每次都没有少于5天。每天一做就是到下半夜3时。眼睛瞪得大大的，脑袋的弦绷得紧紧的，不敢疏忽一会。

几近一月的苦战，参加的人都尝到了什么是不死都要扒层皮的滋味。

精轧机组传动升速试验成功，活套支持器动态性能试验成功——5项试验都获得成功。

本钢获得的5项成功，为国内设计大型轧机提供了宝贵的经验和技术依据。

张文达1984年任总经理一职始，本届班子在"七五"规划中，就打出了"本钢希望在连轧"的旗帜。

热轧板因打捆质量存在"披头散发"的问题，因控制系统的技术出现"薄厚不均"的问题。

技术问题必须技术解决。

改造一米七检测手段和调控系统，上届班子决定从西德引进"精轧厚度控制系统""电动活套"和"自动打捆机"技术。后来被叫成"三项引进技术"。

1987年至1988年是本钢一米七轧机技术改造的高峰期。

德国专家提出：三项引进设备安装施工必须停产6个月。

张文达给出的时间：60天。

德国专家认为"60天"的时间是天方夜谭。

1987年9月，当这些负责"三项引进"的西德专家来到施工场地时，眼前的一幕让他们惊奇了。

需要拆除和更新的270公里的电缆被拆除和更新；需要安装的900多台新设备都各就各位；230公里的电讯管道铺得规规整整。

本钢人的改造思维让德国专家傻眼。

本钢人的速度更让德国专家觉得不可思议。

德国专家说改造要停产6个月，本钢人只给60天。

工程竣工，实际只有42天。

德国专家觉得本钢人的工程思维不可思议。

问直接负责改造的公司副经理杨世祥，杨世祥的回答：把握好节奏。

不明白。

来到公司有关处室和设计院组成的现场服务组。

德国专家不明白什么是"现场服务"。

这和30年前，一些外国专家在二铁厂看到"心红炉顺"的感受是一样的。

连轧厂完成"三项技术改造"后，全厂出现了设备装备水平提高、人员素质提高、卷板质量和产量提高。

然而，新的矛盾出现了：换辊速度影响了轧制生产率。

精轧机每轧三千吨就要更换一次轧辊，不然，轧辊的磨损会导致带钢凹凸不平。

换轧辊需要时间，西德和日本6分钟就可换一次辊，本钢则需要2小时。

本钢承认落后，但不甘落后。

当时的厂长韩尧坤有个想法，连轧的改造要和国产化结合起来，张文达极为赞同。

有这个思路，与"一重"合作，设计制造了精轧机组快速更换工作辊装置。当年定方案，当年设计，当年制造，当年安装，当年竣工投产，当年见效益。于10月18日投产后，每次换辊时间由原来的两个小时缩短20分钟，年创效益7000万元。

引进3号卷板机一次成功，卷板能力，一台顶老式两台，卷板质量达到国内先进水平；配套模具钢生产线，投资190万元，年效益达500万元。

累计一下，一米七轧机在完成自动控制系统、电动活套、自动打捆机、3号卷板机、1号主电室和6号、7号泵站等重点工程的改造中，同时完成配套工程87项，利用中、小修完成小改小革908项。实现引进设备零部件国产化682件，电子元件和专用材料国产化224种。

1987年11月7日《冶金报》发文《本钢1.7米轧机改造完成投入试生产》："改造后的轧机生产线上，安装了引进的电动活套器、自动测厚装置和自动打捆机。部分生产线实现了计算机自动控制，改变了过去那种'肉眼观测、凭经验轧钢'的落后状况。轧机作业率由过去的40%提高到70%以上，一年可以增加卷板60万吨。过去卷板的薄厚不均，现在由于有了自动测厚装置，这个质量问题也将得到较好的解决，从而提高经济效益。本钢为了提高这项改造工程，对承担施工任务的第三冶金建设公司、本钢机电公司、修建公司等10个施工单位，实行了工程承包，把施工任务逐项落实到施工队、班组和个人，把工程进度同施工者的经济利益联系起来，从而调动了施工队伍的积极性。三冶机装公司担负了7架精轧机改造任务，计划工期45天，他们采取许多施工新工艺，克服重重困难，只用了18天就完成了任务。"

成长是美丽的。

热连轧的成长表现在生产能力的提高上，1986年生产热轧板97.8万吨，1987年105万吨，1988年143万吨，1989年突破设计能力，实现热轧板产量165.1万吨，比设计产量增加6.1万吨，比计划增加5.1万吨，比上年增产22万吨。

成长的美丽还表现在产品的开发上：点状花纹板通过部级鉴定，达到世界同类产品先进水平；13mnhp新产品获省金鹰奖和冶金部科技进步奖；2c船板获省优质产品奖。

冶金部的一位领导站在全国钢铁行业的高度，对本钢热连轧的改造给予了十分中肯的评价："国产1700热连轧机经过攻关、改造、配套，已经取得了可喜的成果。现在已经达到设计能力，板卷质量有了很大进步，接近武钢水平。"

这位领导还有一句话：前几年我们进口钢材相当于国产的1/3，其中板材占进口量的75.8%。本钢热轧板的生产突破了设计产能，为我国压缩板材进口做出了贡献。

张文达为此算了一笔账：本钢热连轧以突破产能的生产能力计，按照国家价格计算，本钢每年可为国家节省外汇支出达2.3亿美元。

本钢的一米七，在成长的美丽中盛开着为国家贡献之花，当然值得本钢人骄傲。

时代的宠爱来了

20世纪80年代，国务院、国家计委、冶金部、辽宁省都有一个共识：本钢必将是今后十年挖潜、改造、扩建的一个重点。

新中国成立初期第一次钢铁工业布局，1958年的第二次钢铁工业布局，三线建设时的第三次钢铁工业布局，本钢都在局外。20世纪80年代，本钢终于迎来了迟到的宠爱。

中国钢铁工业的建设，自开始就弥漫着以"新建"为中心的氛围。

时间长了，新建的钢铁厂因缺乏设备维护的经验，缺乏生产的经验，设备事故问题，生产中的各类小耽误问题层出不穷。耽误了达产的预期，影响国家发展钢铁规划的实现。

反观静默的本钢，30多年来，高炉利用系数的红旗一直牢牢把住不放，"人参铁"的品牌长盛不衰。

钢铁工业的发展，绝不仅是新建一大堆钢铁厂的事，还有其他的重要因素。

自1915年以来积累的基础，是别人难以衡量的巨大优势。包括了管理的内容，技改的内容，生产的经验等。

有这些基础，修筑高炉没有备品备件可以找到替代，高炉遇到生产风险，可以采取"特护"维持。

"322"工程改造中，生产20万吨特殊钢的目标很快实现。在全国"三打2600万吨钢"而不可得的严峻形势下，本钢在关键时刻增铁100多万吨，顽强实现了年产生铁300万吨的目标，为全国一举产钢3000万吨做出了突出贡献。

"六五"末，全国要实现产钢6000万吨的计划，关键时刻，本钢提前两年，实现年产钢200万吨的设计产能，助力国家实现了"六五"钢铁发展规划。

关键时刻的关键表现，本钢变得十分抢眼。

几年间，国家领导人来本钢的考察次数频繁，冶金部的领导更是频繁来到本钢。

在国家下一步钢铁工业发展的布局中，本钢成了国家有关部门十分关注的一个重要的棋子。

本钢这枚棋子将被国家下在什么"点位"？

中国第一条联动冷轧线

1986年，一位国家领导人视察本钢，了解本钢的产品结构和资源配置等情况后，明确指出："本钢条件很好，应该上冷轧。"

本钢的位置一下被突出到新中国第一条引进的冷轧生产线的建设上。

中国钢铁工业发展由此出现了转折点：由量的发展转到质量、技术、产品的开发上。

国家领导人发出的信息基于国家发展钢铁的战略。

"七五"期间，冶金建设有两大任务：一是完成投入产出包干方案中400亿元投入任务；二是利用外资，确保增加钢产量的能力。1983年至1986年的4年内，冶金工业基建和技改投资合计250亿元，平均每年62亿元；今后4年，冶金工业基建和技改投资合计将达340亿元，平均每年85亿元，再加上利用外资部分，每年投资数将超过120亿元，比前几年将近翻了一番。

这是机遇。

国家每年投资数将超过120亿元，正为本钢发展谋篇布局的张文达从中看到了发展的希望。

在盘点本钢的家底时，张文达看到了发展本钢的两大难点。

老设备的更新之难。

全公司60年代以前的设备占60%，八世同堂。5座高炉，有两座是1915年和1917年建成的；一铁厂鼓风机、二电发电机是二三十年代的产品；运输机车大部分是三四十年代的产品；特钢厂房已使用50多年，现靠加固维持生产。全公司可应淘汰的机械设备共500多台，电气设备1600多台，手工操作人员占43.7%。

改造资金之难。

本钢是以外供生铁为主的原料型企业，铁与钢材的平均盈利水平差距在200元以上。钢坯、焦炭基本属于亏损产品。外部原燃料价格上调，1985年影响减利1.25亿元，1986年又影响减利7500万元。国家每年下达给本钢的指令性计划一直偏高，1984年—1985年高达93%—96%。

到1985年为止，本钢专用基金累计超支4885万元，靠借贷来维持简单再生产，为冶金行业所罕见。其原因一是基本折旧率和大修理基金提取过低，1985年以前一直是50%上交。二是税负重。三是留利水平低。"六五"期间，本钢上交财政收入占全部收入的82%，企业仅留18%。1985年减免调节税后，上缴利润仍高达61.4%。

一地落后设备的老本钢，不改造是死路一条，要改造又无资金支持，在有些人的眼中，这种局面是进亦难、退亦难。

从困境中寻求突破，是张文达的为政之道。

思路，提升本钢产品的价值，将外销生铁170万吨转化为钢材，每年公司可多收益2亿元。

这个发展思路被落实到本钢五年工作措施中。

"六五"期间前3年时间大力增产普钢，争取1988年产钢200万吨，产热轧板160万吨，生铁继续保持300万吨。这一步实现了。

"六五"期间后2年的发展路，实现以钢代铁。改造3号高炉，完成特钢厂的搬迁，到1990年产生铁375万吨，普钢250万吨，热轧板材190万吨。与此同时，还有系列新产品开发计划的实施，普钢系统因此形成汽车减重板、汽车大梁板、压力容器板的"拳头"产品，还有特钢系列的主导产品。

这个雄心勃勃计划的归结处：1990年，本钢工业总产值将达到16.7亿元，比1985年增长50%；实现利税6.6亿元，比1985年增长90%以上。

形诸文字的"六五"不见冷轧的字样，但布局已开始了。

张文达的心中，对于冷轧的建设已有了清晰的思路。

用足用活国家政策，从国家发展钢铁工业的政策中寻绎为本钢建设冷轧解套的办法，这也是张文达的方法路径。

要获得冷轧项目，必须有个"入门证"，即进入国家计委企业利用外资的项目建议书。

1987年，国家计委批准了鞍钢、武钢、梅山、本钢、莱钢5个企业利用外资的项目建议书，本钢因而享有国家层面的许多优惠。

还有一个本钢必须要利用的国家政策，即与省、市政府间的承包经营方案。

1988年，经国务院批准，鞍钢对国家实行生产经营和技术改造总承包。承包期从1987年到1995年。主要承包内容：一是包上缴利润，以1986年实交为基数，从1987年起每年按3%上交国家，其余全部留给鞍钢。二是包改扩建和技改。三是包完成国家指令性计划。

本钢能否享有国家的这个政策？那时是有分歧的。

本钢享有这项政策，给省里和市里利税自然要减少，省、市自然有阻力。

省里好在还有主要领导同意。

本溪市是个浅碟性经济，经济严重依赖本钢。没有本钢的经济支持，连城市建设都没法做。本钢前去相商，并同意支持市里的关门山水库建设，支持市区永丰立交桥建设，支持平顶山滴水洞风景区建设。

冶金部和省里也经过反复协商，才终于同意。

1988年4月，本钢终于获得了辽宁省政府正式批准的本钢经营方案。承包期一定5年不变，实行"三包一挂"，即包国家指令性计划、包上缴利润、包技术改造，实现利税与工资总额挂钩。指令性生产的生铁、钢材和技术改造项目中的主要条件由国家负责安排。承包期从1988年1月开始。

鞍钢从国家争取来的政策，本钢也同样争取来了。

国家的优惠，省、市政府的让利，本钢在自筹资金方面获得了更大的自主性，发展的困局被打破。

一切的优惠，一切的条件，都必须有个抓手。

本钢最主要的抓手是冷轧建设工程。

世界冷轧技术19世纪起源于德国。发展到今天，冷轧板带已广泛运用于汽车制造、电器产品、机车车辆、航空、精密仪表、食品罐头等产品制造上。

1978年以前，我国冷轧板带生产技术比较薄弱，仅鞍钢和太钢有几台单机架可逆轧机可以生产宽带钢，轧机不仅效率低，装机水平差，产量无法满足国民经济发展需求，质量也无法与世界先进水平相抗衡。

1978年初，武钢从原西德等国成套引进的1700毫米冷轧设备，成功投产。这套适用于冷轧工艺全过程的先进设备，无论从机械制造、电气传动、自动控制系统以及计算机、仪表、检测元件等都汇集了当时世界上的先进技术。

但中国市场对冷轧产品的需求绝不是一条生产线所能满足的。

有份资料显示，1999—2003年期间，中国冷轧板的自给率分别为50.6%、52.5%、53.6%、51.07%、42.28%，平均不超过51%，另一半靠进口。2003年进口1663万吨，占钢材进口量的44.74%。

站在20世纪80年代的张文达，更是切身体会到中国钢材市场对冷轧板材的需求。

本钢在改造热连轧生产线的时候，他的心里就在打着冷轧的主意。

有了眉目之后，张文达亲自跑北京去协调项目。

一个特大型企业的堂堂总经理，为企业发展的大事，到了北京照样要求人，照样要等人，张文达没有半分的不自在。

国家定的是本钢引进的冷轧设备为二手设备，为力争引进一手设备，张文达数次与冶金部领导交涉、力争。

后来冶金部领导急了：如果本钢非要坚持引进一手设备，这个项目就取消。

其实，那个时候国家穷，没钱。

张文达心有不甘，回来对负责工程的副总经理杨世祥说：主体设备二手就二手，配套的附属设备尽可能买新的。

结果，轧机是二手，其他系统都是新的。

建设中遇到轧机生产线和酸洗线连与不连的问题。

专家们争论不休。

有的说要连，有的说不连。

不连的人还说，宝钢的冷轧就没连。

问题反映到张文达这儿来了。

张文达必须拍板。

如果拍板，成功了，是总经理应尽的责任。如果失败了，是张文达自己的责任。

沉思有顷，张文达问道：世界上，轧制线和酸洗线连成一体是趋势还是互相分开是趋势？

得知轧制线和酸洗线连合一体是趋势时，马上告诉：那就连起来。

本钢的做法，后来成了不少钢铁公司的效仿。

在关键时候，如何下决心，张文达总是以发展的趋势来判断，这是企业"一把手"应有的眼界，"一把手"应有的站位。

看一个企业发展是否顺利，是否能绝处逢生，全在"一把手"的眼界和站位。

1992年1月24日，本钢冷轧设备引进项目合同在钓鱼台国宾馆举行。

1992年8月9日，本钢举行冷轧工程奠基仪式。

冷轧建设，有个插曲，本来整个冷轧工程是包给外部一家冶金公司的，因资金问题这家公司扔下CDCM线不干了，本钢无奈之下要机电安装公司来接手。那时，李志是机电安装公司经理。

李志是个实干家，1963年从吉林冶金装备学校毕业后被分配到本钢。

后来任安装队队长，他别出心裁实行定额分配，把队伍带得嗷嗷叫。

李志第一次修高炉修的是二铁厂的3号高炉。一个场景令他很震惊：高炉旁有带枪的民兵，再一打听，才知道带枪的民兵负责日夜守卫着高炉。

改造5号高炉时，实行军管的本钢，负责的军代表是穆大法，穆大法的秘书成天在5号高炉旁转悠，掌握改造进度和各种情况，见到李志，还夸李志的技术好。

李志是在为本钢修焦炉、修高炉的过程中成长起来的，见证了那个特殊历史时代的特殊场景。

1989年，李志调电修厂任经营副厂长，1990年调本钢机电安装公司任经理。

在本钢冷轧工程被撂挑子的关键时刻，李志带着机电人冲了上来。

李志说：那时就想怎样把工程干好，干成争气工程。

机电是支好队伍，机电人踏实，作风过硬，技术过硬。

整个队伍像钢枝铁干，敲打之下，发出的都是钢铁之声。

面对纷繁复杂的后续工程，队伍按专业各负其责。

液压系统，前期工程不合格，要重新清洗。

按传统做法，要采用磷酸清洗，徐文奎根据多年的经验，采用磷清洗。经试验，效果十分明显。

CDCM线完成了，负责工程的公司副总经理来检查，出乎意料地好。又把镀锌线项目交给了机电。

面对镀锌线这样的现代化生产线，机电人马上发现自己存在很多的专业短板和技术短板。

没有东风借东风。退火炉的构件拼装是专业短板，他们请来沈阳桥梁厂的外援；现场缺施工经验，他们请来北满的外援；砌筑是短板，他们请来顾问。

自己做的做得高效优质，外援帮助的机械、砌筑、结构做得质量优异。

1995年5月19日，中国第一条冷轧酸洗轧机联合机组一次穿带过钢成功，6月29日轧出第一卷冷轧板。

冷轧的顺利生产证明机电负责的工程很成功。

后来，李志又调修建公司任经理。

回首这段往事，李志仍有"燃情岁月挥不去，铁马冰河入梦来"的激情。

1995年，国务院发展研究中心发布《中华之最荣誉大典》（1949—1995年），本钢冷轧厂酸洗—冷轧联合机组作为中国第一条冷轧生产线荣登中华之最。

本钢高原崛起高峰来

张文达主政本钢10年，为热轧改造成功收官，成功建设了冷轧厂。过去的本钢，曾是中国钢铁工业的高原，但是有高原无高峰。有了这两条现代化钢铁生产线的建设，本钢在中国钢铁工业的高原上拥有了足以傲人的高峰。

张文达心里始终装着国际钢铁尖端技术，尤以铁水净化、活性石灰、炉外精炼、连铸、检测和提高轧机精度让他念兹在兹。

1994年6月29日，张文达作为中国经济和企业代表团成员，随同国务院总理李鹏访问奥地利和德国。在奥地利，张文达同奥钢联签订了本钢从奥钢联引进连铸设备的合同。李鹏总理和德国总理科尔出席了签字仪式。

1997年初，从总经理位置退下来的张文达见到连铸工程的建设开工，他心中的喜悦溢于言表。

他的眼前，热连轧技术、冷轧技术、连铸技术犹如一座座拔地而起的高峰。

本钢的现在，将因此而辉煌；本钢的未来，将经此而灿烂。

战术常因技术而改变。

有了一系列的先进技术，张文达组织人力编写本钢"八五""九五"规划。

"八五"的目标明确为生铁产量和钢产量双双完成300万吨，即"双三百。"

"九五"的目标明确为生铁产量和钢产量双双完成400万吨，即"双四百。"

本钢将之美化为"连环双梦"。

时至今日，"连环双梦"早已实现。

现在，本溪百姓每逢看到关门山水库、永丰立交桥、平顶山滴水洞景区，就互相说：张文达那一届班子，给本溪留下的美好念想。

本钢人看到本钢文化中心，看到本钢总医院新建大楼，就感慨：这是张文达那届班子留给本钢的绝唱，自那以后，本钢再没有如此气派的公益建筑了。

曾任本钢修建公司副经理的付明波说：张文达主政的10年，是本钢最好的10年。

曾任本钢技改部部长的于传家说：回头看看，本钢最稳当，发展最好还是张文达那时候。

本钢副经理李德臣以忠厚和务实在本钢留下良好口碑。

李德臣，1941年3月出生，辽宁本溪人。

在学校读书就优秀的人，以后在社会上的发展也会很不错，虽然也有例外，但大概率错不了。

李德臣是本溪张其寨人。1948年本溪解放，李德臣就到张其寨刚建的小学读书。每次考试，李德臣总是第一。

考初中时，李德臣同届的初中生有四五十人，只考取了8人，他是其中之一。

张其寨没有初中班，市里本溪高中当时带了两个初中班，李德臣就到本溪高中的初中班读书。

本溪高中发展起来后不带初中了，李德臣到石桥子三中继续念初中。初中考高中，他又考回到本溪高中了。同年级的高中有10个班，李德臣在1班，是数学课代表。

高中毕业，唯独李德臣各科成绩都是5分，奖励给他一个奖状，一个大日记本。

考大学了，当时兴保送，但需政审合格。李德臣有个亲属当过伪乡长，保送这条路不能走。他的老师曾心如给他出个主意，找一所按分数录取的大学报考，找到了唐山铁道学院。本溪的考生中，只有李德臣一人达到了唐山铁道学院的录取分数线，李德臣成为唐山铁道学院的学生。后来学校搬迁西南，改名"西南交大"。

毕业后李德臣被分配到本钢运输部的南芬站。

在本钢运输部南芬站工作的12年，李德臣以出色的工作成绩奠定了自己发展的平台。

运输部南芬站的检修活原来都是外委的，李德臣去了后带着人设计建设了两个试验台，从此，检修活自己能干了。

翻斗车的轮沿常年被路啃的问题多年难解决，李德臣经过现场勘查后，按照速度、超高等数据，垫高路线的外轨，重心往里，解决了轮沿被啃的问题。

他带着人自建电车库，公司批一台吊车配合使用，被人截留了。李德臣找设计院等部门交涉，据理力争，重新批了一台。

主动工作，修线路、建住宅，他干了许许多多前人没有干过的事情。

出色的工作，出色的表现，出色的成就，让他脱颖而出。

1980年，李德臣作为人才被送到市委党校学习，回来后提为运输部副主任、主任。当主任不到半年，选拔考试到中央党校学习。

鸿运当头，六喜临门。

提任主任是一喜，上中央党校学习是二喜，工程师证书下来了是三喜，家属由农村户口变为城市户口是四喜，运输部分了一套房是五喜，在每月储蓄5元钱活动中抽奖中了一等奖得到500元，买了一台黑白电视机是六喜。

1985年从中央党校回来不久，李德臣即被提拔为本钢公司纪委书记。

1991年6月任本溪钢铁公司分管后勤副经理，直到2002年退休。

分管后勤的副经理期间，正是医疗改革、住房改革时期。

李德臣认识到住房改革对本钢职工来说，是一件利好的大事，积极推动。住房改革为本钢公司回笼资金2个多亿，又将之投入到新住宅建设中。

李德臣总结：我和张文达经理那一届班子，是为本钢职工建房分房最多的一届班子。

追梦"双四百"

本钢白灰窑与铁厂输料通廊

1989年，冶金部部长戚元靖点名本钢：要本钢为国家产钢8000万吨的指标做出贡献。

为国家钢铁工业发展，冶金部部长直接点名本钢，这是首次。

这是信任，更是鼓励。

事起有因。

国家"七五"规划中，制订了钢产量要实现6000万吨的目标计划。本钢为国担当，将计划1990年实现200万吨钢的目标计划提前到1988年实现，为"七五"规划中钢产量目标计划的实现，做出了突出贡献。

本钢表现出来的大局胸怀和担当给冶金部领导留下了良好的印象。

国家"八五"规划中，钢铁工业的计划指标是完成8000万吨钢任务，在"七五"计划指标的基础上增加钢产量2000万吨。对于冶金部来说，这是前所未有的重任。

新中国钢铁工业的发展，长期以来，年均增加钢产量的大概率为100—200万吨，而"八五"规划8000万吨钢的计划指标，年均增加钢产量猛增到400万吨，这不能不让冶金部领导感到压力山大。因而，部长戚元靖下沉到钢铁公司调研。于1989年10月下旬走到了本钢。

一番调研后，戚元靖对本钢充满了信心。

1989年10月21日的一次发言中，戚部长对本钢期望甚殷："冶金企业要经过老企业改造再增加2000万吨钢，这主要依靠现有企业，本钢要做出自己的贡献。"

同时，戚部长还希望本钢在追赶国际发达国家钢铁工艺水平上，带个好头。

本钢人闻风而动，张文达组织人力编写本钢"八五""九五"规划。

"八五"的目标明确为生铁产量和钢产量双双完成300万吨，即"双三百。"

"九五"的目标明确为生铁产量和钢产量双双完成400万吨，即"双四百。"

同时还有连铸建设等提高工艺水平为目标的改建、扩建工程。

本钢将之美化为"连环双梦"。

1994年9月18日，冶金部在本钢召开"本钢400万吨钢发展规划审查会"。

1994年10月17日，本钢400万吨钢发展规划通过专家组审查。

本钢新一轮的发展梦想脱颖而出。

人们原以为，这一轮的发展梦想会是无波无浪，平稳实现，计划经济向市场经济转轨过程中所掀起的风浪以超出人们的想象强袭而来，本钢这艘大船在浊浪狂风中颠簸摇荡，惊骇无比。

014：勒紧裤带战连铸

呛了第一口水

1996年，中国的钢铁工业生产如狂飙突进，超过了1亿吨大关。在1986年中国钢产量5000万吨的基础上，增长了5000万吨，年均增长量达到了500万吨，这是我国钢铁史上从未有过的奇迹。很多记忆中存有1976年三战2600万吨而不可得的钢铁人，仍然难以相信时光变化竟有如此的炫幻。

中国钢铁增长基数小，是世所共知的事，为此才有1958年全民大炼钢铁的狂热。

"大跃进"之前的1956年，中国的钢产量只有447万吨。10年后的1966年，中国的钢产量才区区1532万吨，10年间年均增长量108.5万吨。

又一个10年后的1976年，中国的钢产量才2046万吨。在1966年的1532万吨的基础上，10年间，钢产量年均增长51.4万吨。

又一个10年后的1986年，中国钢产量5220万吨，在1976年钢产量才2046万吨的基础上，10年间，中国钢产量年均增长300多万吨。

将此整理出来：

1956年至1966年间，中国钢产量年均增长108.5万吨。

1966年至1976年间，中国钢产量年均增长51.4万吨。

1976年至1986年间，中国钢产量年均增长300多万吨。

1986年至1996年间，中国钢产量年均增长500多万吨。

在数据中，我们看到除"文化大革命"外，中国钢铁业强劲有力的步伐。

中国的钢铁工业历经46年的艰苦跋涉跨过1996年的门槛时，进入了数量上的高增长区和量变到质变的转折区。

本钢却在此时呛水了。

1993年的开局，国家的一项政策，给本钢带来了利好的好消息：1993年1月1日，经国家物价局和冶金工业部批准，本钢出厂的产品价格（除普钢材1.7万吨外）全部取消计划内产品价格，即国家定价和国家指导价，实行市场定价，定价权完全属于生产企业。

这是本钢急切盼望的。

从计划经济到市场经济的转型过程中，有段时间的产品定价权是双轨制，即计划价和市场价并行不悖。

计划价格严重低于市场价格，中间形成的价差，给一些人造成了可钻的空子。

取消了计划内价格，堵住了过去以计划内价格拿走产品的路子，对企业来说，一是清除了这部分产品对市场的干扰，二是为企业带来新的效益。

条件利好，上半年，本钢产品在市场上顺风顺水，钞票如流水般哗啦啦地流来。

下半年风云突变，市场萧条，产品无人问津，资金流干涸，正常生产和正常开支都难以维持。

本钢从未遇到的新问题，问题严重威胁到企业的生死存亡。

对职工的心理冲击十分强烈。

临近冬季，严寒的威胁逼人而来。

不少职工在一起就议论本钢的生死对这座城市的影响，对居民生活的影响。

联系到不久前"黄"了的本溪矿务局，大家对本钢的未来也很悲观。

有人说，本钢要"黄"了，本溪市连冬天的供暖都成问题。没有暖气的本溪，将变成一座死城。

为了渡过难关，本钢不得不在职工中进行集资。

本钢公司于1993年10月6日召开了集资动员会。

集资结束在11月初。

自我参加工作以来，头一次遇到靠集资来帮助企业渡过难关的事。

当时我在本钢质量处工作，质量处是怎样集资的？

公司下达给质量处的集资额是数万多元。

质量处的党、政、领导除按正常程序召开各类动员会，还深入职工家中做工作。宣讲公司形势，解释公司困难的暂时性。特别强调个人和单位之间共生性。

应该说，大家对于个人和单位的利益相关的关系都很清楚，集资很积极。

耐火站职工刘国华，全家5口人，日子过得很紧巴，主动集了1000元。

最后，质量处超额1万多元完成了集资任务。

南芬露天矿超额47.76万元，集资数额达到了810.86万元。

房产处超额9.8万元，集资数额达到了244万元。

整个公司的积极性很高，超额完成了计划指标。

遭遇这次呛水后，本钢很多人都在反思问题的所在。

没有把握住市场的主动权，是不少人的看法。

本钢自连轧建成投产，自然而然地成为了华北、东北地区钢管生产厂家的原料供应基地。围绕本钢的钢管生产厂家有数十家，有人统计过，全国70%的钢管原料是本钢提供的。

掌控了70%钢管原料的供给，本钢在市场上必须有话语权吧。但那时的本钢还没有这样强烈的市场意识，本钢大部分的管带原料都控制在中间商手中，本钢产品在市场上的话语权让渡给了中间商。

几十年计划经济形成的卖方市场的格局，也形成了生产厂"萝卜快了不洗泥"的生产意识，即使到了1993年，这种意识依然牢固地盘踞在企业生产者的脑海中，本钢热轧板"披头散发"的形象，"傻大黑粗"的形象已固化成了市场的标签。

1988年、1989年市场上已出现了买家挑卖家产品的现象，但依然没引起生产企业的重视。

1993年，正是中国自1986年申请重返关贸总协定以来，经历了长达15年艰苦谈判的期间，本钢也正经历SIO9000质量标准的"贯标"阶段，中国要经历时间来学习国际贸易规则，来提高和成长。

将本钢在市场经济过程中呛水的经历联系到中国经济的大环境和世界贸易的大环境，我写了篇《本钢，城下之战》的文章先后发表在《本钢报》和《本溪日报》，文章难免偏激，但希望本钢发展之心，希望本钢走上发展快车道之心昭昭如明月。

文章中提出，如果本钢没有世界性的眼光来推动企业的发展，如果没有不断开发市场所需产品的能力，如果没有质量信誉，没有核心技术和产品，没有营销手段，本溪矿务局的昨天就将是本钢的明天。

文章一出，引发了本钢人的关注潮。

有人猜测这篇文章是由毛文浦和几个人合写的，"莫永甫"是几个人的名字中抽象出来的笔名。

本钢党委书记李志达注意到了此文，对别人说，本钢一定不会走到矿务局的结局。

但本钢呛水，在本钢的发展过程中具有标志性意义。

洗骨伐髓之痛

连铸之一角

10多万人同吃一锅钢铁饭，10多万人同乘一条钢铁船。

钢铁饭明显地僧多粥少，钢铁船明显地因载重过大难以乘风远航。

破解本钢的困局，已有"药方"：主线搞活，辅线放开，分级经营，集团管理。

22家辅线单位放开，没有杀伐声。

减员分流，才是刀刀见骨的真章。

多少年的"铁饭碗"，养了不少闲人，是不争的事实。

"闲人"也要养家糊口，背后是一个家庭的担子，更是一个严酷的现实。

企业要活下去，要发展，必须精干高效，必须要有竞争活力，减员分流是难以避免的选择。

实施减员分流，势必要牺牲一部分人的利益。

改革不是道德评价书。一切以生存和发展为归依。

能做的是尽量减少改革带来的震荡。

攻关从本钢公司机关的减员分流开始。

——1998年4月，公司机关搬掉七百"铁交椅"

本钢长期以来形成了1.2万人的三级机关，占职工人数的13%。其中公司机关人员多达1200余人。机构重叠、人浮于事等现象十分严重。为建立办事高效、运转协调、适应现代企业制度要求的管理体系，本钢公司领导班子决定，按照"精简、统一、效能"的原则，4月份首先从公司机关开始裁员。

先通过调整职责、归并机构拆庙，对管理职能和业务相同、相近的机构和部门进行合并和撤销。将原来的14个部、55个部属室、12个直属处，调整为11个部、39个部属处、6个直属处。然后全员下岗，按照重新确定的岗位和人员编制，从上至下，层层聘任。有200多人落聘而成为下岗人员，各部室平均减员率达30%。减员率较大的机关党委则达到50%，由原来19人减至9人。

同时，还将一些机关处室以各种方式从机关系列成建制退出。科技开发部和科协与钢研所合并组建本钢技术中心；公安处和武装部合署办公；卫生处与职工总医院合并；审计处与工程预算处等有关部门则改制成自负盈亏的事业单位脱离机关系列。经成建制划出又分流人员近500人。

通过归并机构重新定员和成建制推出机关系列等改革措施，本钢将原来拥有1243人庞大管理队伍的公司机关，减员、分流人员62.2%，公司机关只保留477人。

在此基础上，本钢二级厂矿减员分流的工作也开始实施。

22家辅线单位怎么放开？

1998年，一家接一家辅线单位在翻牌，在挂牌，鞭炮声这条街还没响完，那条街就等不及地骤然响起。

——1998年1月，三千五百名白衣战士告别旧体制

1998年1月16日，本钢医疗卫生部成立，标志着本钢医疗卫生系统条块分割的旧体制的结束和新的医疗卫生管理体制运行的开始。

本钢医疗系统经过多年发展，建立了由5所医院、11个门诊部、3500多医务人员所组成的功能齐全、科系完备的医疗卫生体系。有4所医院先后晋升为国家三级或二级甲等医院。但多年来条块分割的管理，缺少统一规划，因而内部存在着争资金、争设备以及重复建设、重复引进等弊端，造成人才设备浪费。为更好利用资源，调动广大医务工作者的积极性，建立适应市场经济需要的新机制，本钢改革了医疗系统的旧有体制，撤销卫生处，成立本钢医疗卫生部，实行归口管理。

改制后的医疗机构，本着管理科学、机构精干的原则，逐步建立起适应市场经济需要的新型医疗卫生管理体系和经营运行机制。改制后，院、部合署在本钢总院办公。并将南地医院、胸科医院、南芬铁矿医院、歪头山铁矿医院改由总医院直接领导和管理。他们将立足本钢、服务全市人民，创办特色专科医院。总院侧重对呼吸、神经、循环、心胸外科、病理等10个重点专科建设；南地医院加大对口腔、传染科、精神病科的力量投入；胸科医院形成防治结核病和胸部肿瘤两大特色。同时，取消划区医疗，建立工伤门诊、方便门诊，让医术精湛的医生在系统内巡诊，让所有高级设备为全系统充分利用，发挥现有资产、技术和人才优势，广泛开展以病人为中心的多种经营服务，建立起服务质量优、经济效益好的新型医疗卫生管理和运行机制。

——1998年3月，山城最大"房东"迈步闯市场

3月26日，本钢房地产交易公司挂牌成立，这标志着全市拥有房地产最多的企业开始迈步走向市场。

本钢房地产公司共有民用房屋8万余间，面积达430万平方米，房源广阔，房屋类型齐全，可谓我市最大"房东"。但在过去，由于机制不活，偌大住房存量优势没有发挥出来，反而让一些个体从业人员乘虚而入，拿着本钢房产从中渔利。去年底在本钢22家辅线单位独立注册、成为法人实体的改革中，本钢房产管理处和房产开发中心合并，开始组建本钢房地产开发有限责任公司。

为盘活这巨大的存量资产，他们今年全面清理了本钢全部房产构成，并对所辖房产的市场进行梳理，汇总情况后，整理出了房屋买卖、租赁抵押、以旧换新等商务信息。并在短时间内，办理好房地产交易的各种合法手续。房产公司经理在成立大会上坦言：通过房产交易盘活资产，每年争取创效益100万元。同时，实施房产低资本增值，以商业开发带动民用宅开发。让交易和开发两个轮子带动本钢房产存量的整体盘活。

——1998年4月，大吊车吊起一方大市场

将本钢资源优势转化成产品优势，使本钢起重机厂"吊"起一方大市场，组建3年已累计实现产值1亿多元。

一脸书生气的厂长刘汉礼，是起重机厂的创始人。

本钢从计划经济转型市场经济的过程中，真正做到以市场为向导开发产品、真正做到以产品开拓出一方市场的人，刘汉礼是有目可见的一面旗帜。

刘汉礼介绍，本钢起重机厂原是本钢矿建公司属下的一个检修安装车间，虽然具有机加、安装、检修以及基建等能力，但没有"拳头"产品去敲开市场的大门。一年产值100多万，处于要饭吃的状态。不满足于现状的刘汉礼，多方寻找发展企业的途径。一次，他们做了个结构件，请大连起重机厂来鉴定，鉴定之下，认为他们有干起

重机的基础。一句话提醒了刘汉礼，经过市场考察后决定生产起重机，并将这一产品作为企业的主导产品。

背靠本钢发展起重机生产，具有无可比拟的优势：本钢的起重机需求量和检修量十分巨大，这是市场优势；而且生产的桥式吊、龙门吊的主要原料是卷板，这是本钢的主导产品，这是原料优势。刘汉礼的打算是，背靠本钢，再从外部去开拓一部分市场，内外兼营，企业前途一定会很好。他们从1995年起更名为本钢起重机厂。

将发展企业作为自己人生事业的刘汉礼，为使资源优势转化为产品优势，进而形成竞争优势，建厂之初，他从大连起重机厂请来制造起重机的高级工程师和生产技师指导生产，培训工人。从大连理工大学和本钢公司引进起重机专业人才，并专设质量部，负责起重机质量的检验，使生产的第一台起重机就具有较高的质量。此外，企业不惜投资300万元购置了一套具有国内一流水平的除锈设备，钢板经这套设备处理后，可达到造船除锈等级，还能使钢板表面产生麻点，提高了喷漆效果。最近新上的淬火机床，也是较先进的具有深度淬火能力的设备。技术进步使他们生产的起重机具有较高的内在质量和外在质量。

本钢起重机厂生产的起重机不仅因原料采购成本低有价格优势，而且还拥有较高的质量技术品位。1996年与新乡、四平、开原等地的6家老牌起重机厂在吉林油田竞标时一举中标，夺得了4台起重机的制造权。成立3年来，起重机制造、安装、检修，以及备品备件的生产等共为300余人的企业创造产值1亿多元。企业也于1998年初被国家机械工业部正式批准为起重机生产厂家。

2011年7月21日，起重机厂从本溪钢铁（集团）建设有限责任公司划出，设立辽宁恒泰重机股份有限公司，成为本钢集团控股子公司。

依靠本钢优势创业，这是起重机厂给人们提供的有益的借鉴。

——1998年12月26日，大河市场试营业

12月26日，在喜庆的鞭炮声中，全市人民关注的大河市场开始试营业。市长吴启成、副市长刘景溪等领导兴致勃勃地前往察看试营业情况。

大河市场，对于本钢来说，那时叫大河实业公司，经理是张毅。

张毅，是本钢干部队伍中很特别的一个人。

他会把别人的事当做自己的事热心张罗。

最热心的还是为文化建设摇旗呐喊。

2017年我撰写《往事如铁》这本书的时候，张毅知道，就在本钢公司为我广为宣传，不断向别人推销莫永甫这个人这本书。

知道我要写《逐梦成钢》了，便不厌其烦地给我介绍150部队的事，介绍一机修

的事。还不断地给一些人士打电话，要对方给我提供材料或与我面谈。

有张毅这样的人做朋友，你才会感到人和人之间有温度的舒服。

对于大河市场，张毅这样介绍：大河市场本是本钢多种经营的一个尝试。本钢公司为大河市场的建设迁了煤场、拆迁了不少建筑，并负责整个工程的组织和施工。各相关部门也都做出了自己的努力和贡献。

大河市场的建设，不仅对改善本溪城市环境、缓解城区交通有重要作用，而且对发展商品流通、拉动我市的经济发展，亦具有重大意义。因此，市委、市政府十分重视这项工程的建设，工程建设两年来，多次专题开会研究各种相关事宜，出台了一系列政策。就在试营业前夕，为推动大河市场的尽快启动，市政府还作出规定：在试营业期间，在大河市场经营的业户，在原有优惠政策基础上，有的收费可按低线收取，有的可以免收。同时，提高马路市场经营的收费标准，使退路进厅经营者比马路市场经营者更有利可图。为完善大河市场有关设施，市政府还免收大河市场对各单位的物业管理费，免收房地产第一次交易手续费，免征各种税费，便于大河股份有限公司把这部分资金用于有关设施的完善上。

1998年年底营业的大河市场，现在依然是本溪一个吞吐量巨大的副食、蔬菜周转基地。

张毅的人生之路，则几经周转，先后到机修公司任党委书记、武装部部长。在一机修时，有感于一机修"技术大本营"的历史，组织了"名师带高徒"学技术活动。在武装部工作期间，发扬光大了本钢模范拥军的优良传统，助力了本溪市"双拥模范城市"八连冠的建设。

——辅线"放飞"之后

不久前，本钢电气有限责任公司机关，从想尽办法争取拨款建起的崭新办公大楼里搬了出来，又回到过去看不上眼的旧办公楼，为的是腾出新楼搞经营。只因为今年他们被本钢"放飞"到市场自谋生路了，改善办公条件已不再是企业的主题。

去年12月28日，包括他们在内的本钢22家辅线企业一次性工商注册，成为独立法人。短短3个月，他们与本钢"母体"的关系还在明晰之中时，这些企业内部的种种适应新机制的裂变就已如新春的冰河。

（一）

在本钢房产有限责任公司的改制大会上，当经理在发言中讲道："现在我不敢说让大家吃饱饭、吃好饭，但通过我们的努力，先保证大家吃上饭，然后再吃饱饭、吃好饭"时，竟然被职工的掌声打断。

一个手握本钢房屋产权的单位，一直活得挺滋润的，现在却被一句"吃上饭"的

257

保证而感动。一种离了本钢就可能吃不上饭的心态，在"放飞"企业中产生共鸣，产生了一种压力感。

职工们说："本钢今天的改革是市场竞争的必然，走到这一步是早晚的事。""被剥离出来是难受，可是我们不'放飞'，也许更难受。出来，天地也许更宽。"

几天前，笔者打电话找冶金渣公司工会主席联系采访事宜。接电话的人说，工会主席到水渣厂当党支部书记去了。笔者又问：一个处级干部怎么调到一个车间级单位当书记了呢？原来，这已不是通常的干部调动。这个公司的5名处级干部中，除了一名书记兼经理的正职领导在公司统揽全局外，其余4名都在下边的水渣厂和钢渣厂实际担负着厂长和党支部书记的工作。目的是贴近一线抓生产经营。他们说，过去在大公司的怀抱中，职工不开工资，我们官可照当。现在，我们就是企业责任人，当什么官已不重要，重要的是别的单位能开工资，我们单位也能开。否则，纵有千百种理由，我们也无法面对职工，交椅再大也坐不稳。

让企业好起来的愿望，在这些单位从未像今天这样强烈。

（二）

职工说了这么一个顺口溜："想轻闲，别挣钱；想挣钱，上一线。"相对艰苦的一线，在转制之后吃香了。

耐火材料公司的门卫，过去是一个令人眼热的活。活轻钱又不少挣。很多人为争这个活，送礼托人。可今年这活没人争了。不仅仅因为这个公司规定，门卫活就300元，与一线打砖活相比，差一大截。耐火材料公司年初从有关外贸部门获悉：印度尼西亚急需100多吨异型砖。生产这种特殊型号的砖，不仅利不大，又必须另做模具，比较麻烦。要在过去，这样的活是不能接的。但这次，他们主动揽下这批活，并按合同规定，于3月22日向大连港发去了第一批50多吨的货。

有活就干，见利就走。谁再不干，谁就没饭吃。过去是可能，现在是现实。

辽河油田有一台德国产的电机，运转中突然出故障，找代理商没办法修，送往德国时间太长，费用太高。电气公司闻讯后立即前往联系，保质保量为对方修好了这台电机。这道难题的解决，树立了对方的信任感，双方遂建立了长期的伙伴关系。

（三）

"放飞"的22家企业拥有巨额资产，有相当一部分有待盘活，但一直不被关心，因为那时在可以理解的心态下，他们不必关心。如今职工们自己就站出来管这些事了。

前面提到的电气公司从新办公楼搬家是职工们的建议。他们算了一笔账：启用新办公大楼，一年仅水、电、气的开销就需10万元，而腾出来往外租，一年不仅可省去10万元的开销，还可以有不止10万元的租金进账。

石灰石矿车队的现有车辆已有8辆报废，运力过去公认不足，难保生产。不久前，有职工主动和矿里承包，条件是不但要保证矿里运输用车，而且还要每年从外部市场为矿里挣回数万元的"效益"。

来自企业决策层的种种意在盘活的改革也在平静中紧锣密鼓地进行：

建设有限责任公司在完成人事变动后，正在组建第三建筑公司，并开展起重机厂的股份合作制等资产重组工作；

医疗有限责任公司基本完成股份制的运作后，划小核算单位，对各分院也实行自主经营、自负盈亏制；

备件公司、冶金渣公司正把车队等辅助单位剥离出去，在自己的小天地效法母公司搞主辅分离；

机械制造公司、电气公司正在调研市场，准备开发自己的定型产品；技术中心"利用本溪铁矿资源生产高纯钢铁材料"的计划，已被正式列为国家技术创新第一批项目。目前，该项目的主导产品经试验后，已进入工业生产；

作为社会服务单位的房产有限责任公司已制定出了本单位的五年发展规划，提出要利用自己的优势，盘活所辖资产，建成全市最大的物业公司和房产开发公司。

……

纵观22家"放飞"单位，虽然每家都怀揣一本难念的经，但都在暗中憋着一股劲，要在改制后闯出漂亮的第一步。"放飞"3年后，本钢集团公司对22家辅线单位的补贴由1.48亿元减少到3800万元。本钢人均产钢量由过去的人均25吨提高到156吨。

许家彦：本钢的"生命工程"

许家彦是本钢集团公司副总经理，总工程师。在本钢班子的领导下，组织和参与了"本钢千万吨级精品板材基地"发展规划的设计，并经历了这一宏伟规划的实现。在本钢班子的领导下，组织和参与了本钢按国际标准生产的作业线，并见证了本钢国际标准作业线的贯通。

许家彦是连铸建设筹备组的组长。

20世纪八九十年代，建设连铸成了发展钢铁工业的战略。

1986年前，中国的连铸坯产量只有600万吨，只占国家钢产量的12%。国家计划到1990年，连铸坯的产量要由600万吨提高到1800万吨，连铸比要从12%提高到30%。

连铸生产工艺技术从20世纪50年代开始在欧美国家的钢铁厂中运用，到了20世纪80年代，连铸技术作为主导技术逐步完善，并在世界各地主要产钢国得到大幅应用。到了90年代初，世界各主要产钢国已经实现了90%以上的连铸比。

连铸技术的迅速发展，当然是在与传统的钢锭模浇铸比较中凸显出来的技术经济的优越性。

简化生产工序

连铸可以省去初轧开坯工序，节约了均热炉加热的能耗，缩短了从钢水到成坯的周期时间。浇铸接近成品断面尺寸铸坯的趋势，更简化轧钢的工序。

提高金属的收得率

钢锭模浇铸，从钢水到成坯的收得率大约是84%—88%，而连铸约为95%—96%，因此采用连铸工艺可节约金属7%—12%，这是一个相当可观的数字。对于成本昂贵的特殊钢、不锈钢，采用连铸法进行浇铸，其经济价值就更大。

节约能量消耗

生产1吨连铸坯比模铸开坯省能627KJ—1046KJ，相当于21.4kg—35.7kg标准煤，再加上提高成材率所节约的能耗大于100kg标准煤。按我国能耗水平测算，每吨连铸坯综合节能约为130kg标准煤。

改善劳动条件，易于实现自动化

连铸过程已实现计算机自动控制，具有切割长度计算、压缩浇铸控制、电磁搅拌设定、结晶器在线调宽、质量管理、二冷水控制、过程数据收集、铸坯、跟踪、精整作业线选择、火焰清理、铸坯打印标号和称重及各种报表打印等31项控制功能，使操作工人从笨重的体力劳动中解放出来。

铸坯质量好

连铸冷却速度快、连续拉坯、浇铸条件可控、稳定，因此铸坯内部组织均匀、致密、偏析少，性能也稳定。用连铸坯轧成的板材，横向性能优于模铸，深冲性能也好，其他性能指标也优于模铸。采用连铸能生产表面无缺陷的铸坯，直接热送轧成钢材。

以本钢为例，许家彦说：模铸技术成坯的收得率大约是84%—88%，连铸为95%—96%，两相比较，连铸比模铸提高成材率8%，本钢相当于每年多产钢坯14万吨，年销售收入将增加65800万元，这是因提高成材率获得的收益。

能耗降低带来的效益呢？

许家彦：有了连铸，初轧的工序就省却了，当然还有初轧厂的人工成本，如简单以每吨连铸坯综合节能约为130kg标准煤计，以年铸坯175万吨计，省下的是227500吨标准煤。本钢有个算法的结果是：本钢热轧卷板每吨降低成本200元，每年可降低成本2.7亿元。

本钢为什么选择在1997年上连铸？

许家彦：1997年是本钢最困难的时候，最没资金的时候，参加工程建设的基建公司，有的不开资几个月了，但本钢咬着牙，坚定不移地要上连铸工程。很多人都明白：连铸工程是本钢的希望所在，是本钢的"生命工程"。

那时，本钢面临着"退则死、进则生"的严峻抉择。

在市场价格杠杆的作用下，本钢现有的年产量处于亏损一边。要实现盈利，只能努力加大生产，充分发挥设备的产能，用超产来形成盈利点。努力一年时间才盈利6000万元，对于偌大的本钢来说，6000万的资金，维持来年的生产都困难。究其原因，本钢的产品大多处于低端，热轧板大多做钢管原料，冷轧板做水桶原料。低端产品堵死了本钢的发展之路。

本钢要生存、要发展，必须走高附加值、高端产品之路。

要打通高附加值、高端产品之路，没有能冶炼各种高级别钢种的连铸生产工艺技术这个锐利武器，那就是一句空话。

生死关头，本钢豁出去了，"当裤子"也要上连铸。停了不少工程，有的单位甚至没开资。工期也从36个月压缩到22个月。

背水一战。

1998年11月15日下午4时38分，连铸坯试轧成功。比原定工期又提前1个月。

万人战连铸

本钢的历史，将从连铸工程的竣工再树里程碑。

1998年的11月，初冬的寒意已浸透了北国的山山水水。失去了夏日暴烈性格的阳光，巡经在本钢刚竣工的连铸厂房时，慵懒的目光也不禁变得热烈起来。

一座现代化厂房在寒风中拔地而起。58米的绝对高度在10里厂区大有"鹤立"之势。橙红色的屋面板和银灰色的墙板在阳光的拥抱中幻化出五彩斑斓。

11月15日的正午刚过，巨大的连铸厂房中，钢水精炼跨、钢水接受跨之间的安全通道上，人头攒动，数以千计本钢人用期盼的目光迎接本钢历史上第一块大连铸板坯的诞生。

14时38分，随着本钢集团公司经理的一声令下，中心控制室主控人员庄严地按下了程序控制的最后一个按键。伴着浇注机的巨大轰鸣声，本钢人期盼了八年之久的第一块大连铸板坯终于诞生！看着那透体通红、光华耀眼的钢坯缓缓落入横移跨的辊道，在场的人群沸腾了。

人群中，本钢集团建设有限责任公司经理佟怀恩泪光晶莹，回首20个月为连铸工程的艰难困苦和热血奋战，百感交集。

背水一战的情怀

冶金工业的历史，是一个工艺不断革新的历史。

10年前，连铸技术在奥钢联出现，连铸坯直接热装和直接轧制技术的运用，给钢铁工业带来了革命性的变化。

面对这迅猛的钢铁工艺的变革，国际冶金工业纷纷采用这项新工艺替代传统的模铸工艺，从而推动了钢铁行业生产工艺和结构的优化，钢铁生产出现了高效率低消耗，低成本高效益的发展趋势。

本钢人于1991年12月向国家申报了《新建板坯连铸车间的项目书》，总规模为年产铸坯350万吨，分两期建成。一期先建一台两流板坯连铸机和一套真空处理装置、一套化学升温装置等主要设备，形成年产175万吨铸坯的生产能力。1993年1月21日，国家经贸委对本钢的计划予以批复；同年2月，经中国国际工程咨询公司和冶金部规划院组织召开审查评估会议，通过了可研性报告；同年6月30日，本钢同奥钢联和德国冶金技术公司签订了引进连铸机和二次精炼设备技术合同。

本钢的生存和发展，有赖于产品的更新。因此，本钢建了冷轧薄板厂，但现在的炼钢工艺，从质量上讲，满足不了冷轧的生产能力；从钢种上讲，无法为冷轧提供可生产高附加值产品的原料，所以，本钢提出来的建设汽车用钢基地的设想就不能实现。

不仅如此，这两年钢材市场竞争的一个明显标志就是价格大战。在价格战中，工艺先进，消耗成本低的企业就占优势。据技术经济分析：连铸工艺与模铸工艺相比，将提高成材率8%，对于本钢来说，就相当于每年多产钢坯14万吨，年销售收入将增加65800万元，本钢热轧卷板每吨因而降低成本200元，以年铸坯175万吨计，每年可降低成本2.7亿元。

上连铸，不仅是优化本钢的工序结构、改变本钢的产品结构问题，更是本钢在21世纪能否生存的问题。

时不我待。

新一代本钢领导人接过了这一道历史难题，并决心在22个月内完成这一难题的破解。

翻阅冶金基建史，发觉国内外建设同等水平的连铸工程周期是3—4年，即是36个月以上。而本钢却提出22个月的时间表，莫说与他们合作的国外企业不相信，就是国内冶金行业许多人士也不相信。

别人相不相信对于本钢公司领导来说，那是无关紧要的，要紧的是本钢10万职工相信，要紧的是本钢建设有限责任公司1.2万干部职工相信。这篇文章，就由佟怀恩、鲍海平一班建设有限公司的领导人来做了。

1997年的3月，春寒料峭朔风凛冽。可56岁的佟怀恩心里却像揣着一团火。佟怀恩在担任本钢一建公司的经理时，创造了年产值超亿元的佳绩，在当时不亚于放了一颗"卫星"。可如今，他正为集团公司让他出任建设公司经理的事闹心。

建设公司经理，在他原来的职务上加了一颗"豆"，但这对于经历了大半辈子风雨的他来说，官衔上的光环不再炫目。组建不久的建设公司，作为第一批放开的辅线单位，各种管理关系尚未理顺，在这关头，关乎本钢命运的连铸工程上马，临危受命，压在肩上的担子何等之重……

1997年3月12日，佟怀恩走马上任了，他带着顾全大局、艰苦奋斗、知难而进、高速优质建设连铸的决心并以极大热忱投入板坯连铸工程。

3月15日，连铸工程打下了第一根桩。此时，涉及到初轧厂、连轧厂、二钢厂、轧辊铸造公司、铁运公司、修建公司、计控厂、供水厂等14个单位、122个动迁项目大半才开始实施。设计图纸滞后，工程资金尚未到位，困难之多，任务之重，在本钢建设史上从未有过。但建设公司所属一建公司、二建公司、三建公司、路桥公司、矿

263

山建设公司和机电安装公司各路大军开进工地，机械轰鸣，地上地下全面开工。

无材料无资金，但工程不能等，工期不能拖。1.2万基建职工抖擞精神，背水一战。

灿烂着雪花的歌吟

天寒地冻，工人们仍在58米的高空抢活——老基建工程兵柴自杰的叙述

48岁的柴自杰，是二建公司结构安装分公司的经理。出身于基建工程兵的他，自1972年到本溪参与炼钢厂建厂的基建工程后，他的生命之舟就驶入本钢建设的海洋。他的汗水洒在了大明山的岩石上，滴落在发电厂贮煤车间的灰尘中。冷轧工程，800工程，冷烧工程……都留下了他的足迹。

他们承担钢结构安装的一区和二区，是连铸的心脏部位，工程进度如何直接影响后续工程的施工。因此，建设公司要求他们在1997年年底之前干完。一万吨的钢结构工程量，是过去炼钢厂建设的总和。不过炼钢厂的施工时间是三年，而现在却只有半年。而且工程高度50多米，构件吨位大，最大的60多吨。

进入12月份，已是呵气成冰的日子，工人们在几十米高的横梁上焊接时，常常是骑着钢梁爬行。钢梁上是薄冰轻雪，空中是刺骨寒风。在这样的恶劣环境中，工人一上去就是半天，下来时膝盖、裤裆已全部湿透了。有的女同志更是有苦难言。

因图纸设计滞后和设计变更，一区5号有个水箱，本应在屋架吊动时下，但当时的设计轮廓图上没有，详图来了才发现有这个设计。这时，多长的吊都没有，只能返工。多少次返工，多少次重来工人们无怨无悔。高级技师卢爱华，为确保设备安装顺利，自己自费买了数千元的仪器元件，解了工程上的燃眉之急。不是党员、不是班长的王棉，看到墙皮采光板的活紧张，找到领导主动请战，带领4位同志，在6层楼高的地方，创下了一天安装100多块的新纪录。

柴自杰在讲到职工们干活的拼劲时，常常抑制不住自己的激动。干部又何尝不是如此呢？他们每天都要在早6时前进入工地，在工人之后离开现场。白天，工人身上有多少泥，干部身上也有多少泥。工作计划、节点安排等工作常常都是在夜里进行。

正是凭着这股拼劲儿，他们在连铸工程的第二期和第三期工程中，提前完成了屋面封闭和墙皮安装任务，为加速连铸工程的进度做出了贡献。

递出绝招，慧心巧手攒工期——刘国志及其伙伴吊装胎具

三建公司吊装分公司在连铸工程的第二战役中，负责主厂房AB跨屋面的钢屋架吊装。为了保证冬季室内干活，他们的活必须在12月底之前干完，工程量大，工期短。

心眼灵活的经理刘国志决定和伙伴们开动脑筋，干点巧活。

按常规吊装钢屋架是一件一件往上吊，吊到高空再安装焊接。他们计算一下，一个整件需要吊装34次，每钩需10分钟，一个屋架单吊件就需数个小时，如果在地上拼装和焊接好了再吊，不但可以大大节省吊的时间，而且在地上焊接比在空中焊接方便快捷，一举数得。他们找来各种材料，根据部件的规格设计制作了一个坡型胎具。工人们抬来槽钢、角铁放在胎具上制作出一个个钢架，实现了成型吊装，大大提高了功效。

刘国志说，革新是逼出来的招数。那么，整个连铸工程有多少这样的招数。

据毕业于东北工学院工民建专业的研究生张辉（现在在建总技术质量处工作，负责连铸工程的技术质量）介绍：大型的技术革新、工艺革新及合理化建议30多项，这些革新提高了工程进度，降低了工程成本，节约了资金。钢结构部件的除锈，最早的设计全是采用喷沙酸洗除锈，后采用了人工砂轮除锈的施工方法，节约资金100多万元。连铸水处理一次沉淀池，原来设计以打入锚杆来起到抵抗地下水的浮力作用，后改为深挖地基到岩石，然后打入300平方米的混凝土，效果一样，但节约了16万元的资金。

整个连铸工程采用矩形钢包混凝土柱、吊车梁翼缘焊接双层叠板结构、屋面彩色涂层压型钢板屋面等新材料、新工艺。工人凭着自己的聪明才智，解决了厚板焊接，大型吊车梁、柱的制作与安装，钢包回转台及弧型段的安装等数十项技术和工艺问题。张辉根据这些新技术、新工艺的运用写了一篇又一篇的论文在省级范围或东三省地区的论文竞赛中频频得奖。我想，这是连铸工程的副产品，也是值得总结的一笔财富。

点焊在夏季的花朵

一天16个小时闪烁着焊花的吊车梁——矿建公司铆焊工段的故事

早上6时上班，晚上10时下班，他们无怨无悔。

矿建公司铆焊工段的职工说，为自家干事，再长的时间也值。

1997年的6月，铆焊工段在人员紧张的情况下，接受了制作2000吨吊车梁的任务。按正常工作量，这个活他们得干到1998年的5月份。可实际给他们的工期只有5个月，必须到10月份完成。需用80毫米厚的钢板制作60吨重、30米长的吊车梁是他们原来没有干过的。为解决技术难题，他们从大连外聘教授并邀请具有丰富焊接经验的老职工前来传授技术。段长唐广文、副段长王臣为落实制作方案，连续几天几夜吃住在工段成了常事。

盛夏时节，酷暑难耐，可为了不被焊花烫伤，他们又得把全身裹得严严实实。

脚下是60余摄氏度的钢板，身前是穿钢断铁的火舌，头顶是炎炎烈日。7名女工浑身上下起了又痒又痛的热痱子。

职工肖国华、许传宽由于16锰中毒，周身皮肤布满了红疙瘩，但没人请假，甚至连晚来早走的人都没有，只有那火红的焊花，一天16个小时在吊车梁上闪烁。

"一切为了连铸"，这是一句矿建职工迸发在行动中的话。

矿建土建一队在28天内，在坑深7米、作业面只有200平方米的狭小场地干完了52天的活。

他们的模板厂，成功地利用本厂的折弯机制作原拟外委的120吨挡雨片，既节省了时间，又节约费用。

2.5公里路行7个小时—— 一建公司汽车队在缓慢中碾出的动人情节

连铸厂房钢结构多达2万吨，这是本钢过去的建筑从未有过的。

2万吨的钢结构分在8个构件厂制作，把制作好的钢结构运回工地安装的任务就落在了一建公司汽车队头上。

但这个汽车队从未运过长30米、宽4米余，重70余吨的庞然大物。

于是，成立了运输连铸大型构件攻关小组。

于是，来自于俄罗斯、拥有30余条轮胎的大型运输车被启用了。

在这如长龙般的运输车上，他们用10多吨钢材、花了7天时间制作了两个大型构件运输托架置身其上。即使是这样，路况也是一个令人忧虑的问题，如有窄巷，30多米长的构件难以转弯；如有短桥，又怕难以承受70余吨的重量。一切都要精心选择，一切都要细致思考。

运输开始了，当如长龙般的运输在福金沟出现时，立即招来了路人驻足观看。

运输车从坡路上小心翼翼地缓缓而下，起重工孙福权站在构件上，手持长大木杆，遇有电线和横幅标语时，用长杆挑举起来，让车通过，同时还要指挥司机。天天如此，风雨无阻。一时间，手擎长杆的孙福权成了那一路段的风景。

有时，经过特殊路段时，为防止出现意外事故，跟车的人连同司机还要一起去封路。

看着满脸灰尘、一身油污的人去封路，不明所以的人有时还要骂他们几句。这时，他们只好自嘲：别看俺们拉的东西分量重，但俺们分量却挺轻。

为备件的安全，为路人的安全，他们在5里长的路段行驶了7个小时。

他们在缓慢行驶中，对连铸的情意也深深地碾压在了所行驶的道路中。

风雨夜行人——机电安装公司严冬日的一个剪影

1998年6月29日，有心的人也许还记得，那一天，本溪市下了头场暴雨。

薄暮时分，暴雨如注，虽是消解了炎热的暑气，但对正建设中的连铸来说也带来了伤害。这不，在不严实的遮盖下，雨水正寻找着各种渠道渗入液压站。

液压站、甘油站、煤气加压站，以及各种介质管道等辅助设施都是机电公司承担的工程。

液压站的设备从国外引进的，如果被水淹了，那损失可大了。

可雨水不管这些，不断渗进来，慢慢地增多。到夜间11时30分，进水深度已达到20厘米，快要够到设备了。

这时，只见一个人蹚水而来，看到液压站的积水后，迅速和他的同伴找来潜水泵。

这人是机电公司二分公司的党员严冬日。

这晚下班回家后，一看暴雨下个不停，担心他们施工的液压站进水，晚上11时"打的"到南地，约了一个同事冒雨来到工地，两人一直干到下半夜2时，才把水排完，地板擦干。

严冬日是机电公司的普通一兵，他的精神体现了机电人勇于奉献、敢于吃苦的风范。有人形容机电人：远看像逃难的，近看像要饭的，仔细一看是机电的，确实道出了机电人的苦干和拼搏精神。他们承建的连铸变电所，是关系到连铸工程电力供应的大事。上级要求他们必须在1997年4月30日达到送电条件，可他们提前半个月完成了任务。今年1—8月，他们的计划是745万元的工程量，实际却完成了771万元的工程量。

不尽的遐想

在连铸采访，听过很多感人事迹：邢德福慧心巧思，采用两台吊车吊装，解决了墙皮柱吊装的难题；卢炳权带领职工提前完成5个节点，完成建安工作量740万元；张春鹏献良策，解决了定位水塔的施工难题。生病不下火线的郭支海、钢筋工李喜凤，以工地为家的杨志生、老黄牛袁跃信……没有这些职工的奉献精神，连铸不可能22个月完工。

没有本钢公司领导的决策，建设公司佟怀恩经理、鲍海平书记的运筹，没有各基建单位和各部门的精诚合作等，22个月的任务也是不可能完成的。

站在宏伟亮丽的厂房前，我觉得这座建筑就是一个奇迹，它就是一尊精神的雕塑。

试想，连铸开工时，有的基建单位已有3个月没开资了，上下班的车票都是自己搭钱，半年时间内，公司只给资金600万元，而他们面对的工程又有许多是从未经历过的新领域，42米的板坯跨，30米的柱距，400毫米×400毫米的钢筋混凝土预制柱径，都是本钢建设史上所未曾有过的。

高达53米的檐高，44米的吊车轨面标高，56米长的主厂房钢柱，也都是本钢建设史上未曾有过的。

至于彩色压型墙板的制作和安装、钢网架的制作和安装等数十项工艺及新材料的运用更是本钢建设史上前所未有的。

建设公司把这些特点和困难归纳为"八大、四高、新、长、密、短、多、紧、窄、冷、少、硬"。面对如此多的困难，给他们的工期又是超世界纪录的 22个月，他们如何能完成？

1998年11月15日下午4时38分，一块长9米、宽1.4米、厚230毫米、重22吨的钢坯在一片欢呼声中，缓缓从火焰切割机移动而来，开始了本钢连铸的新篇章。

1997年2月开工，1998年11月竣工。21个月，比预定工期提前1个月。

他们完成了！记得有个职工对记者说，为了企业的生存，也为了我们自己的生存，我们只有拼了。

这是本钢人的情怀。

巧借外力催化"二期工程"

1999年3月29日，中央电视台的新闻联播中传来一则消息：被本钢称为21世纪"生命工程"的二期板坯连铸工程合作协定当天在奥地利首都维也纳正式签订。到访的国家主席江泽民出席了在总统办公室举行的签字仪式。

最近，这一规划在2001年上马的工程，又根据一期连铸的顺利投产，以及国家有关委、局和辽宁省领导的指示精神，决定在1999年上马。

工程上马的时间表怎么会一举缩短了两年？本钢负责技改的领导说，这样的工程当然越早上马越好。但不能不说，客观上是卓有成效的招商引资工作，为工程提前建设创造了条件。

将钢水直接连铸成板坯，比传统的先将钢水浇铸成锭，再轧成坯省却了模铸、初轧工艺是一次革命。90年代，连铸工艺很快以其低耗高效的先进性风行世界，国内各大钢铁企业也相继上了连铸。去年底，本钢一期连铸工程建成，炼钢厂实现部分连铸。通过这一工艺节能降耗，本钢吨钢成本可降低150元—200元，年创效益5亿元以上。

本钢没有理由不尽快上马二期连铸工程，从而实现全连铸。

但是，这一促进本钢实现三年脱困目标的工程，同时也被本钢目前的困难所困扰。在一期连铸工程上已耗去巨额资金的本钢，再上二期连铸显得捉襟见肘。因此，当初把上二期连铸的时间定在2001年。

但是，本钢人加快发展的信心坚定，从未停止提前建设二期连铸工程的努力。这种努力实际上在一期连铸上马之时就开始了，主攻的目标是解决工程所需的4亿多元资金，首选的策略是加大招商引资的力度。

目前，这么一大笔资金，单靠国内贷款、融资，受国内大环境所限，很难实现。本钢自己虽有股票上市，但可利用的余地很小。因此，必须把融资的目光投向国外。

于是，技改部、国贸公司、财务部等部门和在建厂齐心合力，寻找可能的招商伙伴。不久，奥钢联的代表来了，德国人、日本人也来了。

本钢人领着"老外"看冷轧厂，看刚干好的一期板坯连铸工程，这些都是本钢很拿得出手的"家珍"。

"老外"们动心了，德国人说连铸的技术"OK"。奥钢联的代表更沉不住气了，因为一期连铸工程就是他们干的，要是二期连铸工程被别人抢去，奥钢联在中国市场将形象大损。奥钢联的商务经理甘伟奇最先找上门来，进入实质性接触。

本钢在有了多种选择后，最后看好熟悉而又比较适合干此项工程的奥钢联。

1999年2月19日，本钢二期连铸招商谈判正式开始。本钢组织了30多人的谈判队伍，对手是奥钢联商务经理甘伟奇等一干人。

60多岁的甘伟奇，是商务谈判老手，一开始，他就拿出了一个整体工程的报价方案。报了一个大价码，还声称是一个挺合适的价格。这使本钢处于被动的守势。

本钢人并不惊慌，马上转守为攻。提出了不要整体报价，而要单项报价。

本钢人要求单项报价的真正用意在外方再回到谈判桌时才明白。这时，本钢招来了国内几大厂家代表与他们竞价。70%的单项国内都能干，作价也合适，可供外商选择的项目最终只有30%，本钢因70%设备的国产化，省了一大笔资金。

但是，留给甘伟奇的是可以和本钢"叫板"的关键项目，本钢知道他一定会尽量提价，动辄就会"摊牌"，"这是最后一道防线"。果然，此招在谈判中出手，对此早有准备的本钢又采取新策略：商务谈判和技术谈判同时进行。商务谈不通了，谈技术。以技术谈判中获得的"炸弹"再去击破商务谈判中抛出来的"最后一道防线"。

35天后，招商谈判结束。本钢引来1000万美元的奥地利政府贷款，应用于二期连铸建设。

3月29日，对这一项目十分关注的江泽民主席参加了合同签订仪式。于是，在一个美好的瞬间，本钢二期连铸提前建设的设想成为现实。

二号板坯连铸工程，1999年6月2日全线开工，2000年9月21日热负荷试车一次成功。工期14个月。

连铸"一条街"

连铸建设没有到此打住。

1997年到2000年9月建成的1号和2号连铸机，习惯称为一期连铸。

3号、4号连铸机，是2004年11月18日热负荷成功的，习惯称为二期连铸。

6号、7号连铸机，是2008年开始建设的，习惯称为三期连铸。

5号连铸机，则是2006年12月12日热负荷试车成功。

7台连铸机在二钢厂蔚为壮观地排列开来，被人们称为连铸一条街。

我们说，有了连铸，才使本钢生产高附加值和高端产品成为可能，这7台连铸机具体能生产什么样的钢种呢？

一期连铸的1号和2号连铸机，又被称为双流大板坯连铸机，主要生产的是深冲钢和碳结钢，年产350万吨。

二期连铸的3号、4号连铸机，又称为单流薄板坯连铸机，主要生产的是集装箱钢、电工钢、出口含B钢和普碳钢，虽有普碳钢，但仍以高附加值为主，年产280万吨。

三期连铸6号、7号连铸机，称为宽板坯连铸机，主要生产高级别汽车板、高级别管线钢、出口含硼钢、卡轮钢、车轮钢等，年产420万吨。

还有个5号连铸机又生产什么品种呢？这可是为生产特殊钢准备的。主要产品为轴承钢、弹簧钢、碳结钢和合金结构钢及齿轮钢，年产80万吨。这是本钢普特结合的发展思路，借由连铸生产各种特殊钢，再交由特钢厂进行下道工序继续生产。

钢种以高附加值和高端为主，产量又高达1150万吨。有这样的前景，本钢当然是"当裤子"也要干。

本钢的连铸建设得晚，工艺水平如何？

许家彦对此信心满满：本钢之前，全国建有10多条了。本钢建时，正是世界连铸技术最成熟的时期。优势得以发挥，不足得以纠正，奥钢联整合了世界连铸技术的优缺点，形成自己的优势，本钢引进之后，其中的小棍密排、连续弯曲、连续矫直等技术国内没人用过。采用后，设备总重减少了，板型更好了。建成后，宝钢等钢铁公司前来参观取经。

连铸建设，以及铁水预处理技术和炉外精炼技术的运用，完成了本钢钢铁生产脱胎换骨的变化，本钢的产品从此由普通产品、低端产品切换到了高附加值产品、高端产品的高速路上。

015：你坚韧，必塑本钢如脊梁

摄影作品《钢铁脊梁》

管理，打开增效"阀门"

1999年上半年，本钢在全国钢铁行业利润平均下降52%的情况下，实现利润1351万元，比去年同期增长4.9倍，可比产品成本下降3.1亿元，降低率为10.64%。拉动经济效益大幅度提高的一个直接因素是本钢卓有成效地抓了管理。

从1993年到1997年，本钢的利润从14.01亿元下降到4995万元。1998年虽有所增长，也只有 6000万元。本钢在分析效益逐年下降的原因时认为：这些年来，钢铁市场围绕质量、价格的竞争日趋激烈，在这样的大环境下，不抓管理，练内功，很难发展，甚至难以生存。而本钢的管理素质却在下降，不仅原有的管理水平没有保住，且相当一部分全国冶金系统考核的成本指标出现滑坡，其中炼铁焦比、吨钢综合能耗等主要指标都排在全国各大钢铁企业的后几位。

本钢新一届班子把强化适应市场经济管理作为首要任务和企业改革与脱困的主要措施来抓，提出以党的十一届三中全会精神为指导，"改变一切不适应的管理方式、活动方式和思想方式"。按照市场经济的要求，重新研究公司的管理方略，建立起以市场为导向，以销售为龙头的新型管理机制，进而把本钢的管理带入了一个新的发展阶段。

营销管理，使市场变大了

1998年的8、9月，本钢抓住东北"两江"灾区重建的有利时机，大力扩展销售市场，将东北销售分公司由一变三。与此同时，在天津、上海、广州建立起销售网络，不仅把过去丢失的市场逐渐抢了回来，而且开辟了一些新市场。山东分公司发展直供用户50多家，使本钢热轧板在山东的销量发展到山东市场总量的三分之一。本钢产品还首次南下上海，成功打开上海市场的大门。成功的销售管理，确保了本钢生产和销售的平衡，使本钢在严峻的市场竞争中，实现产销率100%。

本钢的这一变化，令国内钢铁行业刮目相看。

此前，本钢基本上坐等用户上门，上门的用户又基本上是中间商，产品和市场的关系靠一些中间商维系，当国外钢材登陆中国市场，造成国产钢材价格一路下跌，无利可图的中间商抽身而去时，也带走了本钢的市场，本钢产品立即滞销，出现严重压库。旧有的营销体制对市场经济的严重不适应暴露无遗。

针对于此，本钢实施营销体制改革。首先强化营销队伍开拓市场的能力，对销售人员实行了竞聘一批、培训一批、交流一批、下岗一批的动态管理，把分配与营销业绩挂钩。建立了适应市场经济要求的市场部，加强了市场信息的跟踪调查和分析处理工作。同时，理顺业务关系，把废次材销售由废钢厂划归销售处统一管理，把新产品开发科由技术中心划归销售处领导，将国贸公司和销售处合并，重新规范了销售及售后服务等基础工作。

在建立适应市场的营销机制的同时，他们还在扩大销售网络，培育区域市场，拓宽销售渠道，增加市场份额上大做文章，在天津、广东、山东、东北、上海建立了带库的销售分公司，使本钢的产品直接进入市场。发展了直供用户200多家，东北、山东、华北等一些潜在的市场被开发成现实市场。

新的营销管理体制使本钢今年上半年实现销售收入43.59亿元，比上年同期增长18%。

工序管理，使消耗降下来了

本钢把降低成本作为企业生存和市场竞争的首要法则。他们老老实实学邯钢，请来邯钢专家组传经送宝，并在其指导下制定了以铁为中心的"倒推式"工序成本管理新方法。即将倒推出的各工序成本指标，层层分解落实到20多个厂矿单位，完不成指标的单位扣发工资奖金，厂矿长亮黄牌。势必把生铁制造成本由1071元/吨降到全国平均水平的1051元/吨。结果生铁制造成本由1071元/吨降到去年底的999元/吨，到今年6月末，又降到980元/吨，由全国的落后水平一举跃入先进行列。

同时，他们在20个重点工序中开展的180项重点消耗定额攻关中，确定6条攻关线，逐级负责，一抓到底。目前在本钢初轧厂开展的工序降耗百人立功竞赛活动，使均热炉上半年节能创效300多万元。初轧厂在工序降消耗管理上推出了"零目标管理"，即把影响成本的各种故障、各种消耗、各种质量问题，通过管理降到最低程度、趋向为零的一种管理思维和方法。半年来，全厂降成本2100多万元，是公司下达降成本指标500万元的4倍。

1998年，全公司吨钢综合能耗、吨钢可比能耗、万元产值能耗三大主要能耗降至历史最低点。1999年，主要经济技术指标绝大多数比去年同期有大幅度改善。仅以吨钢综合能耗计，就由去年的1469公斤/吨降到今年的1315公斤/吨，节能21.04万吨标准煤。普钢综合成材率、高炉入炉焦比、喷吹煤粉和转炉利用系数五项指标均创历史最好水平。

质量管理创效益1206万元。

采购管理，资金省出来了

本钢用于生产的原燃材料费用，一年高达38亿元之多。抓好原燃材料采购管理，是实现企业利润最大化的有效途径。公司根据对市场的变化，确定"利用买方市场"，大力降低采购成本，仅在原燃料采购上，就下达了降低采购成本1.25亿元的指标。

降低1.25亿元的采购成本，其实就是创造1.25亿元的效益。如果这1.25亿元的效益要从产品销售上拿回来，按本钢年产260万吨商品材计，每吨价格必须在现有基础上提高50元才行。承担着这一指标的原燃料处，除了采取通过招标采购和以省内为主减少外埠采购、以直购为主减少中间环节等措施外，还审时度势，以变应变，牢牢把住买方市场这一优势，做足降低成本的文章。

过去大宗煤炭订货都是年初签订合同，以后不管价格发生多大变动，都无法更改，今年他们打破传统，在年初的全国煤炭订货会上，率先提出只签季度合同，并在通常的供煤的紧张季节实现了每吨价格比上年同期降低10%。他们还重新制订和完善造成成本上升的亏吨、超吨罚款、列车到站不到位等管理措施，从采购订货签合同开始，就明确了供方单位在集中发车、超计划发车、亏吨、超吨、质量不合格等方面所应承担的经济责任。到6月末，全公司采购成本比去年同期降低8600万元。

采购管理的科学和合理，既降低了采购成本又提高了采购质量，又为使用单位带来了降成本的连锁反应。曾经是成本大户的焦化厂因此由过去的亏损变为盈利。

今年，本钢加大管理力度，从管理要效益，实现全年盈利6000万元。

管理，打开了本钢增效的阀门。

技改，铺平发展路

1999年5月，为本钢实现全连铸而建设的二期连铸工程正式开工。

1999年7月，以被称之为世界头号轧机的美钢联"888"轧机为蓝本的本钢热连轧改造项目科研报告获国务院总理办公会正式批准。

与此同时，将对本钢产业链延伸产生重大影响的本钢第一条板材深加工生产线——酸洗生产线的建设已开始初步设计。

本钢正以接连的大动作，拉开了新一轮技术改造的帷幕。

自1993年大路货钢材在市场上持续疲软，使本钢开始注重新产品开发工作。到去年，本钢调整产品结构，改造老企业的思路更为清晰，力度也明显加大。一批以石油管线钢、汽车大梁钢、高档家电用板为代表的新产品开发改变了本钢只能生产大路货的局面。一期连铸的建成投产和冷轧产量的逐年提高，提高了普钢系列产品的档次，冷轧板的商品量由1998年的42.2万吨提高到今年的60多万吨。新产品销售收入由去年的5%提高到今年的15%，有力带动了本钢经济的发展，使本钢对全市的工业增长贡献率由 1997年的-0.9%提高到1998年的29.4%。今年上半年，本钢的工业总产值、工业增加值、实现利税三大经济指标同比分别增长12.2%、12.3%和12.72%。

技改目标，从国家经济结构调整中确定

本钢领导班子在思考本钢的技改目标时，对世界性的钢铁工业的结构调整作了认真分析，认为钢铁工业技改的重点是品种、质量、效益和替代进口，而不是扩大规模。在《本钢三年改革与脱困规划》中确定了技改目标：以技术改造推动新产品的开发，达到培植新的经济增长点的目的。近期目标：充分扩大石油管线钢、气瓶钢、模具钢、压力容器钢在市场的占有量。同时，研制开发汽车用钢、深冲钢等品种；长期目标：开发汽车、轻工、家电用冷轧板、深冲钢板和超深冲钢板等技术含量和附加值高的新产品。

本钢的技改目标吻合了国家产业结构调整的大政方针，无形中获得了国家政策的极大支持。去年建成投产的大板坯连铸一期工程，是本钢"九五"规划中的头号技改工程，但18亿元的巨额工程费用，是靠本钢自身难以筹集的。国家和省、市政府利用政策，积极帮助本钢利用资本市场上市股票，顺利实现融资。被本钢视为生命工程的热连轧改造工程，因本身具有对本钢产品结构调整的重大意义，已被国家初步列入贴

息贷款项目，予以支持。

技改标准，博采众长，成一家之优势

1999年7月初，本钢本来引进国外的铁水预处理工艺，又引来荷兰、阿根廷、捷克等数国的冶金专家前来参观学习。因为本钢不满足于技术输出国现有的水平，而在技改中力求扬长避短，形成自己的技术优势，使其整体工艺达到世界一流水平。

本钢的思路是，完成一项技改工程的过程，既是对旧工艺的革命，又是对新工艺的创新。只会照搬别人现有工艺技术的改革，难免工程结束之日就是重新技改之时。为此，他们提出技改必须具有前瞻性，即今天启动的某项工程，必须经得起今后三年或更长时间的市场检验。

热连轧的现代化改造，不仅使中国钢铁工业瞩目，也为世界钢铁工业瞩目。1998年7月，当热连轧现代化改造的投标信息一传出，国内外众多公司立时蜂拥本溪，但本钢没有选价格最低的竞标者，选中的却是价格处于中等水平，但在全球则是实力最雄厚、信誉最卓著的德国西马克公司和美国通用电气公司。强强联合所形成的技术优势自不待言。如果说这一优势尚待实践的检验，那么，已投产的一期连铸则是最好的证明。本钢在建设这一从奥钢联引进的技改项目的同时，吸取了宝钢、武钢、攀钢连铸建设的经验教训，建成投产后世界钢铁工业普遍存在的漏钢问题得到了解决，各项技术指标一跃成为全国先进水平。试生产不到半年，即实现设计的日产量达产和月产量达产，到目前，已完成连铸坯产量60多万吨，计划今年完成100万吨。连铸的顺利投产，它具有的提高成材率8%的优势，使本钢钢产量从去年的260万吨提高到今年的280万吨成为不争的趋势。连铸坯的生产，把本钢的钢种由普通沸腾钢变为普沸钢和镇静钢并存，由此带来新产品开发上量的增加，并实现销售收入1.54亿元，拉动了本钢的经济增长。

技改管理，实施业主负责制，限额投资，限时回报

1999年完成的特钢30吨电炉改造工程，原计划工程费用400万元，工期到1999年8月1日。可结果是工程费用只花了300万元，工程到7月15日完工并进入试生产，提前了15天。

技改投入的资金越多，花费的时日越久，投入的成本就越大。因此本钢刻意追求"短、平、快"的技改效果。于是，业主负责制——技改工程中新的管理方法应运而生。公司责成技改工程所在的单位为业主单位，对技改工程实施全面管理。公司在技改中引入成本否决机制，每个技改工程项目一旦确定，都实现限额设计。再对业主单位实现限额、限时承包，并制订了对业主单位的奖罚制度，形成了对技改工程成本的

一条线管理。二期连铸工程原拟在引进设备技术和管理技术方面花费5000万美元，作为业主单位的炼钢厂与会同参与商务、技术谈判的技改部、进出口公司等部门，制定了控制投资的"三不"原则：国内能生产的设备不引进，能自己制作的不向外委，外方技术管理人员能不聘请的尽量不聘请。因70%设备的国产化和外方技术管理人员的减少，节省了大笔费用，利用外汇贷款只及1000万美元。

业主负责制这种新的技改管理机制的建立，使本钢在两年时间内，在炼钢工艺上迅速完了连铸一期工程、铁水预处理工程、炉外精炼等工程，本钢的炼钢水平因此由落后一跃而为先进。

《经济参考报》为此于1999年7月31日刊文，在分析全国钢铁工业上半年的经济运行质量是"总量大增，效益下降"后特别指出：本钢等利润增幅达到15%—20%的一些钢铁企业在以产顶进、优化产业结构等方面取得了积极的进步。

本钢的技改开始了新的跨越。

大营销赢来大市场

1998年的钢材市场形势，比前年更不景气。然而，本钢一年来的销售形势却明显好于前年。本钢销售部门觉得心情都变了，过去就怕生产厂矿增产，拿不出合同兑现；而1998年最希望增产，因为手里始终有合同在排号等着兑现。

1998年本钢的市场大了。

就在1997年，本钢所谓的市场，主要是少数几家中间商，他们几乎垄断了本钢板材销售，一周不来提卷板，连轧库就满的情况时有发生。面对钢材市场日益激烈的竞争，1998年本钢确定了新的营销策略：甩开中间环节，转变等客上门的观念；主动出击，让产品直接进入市场。

去了山东某钢管厂三个人，一位自称是本钢总经理，名片亮出来了，可厂长不信。他曾有一段难忘的经历，到本钢买卷板，只因为买的量小，连处长都没见到，所以不敢相信总经理会跑这么远来上门推销。不过这人确实是本钢总经理。

1998年，公司总经理把一半的双休日花在跑市场上。主管销售的副总经理更是将半年左右的时间花在了走访用户、建立本钢自己的营销网络上。他们带队遍访失去的老用户，交给对方联系电话和一定满足他们需求的承诺。天津双街钢管厂、徐州光环钢管厂、山东张店钢管厂等老用户又陆续与守信誉的本钢建立了供需关系。营口盼盼防盗门厂是一家新用户，他们开始认为本钢冷板的价位难以承受，本钢根据实际情况帮他们上了一套平板设备，把生产成本降了下来，冷板随之走进了盼盼防盗门厂。

与此同时，本钢陆续在天津、山东、上海、广州、东北地区，建立了销售分公司，并独具特色地在每个销售分公司建立了货场，让产品与用户直接见面。并在临沂、青岛、揭东等地设立了19个直销点和联销点，在围绕本钢500公里的半径内建立起了营销网络，使本钢市场不仅设到了用户家门口，而且在更大的范围内有了回旋的余地。入冬以来，东北市场销售清淡，南方广州公司又旺了起来。

在此基础上，本钢一改过去生产是"老大"的观念，把销售作为"龙头"加以强化。调整了生产、销售各管各的、互相脱节的传统做法，要求生产围着销售转。他们提出市场所需就是生产所需，因为别人不能干的，我们能干，市场就是我们的。

锦西钢管厂急需1.3万吨石油管线钢板，本钢以提供可信赖的产品质量和服务质量赢得这批活后，马上召开生产经营协调会，炼钢、初轧、连轧联合动作，不到一个月，1.3万石油管线钢保质保量按期交货。他们了解到超宽、超厚和薄规格热轧板市场需求增大，对本钢热连轧厂来说，轧制这样的板材从来被视为生产禁区。但在去年，他们组织力量开展攻关，分别轧制出了2.0毫米—2.5毫米超薄规格以及超宽、超厚规格的热轧板，闯过了"禁区"，抢占了更大的市场。用户反映：本钢的冷轧板内在质量很好，但外在质量使他们望而却步。 冷轧厂组织12个攻关组，逐一解决了乳化液吹扫不净、镀锌层脱落等质量问题，使产品合格率由1998年年初的58%提高到90%，冷轧板出现旺销形势。

本钢还对销售队伍进行了调整，在全公司重新招聘人员，充实销售力量，实行工资与销售额挂钩，谁销售不出产品，谁就没有"饭碗"，以此促进适销产品更多地销往市场。

不久前，本钢又调整销售工作思路，要求产品不仅要销出去，而且要多挣钱。他们认为，本钢以"人参铁"为原料的板材，应有更高的附加值，而现在基本只卖个"大路货"的价，是对有限资源的浪费。于是，他们又在全国从南到北进行了市场调查，与生产汽车、高压锅护管等高附加值产品的企业联系，让好产品派到好用场，换来好效益。同时加大新产品开发的力度，直接把新产品开发单位放到销售处，适应市场需求开发高附加值的新产品。他们提出的目标是争取在2003年，使高附加值产品占总产量的30%，使本钢产品在市场上有个新的档次。

本钢生产驶入快车道

很难想象，在如此困难的形势下，本钢1998年主导产品产量实现历史新水平。

本来，持续残酷的钢材价格大战，使本钢的卷板价格被迫跌破成本极限。按这样的市场价格，年初，本钢算了一笔账：全年生产热轧板205万吨，亏损；年产215万吨，刚到盈亏点。而根据当时本钢的原料平衡情况，只够生产195万吨。必须选择进取的本钢，最终确定超极限的目标：全年生产热轧板212万吨。

这是历史上从未有过的高产量，在矿山、炼铁系统没新增生产能力，在连铸必须年内投产，使二钢需在边施工边生产的条件下，能否完成这样的高产指标，对本钢无疑是个严峻的考验。

多年来，对热轧板产量的限制主要来自前部工序原料供应不足，而这其中的瓶颈是二铁厂的生产能力不适应连轧的产量。今年，本钢决策，重点解决这个瓶颈。

他们在生产组织上增加"北铁南调"的数量，即减少一铁厂的商品铁，把年调10万吨供应炼钢用的铁水增加到20万吨。二铁厂在原料进口和岗位操作严加管理，保证高炉运行顺利。特别是在3号高炉大修期间，他们精心组织施工，严格质量控制，把往年70天的大修期缩短为50天，并且一投入使用就进入稳产、高产状态，二铁厂形成日产9000吨的生产能力，束缚本钢生产的瓶颈终被打破。

作为连铸建设业主单位的炼钢厂，面对生产组织和连铸建设两线作战的压力，创高产的决心不动摇。

当连铸工程开工把厂区南北铁道线断了一头时，他们立即与初轧厂的结合部用吊车建立了一条过渡线，保证了产品出路的畅通。职工们自发组织了"在岗一小时，干好60分"的劳动竞赛。下砖工安玉石，将多年的下砖经验整理成操作诀窍，今年1—10月下砖1176盘，计355炉，无一炉跑钢。全体职工共同努力的结果，使炉龄和钢铁料消耗突破历史最好水平，9月份完成钢产量23.47万吨，突破了月产历史最高水平。

连铸建成投产就要逐步退出普钢生产系列的初轧厂，以本钢大局为重，当1997年连铸工程开工，拆迁初轧厂近2万平方米的作业现场、办公楼等设施，造成生产现场和厂区环境一片狼藉，职工情绪波动，生产不稳时，领导班子信心十足地迎接挑战，很有气魄地提出：就在这样的条件下，让初轧厂在年内产量、降成本创历史新高；生产组织、设备管理、现场管理创一流。通过"末位淘汰制"的约束机制和"大面积立功"的奖励机制的实施，蕴藏在职工中的潜力被激发出来，中修提前了36个小时，每月的设备小停由原来的30多小时减少到10多小时，从而为创高产创造了条件。1—10月完成产量211.34万吨，超计划20.7万吨，超产幅度如此之大，是该厂历史绝无仅有的。

终端产品的热连轧厂，瞄准市场，在开发新产品、轧制新品种上大做文章。年初，市场反馈，有客户需2毫米厚的热轧薄板时，他们不顾本厂没有生产这种规格产品的历史，以市场需要为导向，组织人员进行生产攻关，突破了这个被视为"禁区"的生产规格极限，顺利轧出2毫米厚的薄板投放市场。赢得市场青睐后，他们轧制了宽1.1米的超宽产品和厚7毫米的超厚产品，并与有关部门和有关厂家合作，开发了磁轭钢、石油管线钢和自行车链条、企业链条用钢等新产品。围绕市场生产的结果，使热连轧厂的新产品开发和难轧品种的轧制取得了前所未有的成绩。1—10月份，全厂共轧制新产品和难轧品种68万吨，占全部产品的40%多，形成了产品和市场接轨的生产格局。

产量上来了，市场打开了。在整个钢材市场一片竞争的杀伐声中，本钢却异乎寻常地出现柳暗花明的景象。截至11月29日，本钢铁精矿已完成371万吨，以日产1.1万吨计，年终将突破历史未有过的400万吨大关；铁产量完成287万吨，年终突破300万吨达到314万吨，已是稳操胜券；钢产量完成235万吨，从目前情况看，全年钢产量将结束长时期的240万吨的徘徊历史，跃上258万吨的台阶；热轧卷板完成201万吨，从其发展的势头看，超过220万吨达到222万吨也是一种必然趋势。这个产量是本钢几代人的期望，如今，它将成为现实。

高产已成定局，按说本钢人可以松一口气了。可他们却在11月28日召集会议，号召全体职工再鼓足干劲，要把本钢的生产连接在市场的需求上。本钢领导说，生产就是要围绕市场转，只要市场需要，本钢就要再创高产。

脱胎换骨之新

——热轧板，一记远射打入欧洲

原被排斥在欧洲以外的本钢热轧板今年成功地打入欧洲市场，备受德国、意大利等国青睐。本钢半年出口创汇已达到3500万美元，几乎等于1994年全年出口创汇总和的一倍。

本钢热轧板是"人参铁"的延伸产品，因其内在质量好，一直受到国内客户的欢迎。但因其规格和包装等问题，难以被国外客户接受。

当国际经济回升，特别是日本关东大地震后，国际钢材市场需求旺盛之时，本钢抓住时机，四面出击。一季度就签订出口热轧板15万吨的合同。同时，根据国际市场要求组织生产，过去不能生产厚度2.9mm的现在能生产了，过去不能轧制宽度1100毫米的现在能轧制了。并且采取了计算机控制，改进了过去的网状罩式包装，使其更加美观和适宜长途及水路运输。热轧板迅速进入东南亚以及韩国等市场。一批热轧板经香港转手西欧，获得用户好评。由于内在质量好，当本钢5月份向国际市场招标竞价时，德国等西欧国家以每吨325美元的最高标价而中标，本钢热轧板由此直接出口西欧。

上半年热轧板出口已近10万吨。由于国外订单增加，本钢一年20万吨出口板的生产能力已满足不了需要。目前，本钢正采取措施增加产量，使全年热轧板的出口总量达到25万吨。热轧板在海外的热销，带动了本钢外贸的发展。本钢今年的进出口总额预计可达1亿美元。

——"零目标"管理挖出1500万元

曾出任本钢质量管理中心主任的姜宝禄自1982年参加工作就到了初轧厂，那时还是计划经济时代。

计划经济时代有个同义词：物资短缺时代。这个时代建立的初轧厂，"地位老高了"。

生产之初，在"计划"之外，多的初轧坯可以外卖，厂子也可以代别的钢铁厂加工，厂子赚了钱，为职工建了几栋楼。

1984年前后，全国开展创优质产品活动，初轧厂由姜宝禄主抓。

用活动代替管理，用抓抓出成效。1985年，初轧厂的初轧坯成了冶金部的优质产品。

初轧厂过了段好日子，初轧厂的职工都受人羡慕。

转型市场经济，物资逐渐富裕，钢材也渐渐地由紧缺变得不紧缺了。

1995年本钢开工连铸工程，一期连铸投产。几十年由初轧厂模铸工艺"一统天下"的局面变成了连铸、模铸工艺并存的格局，初轧厂不再是本钢唯一的板坯生产厂。

姜宝禄说：初轧厂没了规模效益，要靠精打细算的管理过日子了。

没了规模效益，有了"零目标管理"。

由于有了连铸与初轧厂共同负责为热连轧厂提供原料，过去年产量240万吨的初轧厂，今年的产量被限制在180万吨，与历史比，初轧厂的产量降下来一大块儿。

规模效益是大企业运行的一大特征，从一定意义上说，初轧厂产量下降，势必带来效益水平的降低。

减产60万吨后，初轧厂设备的"消化力"没减，所需风、水、电、气的能力没减，低运行高消耗的局面已经形成。

在新的矛盾、新的困难面前，初轧厂干部职工以变应变，在变中求发展。于是，在降消耗、降成本上推出了"零目标管理"。即把影响成本的各种故障、各种消耗、各种质量问题，通过管理降到最低程度、趋向为零的一种管理思维和方法。

减少的是产量，提高的是效益。

"零目标管理"有效地把成本中的水分挤了出去。1—4月份，初轧厂实现了以成本降低弥补减产带来的效益下降。降低成本1500万元，4个月降下来的成本比全年目标还多500万元。

烧钢工序的管理，是减少废品率、降低能耗的关键，同时也是降成本的潜力最大的工序。"零目标管理"首先在这里实行。过去烧钢，空坑时不提炉温，等钢锭入坑了才开始提温，容易造成钢锭表面过烧而中间烧不透，出现烧钢废品，影响了成材率，加大了成本。"零目标管理"后，他们根据多年的实践经验，在空坑时就开始提炉温，改变了过去大炉压的操作方法，制订了"勤观察、勤调整、勤联系"的称之为"一提、二不、三数"的优化烧钢法。今年1—4月份首次出现了烧钢废品率为零的喜人形势，全厂的成材率因而提高。

双吊双运是均热炉上的一项操作工艺，从建厂开始沿用到现在。"零目标管理"后，职工对这项工艺反思后认为，双吊双运的操作方法常使炉体受到损害，而且还易造成质量事故。他们因此将相沿成习的这一操作方法改为单吊双运，虽然劳动强度加大，但事故的概率降低了，特别是对炉体的损伤大大降低。这一方法从1998年5月实行以来，一年间仅修炉费用一项就节约97万元。

备品备件的管理上也改变外购多多益善的方法，挖积压、挖仓储以保证生产的运行，去年5月份，他们仅清理仓储、翻旧为新使用备品备件，就节约资金2067万元。"零目标管理"体现在废次材的管理上，过去每年2000万元废次材流失的渠道被堵住了；"零目标管理"体现在设备管理上，过去每月设备事故十多个小时的小停下降到了今年的每月5小时。

"零目标管理"体现在职工身上，过去有些职工干起活来大手大脚，从不计成本高低，现在是精打细算，既抱西瓜又捡芝麻；过去当家理财是领导的事，职工是各种费用花着看，现在是职工人人心里有本成本账，费用是看着花；过去一些职工下班不空手，现在是职工现场回班不空手，一根焊条、一块抹布、一颗螺丝都成了回收对象。

"零目标管理"，消化了因产量降低带来的各种高消耗。

——特钢公司打破瓶颈拓新路

本钢特钢公司自筹资金完成10号电炉改造，走活一个关键"棋子"，盘活了公司生产经营一盘棋。

特钢公司的主体生产设备除几台10吨小电炉外，还有2台30吨大电炉和一套800/650轧机。小电炉虽然几经改造可以正常生产，但所生产的小锭800/650轧机"吃"不了，变不成材，造成轧机生产能力闲置。大电炉又因设备落后，只一台勉强维持生产，另一台则完全停产，企业处于半停产状态。这期间，特钢公司开发出了铁路机车车轴用钢、针具钢等新产品，但受炼钢能力制约，无法形成规模生产。能否解决30吨电炉能力闲置问题，成为特钢公司扭亏增盈、走出困境的"瓶颈"。

在资金缺乏的情况下，特钢公司领导班子决定自筹资金改造技术落后、能耗大、缺少备品备件而闲置的10号电炉，他们考察了全国的特钢企业，采用目前国内最先进的计算机控制，超高功率变压器等工艺技术对10号电炉进行了改造。改造过程中，特钢公司广大职工以高度的主人翁责任感节省工程费1500万元，并使工程提前完成。

目前，10号电炉的优势在运行中已日益显现，冶炼时间比老电炉减少了2小时，生产能力相当于4台10吨电炉，能耗却大大下降。特别是盘活了800/650轧机，使特钢公司得以规模生产铁路机车车轴用钢及棒材、方钢等深加工产品，为企业开拓出一条新的发展之路。

——本钢修建靠科技创出信誉

本钢修建有限责任公司以科技为先导创全优工程，巩固和发展了内外两个市场。去年全年该公司共实现建安产值1.5亿元，工程质量优良率达到97.8%。

1998年，这家公司坚持科技与施工生产相结合的方针，以科技为第一生产力，在所承担的各项施工工程，尤其是一些技术含量较高的工程项目中，广大干部职工和工程技术人员群策群力，有效地解决了许多大中修技术难关和设备隐患。

3号高炉改造大修工程是该公司去年完成的重点项目。上级公司为保整体效益而将施工工期压缩到44天，这比以往同类高炉的大修工期减少了近三分之一的时间。为保质量抢速度，工程技术人员在借鉴历次大修施工方案的基础上，多次勘察反复论证，首创了在炉腹增设组装平台的先进施工方案，实现了高炉检修施工组织设计的重大突破，使高炉主线施工形成三步作业，提高了工作效率。冷轧罩式炉制作与安装工程，在德国LOI公司技术人员的监制下全部竣工投产后，德国专家评价其制造精度及安装精度均达到国际同行业水平，向LOI总公司建议，今后国内制造项目优先考虑本钢修建公司。3号高炉大修中高道挡墙漏斗工程，是一项产值低施工难度大的小工程。但该公司本着服务生产赢得信誉的原则出色地完成了任务。工程交工后甲方十分满意，当即又把总产值合计为100多万元的3项工程交给他们。在二铁厂1号烧结机大修工程中，发现很多设计与实际不符无法安装的技术问题，但他们没提任何条件并将不利因素全部自行消化，按时保质保量地完成了安装任务。

由于这家公司用"双优"服务赢得了用户，因此扩大了本钢内外部市场。去年公司共承揽计划外工程20余项。创产值4000多万元，占全年实际完成产值的31%。

——冷轧板开出热市场

本钢冷轧产品日益火爆市场。到1999年11月15日，合同已排满，合同总量突破年初60万吨的计划，达到64万吨。下年的合同已接踵而来。业内人士估计，本钢冷轧产品的销售额将达到20亿元左右。

建于1995年的本钢冷轧厂，其生产的冷轧薄板和镀锌板已经和热轧卷板、"人参铁"等产品成为本钢的主导产品，其质量在中国钢材市场和宝钢、攀钢等先进水平不分上下。

本钢冷轧产品一度因质量不稳定受到市场冷遇，一些客户认为本钢冷板用不住而与本钢"拜拜"。今年以来，本钢抓住冷板的质量问题大力"整改"。

在生产组织上，冷轧厂变过去的"以产计奖"为今天的"以质计奖"，按生产标准的不同扣减产量。如给某班定的月产"企标量"为500吨，超过了这个限定值，就按1比5否决产量，以鼓励职工多生产高标准的产品。对于造成"伤卷""乳化液斑"等质量事故的，则采取单项考核。对于出现严重质量异议者以下岗论处。服务质量上，改变了等用户反映了问题再去处理的旧规，与用户建立了电话联系，产品一到用户手里，即去电话询问。

抓质量抓出了全员的质量意识，各生产车间相继开展了锌层脱落、轧钢板型、横向条纹、涂油不均等质量攻关，使冷轧产品质量大为提高。综合成材率、综合合格率分别从1998年的87.85％和97.48％提高到目前的88.23％和98.13％，获得国家质量认证合格证。产品从试生产时做铁桶的档次跃升成为汽车制造不可或缺的上乘品，成为一汽、沈阳金杯、丹东黄海、山东时风汽车制造厂的"常用顾客"，并被江苏一家企业和北京新型建材集团首选为制作彩涂板的原料。天津金属公司已使用8万吨冷轧产品用于汽车及摩托车配件制造，产品在河北、山东的农机市场供不应求。

冷轧产品热销市场，为保一路攀升的合同量，9月份产量一举突破了6万吨大关，全年必须保质保量地完成64万吨，才能保证合同兑现。冷轧产品市场价格连续上扬，如以3000元/吨计，冷轧产品全年销售额将达到20亿元左右。

"双四百"喜变三个四百

2000年底，是"双四百"的收官之年。

盘点盘点。

这一年，一铁厂生铁年产量是71.9万吨，二铁厂的年产量284万吨，两下相加，是355.9万吨。

二钢厂的钢产量341万吨，特钢厂的产量24万吨，两下相加为365万吨。

钢和铁双双都没达到400万吨。

往前追溯。

1995年是"双三百"的收官年。

一铁的铁产量是65万吨，二铁是257万吨，两下相加为322万吨，生铁产量超过了300万吨。

二钢的钢产量241万吨，特钢厂的产量20万吨，两下相加为261万吨。

"双三百"中的钢没有完成预定目标。

"双三百""双四百"都没完成预定规划。

"双四百"的规划目标延后两年才实现。

2002年，二铁产量333万吨，一铁78万吨，两下相加为411万吨。

2002年，普钢产量390万吨，特钢28万吨，两下相加为418万吨。

此时的"双四百"，含金量已不是彼时的"双四百"。

此时的本钢，已拥有了热连轧机的装备，拥有了冷轧的装备，拥有了连铸的装备。

炼铁、炼钢方面已拥有了一系列的先进技术。

装备的力量、技术的力量，已经具备将低端钢提升到高端钢的能力。

装备的力量、技术的力量即将结束本钢产品低端、钢材量少的时代。

这不，一年刚过，本钢的连轧卷板突破400万吨，达到了402万吨。

铁、钢、材的产量突破400万吨，标志着50年的本钢走到了质的突破的临界点。

"李双双"演义

一

1997年，本钢至艰至难，至困至蹙。

震荡的本钢急需生产的顺行。

可偏偏天不依人算。

1996年岁末至1997年初，中国北方天气奇寒。

运输紧张！原燃料紧张！供应紧张！

二铁厂的三座高炉被迫处于半休风体态。

休风，意味着生产的停滞。

上游工序、下游工序都因二铁厂而受影响。

处于上下游工序之间的二铁厂成了瓶颈。

解决二铁厂的瓶颈，万众关心。

一个消息传开：一铁厂厂长李茂章要到二铁厂当厂长。不对，是当一铁、二铁两个厂的厂长。

听到的人无不一头雾水，一人当两个厂的厂长，本钢从未有过。

从未有过的事，做了，那才有"开创"这个词。

李茂章，一人做了两个厂的厂长，职工中才有了"李双双"的叫法。因此，李茂章的人生，开启了一段"'李双双'演义"。

二

1963年就到本钢工作的李茂章，他的光芒到1992年才被人们看到。

期间，他有一段时间在北钢工作，任过北钢铁厂厂长。

本溪有三个铁厂，本钢的一铁、二铁，北钢的铁厂。

在这三个铁厂担任过厂长的，除了李茂章，再无第二人。

在北钢干得好，本溪市委前去考核干部，李茂章工作业绩突出，进入了考核视野，被调到市委统战部任常务副部长。时在1984年7月。

43岁，获此职务，在别人眼中，前程锦绣，仕途看好。

离开了企业，离开了与钢铁打交道的日子，没有了硫黄的味道，没有了岩层的放散，没有了灼热的高炉，李茂章突然感觉自己的精神像被抽空了一样。

他突然明白，自己学生时代选择的专业，已成了自己一生的追求。

一切想通，他找市委领导，要求调回本钢。

经过一番周折，李茂章又回到本钢。并于1992年到一铁厂任厂长。

到了一铁厂，李茂章的人生在本钢人眼中才真正灿烂起来。

一铁厂，真正的中国近代冶铁的鼻祖，历史荣光，悠久绵长。可全套的古董设备，又制约着生产的发展。每年的11月、2月、5月、8月，高炉都有几天不顺的日子，短时三五天，长时七八天，受此影响，多年来，产量一直在50万吨左右徘徊。

李茂章1992年8月到一铁厂任职，马上表现出了敢于负责、果断决策的工作作风。

10月发现1号高炉出现卡料，找了几个人跟班检查15天，查不到原因。到高炉休风，李茂章亲临炉上检查，不放过每一个细小部位，终于发现是炉上探尺保护管磨漏导致的卡料。处理完毕，高炉恢复生产，从此卡料现象消失。

当年生产顺行，创纪录地突破60万吨，达到61.2万吨。

每一次休风，每一次大修或中修，李茂章都有针对性地技术改造，都有新的科技手段的引入，有效地解决了高炉不顺的问题。

1992年大修过的2号高炉，到了1994年发现进出口温差大，还有其他方面的问题。李茂章据此分析：炉壁破损严重，并报请公司大修。

公司领导召集相关部门和人员开会。

总经理说，才修了两年怎么就有问题？没有指标。如果要修，所有费用一铁要摊一半。

与会人员眼睛都看向李茂章。心想，总经理都这样说了，看你李茂章怎么坚持？

李茂章：我仍然坚持修，费用的事按总经理说的办。

开始大修。

扒炉是第一步。

扒的过程中，发现炉壁只剩半厘米。

总经理闻知此事，连说，好险好险。

当然危险，如果不坚持修，维持生产，就要发生高炉烧穿的大事故，炉毁人亡。

李茂章敢于负责，敢于坚持，挽救了一座高炉，避免了一起大事故。

一铁有功，李茂章有功，原来让一铁分担的费用不用分担了。

李茂章关键时刻敢于负责、敢于坚持的精神让职工的眼亮了。

李茂章深知，生产顺不顺，要看管理跟不跟得上；管理跟不跟得上要看干部队伍建设得好不好。围绕干部队伍建设和职工队伍建设，李茂章推出了一系列的管理制度。职工的负责精神保证了设备的顺行，设备顺行又提高了产量、降低了成本，产量提高、成本降低又让职工增加了收入，一铁厂生机勃勃，活力四射。生铁产量突破60

万吨后，又节节攀升，后来稳定在65万吨左右。一铁厂的活力和收入让二铁的职工羡慕，有的职工甚至想调一铁来。

李茂章的人生光芒绽放在领导水平和管理能力上。

1997年，李茂章在一铁厂快5年了，年龄已56岁。

功成名就，再过两年退二线，一铁将成为他工作的最后一站。

每个人到这时为退休做点打算，很正常不过。

就在这年5月的一天上午，本钢召开各厂矿的生产经营协调会议后，总经理把李茂章找到办公室，一进屋就对他说："公司党委决定你任二铁厂厂长兼党委书记，同时任一铁厂厂长。"

之前，李茂章虽有耳闻，但没往心里去。这么大的公司，多少人才，随手一抓就是个厂长。

刚才总经理的话，让他措手不及，连说："总经理，不是我推诿，第一，我年龄大了，能力有限，应让有能力的年轻人去干。第二，当年我二进二出二铁厂，要再去可是三进了，多有不便。第三，本不该说出口的，老伴刚做完青光眼手术，身体状况不佳，我再挑这么重的担子，她的思想……难以接受。"

总经理笑着，转而深沉地说："担子不轻啊，公司会全力支持你的。"

李茂章没有应承。这是一副很沉重的担子啊，他不能不三思而后行。

后来，总经理两次到李茂章家做工作，真诚希望李茂章在本钢困难时刻，为本钢分担困难，攻坚克难，共渡难关。

胸有大局的李茂章，放弃了个人的退休打算，听命于企业的召唤：出任二铁厂厂长，兼二铁党委书记，同时，仍任一铁厂厂长。

三

这是李茂章三进二铁厂。

1963年9月，分配到本钢的李茂章，被安排到二铁厂实习，时间10个月。

1989年6月8日，李茂章从本溪市统战部回到本钢，被安排到二铁厂，任党委书记。

1997年6月4日，李茂章三进二铁厂，厂长、党委书记一肩挑。

34年"三进二铁"，李茂章一定有万千感触，但也仅止于一时，他没时间去感叹伤怀。

现任铁厂厂长说过一句话：铁厂的活一眼望不到边。是对铁厂紧张忙碌的形象概括。何况，李茂章还是两个铁厂的厂长。

怎么唱好两个厂长的戏，李茂章在时间上是这样安排的：周二、周四在一铁厂；

周一、周三、周五和双休日在二铁厂。

一铁厂井井有条的管理和生产，为他把主要精力放在二铁厂工作创造了有利条件。

二铁厂，面临两大问题：如何稳定经历震荡后的职工队伍，如何解决生产不顺行的现状。

工作需要大家做，但思路一定是自己出。

李茂章的思路：职工队伍的建设，一定要靠管理来解决；生产运行难的问题，一定要从抓难点问题来解决。

积北钢炼铁厂、本钢一铁厂以及自己调查过的数个钢铁公司之经验，李茂章认为：企业的管理，其宗旨就是激发职工对企业的忠诚度和工作的积极性。管理的有效性就是实现职工劳动的有效性与其收入的匹配性。

他亲自带人到鞍钢去学习经济责任制的管理，后来又责成副厂长陈兴国带队、专业管理人员参加的学习组，到首钢、武钢、攀钢、邯钢等钢铁厂学习管理经验。结合本厂实际研究制定了切实可行的经济责任制，坚持每年修改两次，检查两次，不断创新。

《二铁厂经济管理责任制》强化了专业管理，增加了成本管理、降耗增效、降焦比、提高高炉利用系数等内容。

实行经济责任制，职工每月的奖金是多少？到月末自己都能算出来。

责任心强，完成工作好，奖金就高，反之就低。

有段时间，5号炉连连出现"号外铁"，一个月出了11次，炉长被扣11次，每次100元，共扣1100元。工资扣没了，李茂章指令财务部门借给他生活费用。

这一举动像一个鸣响的警钟讯号，惊动了高炉车间，惊动了全厂各角落，职工们被震动了：没有质量的工作，等于白干。

这样的管理，等于给职工们开挖了一条渠道：看好岗位才能多挣钱。每个职工都担着养家糊口的责任，谁不是想往多挣钱的渠道走，这么一来，职工队伍岂能不稳定。

生产运行难的问题，李茂章抓住三个难点来解决。

解决高炉运行不顺的难点。

李茂章就任二铁厂长，生产面临的最大问题是3号高炉已经有两三年就运行不顺，炉况经常失常，拖着整个二铁厂的后腿。

中国有句俗话：人巧不如工具好。怎么样的巧手，没有好工具都不行。就二铁厂来说，高炉不顺，不管职工如何敬业，产量都上不来。

李茂章经请示集团公司后，果断决策：停炉大修。

他利用3号高炉大修的有利时机，亲自考察设备，亲自主持研究技改攻关课题，果断实施一系列节能项目，当年创效益达700余万元。同时，将原定75天完成的任务压缩到51天。大修后的3号高炉，运行通畅，一举改变了二铁厂生产的被动局面。

1998年春，4号高炉因炉型掉砖致使炉况失常，影响炼铁的质量和产量。李茂章凭着自己的精湛专业决定，进炉喉喷补，矫正炉型。仅用5天时间，炉型矫正了，炉况顺了，生铁产量质量随之也上来了。

不仅如此，他还带领有关人员，参考先进经验，将3号、4号高炉每天10次出铁改变为11次出铁，彻底改变了本钢当时生产的被动局面。二铁厂也获得了150万元的效益。

解决"铁砣子"和"电灰"难点。

"铁砣子"是二铁厂的老大难。

二铁厂出来的铁水因温度不够，装在铁罐送到二钢厂，一部分铁水因温度低就凝在罐底，这样产生的"铁砣子"，每个约70吨，一年产生300多个。二铁每年至少损失25000吨铁水。二钢厂将此换算成每吨铁的价格，就成为二铁厂每年要赔偿给二钢的损失，一年几千万元。

怎么办？

责任制。

原来每月产生"铁砣子"20个，重新下达指标，每月允许出现10个。超过10个扣奖金，减少一个"铁砣子"奖5万。

1997年的307个"铁砣子"，1998年减少到137个，1999年又减少到9个，2000年为0。一年就从二钢厂返回优质费2000万元。

炼铁过程中产生的"电灰"，40%是铁，40%是焦粉。本是做烧结料的好原料，一年产生14万吨。

原来的做法是将很有价值的"电灰"运出去翻倒在团山，以50元一吨的价格往外卖。买去的人将此加工成球团卖回来，每吨价格200元下不来。

李茂章在一铁厂时，将"电灰"自己处理做烧结来用。但二铁的"电灰"有了市场的身份，处理起来就多了不少的程序。

李茂章跑了几次公司的有关部门，联系沟通，"电灰"不再"外转内销"，又为二铁节省资金1000多万元。

解决成本居高不下的难点。

入炉焦比是高炉炼铁影响成本的主要指标，二铁厂开展了三大工序降低能耗、降低焦比等攻关活动和加大高炉喷煤力度等。通过攻关，入炉焦比由1997年6月的每吨生铁消耗焦炭533公斤，降至1998年7月的509公斤，又降至2000年9月的497公斤，创造了历史最好水平。球团矿实施热水造球新技术，不仅促进产量的提高，仅半年时间就降低成本522.3万元。

深耕管理，解决生产难点，等于为通畅、通达的目的解决了道路的铺垫。基础做好了，每年又有新项目的补充，为发展注入新鲜血液和活力，企业不发展不进步都难。

李茂章的筹谋和措施的实施于1998年大见成效。

1998年，二铁厂全年连夺四大指标的突破：生铁产量比本钢增利计划超2.018万吨；竖炉球团首次突破50万吨的年设计能力，创造了年产55.88万吨的历史新纪录；生铁单位成本实现了每吨1068.66元的历史较好水平；入炉焦比创出了每吨520公斤的历史新水平。

1999年之后，二铁厂连续开启了冷烧、新煤粉和5号高炉扩容改造的三大工程。

李茂章既要抓全厂工作，又是各项工程的总指挥，他布局各条战线、指挥各路人马，有条不紊，全面推进。

当李茂章2003年退休时，几大工程顺利结束，本钢结束了无冷烧的历史。

一铁厂的生铁产量，于1999年突破70万吨。

二铁厂生铁年产量，在1997年至1999年3年间，每年以10万吨的产量递增。2000年的年产量又以20万吨的增长速度从1999年的265万吨提高到2000年的284万吨。

在他退休的前一年，二铁厂的年产量跃升到333.5万吨，加上一铁的78万吨，本钢生铁年产量突破了400万吨。

从1992年至2002年，李茂章一直在炼铁一线，助力本钢"双三百""双四百"梦想的实现。

"'李双双'演义"，演义的是本钢的大梦想。在本钢一个台阶、一个台阶目标的达成中，在"双三百""双四百"的台阶上，李茂章把自己演义成了一个典范。

技术报国之大工匠罗佳全

2020年11月24日，罗佳全站在北京人民大会堂，心潮澎湃。

这个出生于广西九万大山仫佬族的儿子，做梦也没有想到：连汉话都不会说的自己会有一天能成为全国劳动模范，会来到中国的首都享受这一荣耀时刻。

这一刻是罗佳全人生荣耀的巅峰。

站在这个人生荣耀的巅峰，罗佳全才真正戴上了"国家大工匠"的桂冠。

学艺17年后的一次惊艳亮相

1983年转业，罗佳全不去好单位，不去从事行政，一根筋地要去学技术，到2000年已是他学艺的第17个年头。

这一年，他在不经意间，和英国专家有了一场"擂台赛"，罗佳全全优胜出，惊艳"全场"。

2000年，本钢启动二铁厂冷烧工程。主抽风机是冷烧工程中的重要设备，关键的电气设备是从英国购买的。按合同要求，这部分设备的调试由英国专家完成。50多岁的老专家布瑞德负责这项工作。为保证工程质量和工程进度，布瑞德不让本钢技术人员干他的活，即使是已经干完了的他也要求重干。

布瑞德有资本骄傲。英国是世界现代钢铁工业的发祥地，英国催生的钢铁新技术之花开遍了全球。在落后的中国钢铁工业面前，布瑞德有着天然的优越感。

罗佳全偏偏就发现了他们的一组10KV电缆附件上存在异色斑点，并向布瑞德建议不能使用。

50多岁的布瑞德看看38岁的罗佳全，他不相信这个毛头小伙子有发现问题的能力。拍着胸脯高傲地连连说，设备没问题。

2000年11月10日，设备试运行，当电压升到6KV时，6个电缆接头同时"放炮"，导致变频电机接线口高压电缆接头和部分电气元件严重烧毁，不能再用。

布瑞德心里明白，重新安装、调试，必须从英国再进电缆接头附件和相关电气元件，时间来不及。正当布瑞德束手无策时，罗佳全又向其建议：他用"土"来代替。布瑞德强烈反对，他不信罗佳全的能力，也不接受其他变通方法。

在僵持中，本钢提醒布瑞德：再次进口元件，势必会影响设备的如期投产，由此带来的高额赔付英方必须负责。无可奈何之下，布瑞德不得不低头让步。不过，他再三表示，采用替代品可能出现的任何后果，他概不负责。

罗佳全笑笑，和自己的同事连夜加班到第二天中午，解决了所有问题，一次性试车成功，此后运行了20多年没有出现问题。

布瑞德目睹罗佳全解决了他没办法解决的难题，对年轻的罗佳全竖起了大拇指。

布瑞德有一把瑞士产的电工刀，设计精巧，做工精良，走到哪带到哪。罗佳全也非常喜欢，曾提出用自己珍藏的几样宝贝交换，却遭到拒绝。可就在工程竣工之后，施工人员道别的那天，罗佳全在工作服的口袋里发现了这把心仪已久的电工刀。那是布瑞德偷偷塞进他口袋的，是送给他的礼物，更是一份深深的歉意和敬意。

一场罗佳全完胜英国专家的"擂台赛"，让罗佳全迅速在本钢技术队伍中"蹿红"。

罗佳全的"蹿红"，让朋友们担心。

俗话说，人无千日好，花无百日红。此时的罗佳全才38岁，来日方长，你能"花常开，月常圆"吗？

罗佳全的表现越来越优异，他的绝招、绝活源源不绝，仿佛弱水三千，随形赋神，层出不穷。

用绝招绝活点亮自己

绝活一：为地下的故障电缆"定位"。

2011年6月，本钢丹东不锈钢公司施工现场因电缆故障停电，所有在建项目全部停工。

各路工程师们赶来了，面对地下电缆，他们无招可使。

时间一天天过去了，工地沉默着，建设大军沉默着。

无望中，有人想到了罗佳全。

接到求援电话的罗佳全没有丝毫犹豫，一人驾车疾驰，赶到工地时已是凌晨5时。

顾不上寒暄，顾不上休息，罗佳全一头扎进近千米的芦苇荡里，沿着电缆走向，开始查找断点。

边走边用仪表测量着，很快标示出一个位置。

挖掘机在他的指挥下，将铺设在芦苇荡里的电缆轻轻拉起来，断点果然出现。

灯火再次亮起，人们的欢呼伴随着机械的轰鸣，让工地又欢腾起来。

为什么他能发现地下的故障电缆？

罗佳全回答："埋在地下的电缆是难以用仪表来精确测量的。我们只能根据仪表上的波动，结合以往经验来进行判断。在之前的测量中，我发现仪表上有一个极其微小的异常波动，初步断定了大概位置，然后让挖掘机试着拉起电缆，果然找到了问题所在。"

道理似乎很简单，可少有人能做到。

绝活二：自创工艺，自制备件。

2013年7月，燃气厂三加压站四号电除尘７２ＫＶ高压电缆击穿，紧急抢修，却没有备件。参与人员无奈地看着罗佳全。罗佳全思索有顷，开始用自粘带、半导体带、铜屏蔽带及相关材料通过手工制作应力锥、反应力锥、高压均压环的方法，实现了工艺的改进，又弥补了在没有配件情况下的紧急补救措施。

经耐压试验完全合格，快速恢复供电，设备运行至今良好。

绝活三：凭直觉，异常复杂系统找到故障原因。

2008年3月底的一个傍晚，本钢厂区内，一台正在作业的150吨吊车电路系统突然发生故障，现场检修人员怎么也找不到故障原因，只好把罗佳全从家里请到了现场。

请罗佳全的人自己在心里嘀咕：这台日本进口的"庞然大物"，电气系统异常复杂，可现在一没图纸、二没备件，罗佳全能找到故障原因吗？

罗佳全从容镇定，看看异常复杂的系统，凝神静思一会儿，又回到系统前，别人看他的寻找似乎漫无目标，可故障就在这看似不经意间找到了。现场的人惊叹不已，直呼"神了"。

向罗佳全请益，罗佳全说，无他，只是凭直觉。

说是凭直觉，直觉其实是在大量实践经验的积淀和漫长时间的打磨中孕育的。

绝招。

板材原料厂变电所10KV和6KV高压系统升级的成功改造，既是罗佳全职业生涯的代表作，又体现了罗佳全的技能在解决实际问题时变异而出的绝招。

板材原料厂的一个变电所由两个房间、两排高压柜组成。供给太子河对岸的板材发电厂、焦化厂、炼铁厂的煤料都是由这个变电所馈电的64条传输皮带完成。要升级改造这个变电所，除了空间狭小的限制外，还不能分段停电、不能停产。

这块难啃的"硬骨头"交到了罗佳全手上。

解决所有的难题，需要的都是创新型思维。

我们常说，大工匠在应用技术方面都有独到的天赋。

天赋，那是解决问题的异常能力，同属于创新型思维。

罗佳全经过一段时间的研究后，提出了"不停电过渡方案"。

乍一看，整个项目似乎只有两步：一是高压柜安装，系统逐一过渡。二是旧高压柜拆除，不停产带电平移。

然而，真正的核心却是系统不停产的过渡和28面高压柜的整体平移，它精度要求高，作业难度非常大。而且在平移的过程中，重要的高压母线、间隔套管、高压瓷瓶、高压柜底座都会动态应力变化，让人十分担心。

在罗佳全的绝招下，高压柜一次性平移成功，不仅节约了另建变电所的高额费用，更是为今后类似工程提供了参照范本。

2014年，罗佳全根据这次技术攻关撰写的《有限空间高压柜不停电整体平移施工工法》，被评定为辽宁省工程建设工法。一次极富创造性的绝招，得以应用在更大空间、更广泛的领域。

罗佳全用一项又一项电气技术绝活，在电气设备的安装、调试、试验及高压电缆接头制作和故障查找上百试不爽、屡建奇功。他参加过百余项重点技改工程建设和无数次电气设备抢修任务，为企业挽回经济损失近亿元。他创造的多项施工工法获评省级工法；他发明的多项技术正在申报国家发明专利；他执笔撰写的多篇技术论文发表在国家级专业刊物上。

绝招绝活照亮了罗佳全"王牌电工"的道路。

被时光解开的境界

有个诗人为罗佳全写了一首诗：《技能是灯，照亮钢铁前行的路》

一个叫王牌电工的男子，

你的境界被时光解开

你的绝招、绝活，

顶破重重压力和困惑破土而出

牵着绝招、绝活的缰绳，

奔驰在机电安装的草原

你用睿智喂养的设备，

如嘶鸣奔驰的马群

在严峻却充满希望的山城，

喊看不见的钢铁的魂

欣赏着诗，我凝目在"你的境界被时光解开"一句。

成就一个大工匠的，不仅仅是技艺，更是胸怀，更是境界。

1983年至今，学艺38年，在岁月的砥砺中，罗佳全的"境界"抛光而出。

追求的境界

1983年，150部队整体划归本钢，罗佳全勤快心眼好，首长喜欢这样的人，想送他去学开车，送他三次，他都不愿意。为什么呢？他想学技术。

那就分到机电安装公司吧，机电安装公司的领导也是150部队机关的领导，也喜欢罗佳全这样勤快厚道的年轻人，要将他分到团委，将之作为后备干部好好培养。谈了数次话，罗佳全犟着就要去学技术，这个领导一气之下放话了：你爱干啥干啥，我不管了。

犟不过罗佳全，只得分配他去电装队学电工。

罗佳全后来回忆："我就像跟屁虫似的，我愿意学的东西我就天天跟着他，多想学点东西嘛，这些师傅刚开始不喜欢我，后来时间长了，老看我这么爱学，他就把一些东西都教给我。"

很有意思的细节，想学什么，就黏黏糊糊地黏着人家，人家愿意也好，不愿意也好，总是跟着。这种态度成就了罗佳全。

他从挖电杆基坑、立杆、杆上金具到变台的安装，从学习高压油浸纸绝缘电缆接头制作到先进的高压交联电缆热缩、冷缩、预制附件等型号千差万别的接头制作安装，历经5年1800多天的苦练，他的"电气"技术终于为所服务的一线生产厂矿非常满意地认可。

他用15年时间，先后拜6位实践经验丰富的老师傅为师，求教国产的、进口的大型尖端电气设备安装、试验、调试技术，学到了不同风格的绝招、绝技和绝活。

为技术，他不计成本地追求。

为学"真技术"他心甘情愿地当学徒工，不讲任何价钱地拿着最低岗位工资；为学到"真本事"，他一次次主动要求到任务最重、技术难度最高的岗位去拜师和利用节假日时间自费到外地求艺。

为不断给自己"充电"，在好多无法记忆的日子里，他常常是下班就到本钢工学院、本钢技校，当一名不要学历、没有待遇的"旁听生"；在知天命之年，他取得了辽宁科技大学自动化专业的毕业证书。

子曰："知之者不如好之者，好之者不如乐之者。"

这句话中的"知之""好之""乐之"可以理解为学习的三种境界。"知之"是懂得如何学习，"好之"是对学习有着浓厚的兴趣，"乐之"是享受学习的快乐。

罗佳全在技艺的追求中，达到了最高的境界：他把追求技艺看成是享受，他追求一生，一生享受着追求的快乐。

终于从一名"电气"门外汉，一步一个脚印、一年一个台阶地成为集外线电工、设备安装电工、电缆工、电气调试工、电气试验工、维修电工，和与之相关的热工仪表工等众多技术交织为一身的本溪工匠、辽宁工匠，最终戴上了国家大工匠的桂冠。

放弃的境界

在写罗佳全的文章中，大家总会引用这份材料。

1997年，罗佳全因工程调试任务被派到泰国。他一次次以高超的技术，让工程建设投资方的老板叹服。回国前，这位老板以月薪1000多美元挽留他，当时他的工资也就1000多块。面对相差10倍的收入诱惑，罗佳全没有为之所动。后来，那位老板又两次向罗佳全发出邀请，都被他婉然拒绝了。

一年后，菲律宾一家企业慕名而来，给他开出的条件"加码"了：管吃管住，月薪1000美元，另外每年享受两次红包。罗佳全依然没有为之所动。十多年了，很多知名企业也向他发出邀请函，愿高薪聘请，但都被他一一婉拒。

放弃高收入，是罗佳全不缺钱吗？

不是。

再看另一组材料。

2007年，本钢重点技改工程冷轧厂薄板改造的高压系统调试施工，进入最为繁忙的时间节点，而此时，特钢厂800/650轧机改造工程，也进入了施工最关键期。为了让两项重点技改工程的电气设备调试任务都能按期进行，罗佳全每天奔波于两个施工现场，几乎是白天在这边，晚上到那边，有时一天要跑几个来回，忙得连饭都顾不上吃。

一个多月下来，疲劳过度造成胆汁返流，他脸色蜡黄，人一下子瘦了很多，但他愣是一天没休，直至这两项调试任务试车成功。

多年来，罗佳全带领的调试班足迹遍布本钢厂区的每一个角落，从海拔588米高的南芬露天矿，到北营主厂区、田师傅采石基地，以及本钢大、中型工程的电气安装、调试及试验施工现场，都留下了他忙碌工作的身影。主厂区炼铁、炼钢、热轧、冷轧、供水、供电、发电、余热供暖、污水处理厂等，他处理的电气故障更是难以计数。

对此，罗佳全却津津乐道："当你准确判断出影响电气设备系统运行故障点，在无数根电线中，找到出故障的那一根，让整个系统重新运转起来的时候，心情别提有多高兴了，比吃了什么好东西都香。"

这是人生价值得以实现的快乐。

在对比中明白：放弃丰厚的收入，选择与本钢同甘共苦。是因为丰厚的收入带不来罗佳全追求的人生价值，而本钢给他提供的天地，让他可以享受人生价值得以实现的快乐。

另外，丰厚的收入并不能带来尊重，而在本钢，罗佳全凭其一身的本事，广受尊重。

现在，罗佳全工作之余，致力"传道"——将一生所学，传给徒弟。这是更高的境界了。

曾子说："士不可以不弘毅，任重而道远。"

一个士人，一个君子，必须要有宽广、坚韧的品质，因为自己责任重大，道路遥远。

罗佳全将一生所学传授给徒弟，服务本钢，留惠后人，这就有了中国文化上的一个士人、一个君子的境界。

罗佳全为自己承担起了弘道的重任。

016：逐梦2010

新1号高炉雄姿

梦想的哲学意味

"双四百"目标实现后，本钢下一步如何发展？成了当时本钢的当家人张营富苦苦思谋的事。

许家彦全程参与了这事，他说得最清楚。

当时本钢有个现成的思路是"700万吨"的发展目标。

二钢厂年产钢产量400万吨，是现成的。正在做的薄板坯连铸，与热连轧连在一起，设计产量为年产280万吨，这就是680万吨，再加上特钢20万吨，700万吨就出来了。

2002年时，省政府有个更高的目标：年产千万吨钢。

在本钢人的眼里，这个目标太高了，够不着。

省政府领导说不行，就定这个发展目标。为了督促本钢向着这个目标迈进，省领导还说，我一个月来检查一次。

省领导看到的是全国钢产量日新月异的发展，辽宁要是一步跟不上，就会被步步落下了。

这位省领导后来任职变动了，许家彦说，他们当时都松了一口气。

松了一口气没几日，发展千万吨的思路被本钢主要领导认可了，并被深化了。

当时的中国汽车工业发展如火如荼，家电制造业蓬勃发展，这是钢铁工业的大市场。

围绕市场发展本钢第一次成了本钢的梦想。

千万吨钢变成了千万吨板材，再变为千万吨精品板材，后来被省委领导完善为"建设千万吨级精品板材基地和具有国际竞争力的现代化企业"。

这个梦想由过去单纯的产量目标转变为以打造核心产品为目标，用哲学术语说：这是个由量变到质变的飞跃。

董事长张营富带着许家彦到北京找单位做规划。

整个规划做的是普钢系统，特钢怎么办？

有两个意见：外卖或留本钢内发展。

说特钢厂的历史有点令人尴尬。

王继伟曾在特钢厂下属分厂当过多年厂长，负责过产、供、销工作，对特钢厂历史甚是了解。说起不锈钢、汽轮机叶片钢等八大类产品，如数家珍。特钢的很多产品就是叫得响。

特钢曾有一款钢是供制造飞机起落架用的，一般人看到都不会太在意，经王继伟解释，不由得让人肃然起敬。

用通俗的话说，发动机和飞控设备好比飞机的心脏和大脑，起落架则是飞机的双脚。纵然离开了心脏和大脑，就没有了生命，但是，没有强健的腿脚，即使心脏和大脑再强大，巨人也站不起来。

飞机在起飞和降落时，全靠3个起落架支撑起来。

以C919为例，作为单通道干线飞机，C919在大飞机中属于小个子，但最大起飞重量已达80吨，3个起落架总重量为1.8吨左右，要在高速下支撑起达到自身重量40多倍的飞机，其刚性可见一斑。

特钢厂能生产出如此高质量的钢种，其研制能力自是非同小可。

有非同小可研制能力的特钢厂，在很长一段时间，特钢厂对新中国军工业的贡献那是奠基式的，具有"老大"的意味。

岳长河是政工口负责宣传的人，在特钢厂工作多年，分享过特钢厂的荣光时刻。

"刚入厂时，企业牌子硬，待遇好，自己自豪，朋友们羡慕。"

"那时啊！"很多特钢老人一开口说话都是这个范式。

那时怎么样？

"汽轮机叶片钢占80%的市场。"

"供海军的炮弹钢，别家的都开裂，就我们家的一点问题没有。"

在一钢厂任过党委书记兼副厂长的王荣武，曾与初轧厂等相关厂和部门组织生产了核潜艇所需的特殊板。一年多的时间，一个人专门对军工负责装甲板和炮弹钢的衔接。

王荣武说，很长时间内，本钢一铁和特钢厂在全国很有地位，那就是产品好啊！

改革开放后，中国大裁军，常规的军工厂大受影响，不少企业都黄了。本钢特钢厂也受此影响，发展空间被压缩，连生存都很艰难，特别是1998年和1999年，日子那叫一个惨。当中国走上军事改革，振兴国防力量时，特钢厂又因设备力量和研究力量的限制，在军工企业大有作为时，又"掉队"了。人多厂大，需要规模产品才能让厂活起来，这样的市场很难落到特钢厂头上。彼时代的"骄子"在此时代落魄了。

本钢领导经过一番调研，确立了利用连铸技术实现"普特结合"的思路，决定将特钢绑在本钢股份公司中共同发展，并为特钢规划了年产100万吨特钢的发展目标。

特钢厂在放飞经营13年后再次回归到公司主线管理。自2002年起，本钢公司对特钢厂实施普特结合项目，解决特钢厂炼、轧工序能力不匹配严重制约发展的问题，培植特钢新的经济增长点。

在发展中，特钢厂形成了炼钢、轧钢以及钢材外发区域的三个生产组织核心。疏导并建立了特钢与国贸、轧钢和运输以及运输同总调的三组工作关系，推进实现上交、外发与轧钢同步的工作目标。

2011年，特钢材产量连续6次刷新班产纪录，连续3个月突破6万吨大关。特钢厂在累计消化掉原料价差1.73亿元的前提下，比预算降低成本3665万元，实现利润总额5600万元。这一年，特钢厂获本钢先进单位、先进党委和先进工会委员会荣誉称号。2012年，大小棒穿插生产引领钢材生产全年，整个轧制工序分工协作，产量突飞猛进，首月即创下班产1301吨、日产3478吨、月产74739吨的历史新高。小棒材产量、轴承钢产量、轧机机时产量和有效作业率均大幅度提升。电炉、铸机、轧机生产趋于达产达效。

2012年末，特钢厂年人均产材量提升到305吨，职工年人均工资水平增长到5.17万元。

发展中，特钢厂又回归我国大型特殊钢生产骨干企业之林。

企业已成为优质特殊钢钢锭、方坯和棒线材、电站汽轮机用钢、重型汽车齿轮用钢、石油钻具用钢、铁路车轴用钢、内燃机发动机曲轴用钢的生产与开发基地。

多项产品获得国家银牌奖和国家实物质量金杯奖。

通过"十一五"的技术改造，特钢厂基本形成年产电炉钢50万吨、优质材80万吨的生产能力。

刘守昌、徐景春等特钢老人，看到一个连续亏损长达9年、几近倒闭的特钢厂，强势回归到正常的生产运营轨道上，心里喜不自禁。

一个立足于发展强劲的国企和异军突起的民企之间、于市场夹缝中不断博取生存空间的特钢厂，在本钢进军2000万吨级目标的进程中推波助澜；一个电炉、转炉兼具，连铸、模铸并存，规模、品种并重的新特钢，在加速建成百万吨精品特钢的奋进历程中艰苦卓绝地走向振兴。

技术决定战术

700万吨钢铁产量的发展规划，重在产量；千万吨级具有国际竞争力的精品板材规划，重在产品，打造核心产品，追求具有国际竞争力，重在质量。

重在产量的发展目标，容易实现；重在打造核心产品，而且还是具有国际竞争力的产品，需要付出重大努力。

2002年，就本钢的技术力量和设备力量来看，正走在精品板材的萌芽路上。

军事上有句话：技术决定战术。

红军时期，红军只有梭镖和步枪，这时只能采用游击战术。

毛泽东的"敌进我退，敌退我追，敌驻我扰，敌疲我打"正是针对当时局势红军的武器技术而制定的游击战术。

有冒进者命令红军攻打大城市，自然只能失败。

当红军发展到解放军，拥有多兵种，拥有了重武器，解放军的战术那就变成攻城略地，围歼敌之重兵团了。

本钢只有炼铁高炉和炼钢转炉时，发展的目标只能在推升产量上做文章。

盘点2002年时期本钢的技术力量，1997年时任技改部部长的于传家，一直干到2002年。他经历了连铸建设、连轧改造、冷烧建设、高炉新建，他说，这些都是本钢由铁、钢产品转型到材产品的关键设备和技术。他记忆中最累的是连轧改造。这一段时间，是本钢最为艰难的阶段。

过去人们常说，本钢是个无连铸、无冷烧、无精炼、无冷轧、无铁水预处理的"五无"企业。

"五无"代表什么？

代表本钢连国际通行的钢铁现代化生产线都没建立起来。当然，这条生产线还包括活性石灰、连轧设备、采矿现代化，等等。

1986年的时候，中国钢铁企业按照国际标准建立的生产线已经多达67条，冶金部要求在1987年再建立25条国际标准生产线。

那时，本钢的连轧生产线，可勉强算是跟国际标准生产线沾边，其他一概没有。

到了2002年，本钢有了冷轧生产线了，全连铸也实现了。

提升炼铁质量的活性石灰工程和冷烧工程已建设并正在发挥作用。

提升转炉炼钢质量的铁水预处理技术和炉外精炼技术也于1998年开始采用。

2002年，本钢已打通了自己的国际标准生产线。

这条生产线的指向是什么？为提供高端钢种、轧制高端板材提供技术和设备支持。

炼铁的目的，一是将铁矿石冶炼成铁水，二是将矿石中的杂质析离出去。

来自自然界的铁矿石，天然伴生有许多影响钢铁质量的有害杂质。比如磷和硫，成分过高，就容易造成钢的冷脆性和热脆性。降低磷和硫的成分，一直是冶铁和炼钢过程中的主要内容。

——铁水预处理技术

铁水预处理技术，主要功能就是为了降低铁水中磷、硫等有害杂质的成分。

其实，熟悉冶炼钢铁的人都知道，冶铁过程和炼钢过程都有脱磷、脱硫技术的应用。那为什么还再增加一个单独的工序呢？

那是在冶铁炉中脱硫，抑或在炼钢炉中脱硫，与铁水预处理的效果大不一样。

通俗解释：高炉内脱硫技术可行，经济性差；转炉内缺少还原性气氛，因此脱硫能力受限。

在进入转炉前的铁水中脱硫，因热力学条件优越，硫的活度系数增大，增加了脱硫的效果。

1897年，英国人赛尔等人用一座平炉进行预处理铁水，脱硅、脱磷后在另一座平炉中炼钢，结果发现，增加了铁水预处理工序，一座平炉炼钢的效率赶上了两座平炉的效率。

——炉外精炼技术

炉外精炼技术萌芽于1933年法国佩兰的"渣洗脱硫"法。之后逐步发展进步成为炼钢中的二次精炼技术。

炉外精炼技术以"大幅度地提高冶金质量，大幅度地降低钢中的有害杂质，提高现有炼钢炉生产能力30%—50%，使钢液浇铸温度波动幅度保持±3℃—4℃范围内，生产成本降低13%—54%"的优势被广泛运用。

——连铸

"上连铸设备意义非凡，是一场工艺革命，是转炉炼钢技术上一次巨大的飞跃，使本钢炼钢生产由间断生产转变为连续生产，生产节奏大大加快，产能大幅提升。"本钢板材炼钢厂生产技术室业务师、高级工程师薛文辉如是说。

有了连铸，本钢的品种钢产量迅速提升，集装箱用钢、冷轧深冲钢等10余个系列、600多个钢种；汽车板用钢（O5）、石油管线钢（X100、X80）、石油套管钢（J55）、硅钢等高附加值产品实现了稳定批量生产，产品实物质量达到了国内同行业先进水平。

卢秉军是本钢板材技术研究院特钢研发所首席工程师，他说，连铸建成，为本钢特钢厂走普特结合开创了新路。

油气钻采防喷管，是用来防止油田井喷事故的防喷器的重要结构管件。

因为用在高含酸性气体油气田的特殊环境下，要具备较高的强度、低温冲击韧性和钢质纯净度，以及优异的耐蚀性和耐磨性等，油气钻采防喷管用钢一直都依赖进口。

上了连铸后，专门有条为特殊钢生产配套的5号连铸机，四机四流全弧形铸机，为生产油气钻采防喷管用钢创造了条件。

2020年初，本钢瞄准新能源页岩气领域，开始研制油气钻采防喷管用钢。

本钢在研发过程中，进行了大量的实验室数据模拟，最大限度降低了生产过程中异常问题的发生概率。

本钢板材技术研究院技术人员，同本钢板材炼钢厂、板材特钢厂、板材检化验中心等的生产技术人员一道深入生产一线，分析技术难点，研究工艺措施，制定过程控制应急预案，进行全工序跟踪监控，保证了工艺顺行。并于当年3月，首批试制生产了450吨达到国际先进技术标准的油气钻采防喷管用钢E4340，顺利交付客户。产品经用户加工后，将用于国家新能源页岩气的开发，解决了我国长期依赖进口的问题，为本钢开拓了新的市场。

炼钢部分，新建了厂房，引进了世界先进的生态电炉，轧钢也新上了设备。

改造完之后，具备了生产180万吨钢的能力，轧制特殊钢材140万吨的能力。

2020年，具备了生产高级特殊钢的生产能力。

2022年，将达到生产特级特殊钢的能力。

每吨特级特殊钢的销售价比优质特殊钢提高600元—800元。

连铸技术带来的改变还在进行中，让人惊喜的意外，值得期待。

铁水预处理技术、炉外精炼技术、连铸技术的运用，决定了走高端发展的战术方向。

有了已铺垫在前的连轧生产线和冷轧生产线，发展精品板材势必成为本钢的未来路线。

技术决定战术，事所必然也。

十年生聚，成果空前

千万吨精品板材，是一场十年周期的大战役。

外行人能想到的，要有为高炉提供足够的铁矿石、铁精粉；要有冶炼一千多万吨铁水能力的高炉；要有冶炼一千多万吨钢水能力的转炉；要有轧制一千多万吨板材能力的热连轧生产线；要有进一步轧制的冷轧生产线。

在这大的设备后面，还有千千万万个配套措施。

现在是"双四百"，"双四百"到"一千万吨"，中间增长600万吨的量。

这600万吨的量，需要用水多少，用电多少，用焦煤多少，增加料场多少，等等，那是一眼看不到边的工程，一眼看不到边的活。

一

1982年毕业分配到二铁厂工作的谢怀党，他们那代人是被革命理想养成的一代人。

他们胸怀抱负，富有革命激情。

谢怀党也如此。但在同龄人中，他的进步比较早、比较快。

工作两年即任段长。任段长3年后升任机动科副科长，主管大修、检修工作。1991年任设备副厂长，成为本钢最年轻的副厂长。

参加工作10年就成为副厂长，本钢并不多见。

谢怀党进步比较早、比较快的原因有两点。

第一点，谢怀党受父亲影响比较深，不好高骛远。从基层干起，作风踏实。

第二点，谢怀党十分善于总结，十分善于积累。自参加工作以来，就养成了记工作日记的习惯，如今，工作日记在家码了一大摞。

记的过程，就是养成的过程。做得对的坚持下去，错的就放弃。做事是如此，做人也是如此。

这种养成，让谢怀党获益良多。

1997年调到环保处任处长，成为全市十大杰出青年。

1999年调本钢公司设备部任副部长。在本钢建设"千万吨精品板材"开始之时，又于2003年调回老单位二铁厂任党委书记。3年后又回公司设备部任副部长，2008年升任部长。

谢怀党参加了很多引进设备技术的工作，到过不少国家。是睁开眼睛看世界的一代人。

谢怀党亲历了本钢"千万吨精品板材基地"的建设过程。

他参与的建设、改造的工程多达数十项。

矿山改造项目就有：矿山南芬露天矿扩帮工项目，马耳岭球团矿新建项目，选矿厂红矿项目，石灰石矿活性灰项目，套筒窑项目；

二铁厂改造项目：360平方米烧结机项目，5号高炉改造，新建6号高炉，7号高炉，新建1号高炉；

二钢厂改造项目：转炉改造，新建4号、5号、6号、7号转炉以及双流铸机，方坯铸机；

连轧改造；

老冷轧CDCM线改造，新建镀锌线，新建配送中心；

新建丹东不锈钢厂；

新建原料厂；

新建8号、9号焦炉及干洗焦，还有发电厂锅炉改造和供水厂污水处理厂建设，氧气厂万立方米制氧机建设等项目。

参加工作就在二铁厂，谢怀党对于高炉技术日新月异的进步感受非常之深。

2006年9月28日动工建设的新1号高炉，2008年10月10日竣工投产。炉容是本钢前所未有的4747立方米。什么是世界水平？车子可以直接开到炉顶，操作工人操作鼠标就可炼铁。我们过去看到的、体验过的炉前工人手持钢钎在炉火沸腾的炉前炼铁的场景一去不再了。

3号、4号高炉改造后，变成了现在6号、7号高炉，炉容由1000多立方米扩大到2850立方米。新1号、5号、6号、7号4座大高炉，炼铁系统为千万吨精品板材的目标准备了主体设备，和随之而来的一系列的新技术。

谢怀党说：什么是脱胎换骨的变化？看看二铁厂的高炉你就知道了。

他们经历了本钢的进步，也在推进着本钢的进步。

付明波深有同感。

从修建公司副经理退休的付明波很有性格。

自己想说的话劝都劝不住，不想说的话让说都不说。

1982年本钢工学院毕业分配到石灰石矿机电车间。这个车间负责石灰石矿的维修工作。

车间给付明波指定一个师傅，可付明波成天无精打采，无心学艺。

付明波不是个混混，他只是放不下自己的专业，心心念念仍在自己的专业上。

矿冶机械专业，那是高炉的保护神。

经过一番波折，付明波终于调到修建。组织上安排他去技术科，相对施工一线，这是个轻松的部门，付明波却要求去施工一线。

如他所愿，付明波来到了安装二队当技术员。

有了自己喜欢做的事，无精打采的付明波不见了，成天生龙活虎，忙碌在自己喜欢的专业上。

修高炉了，他学怎么拆，怎么做施工计划，怎么做施工预算，需要多少材料，钢材多少，水泥多少，人工多少，价格多少。

脑袋里成天想的是工程的物料、人工和图纸。

来了新工程，把图纸带回家反反复复地看，不懂的就到现场比对着实物看。

4年的时间，泡在一线，学在一线，钻研在一线。宏观管理，微观计划，付明波成竹在胸。

1987年，机动处缺人。

机动处负责本钢的大修、中修、维修和技改工程，需要不仅是技术全面的专业人才，还得有宏观管理和组织能力的人。

付明波去了，见面就得到了机动处的认可。

4年的业务养成能力在机动处可有了用武之地。

他在领导的支持下，将历年的一系列的大、中修工程给予归纳和完善，形成了一套系统的管理法则，并以文件形式推广开去。

付明波成了大、中修工程的专家。公司设备副经理到现场，必带付明波。

后来，付明波到修建公司任分管生产的副经理，带队伍负责本钢公司高炉、转炉的修建和各种维修。

转炉、高炉一点一滴的技术进步都在他手中经历过。

他说，转炉大修从90天压缩到70天，又压缩到45天，就是技术的进步。

高炉大修后来是2个月，最早3个月都不行，原来要扒炉底，后来不用了。

原来二铁高炉动不动就休风，人们找了很多原因。有说上料能力不足的，有说水质不行的，有说炉底碳砖热量排不出来的，等等，修一次就改进一次，改进一次就是技术进步了一个阶梯。

后来新1号高炉建成投产，很多原来司空见惯的"老毛病"突然都没有了。

"装备水平的进步是本钢发展的重要动力。"付明波为自己的话做了总结。

深有同感的还有王洪浩。

王洪浩是从维检公司退休的。

他和谢怀党同样是1982年参加工作的，同年参加工作到本钢的有一批人，付明波、韩亚非、邹天来、奈作新、李鸿斌，等等。

这批人都有上山下乡的经历，凭本事考取大学，毕业工作来到本钢。

这一代人都有自己的人生理想，吃苦耐劳，不少的人都成长为本钢的中坚力量，为本钢的现代化建设付出了毕生的心血。

王洪浩所在的青年点有30多位知青，考取大学的只有3人，他是其中之一。

大学毕业到本钢后，王洪浩进步很快，1996年出任二铁厂组织部长。

2000年本钢成立维检公司，王洪浩被调去，一身兼三职：主管后勤副经理、纪委书记、工会主席。

那正是本钢建设千万吨板材基地的时段，正需要维检公司保证好维检服务。

维检，是运用技术的大本营，服务好本钢必须靠技术。作为工会主席的王洪浩经常开展车、钳、铆、锻、焊技术大比武，将提高职工技术当作工会的主要工作来抓，成为一时的亮点。

王洪浩说：在发展中，先进技术不断引进，落后技术被不断淘汰。连铸代替了模铸，新高炉、大高炉代替了1号、2号小高炉。新技术代替落后技术的过程，恰如一句古诗，"两岸猿声啼不住，轻舟已过万重山"。

这是钢铁技术的进步，也是时代的进步。

二

2008年10月10日，新1号高炉竣工调试，最先调试的通水调试。

本钢工程技术人员大多是冶炼专业和轧钢专业的，专门研究水专业的叫流体动力的没几人。2008年正在供水厂任厂长的韩亚非研究生学的专业正是流体动力工程。因想从事本专业工作，韩亚非放弃本钢工学院综合厂副厂长的职务调到供水厂。

韩亚非也是1982年毕业分配到本钢工学院工作的。

工作的关系，使得韩亚非关于学历的眼界更高一些。

他又报考了东北工学院的研究生，取得硕士学位。

回到本钢工学院不久，获晋职称副教授，为自己的发展增添一个有力的"硬件"。

1995年，本钢组织部为培养人才，主办第十期中青班，全本钢选调了学员30人，后来享誉一时的马晓禾、奈作新等都是这一班的学员，因有不少进步快、发展好的人，这个班被人称为"虎班"。

从"虎班"毕业回到本钢工学院后，为了专业，韩亚非放弃本钢工学院综合厂副厂长的职务调到供水厂。

没有一个高级工程师，没有一个硕士研究生的供水厂厂长正为来了这么一个专业人才高兴，正想要给韩亚非安排个好职务时，韩亚非来找厂长提要求：要求厂里不要按本来的正科级来安排自己；要求到车间当普通技术员，做一个专责工程师。

韩亚非的要求给厂里出了个"难题"。

厂里再三权衡，同意了韩亚非到车间专责工程师的要求，但奖金仍按正科拿。

韩亚非一头扎到水源车间熟悉水源地，研究供水工艺增加了自己的实践修为。

懂行的人都知道，工业水处理比民用水处理复杂多了。供水在钢铁生产流程中是众多辅助介质之一，水要反复用，水循环后水温就会升高，有细菌、有藻类，必须要清除杂质，所以，供水工艺是在钢铁生产流程中的众多辅助介质中最难的。

2001年，本钢新一轮改造开始，供水厂负责的配套工程有5项。具体负责的担子落在了副总工程师兼技改办主任韩亚非的身上。

工程改造中，最后定的一定是供水的水质、水温等参数。工程竣工调试时，最先调试的一定是通水调试。这样的特点决定了供水的配套工程时间最为紧迫。

做工作讲究细致周到的韩亚非一方面凭借精湛的专业将准备工作提前做好，另一方面与涉及到的各厂做好沟通协调，到2002年，供水配套的5项工程顺利完成。

二铁厂的新1号高炉建设，是本钢千万吨板材的关键工程。已任供水厂厂长的韩亚非心知责任重大，对每个环节都亲自把关。当高炉于2008年11月建成，新 1号高炉净环水处理系统也顺利建成，保证了新1号高炉的顺利投产。

供水厂的污水处理厂的建成，结束了本钢向太子河直排污水的历史。随着本钢"千万吨精品板材"规划的实施，产量的增加势必带来用水量的增加，原来日处理污水12.5万吨的能力必须相应提高。

2011年，本钢开启第二期污水处理工程，要求当年开工，当年建成。韩亚非和班子带领职工全力以赴，奋力苦战，终于在当年设计，当年施工，当年投产，在冶金行业中创造了先例。成为了本钢环境建设的标杆地，吸引了各级领导前来参观。

韩亚非说：本钢是我圆梦的地方。

这话是很多本钢人的心声。

本溪市劳模、冶金部劳模杨文溪在2000年时，出任焦化厂焦炉车间主任。

干了一辈子的炼焦工作，炼焦工艺张口就来。

黑龙江的煤在配煤比中占30%，山西煤在配煤比中占50%。

2001年就赶上4号焦炉易地大修。改造为60孔6米焦炉，于2003年9月竣工。

2004年是5号焦炉开工。建成60孔6米焦炉，于2004年11月1日建成投产。

这期间，4号、5号焦炉干熄焦装置，于2003年10月15日开工建设。

杨文溪介绍：过去采用的是湿法熄焦，技术可比不上干熄焦。干熄焦技术可将水置换成焦炭热量，送发电厂发电，环保除尘，还可以再生能源。

2004 年5月开工建设6号、7 号焦炉。6号、7号焦炉干熄焦后于2007年9月15日竣工，发电机组12月并网发电。过去湿法熄焦挥发的水雾，四处飘洒的煤尘再也见不到了。

"能在一生中见证技术实现环保的一天，我很幸运。"

在本钢的大发展中，参与其中的人，干成其中的一件事，都有一种成就感，都有无上的自豪感。

三

2003年至2011年，是本钢一冷轧改造和二冷轧建成投产阶段。当时的本钢公司当家人杨维在这期间先后出任一冷轧和二冷轧厂长。

杨维是一个具有国际眼光的领导，对于一冷轧厂的改造，他参照国际先进水平不断提出建议，引进了许多国际先进技术工艺，让这条在建设时就是二手的生产线焕发了先进的技术工艺青春。

二冷轧的建设，他积极支持和促成了与韩国浦项钢铁公司的合作，如今成为了本钢的一条"明星"生产线。

热轧由一条生产线改造为三条生产线，从1999年4月起，对1700毫米线进行全方位的现代化技术改造开始。

这是一次拼命三郎式的改造。

怎么拼？

2000年任厂长的邹天来，详细解说"怎么拼"。

个子高挺，说话笑口常开的邹天来，1982年毕业就在连轧厂工作，对连轧厂和热轧板怀有天然的自豪。

经过1987年的三项改造和后来的不断完善，本钢的热轧机拥有了武钢和宝钢都没有的计算机控制等先进技术，轧出了全国最占圈的气瓶钢等优质卷板，成为市场抢手货，赢得了市场。

2000年的改造，正是为满足市场需求而采取的措施。

这一次改造工程与德国 的SMS 公司和美国 GE公司以及国内一重、二重、太重、上电等10多家合作，重点项目包括：新建4号步进式加热炉，精轧压下ACC厚度控制，精轧液压弯辊，精轧CVC串辊，EI立辊实现自动控制和短行程控制，层流冷却温度控制，增设凸度仪和平直度仪，新建2号卷取机等。

为了在改造过程中不影响热轧板产量，本钢可说是想尽了办法，用尽了招数。

最后采用的"边生产边施工改造、离线改造与在线相结合的改造方案"。

办法倒是个保稳产高产的好办法，但危险系数极高。

带着镣铐跳舞，跳好了，说你舞技非凡，跳砸了，则是头破血流之伤。

邹天来和班子队伍充分发挥职工的聪明才智，找出最佳的工程节点时间，让生产和施工的对接环环紧密相扣，严丝合缝，用组织衔接精密度不给任何危险因素留有一丝空隙。

现场的管理可以用数学来精密制定，可还有一句话，千算万算不如人算。

人的情绪是数学无法控制的，怎么办？连轧厂给最具危险性的工种——吊车车间所有职工家属写了一封信，介绍了处于特殊时期的危险性，让自己的亲人带着无忧心情上班的重要性，从而获得家属的理解和支持。这一招在吊车司机中间产生了非常良好的反响。

为鼓励职工集中精力安全有效工作，每周都有评比奖励。

当然，邹天来和班子一天24小时吃住在厂。

周密部署下，20多天，一边是辊道钢板轰隆隆往前过，卷板机不停地工作，一边是施工人员就在旁边挖基础，有的地方链子都悬空挂着，生产、施工两不误。

改造顺利结束的2000年，连轧厂的产量在1999年261万吨的基数上跃升到310万吨。

有了这个良好的基础，2003年连轧产量突破400万吨。

2000年的连轧改造，展现了邹天来管理工作的周密性，并作为人生的精彩一页留在连轧的历史上。

辽宁大工匠郭鹏，是连轧厂轧钢工首席操作师。提到连轧厂，他说："就像我的家。"

1978年热轧厂办幼儿园，小不点的郭鹏被在连轧厂上班的母亲带到了幼儿园，幼儿园成了郭鹏常住的"沙家浜"。郭鹏最熟悉的人是连轧厂的叔叔阿姨，郭鹏最熟悉的环境就是连轧的大厂房，就是长长的轧制线。

1997年从本钢技校毕业，因成绩第一有享受挑选单位的权利，郭鹏就挑了如家一样的连轧厂。

正赶上连轧厂2000年的1700线改造，2003年11月破土动工的1880毫米薄板坯连铸连轧生产线建设，2006年12月动工的2300毫米热轧生产线建设。

培训新型轧钢工的机会让郭鹏2001年、2004年两次前往美国和日本学习。

2004年到日本住友热轧钢厂两个月的学习，郭鹏感受犹深。

住友热轧钢厂的设备都是二战时期的，厂房比初轧还埋汰。但设备精度很高，轧制的产品都很先进。

住友热轧钢厂的员工普遍有工匠精神，对企业很忠诚。

郭鹏认识到：员工的工匠精神和对企业的忠诚心是设备能保持高精度、轧制出先进产品的关键。

郭鹏的爷爷是八级钳工，很受人尊重。

在日本的见闻和家庭的影响，促使郭鹏认识到技术的积淀和积累对于企业的重要性。

很多企业缺乏尊重工匠的气氛，缺乏以工匠为荣的文化，很少有人愿做技术工人，做了技术工人的人也是心情浮躁，不以技术为意。

即使这样，郭鹏仍然选择了自己的"技术人生"。

连轧厂的大环境为郭鹏"技术人生"提供了广阔的舞台。

学技术需要悟性，郭鹏有；学技术需要醉心此道、如痴如迷的粘糊劲，郭鹏有。

但计算机控制的轧钢技术，涉及计算机那又是另一门专业，郭鹏学了个计算机本科。

轧钢本身也是材料成型的专业，郭鹏又学了个材料成型的本科。

工匠是因一生的坚持、一生的乐此不疲，才塑造出来的人杰。

郭鹏终于把自己磨练成了轧钢线上的大工匠。

先看郭鹏与设备的熟悉程度。

听声就能判断设备有"病"没"病"。

一年的12月7日，听到轧机不对，郭鹏马上把轧机停了。跑到轧制线查看，发现轴承烧了，换个辊又马上生产了。

从"听"到"停"的时间段，设备要打三个道次，走三遍。在此时间段内，查出问题，换上设备照旧"健康"地运行。超过这个时间段，轴承连辊箱都废了，价值100万。影响停产时间如果是5个小时，3000多吨的产量就没有了。

判断设备出不出事，还就是本能反应。

出了事3秒之内处理叫优秀，5秒之内处理算正常。

如果说凭声来判断设备有"病"没"病"，郭鹏的"听"有十分了得的功夫。在"看"而判断有"病"没"病"上，郭鹏也有十分出色的表现。

有一次，冷轧的荒轧轧出一边薄一边厚的问题。郭鹏说薄厚相差0.2厘米。现场负责的德国工程师说相差0.5厘米。亲自去量，是0.18厘米。这样的准确率，让德国工程师看郭鹏的眼睛都不一样了。后来，这位德国工程师跟公司领导说：热连轧的操作队伍在德国也是顶呱呱的。

作为大工匠的郭鹏，在轧制技术上有什么绝技呢？

看看他轧极限规格板材的绝技吧。

热轧1880毫米生产线建成投产后，郭鹏调到该条轧制生产线。

1880毫米生产线以薄规格产品、花纹板和无取向电工硅钢为主打产品。薄规格产品是热轧宽带钢生产的一大难题，对于设备精度和操作要求极为苛刻。

有一次，本钢接到国外用户7000吨1.2毫米规格订单，厚度1.2毫米，是极限薄规格产品。订单要求交货时间紧，产品表面质量要求高。郭鹏积极组织相关技术人员，重新梳理轧制工艺要点，对影响产量、质量的每一个关键点进行分析，提出轧制方案。一个月就轧制1.2毫米极限规格4140吨，将原来的月产纪录提高了4倍。

郭鹏还总结经验，参考资料，起草了《薄规格操作指导》《薄规格堆钢处理预案》，使薄规格的操作、堆钢处理走向标准化、制度化，对薄规格稳定生产及产品质量的提高起到积极的作用。创造了月产薄规格比例61%的纪录，当班薄规格比例平均突破了70%。

后来，郭鹏调到国内最先进的2300毫米生产线担任轧钢作业区副主任。

在2300毫米生产线，他带领工友们解决了"薄规格头部穿带轧破、轧漏问题"；"制定板坯出炉标准，解决炉间温差问题"；"R2工作辊打滑问题"；"中碳钢表面横裂纹缺陷"并将切损降低了0.1%。成功调试了PHS1500、PHS1800冷轧退火热压成型钢和2150毫米最宽幅热轧板带钢。

连轧的舞台，塑造了郭鹏这样的大工匠，郭鹏也以自己的能力，提高了连轧各条轧制线的生产能力。

大工匠和现代设备相得益彰。

四

铁矿建设，对于钢铁工业来说，十分重要。

在"千万吨级精品板材基地"建设中，矿山建设有何动作？

第十个五年计划这样写道："十五"规划主要改造内容由"九五"延续项目和挖潜改造新开项目组成。南芬扩帮过渡工程被置于第一位。

第十一个五年计划完成情况中这样提及现有矿山系统的完善工作。

2009年9月24日露天矿1500万吨扩产开工，需结转到"十二五"继续进行。

贾家堡子铁矿开采及配套选矿于2010年10月开工，结转到"十二五"实施。

马耳岭铁矿选矿厂于2010年7月30日竣工投产。

阎家沟石灰石矿开采于2009年6月26日开工，2010年4月30日投产。

曾任南芬露天矿矿长的宫永军在回溯南芬露天矿的历史后给予了介绍。

南芬露天铁矿自1950年地面设施全面恢复，当年生产铁矿石突破45万吨大关。

之后，由苏联引进穿凿冲击钻、3立方米电铲、525玛斯25吨自卸载重汽车，矿山结束手工开采历史，进入机械化露天开采阶段。

矿山第一代电铲司机张本仁，是他于1956年5月18日驾驶118号电铲，与冲击式穿孔机和玛斯525型自卸载重汽车配套生产，开创了矿山机械化开采的新纪元。成为新中国冶金矿山最早实现机械化开采的露天矿山。

1959年铁矿石产量达673万吨，这一年，南芬露天铁矿夺得全国冶金矿山红旗，156号电铲司机长高文德荣获全国劳动模范。

1969年，南芬露天铁矿第一次扩产设计得到国家计委的批准。

1970年，从苏联引进贝拉斯27吨自卸载重汽车，取代更新525型玛斯汽车，取代电力机车运输，率先实现全国冶金大型矿山汽车运输生产。

1972年，南芬露天铁矿完成采剥总量2520万吨，铁矿石700万吨，实现达产。

宫永军介绍，南芬露天铁矿第二次扩产设计是1974年，正是本钢"322"规划进行中，这一次的设计是为完成300万吨铁、200万吨钢的战略目标服务的。

第二次扩产设计，年产铁矿石1000万吨，采剥总量3700万吨。

设备更新，是为完成扩产设计的应有之义。

这一次的设备引进来自于美国。

1976年，南芬露天铁矿陆续从美国成套引进45R、60R牙轮钻机和195B电铲、120C大型电动轮汽车等主体生产设备。

但是这次扩产设计到了1981年1月，国家计划委员会、建设部才正式批准南芬露天铁矿1000万吨扩建工程。并作为国家"七五"计划重点工程，国家投资3.109亿元，矿山1000万吨改造工程全线开工。

到2004年年底，历时23年的努力终于实现了。

设备有完美表现，人有无法穷尽的伟力。

彭琨明，是全国"五一劳动奖章"获得者。

如果说我认识的身边人，谁是完全彻底的学雷锋者，那就是彭琨明。

从1971年开始，直到退休，彭琨明的工作时间，早6时晚6时，节假日不休息，数十年从未更改过。把余生奉献给工作，彭琨明真正地做到了。

彭琨明的事听起来在敬佩之余总带着伤感。

当车间主任15年，他是以打扫卫生间来坚持带头作用的。

危险中舍身向前，他以此作为车间主任工作的应有之义。

体重45公斤，可他却挑着80多斤的砖头拼命地往前冲。

李铭、赵明沛等，这样众多的坚韧者，才是矿山的脊梁。

2009年9月开始的第三次扩产1500万吨工程，既是本钢建设"千万吨精品板材"基地的内容，也是支撑本钢后续发展所必需的项目。

本钢矿山的建设，到了此时，已由南芬露天铁矿、歪头山铁矿拓展到了贾家堡子铁矿、马耳岭铁矿。

新铁矿的开采，有力支持着本钢未来的发展前景。

五

推动本钢的发展，老厂一机修不甘于人后。

"技术大本营"的美名下，排列着一代一代的大工匠：李焕歧、张书庆、付恩义、陈瑞庭、洪福恩等。创下了一件件令人震惊的奇迹：付恩义用只有1.5米高的牛头刨，加工出直径4—5米，重达10余吨的大齿轮；陈瑞庭创造了我国冶金备件制造历史最新的"浸润焊"焊接工艺，进而将此项新工艺应用到高炉wcΦ400放散阀以及高炉小钟斗的研制中，并相继取得成功。高炉小钟斗的使用寿命由原来的3个月提高到16个月。一年完成5年工作量的洪福恩，给特钢厂加工轧辊，别的车床6个人，洪福恩一个人负责3台设备，玩命地干活，玩命地超产。

看看一机修的"大事记"，就是一部不断创新的历史。

一机修的名头借着创新的东风，登上了中国新闻的高地——《人民日报》。

1967年12月31日，《人民日报》、中央广播电台报道了一机修厂于1967年12月13日试制成功了我国第一台液压电弧炉的事迹。

1981年1月24日，《人民日报》头版头条报道了一机修厂信访调解工作经验。

在历史的长河中，一机修有过兴盛，也有过低落。但一机修不忘为本钢所属各厂矿加工制作备品备件的使命。

本钢在21世纪的头一个十年，聚集"千万吨精品板材"的世纪大梦，一机修待机而动，为本钢进口设备的国产化不懈努力，获得了多项骄人的成绩。

2002年，一机修自主研发，实现了二钢厂副枪国产化。

2005年9月，实现了冷轧2号镀锌线活套、连退活套的转化设计和制造。

2005年12月，实现了冷轧预清洗段、酸轧活套、连退活套等成套设备的转化设计和制造。

2006年4月，完成了二冷轧1号、2号镀锌线配套设备的转化设计和制造。

2009年9月，马耳岭选矿球磨机、自磨机主体及配套设备，经一机修厂的参与，实现了转化设计和制造。

引进国外先进设备发展自己，是本钢的思路；不断将引进设备国产化，也是本钢的思路。一机修厂利用自己的优势，坚定践行着本钢引进设备国产化的思路，将本钢的发展之路奠定得更坚实。

六

用技术推进本钢的发展，已是本钢的大势。

本钢首任汽车板研发所首席工程师刘明辉，自2007年担任此职，本钢连续3年实现了冷轧汽车板产量翻一番。冷轧汽车表面O5板，代表了汽车板产品的最高技术，刘明辉带领着汽车研发所的同仁研发了O5板，并在2009年实现大批量生产，批量供应9家汽车厂，并批量出口伊朗。

刘明辉带领研发生产的热镀锌汽车表面板在华晨成功认证。研发生产的冷轧镀锌深冲系列产品通过了美国通用汽车公司的全球认证。

汽车板的开发生产获得全面进步。本钢冷轧汽车板在品种及规格上全面覆盖了国内各主要汽车厂的主要车型，并实现了对中华轿车等3个车型的整车供货。

曾先后获得辽宁省技术状元、辽宁省"五一"劳动奖章和第二届、第三届辽宁省有突出贡献高技能人才的邢伟，一杆焊枪在手，将人生焊出璀璨光华。

三热轧精轧高压泵入口水管 ¢273焊口出现200毫米至300毫米裂纹，高压水喷射如柱，生产多次小停进行焊补处理无果。邢伟来了，发现焊口连接处是设备安装过程遗留下来的技术缺陷。他提起焊枪，采用手工电弧焊的方法修复了裂缝，同时对预埋件支撑架进行固定处理，设备运行至今无故障发生。

三热轧2300生产线的精轧飞剪设备液压不锈钢管路出现泄漏问题。邢伟在泄漏点空间狭小、操作困难中攻克了这个技术难题。

本钢维检备件修复中心一台60多万元的自动堆焊机投产初期，不能对辊子进行堆焊，主要表现在焊接过程中电弧不稳定。邢伟在调试中采用新的焊接工艺参数圆满地解决这一难题。

精湛的焊接技术，成了邢伟在工作中战胜各种疑难问题的有力武器。

一般人不会注意的"计量"事，曾在本钢掀起过多次风浪。

废钢的外购，原材料的外购，曾被许多人上下其手，以少充多，给本钢造成了重大损失，也让有些人锒铛入狱。

这些年，很少听闻这些事了。

人为的跑、冒、滴、漏问题，需要技术来解决。

计控厂和本钢工学院合作建设"三级计量网络"。

计量专家孙继和时任计控厂副总工程师。

1999年，孙继和开始做南芬矿、南芬选矿厂所有发本钢火车的计量。

过去，南芬矿、南芬选矿厂所有发本钢的火车没有计量，都靠估量。一节装60吨的车只装了50吨都按60吨收费，如果有超的，本钢则被罚。

孙继和采用传感器做好了计量工作，一年就为本钢省下运费800万元。

在"三级计量网络"建设中，孙继和采用技术集成的手段，综合利用，所有车辆过秤都可以做到车辆识别、准确上秤、准确称量、准确采集数据。这套系统，涵盖了本钢的方方面面。

通过中心控制室控制，公司所有消耗的能源都可反映出来，基本解决了本钢的跑、冒、滴、漏问题。

七

21世纪的头一个十年，本钢筹集了469亿元的建设资金，实施了近百项的改造工程，有力支撑起了"千万吨精品板材"的世纪大梦，更重要的是数万本钢职工把自己的命运与本钢的命运融为一体、休戚与共，本着"我如坚韧，必塑本钢如脊梁"的信念，用汗水、用技术、用奋斗推动着本钢的大梦前行。

2010年，本钢的新世纪大梦美梦成真。

生铁产量由2000年的356万吨增加到2010年的982万吨，净增加626万吨。

钢产量由2000年的365万吨增加到2010年的1004万吨，净增加639万吨。

热轧卷板产量由2000年的310万吨增加到2010年的928万吨，净增加618万吨。

冷轧板产量由2000年的78万吨增加到2010年的166万吨，净增加88万吨。

让本钢新世纪大梦美梦成真的这一代本钢人自豪无比。

"回去看到4座大高炉拔地而起的气势，自豪中还有成就感！"这是谢怀党的感慨。

"千万吨精品板材基地在我们手中规划、组织实施、实现，是本钢历史空前绝后的壮举！"许家彦说这话时眼中有泪光在闪烁。

我想不到许家彦竟然用"空前绝后"来形容这10年的伟大成果。

认真想一想，还真没夸大。

从1950年至2000年，本钢的铁产量由17.6万吨增加到356万吨，5年的时间，净增加338.4万吨。而2000年至2010年的10年间，本钢的铁产量由356万吨增加到982万吨，净增加626万吨。

50年时间净增加338.4万吨。

10年时间净增加626万吨。

在对比中，这10年的增长率绝对是空前的。

这个增长率是在中国70年发展钢铁工业中自然形成的"加速度"，之后，中国再不会出现为增加钢铁产量而奋斗的形势和空间，有的只会是限产和提质开发新产品的要求。所以，这个增长率是"绝后"的。

铁的增长率是空前绝后，钢的增长率仍然是空前绝后。

本钢10年的伟大成果不只是产量的增长，更是产品从"粗粮"到"精粮"的提质性改变，技术上实现了从"扳手柄"到"按鼠标"的转变。

长期以来，本钢的主导产品是铸造生铁、炼铁生铁和特殊钢。

后来有了热轧板，热轧板最初主要是钢管原料，慢慢发展到船板钢、气瓶钢等。

2010年，本钢产品结构发生了翻天覆地的变化。形成了八大类400余个牌号的热轧、冷轧、热镀锌、彩涂和十一大类453个牌号的特殊钢产品。已批量生产汽车板（内板、外板），供上海通用、一汽、北京现代、北汽福田、长安汽车、华晨、奇瑞等25家汽车生产企业。高档家电板供海尔、海信等知名企业。热轧产品X80管线钢供西气东输等重点工程，成为中石油、中石化的优秀供应商，X100管线钢正在与中石油共同试验中。

10年间，本钢的产品一下从初级产品提质到高端产品，一下站位到了汽车制造业和家电制造业供货方的高端。

本钢的历史从此掀开了新的篇章。

017：前程无远弗届

本钢生产的产品成功用于我国第一颗人造返回式卫星

"重组"大势

一

2010年6月8日，本溪钢铁（集团）有限责任公司与北台钢铁（集团）有限责任公司合并重组大会在本溪召开，正式组建本钢集团有限公司。

本钢集团有限公司重组后，由省国资委履行出资人职责，持有本钢集团有限公司100%股权，公司为国有独资公司。

这是辽宁省发展经济的一次重大布局。

与本钢合并重组的北台钢铁（集团）有限责任公司，前身系北台钢铁总厂，始建于1971年，为本溪市属国有企业。从成立到重组，经过40年的发展，到2010年，已形成年产生铁800万吨、钢坯900万吨、钢材1000万吨、球墨铸铁管50万吨、尿素75万吨、重型汽车300台的综合生产能力，资产总额500多亿元。

两钢同处本溪市，同样拥有鞍本矿脉上丰富的铁矿资源，两家工厂最近距离只有7公里。两钢产品结构既有相似之处，也有互补性。

为打造辽宁区域钢铁产业集群，两钢重组成为现实。省政府作为支持两钢合并的重要举措，已决定北台钢铁（集团）有限责任公司拆除现有450立方米以下全部高炉，新建两座2850立方米高炉，此项目已获准开展前期工作。这一项目总投资24亿元，建设工期两年，是两钢合并重组后淘汰落后产能的首个项目。

两钢合并重组后，新本钢对产品结构进行了调整，本钢的部分中高端产品逐渐向北营公司过渡，北营公司的线材和管材产品丰富了新本钢的产品结构。北营公司借助本钢的市场，充分利用新本钢的品牌影响力和低磷、低硫的生铁原料优势，提高球墨铸铁管的技术要求，制定了13条高于国际标准的企业内控标准，使产品实物质量达到了精品水平，从而成功打入非洲市场，彰显了新本钢的规模和品牌优势，对开拓海外球管市场，增强本钢在国际市场的竞争实力具有重要意义。

重组合并后，本钢有了新一轮改造。

板材冷轧厂三冷轧工序热镀锌高强钢及镀铝硅生产线项目，其镀锌产品最高强度级别可达1500MPa，热成型钢冲压后的最高强度可达2000MPa，均达世界领先水平。板材冷轧厂一冷轧工序改造后新增的镀锌铝镁产品，将以新面孔为本钢开拓新市场。

北营公司60万吨优质高线工程，完成了线材产品由碳钢到合金钢的蜕变，由一般用途钢升级为特殊用途钢。

板材系统有新1号高炉大修；板材5号高炉、6号高炉大修改造，板材1号转炉恢复建设，板材转炉环保改造，铸机改造，一热轧、三热轧改造，一冷改造、三冷高强机组建设。

北营新建两座100吨的转炉和70吨的电炉，还要上一条60万吨的高强线材，用最短的时间改造出一条50万吨小规格螺纹钢生产线，争取半年投产。

北营这三座炉子建起来，炼钢面貌焕然一新，加上两座3200立方米高炉，两钢合并后炼钢、炼铁就是脱胎换骨的变化。

北钢轧钢厂1780生产线成功轧制了1.8毫米×1500毫米超极限规格新产品，各项指标均高于标准要求。

北营公司成功开发出汽车车轮用钢BG380CL，钢坯合格率达100%。

如今，北营公司的产品开发正呈现勃发气势，冷轧原料卷、焊接结构用钢、冷成型用钢、汽车车轮钢、汽车传动轴用钢、石油管线钢、耐候钢等共计9个系列百余种牌号的新品种，正在热火朝天地开发中。

换一种方法解读，才能读懂这次改造的含义。

本钢和北台合并后，生产上的短板，日益显现。就是铁、钢、轧能力的不匹配。板材公司炼铁是短板，制约了钢产量；北营公司炼钢是短板，制约了铁产量。这两个短板影响企业150万吨左右钢和材的产量。经过改造后，企业的短板补齐了。

这次板材系统改造后，本钢已经成为国内为数不多的，能提供最宽幅、最高强度汽车用冷轧板和最高强度汽车用热镀锌板的钢铁企业。本钢继2017年完成包括通用、广汽、上汽、一汽等8家新汽车主机厂、348个零部件的认证，基本实现对绝大多数合资品牌、自主品牌汽车厂全覆盖供货后，又有了市场青睐的拳头产品。

一次改造，带给本钢三大意义：

补齐了企业短板，这是第一；

有了精准的市场，这是第二；

与国家升级换代的发展战略相契合，这是第三。

其实，这次改造还含有环保的意义、节能降耗的意义等诸多意义。

……

本钢总经理汪澍说："产品的格局，是一个企业眼界的格局，也是一个国家眼界的格局。百年本钢，自有其传统。"

二

钢企合并重组是天下大势。

世界第一次大规模的并购重组潮发生在20世纪初的美国，同时也产生了世界第一钢厂——美国钢铁公司。

第二次发生在20世纪70年代的日本，日本八幡制铁和富士制铁合并为新日铁，此后，新日铁一直保持日本国内第一、全球第二的地位。

第三次是20世纪90年代末21世纪初，发生在欧洲的并购重组潮，造就了当时的全球第一大钢铁集团安赛乐。

第四次是21世纪以来发生的米塔尔领导的横跨北美、欧洲、亚洲、南美、非洲等地区的并购重组，到2005年米塔尔已位居全球第一，到2006年又重组全球第二的安赛乐，一举成为全球钢铁巨头。

四次大规模重组，促使全球钢铁产业集中度持续上升，并使美国、日本、韩国、欧洲等国家和地区的钢铁工业结构不断优化升级，焕发生机。

中国钢企的重组，10多年来也是风起云涌。

随着山东钢铁集团对日照钢铁公司的重组，中国钢铁行业版图60年来发生了较重大的变化，宝钢集团、山东钢铁集团和河北钢铁集团位列三甲。

宝武并购重组，并不是结果，而只是开始。宝钢气势磅礴的并购，将搅动中国钢铁工业企业风起云涌的并购重组潮。

2018年中钢协数据显示，中国宝武和马钢集团2018年粗钢产量分别为6742.94万吨和1964.19万吨，合计达到8707.13万吨。世界上目前最大的钢铁集团安赛乐米塔尔2018年年报显示，当年粗钢产量为9250万吨。若整合顺利实施，重组后的中国宝武与其的产量差距将进一步缩小。

到现在，形势逆转，包钢、酒钢归在宝钢旗下后，宝钢粗钢产量突破1亿吨，超越安赛乐米塔尔成为世界钢铁体量第一。

关于本钢重组，国家则另有重大布局。

2009年，在夏季达沃斯论坛上，鞍钢集团总经理张晓刚对外坦承，"鞍本集团委员会"并没有解散，但发挥不了作用。按照当年3月国务院《钢铁产业调整和振兴规划》要求，鞍钢集团和本钢集团原本计划在产供销、人财物上尽快完成集团层面的实质性重组。张说："现在恐怕难了。"

鞍本重组，是国家钢铁企业的重大布局。

投资近300亿元的宝钢的崛起，注定了鞍钢的长子命运发生转变。

在用于输送天然气和石油的管线钢方面，鞍钢较宝钢落后一个等级。在Ｏ5汽车面板上，宝钢独占全国50%的市场，鞍钢则需和武钢、本钢等分割剩余市场。

2009年3月，国务院推出的《中国钢铁产业调整和振兴规划》中已明确表示，要在三年左右的时间培养四至五家年产五千万吨的钢铁企业。

针对钢铁行业兼并重组，国务院专门发布了46号文件——《关于推进钢铁产业兼并重组处置僵尸企业的指导意见》。专家表示：这一轮重组的目标是，到2025年，中国钢铁产业60%—70%的钢产量聚集在十家左右的大集团里面。"这些大的集团基本是3—4家八千万吨级的钢铁集团，6—8家四千万吨级的钢铁集团以及一些专业化的集团，比如无缝钢管、不锈钢等产品会形成一些专业化集团。"

国务院指导意见管十年，并确定了"三步走"的路线图。

第一步：2016—2018年，以去产能为主，并作出兼并重组的示范。专家表示，这一阶段的去产能是要把影响钢铁行业长远发展的产能出清，"不单纯是过剩的，包括无效的、已停产的，以及有可能将来恢复的，该出清的都要出清，2018年前以此为重点。"

第二步：2018—2020年，完善有关兼并重组的政策，解除政策对钢企兼并重组的制约。"从今年开始到2018年也不能说不完善这些政策，但有些政策可能留不出时间来，这主要集中在2018—2020年左右，围绕兼并重组的政策进行完善。"

　　第三步：2020年—2025年，大规模推进阶段。实际上，工信部部长苗圩在多个场合强调，今后一段时间内将重点推动产能过剩产业重组、消除僵尸企业，这一过程中将积极推进破局性、战略性兼并重组，培育一批核心竞争力强的企业集团。

　　在这场钢铁企业改革中，不管是重组合并成功、债转股获批，还是进入破产程序，钢铁行业依然面临很多挑战。但是，从当前的形势来看，毫无疑问，钢铁是大规模兼并重组的主战场。因此，未来每个钢铁企业在思考自身发展时，都要考虑一下"我和谁重组，谁和我重组，我跟谁优化，谁跟我优化"，而不是像过去那样，一心想着"上两个高炉、上两个转炉"。

　　今天来看，国家重组的第一方阵是3—4家八千万吨级的钢铁集团。

　　全国十大家钢铁公司中，宝钢重组已达成亿万吨级的年产量。余下的9家都在5000万吨以下。

　　鞍钢2019年的粗钢产量3920.4万吨，作为央企身份的鞍钢自然不会委屈自己站位4000万吨级别的第二方阵，目标一定是要挺近8000万吨级别的豪华方阵。产能2000万吨粗钢的本钢组合进来，体量一下提升到6000万吨的级别，考量于此，本钢自然成为最佳选择。

　　从中国钢企重组的大势来说，本钢和北钢的合并重组为今天预备了先手棋。

　　2020年—2025年，是中国钢企大规模重组的时间段，大势之下，鞍本重组想必是"磅礴浩然气，万里快哉风"。

美丽的"世界网"

兰格钢铁网于2019年3月28日发文：

本钢集团板材冷轧厂三冷轧的参观通道上，摆放着一卷卷世界最宽冷轧超深冲宽幅面板、全球首发2000兆帕冷轧热冲压成型超高强度钢卷。

内行的人知道，这就是本钢研制的第三代汽车用钢。

辽宁省国资委在2020年4月8日的网文更直接明了：

本钢集团自主研发设计的冷轧QP980高强钢在某主机厂配套厂完成试模任务，经认定，产品成型良好无开裂，性能和表面质量检验合格。

成功通过本次试模验证，标志着本钢集团成为国内少数具备第三代汽车高强钢生产能力的企业之一。

世界汽车用钢到现代形成了三个代次。

第一代汽车钢，是制造我们现在驾驶汽车所使用的钢材。它有一个标准：钢材抗拉强度与延伸率的乘积一般只有15GPa%的水平。

第二代汽车钢，它的钢材抗拉强度与延伸率的乘积为50GPa%的水平。性能比第一代高了许多，但汽车制造一直没用它。为什么？造价太高，成本昂贵。

第三代汽车钢，这类钢材性能和成本介于第一代和第二代汽车钢之间，强度高、可塑性强，性价比更易被企业接受。使用第三代汽车钢，车重比第一代汽车钢轻10%左右，让汽车更省油。

第三代汽车钢，将风靡未来的汽车制造商。

具有如此高端产品开发的能力，本钢已不是昔日"吴下阿蒙"。

开发能力，一在人才，二在设备。

人才上，当然是本钢技术研究院第一个博士刘宏亮。

刘宏亮，现任本钢板材技术研究院副院长，本钢先进高强钢研发技术带头人，全国稀土在钢中的应用专业委员会委员，中国钢铁工业优秀科技工作者，辽宁省百千万人才工程千人层次人员。

作为本钢技术研究院第一个博士，刘宏亮带领研发团队，先后完成了DP780、TR780、DP980、PHS1500、PHS1800和PHS2000等多个先进高强钢产品的研发任务。其中，2017年带领先进高强钢团队与高校合作开发出处于国际领先水平的PHS2000热成型钢，并在北汽新能源车批量使用，实现国际汽车车身用钢首次突破

2GPa水平。

设备上，三冷轧生产线为研发提供了试制的高端平台。

建成投产的三冷轧厂，凭借着世界一流的工艺技术和装备，可实现汽车板的整车供货，这也使得本钢成为国内乃至世界上能提供最宽幅、最高强度汽车用板的钢铁企业。在环保方面，三冷轧厂也实现了对环境零排放、对废水循环高效利用，是一个全方位环保的绿色工厂。

置身于本溪桥北的本钢板材冷轧厂，看着眼前这个占地54万平方米、年产量260万吨的工厂，一定会彻底颠覆你对钢铁企业傻大黑粗、脏乱差的印象。这里更像是一个壮观的现代化"梦工厂"，更像是一个未来的世界，映入眼帘的都是朝气蓬勃的年轻人，超过6成的职工年龄不超过35周岁，相当多的人是"85后""90后"，来自全国各大高校。

这里代表了本钢的未来，本钢的希望。

或者说，这里的优秀人才和具有世界先进水平的技术设备为本钢带来新的灿烂、新的辉煌。

在本钢人的心中，一条新的生产线的建设带来的就是一片希望的彩霞，响起的是一阵奔向未来的铿锵脚步声。

三冷轧的5条生产线给本钢带来了生产高档轿车、先进高强钢板、表面板和家电板的技术优势和市场优势。能实现汽车板整车供货，本钢将成为国内乃至世界上能提供最宽幅、最高强度汽车用板的钢铁企业，能满足未来汽车行业发展对安全、节能和环保的要求。

二冷轧由酸洗轧机联合机组、彩涂机组等10条生产线组成现代生产工艺链，关键装备全部采用当代钢铁产业先进装备工艺技术，以生产高档汽车表面板、高档家电板等为主导产品。

一冷轧厂共有14条生产线，可生产高档冷轧板、热镀锌板、彩涂板、热轧酸洗板、冷硬板和硅钢等6大类40多个品种规格。

热轧机的三条生产线为本钢提供了轧制薄规格集装箱钢、花纹板、低合金高强钢、汽车用钢、硅钢、冷轧用深冲钢、轿车面板、管线钢、船板钢等多种产品。

3个冷轧厂和热轧厂的生产线，还有1780生产线和不锈钢生产线，计有近40条生产线。

这些由世界各地先进技术集成的本钢生产线，宛如一幅美丽的"世界网"，将本钢推高为世界板材的精品高地。

"世界网"上琳琅满目，共有60多个品种、7500多个规格产品。其中"高技术含量、高附加值"的产品占85%。我们期盼着有一天，本钢的这些高端产品，行销到全球80多个国家和地区。

"世界网"更是先进的数字信息网。

本钢集团每项工程都有计算机自动化控制系统，三级计算机系统协调着炼钢、连铸、热轧、冷轧工序的生产，并通过数字模型的创新开发，不断控制产品精度和内在质量，不断对设备问题进行诊断，推动人工智能技术越来越多地应用到钢铁制造中。

ERP信息化工程建设使电子信息技术广泛应用于企业"软件"管理，生产资源得到进一步优化，成本管控实现良性循环。

随着信息数字化的广泛应用，本钢集团高炉利用系数、入炉焦比、转炉炉龄、转炉钢铁料消耗、热轧成材率、冷轧成材率等一些主要经济技术指标不断创出历史最好水平。

本钢集团在新一轮的技术改造中，按下绿色升级"快进键"。涵盖各主要生产工艺链条，重点对品种结构调整、新材料研发、绿色及智能制造、自有矿山资源开发、产能置换等五方面进行改造更新，强筋健骨，使其真正跨入"绿色钢铁"高质量发展新时代。

本钢致力于精品板材的美梦盛开在美丽的"世界网"。

1949年，本钢人在一铁厂恢复生产的两座高炉旁筑基发展美梦：将本钢建成拥有采煤、采矿、炼铁、炼钢和轧钢完整工序的钢铁联合企业。

美梦筑基之后，就是艰难的追梦历程。

1959年，美梦被指标量化为：产铁300万吨，产钢200万吨，产特殊钢10万吨的"321"目标。

1970年，开启了"322"长梦的门栓，长达20年的奋斗终于结出了"300万吨铁，200万吨钢，20万吨特殊钢"的果。这个长梦还有了"热轧厂"和"初轧厂"的意外收获。

逐梦过程中，先进设备和技术逐渐成了梦想中的最美丽的成分，热轧技术、连铸技术、冷轧技术在追逐"双三百""双四百"的过程中随梦而来。

科技的成分改变了梦想的元素，由量化而质变，终于有了"精品板材"的梦想，这个如花的梦想终于盛开在美丽的"世界网"。

百年恰是风华正茂

2021年是中国共产党成立100周年。一百年前，中国共产党的先驱们创建了中国共产党，形成了坚持真理、坚守理想，践行初心、担当使命，不怕牺牲、英勇斗争，对党忠诚、不负人民的伟大建党精神，使中华民族迎来了从站起来、富起来到强起来的伟大飞跃。

历史川流不息，精神代代相传。一百年来，一代代本钢人也始终弘扬光荣传统、赓续红色基因，把初心融入血脉，把使命扛在肩上，用坚韧不屈、艰苦拼搏的品质与精神造就了百年本钢发展的荣光。无论是从最初的本溪湖煤铁公司，到2010年后成立的本钢集团有限公司；无论是从解放后回到人民怀抱中的从"为工业中国而斗争"，到新时代的"为钢铁强国而奋斗"，本钢时刻在困境与动荡中坚持前行，在改革大潮中乘风破浪，在科技创新中做强做优做大，让钢铁的梦想正一步步变为现实，升腾为阳光下的伟业。

本钢集团党委书记、董事长杨维在2021新年贺词中激情满怀：望远能知风浪小，凌空始觉海波平。站在"两个一百年"的历史交汇点，本钢要保持战略定力，发扬斗争精神，树立底线思维，以苦干实干精神，不驰于空想、不骛于虚声，昂首阔步再出发；以干事创业敢担当的澎湃动力实现本钢以更加雄伟的身姿屹立于世界钢铁之林。

回望百年波澜壮阔，眺望未来重任在肩。在新理念、新格局引领下，本钢确定了这样的"十四五"蓝图和远景目标：

本钢：成为极具国际竞争力的精品板材基地，国内一流的优特钢棒线材基地，先进钢铁材料综合服务商；成为钢铁行业高质量发展的践行者；成为国企改革先行先试的探索者。

到"十四五"末，实现2000万吨粗钢产量，冷系产品供汽车板比例50%；掌控铁矿资源总量59亿吨，1200万吨自有精矿产量；超1000亿营业收入，超50亿利润，职工收入随企业效益增长稳步提高；科技本钢、数字本钢、智造本钢形成比较竞争优势。到2035年，基本建成精品、绿色、智能、共享的世界一流钢铁企业集团。

我们期盼着这一天，本钢的这些高端产品，会将享誉世界的"人参铁"优质元素经一道道的工序融合凝练成本钢的"人参钢"、"人参精品板材"的核心产品，成为本钢独特无双、在市场上独领风骚的"精品板材冠军"，行销全球，风头无两。

打造千秋基业，百年恰是风华正茂。让我们一起带着激情与创造，在中国共产党的坚强领导下，身在盛世、不负盛世，与新本钢一同寻梦、一同逐梦，梦想在第十四个五年来，所有的希望都能如愿，所有的付出都能兑现，所有的期待都能出现。我们更坚信，时刻坚持与党同心、与国同梦的这个"百年老店"，在贯彻新发展理念、构建新发展格局的大背景下，在当前鞍钢重组本钢的改革发展进程中，通过持续坚持以效益为中心，以科技创新为引领，依托"5+1"工作格局和"1+4"重点任务，必将重现昔日本钢的荣耀与辉煌，也必将建设成为具有示范意义的国有企业市场化经营标杆。

心之所向，无往不至。为了梦想，本钢人曾在废墟中崛起，将一眼望不到边的艰难困苦踩碎成泥，书写了一段钢铁铸就的不朽篇章，也定会继续将无数个黑夜踩碎成满天星斗，铺展成照亮前行之路的一地光明。

前程无远弗届，未来梦想必须期待。

后记

2021年公历3月，农历二月，也称卯月，南方已是丽日晴空，柳绿花红。北方山川虽未见绿意，但已感到阳气运行于地脉，不几天，便会在城市中催生出一派姹紫嫣红。

《逐梦成钢》，在这个时节杀青。

《逐梦成钢》，萌芽于2020年3月。

2018年，我与本钢党委宣传部结缘于《往事如铁》。一部书成，如一根楔子，将双方以做事为主的风格楔进了彼此的认知世界。

2020年3月再见，为的是在庆祝中国共产党成立100周年的重大时间节点——2021年做一件有纪念意义的大事。

商议之下，便有了《逐梦成钢》的萌芽，与《往事如铁》携手为姊妹书。

2020年4月展开采访，采访地点安排在本钢退管中心。

4个月的时间中，我如客人般的每天受到殷勤的接待。开水有人送来，茶水有人沏好端上，还有时鲜水果不断变化着放在桌上。十分感谢本钢退管中心的党、政领导和办公室的朋友们，还有负责退管中心的领导同志。

感谢的还有为我查找资料大开方便之门的本钢档案馆的领导。

一机修有位职工还特地送了本《一机修厂志》供我查找资料，必须感谢。

当然，最应感谢的还是宣传部的领导。

作家与企业合作，存在两个难点：一是作家对企业的认知度，二是企业对文学的认知度。双方常常因为在这两方面难以同频共振，而使合作破局。我和本钢的合作，代表企业的宣传部和我在这两方面都能找到同频共振的段位，而使合作成为可能并愉快进行。也因为这点，我和本钢才有了梅开二度的合作。特别感谢。

被采访者有本钢集团公司领导、中层干部、技术人员、大工匠等。他们的叙述，让我得以在本钢的历史中回溯，有时是在片段中徜徉。直到7月。

4个月的采访，正式采访对象50余人，因时因地随机采访之人也有数十人。穿插其中的还有对新中国钢铁工业发展资料的阅读，世界钢铁工业发展史的了解。

2020年8月动笔，2021年3月底结稿，整整8个月的时间。

2018年出版的《往事如铁》，是本钢1905年至1949年的这段历史。

奉献于建党一百周年的《逐梦成钢》，是本钢1949年至现在72年的历史。

两部书是本钢近120年历史的粗略扫描，也是中国近代以来钢铁工业的缩影。

回首1949年前的本钢，只能是往事，一部兴衰苦难的历史，凝聚如铁。

1949年以后的本钢，连绵着一个一个追逐发展的梦想，梦想本钢由铁到钢，由钢到钢材的发展，逐梦成钢。

今天的辉煌，生长于苦难之中，生长于奋斗之中。

1949年后本钢70年的历史，是一部辉煌的历史。

新中国成立后发展钢铁工业的历史，也是一部辉煌的历史。

这是我一年来沉潜于本钢70年历史中的认知。

感谢本钢给了我撰写这本书的机会，才让我有了这份认知。

感谢众多接受过我采访并给我提供了结构此书素材的众多本钢人。

中国钢铁工业的历史并未远去，但我们还未建立起对这段历史的认知。希望这部书能在新中国成立后70多年的历史中成为一扇认识本钢、认识中国钢铁工业艰难、坚韧和卓绝的窗口。